MCL 主编：褚潇白
中世纪经典文学译丛

聖堂新婦

中世纪女性文学精选

吴欲波 编译

浙江大学出版社
ZHEJIANG UNIVERSITY PRESS

本丛书出版承郑明君先生慷慨资助，谨致谢忱。

编译者序

公元 476 年，西罗马帝国年仅六岁的末代皇帝被废黜，罗马帝国覆灭。历史学家通常将这一年认作"古代"与"中世纪"在时间上的分水岭。事实上，虽然作为一个历史阶段的"古代社会"在政治上已然完结，但是，罗马帝国的灭亡并未成为新精神诞生的契机。相反，公元五世纪的欧洲与古代罗马之间的以基督教信仰为主体的精神文化纽带依然维系着。从文化的角度看，"中世纪"的时间起点可以上溯至公元三世纪基督教胜利的前夜，而以宗教改革主义者们无情推翻中世纪神坛的公元十五世纪作结。据此，本书开篇撷取的公元三世纪初的裴百秋的《狱中日记》，本书末篇译出的是公元十五世纪的英格兰女隐士朱利安的作品。

就欧洲中世纪女性而言，图书馆是她们常去的所在。从现存科隆和魏森堡的图书馆的读者名册中可以看到：胖子查理国王的妻子理查蒂丝曾向有"古典作品宝库"之称的圣加尔图书馆借书；留特加特（Liutgart）夫人和格罗尔德的遗孀曾向魏森堡图书馆借阅《诗篇》；兰博的妻子厄玛向魏森堡图书馆借了一本《诗篇》，还借了一本《弥撒升阶圣歌集》……

中世纪留传下来的文本的插图中亦不乏女性读书的场景：某位王后正凭窗诵读或是正在接受作者的赠书；圣母马利亚正讶异于加百利天使给她的《祈祷书》；她在临产时读书；她靠在床上阅读，约瑟则在照料婴孩；她在去往埃及的途中伏在驴背上读书。

中世纪的女性还经常担任教师这一角色。母亲和外祖母往往是后辈学识的主要来源。亨利二世的妻子昆贡德（Cunegonde）常常埋头苦读，然后给她那即将担任女修道院院长的侄女乌塔（Uta）授课；安斯弗勒迪斯（Ansfledis）的那位名唤“休”的外孙将她描述为一个“在他心中培植了他对神圣知识的热爱，让他走上神职生涯”的人；多达和克莉丝汀都曾写作长篇的信函，作为她们的子女的人生指南。

由此推论，欧洲中世纪实不乏惯读善写的知识女性，只不过她们当中许多人的名字早已被湮没在历史的洪流中。我们借着当时的记载，靠了现时代的学者持续的挖掘整理，才得以知晓她们当中的极少数人的名字。

中世纪女性不仅借书、读书、教书，而且还勤于创作。从体裁看，书信是她们的作品的主体部分。相比于男性而言，女性出行不便；为了维系与远方的教友、亲戚、情人之间的关系，传递对子女的舐犊之情，鱼雁传书倒不失为一种合宜的方式。本书第二章选译的埃吉里娅中东游记事实上便是埃吉里娅游历途中断续写成的一封长信，她承诺给教友带回去的珍宝，是埃吉里娅臆想中的耶稣与同时代的一位君王之间的通信；第五章当中恺撒利娅给拉德贡德去信，制定教规；第十四章和十五章当中都提到：十二世纪的神秘主义者——舍瑙的伊丽莎白，给宾根的希尔德加德去信，为她所经历的异象作辩解。当这些女性作者认为有必要让更多的读者看到她们的作品时，便往往会将其书信扩充为长篇幅的文章，恰如多达告诉她的儿子要与弟弟一起阅读她的信件，并希望有更多的读者时所做的那样。当十二世纪信函写作蔚然成风时，我们看到行吟诗人的抒情诗的称呼、恳请、结尾等处都打上了书信的印记。

本书译出的作品，书信是主体。值得一提的是，本书还选译了目前仅存的两首古英语爱情诗《妻子的哀恸》和《乌尔夫与伊瓦舍》。

读者不应忘记：一般而言，欧洲中世纪女性创作的作品往往都出于明确的动机。譬如书中第四章选译的阿马拉桑夏致查士丁尼和罗马元老院的信函，书中第十一章选译的女性行吟诗人戈尔蒙达创作的讽刺诗歌，显然出于政治动机；诸如第三章选译的拜占庭皇后优多西娅的作品、第九章当中选译的赫罗兹维萨的作品、第十二章当中选译的玛丽的作品、第十七章当中选译的克莉丝汀的作品等，则或是为了赞美取悦他人，或是为了消遣取乐。

欧洲中世纪女性的作品，对于我们了解当时女性的生活和她们生活的那个时代，乃至了解整个欧洲中世纪文学，应该都会有所助益。本书的编译工作得到了江西省社联、江西省民族宗教局及浙江大学章雪富先生、华东师范大学褚潇白女士、北京大学王潘潘先生、同济大学张尧均先生的大力支持和帮助，在此谨致谢意。另外，我还要向浙江大学出版社谢焕先生的辛劳付出表示衷心的感谢。由于译者水平有限，错误之处，敬请读者批评指正。

编译者

2015 年 6 月

目　录

迦太基的裴百秋（Perpetua of Carthage）

（殁于 203 年 3 月 7 日）

导读

三世纪初，正值迫害基督徒的狂潮似病毒般席卷着北非迦太基城时，一位名叫维比亚·裴百秋（Vibia Perpetua）的年轻妇女，还有她的四位密友，同遭逮捕。

二十二岁时，裴百秋便是他们的领导者和精神领袖，在最后的危难时刻，她振奋他们的精神，力促他们"在真道上站立得稳"。从裴百秋的狱中日记中可以见出,她是外省上层阶级家庭的女儿,那时她还是一位年轻的母亲,尚在哺育她的幼儿。但是她却甘愿承受苦难。随同她一起被捕的,还有奴隶费利西蒂(Felicity),以及三名青年男子。后来又有一位挚友自愿加入他们的行列。被捕时,这些年轻人还是基督教的新信徒,尚在领受教诲的初学者。他们在监牢受洗的事实,显出了他们较以往更加不妥协的态度,也使得形势于他们更为不利。经审讯,他们被判在竞技场与野兽搏斗(盖塔皇帝的生日庆典的一个节目)。这些人当中的一个死于监狱,其余人则在竞技场遇害。

殉难意味着见证,一开始便属于基督教的活动。据说在升天的那日,基督曾晓谕门徒:"(你们)要在耶路撒冷、犹太全地和撒马利亚,直到地极,作我的见证。"①使徒只需为他们的所闻所见作见证,立定心意持续见证,即便他们被拖到列王诸侯跟前。"人要下手拿住你们,逼迫你们,把你们交给会堂,并且收在监里又为我的名拉你们到君主诸侯面前。但这些事终必为你们的见证……你们也有被他们害死的。"②由于基督以其宝血的证据,见证了他是世间的救世主,为了耶稣基督而将他(她)的生命置于险地的见证者,就是严格意义上的殉道者。

如此一来,那些为信仰而死的殉道者们受到尊崇便是可以理解的。基督教神学家德尔图良(Tertullian),这位出生于迦太基城的裴百秋的同代人,曾这样写道:殉道者的鲜血是教会的种子。已故殉道者的追随者们,通过收集和珍爱殉道者的遗骸,来表达这种尊崇之情,认为殉道者的骸骨"比珍宝还要昂贵,较黄金还更美好"。这些追

---

① 《使徒行传》(1:8)。本书所有关于《圣经》的注释均以中文和合本为准。
② 《路加福音》(21:12—16)。

随者的行为通常冒着极大的风险，因为国家按违法罪处决的罪犯是禁止下葬的。宣称自己是一名基督徒并不至于获罪。获罪的原因在于拒绝尊崇皇帝，不肯敬拜罗马国教：献祭、倾倒和品尝进献给迦太基／罗马众神祇的奠酒。最伟大的朱庇特（Jupiter Optimus Maximus）、天上的朱诺（Juno Caelestis）、携着镰刀与日盘的大胡子丰产神萨杜恩（Saturn）、巴克斯（Bacchus）、得墨忒耳（Demeter）和科瑞（Kore），都是在舒适的庭院和露台上、柱廊下、有棚的水池旁有着圣地和祭坛的神祇。裴百秋及其密友们的被捕地特白玻（Thuburbo）镇，一个迦太基城西南部约三十公里的地方，便以在广场上立有一座庄严的巴拉特（Baalat）神殿和一座墨丘利（Mercury）神殿为荣。与敬拜罗马诸神密不可分的，是杀婴献祭这一不祥的仪式。这种仪式传袭自腓尼基对巴力神（Baal）和莫洛克神（Moloch）的祭礼。非洲的罗马人将莫洛克神记为"MLK"。对于祭司以婴孩为祭品，德尔图良称，"时至今日，那种神圣的罪恶依旧隐秘地持续着"。

不敬众神之罪的严重性是显而易见的。众人以为，诸神会将饥荒、地震和其他灾难降临到那些漠视其祭仪的人身上。基督徒因为轻忽诸神的愤怒，从而危害了国家的福祉。

这些殉道者是基督教最早的英雄。不错，他们只不过是肉身凡胎，但在最后的危急关头，他们被赐予了异乎寻常的力量。即便基督徒们当时可以伪装——他们可以假作献祭的姿态，可以花钱请代理，或者购买参加过祭仪的假凭证——但是选择苦难与死亡者数量之众令人惊诧。他们的急切赴死之心，解释了罗马政府为什么最终会承认：靠烈火与利剑征服基督徒是不可能的。"利剑"一词是臭名昭著的角斗表演的象征。

在基督教成了威胁之前，角斗表演是公众事件，是有钱的贵族们为尊崇死者而举办的军事葬礼比赛。有名望的市民也可能被迫缴纳

一种身份税金以资助斗兽表演。非洲的竞技场（"竞技场"一词意谓
"沙子"，实际上，每次搏斗后，人们就将"沙子"撒在鲜血上面）可用小
道具和布景装饰起来，模仿旷野的景象，装有野兽的笼子靠了滑轮降
到场中。角斗士们便彼此相斗或与野兽搏击。饿兽会相互撕咬对方
的咽喉。被判有罪的遭难人被放任于竞技场中，赤手空拳，有时也会
获准使用一些粗劣武器如弓箭或火把防身。竞技时，被正式雇用的
侍从和奴隶有时装扮成众神———墨丘利、冥王普路托（Pluto）、冥府
渡神卡戎（Charon）———的模样。这一景象引得德尔图良将竞技场描
绘成"群魔的会堂"。被判有罪的遭难者或战俘先被游斗，通常还被
迫穿上罗马祭司和女祭司的装束，而后再被剥去衣物，被驱赶着与野
兽搏斗。豹、狮、公牛、熊、象、羚羊，甚至鳄鱼都可能作为他们的对手
出场。在遭难人不堪折磨时，或者由角斗士（其职责便是如此）给他
们最后一击，或者扼住他们的喉管，或者切开他们的喉咙。

　　竞技赛不仅作为剧场表演形式广为流行，公民们还希望在家里
也摆上竞赛的纪念品和昂贵装饰品。在北非接近大莱普提斯（Leptis
Magna）的一栋别墅里发现的一幅镶嵌图，便描绘了那死亡游戏中的
一幕场景。一头系绳的公牛与一只拴链的蛮熊扭斗，一个赤身的男
子拿着一根带钩的棍棒发起对一匹公马的攻击，一位士兵用鞭子驱
赶着另一个赤身者对抗一头迎面冲来的狮子。第二个赤身者还显出
桀骜的神态。在斯密雷特（Smirat）的一处房屋的另一幅镶嵌图中，
角斗士们的长枪刺穿了血淋淋的豹子，赞助人正捧着奖金从场外跑
上前来。接近非洲东海岸的蒂斯德鲁斯（Thysdrus）城，有一间人称
"机巧之屋"（Domus Sollertian）的房子，保存着一幅更加可怕的图
画。艺术家描绘了一只黑豹爬到一个被缚的犯人身上，两只后爪钉
入了他的一条蹒跚前行的腿，两只前掌抓牢他的肩膀和胸脯，这牲畜
正啃食着犯人的眼和脸，画中鲜血喷涌。

剑客、角斗士(gladiators)和斗兽士(bestiarii)是赛事里的专业运动员。与那些赤手空拳的遭难者不同，他们全副武装。他们是公众眼中的"明星"，其表演会得到丰厚的第纳尔①和金币做报酬。这些运动员一般出身卑微，靠了蛮力赚得世间的俗名。据说他们富于魅力的一生既是暴虐的，通常也是短暂的。斗士一般被看作是在性方面和运动方面赋有高超技艺的英雄，颇具吸引妇人的魅力。拉丁词"gladius"(短剑)，在俗语中也意味着阳具，斗士在绘画中也经常以阳具状战士的形象出现。

裴百秋的故事里出现了野兽和斗士的形象。她的男同伴们最后是被一只美洲豹撕碎的。他们浸在自己的血泊中，听着众人卖弄挖苦的才智似的吼叫："洗得好！洗得好！（salvum lotum)"这话通常是洗浴后朋友间互道健康的问候语，可被发现镌刻于浴池或人工洞窟上。

众多古代的圆形竞技场点缀着北非，包括一个位于特白玻镇的圆形竞技场和一个位于蒂斯德鲁斯城的 27000 个席位的竞技场。这些竞技场提供了丰富的发掘地，其遗迹至今仍旧可以见到。那些角斗士镶嵌图描绘了三世纪早期的那个年代，即斐百秋死去的那个时期。

值得注意的是，斐百秋的日记和相关证词不是传奇故事，它们成为一种证明文献，散存于大量的拉丁语手稿中，有些是删节本，有一本手稿还是希腊语版本，最后一本拉丁语手稿是在耶路撒冷被发现的。在日记开始之前，有一位目击者给予人布道印象的引言，相比于斐百秋的朴实易懂的文字，其风格要学究得多，也啰唆得多。引言提到了文本的保存问题，口头提示了那些亲眼看见这一殉难事件的人，

① 罗马帝国货币单位。

并向那些如今通过聆听了解这一事件的人（nunc cognoscitis per auditum）报道这一神圣事件。

日记开篇便说明这一文献的四重目的：证实上帝的作为，尊崇上帝，教诲男人和妇女，劝慰他们。引言提出了古史较近现代史更具权威性的问题。但是正如布道者指出的，这些现代的预言与异象，随着时间的流转，也会取得古史的权威。今日的消息将会变作伟大的历史。所以布道者规劝听者尊重新生事物，尤其是当新生事物与世界的"最后审判日"合一的时候。

与那布道者的包罗万象的、道德说教的、缓慢聚合（slow-gathering）的历史时间观不同，裴百秋的日记，是一个被判死罪的妇女，在临刑前的亲身痛苦经历：数着逐日流逝的时间。"日子"这个字像副歌一样反复鼓奏。裴百秋对监狱生活的记述听起来十分可信。虽然其中也有神秘的说法和省略的部分。她的丈夫在哪里？据她说，她父亲是唯一对她的处境感到不快的家庭成员，这是为什么？这些问题也许终有一天会有答案。

对裴百秋的追忆长盛不衰。迦太基的圣奥古斯丁（Saint Augustine）为了纪念他的同胞裴百秋和费利西蒂，写下了布道辞。她们也名列罗马圣人历中。以女主人和奴隶装束出现的这二人的镶嵌图，也得以在拉文纳（Ravenna）保存下来。在四世纪兴建教堂的伟大时期，一所被称作慈善之所（Damous-el-Karita）的拜占庭教堂在迦太基被奉为神圣。这是北非最大的教堂。教堂不远处，有一块宽敞的墓地，从铭文可以看出，这正是殉道者裴百秋之墓。有铭文记述，圣殉道者裴百秋与费利西蒂的埋骨处正在这座大教堂中。

九世纪中叶前，《古英格兰殉道史》中 3 月 7 日篇出现了此传奇的经过删节的内容，作者或许是在奥古斯丁的布道辞中发现了这个故事：

这个月的第七天是圣女圣裴百秋和圣费利西蒂的纪念日，她们的尸身停放在非洲迦太基的大城镇里。少女时期，裴百秋就梦想她是男人的样子，手中持剑英勇地战斗。所有的梦想，在她后来以男子气概的决断（werlice gejxhte）战胜魔鬼和不信教的迫害者，最终英勇殉教时一举实现。还有费利西蒂，一位女基督徒，当她因为基督的缘故被送进监狱时还怀着身孕。因此当迫害者打算释放她时，她哭着祈祷上帝不要让她受孩子的拖累，于是她连夜就把孩子生了下来，那是她怀孕的第七个月，她因为基督的缘故殉道。

裴百秋的殉教记录包含四个部分：第 1—2 节是引言和目击者的报道，报道者或许是德尔图良或德尔图良圈子里的某人；第 3—10 节是裴百秋本人的话，是她自己对死前监狱生活的讲述，是日记的主干；第 11—13 节转到一位狱友沙土鲁（Saturus）的叙述，他讲述了他自己的异象，并为裴百秋作证；第 14—21 节以一位目击者对裴百秋和她的同伴的死亡的说明与总结圆满结束日记。

一位目击者的开场布道辞

1. 从古代起，人们便记下宗教信仰的榜样，以便证实上帝的恩惠，为人类提供指引。通过书面文字追忆往事的目的，一直以来也是为了尊崇上帝，消除人们的疑虑。那么我们为什么不应该为了实现这些目的而记录近期的事件呢？因为在来日这些事件也会变成久远的事件。未来的时代需要它们，即便它们在自己的时代里似乎不那么紧要，因为古史赢得了更多的尊重。

那些认为永远只有一个圣灵的人，应该想到近期的事件意义更为重大。流溢的恩惠是应许在世界最后的日子里的。上帝说："在末后的日子，我要将我的灵浇灌凡有血气的；他们的儿女要说预言，我要用我的灵浇灌仆人和使女，少年人要见异象，老年人要作异梦。"

恰如我们对那些预言的回应一样，我们也应该认可和尊崇那些被应许的新预言和新异象。我们深信圣灵具有的一切其他的美德都被授予了教会，以便教会可以将那些美德分发给所有人，就像上帝分发给所有人一样。这也是为什么我们认为，为了上帝的荣耀，有必要将这些事情写下来，让它们通过这些文字为人所知的原因，也就是为了让信仰不坚定者或者绝望者不至于生出这样的念头：神圣恩典唯有古人能独享，不管他们是通过殉道还是通过异象得到这恩典。因为上帝总会实现他所应许的，既作为向不信上帝的人出示的证据，同时又作为赐给信仰者的福祉。

因此我的兄弟们，凡我们听到的，我们用手触到的，我们都要向你们宣告，以便你们中那些当时就在现场的人能够牢记上帝的荣耀，那些现在通过聆听从而获悉此事的人能够和那些圣殉道者为伴，并通过他们与主耶稣基督在一起，主耶稣基督永享荣耀与尊崇。阿门。

目击者的日记引言

2. 几个年轻的新信徒被逮捕了：雷福嘉图斯（Revocatus）和费利西蒂，两人都是奴隶，在同一处服侍主人，然后是沙土宁（Saturninus）和赛贡都（Secundulus）。与他们一起的，是维比亚·裴百秋。[①] 裴百秋出身高贵，教养良好，是一位体面的妇女。她父母双全，还有两位

---

① 这五个基督徒是一同被捕的。沙土鲁（Saturus），这一伙人中的第六个，他自愿加入这些犯人的行列。在裴百秋的异象中出现的就是沙土鲁。

兄弟，其中一位兄弟也是一位新信徒。她年方二十二，怀中还哺育着一名婴儿。以下所述是裴百秋亲手写下的她所受的一系列磨难，还有原封不动的裴百秋对这磨难的思考。

狱中日记与裴百秋的异梦

3. 当我们还与押送官在一起的时候，我的父亲因了对我的爱，想劝我倾覆我的决心，放弃这一切。

"父亲，"我说，"举例来讲，你看见放在这儿的那个容器了吗？它是一个陶罐，或者随它是什么吧。"他说："是的，我看到了。"我说："除了把它称为陶罐外，我们可以用其他的名字去称呼它吗？"他说："不能，除了陶罐外，不能用其他的名字去称呼它。""好，那么，我除了我之所是——一个基督徒——之外，也不能用其他名字称呼自己。"

这番话惹得我父亲勃然大怒，他瞪视着我，仿佛要把我的眼睛抠出来。不过他狂怒一阵后便离开了，与他恶魔般的言论一起遭受了挫败。父亲有几天的时间都没有出现在我的身旁，我向上帝感恩，因为他不在身边，我才回复到平常的状态。在这短短几天里，我们受了洗，圣灵劝告我除了身体的耐受力外，不要向圣水索求任何东西。

几天后我们被关进了监牢。我以前从未身处过那样的一片漆黑当中，因此惊恐万分。多么可怕的一天！——拥挤导致的令人窒息的烦热，还有守卫粗暴的对待。最糟的是，我为了我的孩儿忧心如焚。

泰尔提乌斯（Tertius）和庞培尼乌斯（Pomponius），照拂我们的神圣执事，贿赂了某个人，以便我们可以转到好点儿的监房，去享受几个小时的清凉。一出地牢，我们便可以无拘束地照顾到自己的需求。我给我已经饿昏的婴孩喂了奶。因为忧虑的缘故，我与我的母亲说起了这孩子。我安慰我的兄弟,并把孩子托付给了他们。我精疲力竭,因为我看到他们因为我的缘故是怎样精疲力竭。有好几天的时间我都承受着这样的焦虑。后来我解决了这个问题,我让我的孩子与我一起待在监牢里。我立刻变得坚强了,因为我消除了对我的孩子的担心和焦虑。陡然间,监牢对我而言像是一座宫殿。它是我最喜欢的地方。

4. 然后我的兄弟对我说,"我的姊妹,你已经赢得了如此巨大的荣耀,你当然可以要求一次异象,探知你是一定要受难,还是可以暂缓遭罚。"我知道我可以和上帝对话,我已经经受了上帝的大恩典,所以我诚心诚意地允诺他:"我明天告诉你。"

而后我便进行祈求,从而得到了以下呈现给我的异象。

第一异象

我看到一架铜梯,高得令人难以置信,直达天庭,[①]梯子很窄,一次仅容一人上去。梯子两旁附有各种铁器——剑、长矛、钩子、匕首、标枪。如果你胡乱爬上去,或者不专心,就要遭宰杀了,你的身体会黏在这些铁器上。

梯子脚下偷偷隐躲着一条巨蛇,它威吓那些试图爬升者,令他们不敢登攀。

但是沙土鲁第一个爬了上去。(当事态发生了变化,我们都被抓捕,正是这位沙土鲁主动自首,因为他担心我们。他令我们大为振奋。不过在我们被捕的时候,他并不在场。)在他到达梯子顶端时,回身对我说:"裴百秋!我等你,但你要当心,别让那蛇咬到。"我说:"它

---

① 见《创世记》(28:12):"梦见一个梯子立在地上,梯子的头顶着天,有神的使者在梯子上,上去下来。"

伤不到我，以耶稣基督之名！"那蛇仿佛怕了我似的，从梯子下探出它的头。我把它的头当作梯子的第一级，踏着它向上爬。我看见了一座广袤的花园。花园中间有个白头发的男子，高个，穿着牧羊人的斗篷，正在挤羊奶。他的周围站着成千上万穿着白得发亮的衣服的人。

这人抬起头，盯着我，说："欢迎你，孩子。"他唤我上前，给了我一点看上去像是他在挤的乳酪之类的东西。我将手窝成杯状，接过来吃了。此时环坐着的人齐道："阿门。"一听这话我便醒了，嘴里仍有甜品的味道，也不知道它是什么东西。我立刻告诉我的兄弟，我们都知道，苦难就要降临了。我们都意识到，对于这尘世，我们不能再有更多指望了。

5. 几天后，有传言称将有一场对我们的审讯。我的父亲也从城镇里赶来。他形容憔悴，走上前来打算劝诫我。"女儿，"他说，"怜惜一下白发苍苍的我吧。如果我还配得上你叫我做父亲，如果你顾念我亲手将你抚养到现在如花的年纪，如果你顾念我宠爱你胜过你的兄弟，就怜惜一下你的老父吧！别抛下我受众人的羞辱。想想你的兄弟，看看你的母亲和你的阿姨，看看你的婴孩，你死之后他也活不了。撤去你这傲慢的形态，否则你会把我们全都给毁了。如果你有什么事，从今后我们所有的人再也不能快意畅谈了！"

我的父亲出于对我的爱说了这席话。他跪在我的脚下，亲吻着我的手。他流着泪，不再喊我"女儿"，而称我为"女士"。我因为我父亲身处的惨境而心生悲苦，因为在我的家人中，唯有他不愿看到我现在的景况。我安慰他说："一切都会按照上帝的意愿，在囚犯的断头台上解决。因为你要知道，我们做不了自己的主，我们都受着上帝的统领。"他离开我的身边，不胜凄苦。

6. 又一天，我们的早餐吃得晚，突然有人催促我们去聆讯。我们来到法庭，流言很快在附近传开了，法庭挤得人山人海。我们爬上犯人的绞刑台。其他人接受讯问，他们认罪了。轮到我的时候，父亲带着我的孩子到场，在台阶处拉住我，流着泪道："行了祭仪吧——可怜可怜你的幼子！""已故司法官米奴修·提密年努(Minucius Timinianus)的继任者，接过司法大权的希拉利努(Hilarianus)总督，也催促道："饶了你白发苍苍的老父，放过你襁褓中的幼子。行了敬颂君王安康的仪式吧！"

我答复道："我不会这么做。""你是基督徒吗？"希拉利努问。我说："我是。"此时我的父亲还不甘心，试图逼我改变说法。希拉利努命人将他赶出去，用棍子打他。我心疼我父亲，仿佛自己被打了一般，我还为我父亲悲凄的暮年心感惨痛。

后来，希拉利努对我们所有人做了判决，他判处我们斗兽。我们喜气洋洋地回到监房。那时我仍在给我的婴孩喂奶，他也习惯于吮着乳头，所以我急忙打发执事庞培尼乌斯到我父亲那里去抱我的婴孩。我的父亲不肯将孩子交给他。而后按照上帝的意愿，孩子不再要求吮吸乳头了，我的胸部也不再发炎。于是我便不再为我的婴孩烦恼，胸部亦不再生痛患。

第二异象

7. 过了几天，那时我们所有人都在做祈祷，我中途突然说出狄诺克拉底(Dinocrates)这个名字。我大吃一惊，因为以前我从未想起过他，当我记起他的命运，心中满是哀伤。而后我意识到，或许我得了许可，能为他祈祷，而且我有义务这样做。于是，我开始在主前专心致志地为他祈祷，为他深深悲悼。就在那天晚上，我看到了这个异象：我看见狄诺克拉底从幽暗处拥挤的人群中走来。他看上去又热又渴，衣服上满是污渍，脸色苍白。他脸上的溃疡还和他死时一模一样。

狄诺克拉底是我的亲生兄弟，但在七岁的时候，他因脸部患上了恶性疾病而悲惨地死去。他的死状令所有人作呕。

现在我为他祈祷，但在我们之间是如此浩瀚的虚空，以致彼此无法靠近。狄诺克拉底立在一个装满水的池子旁。池子边缘比他高，他不得不抻着身子，好像是要喝水的样子。我为他悲伤。尽管池子是满的，他却喝不了水，因为池子边缘高出他太多。

我醒了过来，意识到我的兄弟在受苦，但是我确信，在他受折磨时，我能够帮助他。我每天为他祈祷，直至我们被转到堡垒监狱。因为我们在盖塔皇帝生日那天举行的军事比赛中搏斗是已经安排好了的。我日夜为我的兄弟祈祷，洒泪叹息，为的是我的祈祷可以得到应允。

第三异象

8. 还在他们用铁链锁住我们的那天，我经历了这个异象：我见到我以前看到过的同一个地方，不过这一次狄诺克拉底显得干净利索，穿着合适，也有了精神。原来溃疡的地方现在结了痂。上次我见到的池子的边缘降到了这孩子的肚脐的高度。池边放了个盛满水的金色饮具，水源源不断地由池子注入这饮器。狄诺克拉底走过去，开始就着那永不干涸的饮器喝水。喝够之后，他便像其他孩童那样，快乐地跑去玩耍。我醒过来，知道他已经从苦痛中得了解脱。

9. 几天后，一位名叫普登斯（Pudens）的军官当监狱的看守，他开始以恭敬之心关注我们，因为他注意到在我们当中有某种伟力。他开始允许其他人进到我们的牢室，以便我们可以彼此安慰。格斗比赛的日子日益临近，我父亲来了，他形容枯槁，筋疲力尽。他开始撕扯他的胡须，撒在地上。他倒伏在我的跟前，咒骂他生命中的岁月，说着那种会感动所有活物的话。我为他凄惨的暮年而悲伤。

第四异象

10. 就在我们即将参加搏斗的前一天，我看到执事庞培尼乌斯来到监狱大门口非常大力敲门的异象。我去为他开门。他穿着一件流光溢彩的白色长袍，编织富丽的拖鞋。他说，"裴百秋，我们在等你。来吧。"他握住我的手，我们走过崎岖弯扭的小道，终于气喘吁吁地到达竞技场，他引我来到斗技场的中央。"别怕，"他说，"我会在这儿陪你，我会在你身边战斗。"然后他便走开了。

我仰视着惊奇地注视着我的大群观众。我知道我被判与兽搏斗，但令我惊奇的是，他们没有放野兽来攻击我。后来一个面目可憎的埃及人向我走来。他带着助手，过来与我搏斗。英俊的后生们，还有我的助手和支持者在我的身边支持我。

我的衣服被剥去，我变成了一个男人。我的助手开始为我擦油，恰如他们惯常为一场体育赛事所做的那样。对面那个埃及人正在沙里打滚。

然后出来一位身形巨大的男子，他身材实在奇大无比，以至于高出竞技场的顶部。他穿着一件紫色无带的上衣，两道条纹横穿前胸中部，脚踩用金银精心装饰的拖鞋。他身佩像运动训练员那样的棍棒，还有一根沉甸甸的挂着金色苹果的绿色树枝。

他请大家安静下来，然后说："如果这个埃及人胜了她，他会用这把剑将她杀死。但是如果她赢了，就将得到这根树枝。"然后他便退走了。

我们相互靠近，开始用拳头痛殴对方。我的对手一直设法抓住我的双脚，我则不停地用脚后跟踢他的脸。我感到自己升到了高空，我就仿佛自己离地似的不停用拳头揍他。当我看到他有轻微的迟缓时，我将两手的手指交叉在一起，抓紧他的头部。他面朝下倒在地上,我用脚跟踩住他的头。众人开始高呼,我的助手吟唱胜利之歌。我走到训练员那里接受了那根树枝。他吻了我,说:"孩子,和平与你常伴"。作为获胜者,我走向生还之门(Porta Sanaviva ria)①。

那时候我醒了,知道我将要对抗的不是野兽,而是魔鬼,我将战胜他。

这是我到比赛的前夜为止所写下的。如果希望记下搏斗的结果,就让他们去做吧。

(与裴百秋一起的殉道者沙土鲁的异象占据了第11—13节。第14节记录了赛贡都在监狱中的死亡。佚名讲述者记下了格斗的最后结果,首先介绍的是裴百秋的仆人费利西蒂。)

目击者的报告

15. 正如即将表明的,上帝的恩典也降临到费利西蒂身上。被捕时她怀有八个月的身孕。公开表演的日子临近了,她开始变得忧虑重重,那严酷的考验可能会因为她的妊娠而被延期,因为处死孕妇是违法的。如果延期的话,她便只能在之后与普通罪犯一起抛洒热血。与她一起的殉道者,一想到不得不丢下这么好的一位同伴,让她孤独地踏上同一条希望大道的旅程,就心情沉重,他们在悲痛中共同向上帝祈祷。祈祷后不久,费利西蒂便感到分娩的阵痛来袭。因为在第八个月分娩的固有的艰难,在生孩子时她遭受了许多的苦痛。

一位监狱看守对她说:"如果你现在就痛苦到这种程度,到你进场与野兽搏斗时你又将如何呢?你在不愿举行仪式的时候没有想到它们吧。"

---

① 竞技场出口,胜者由此门退场。

费利西蒂答道："我现在是一个人忍受痛苦，过会儿在我里面会有另一个代我忍受痛苦，正如我现在为他承受痛苦一样。"她生下了一个女儿，由她的一位姊妹当作自己的女儿抚养长大。

16.（在为他讲述的不够充分致歉之后，目击者继续叙述裴百秋的坚忍英勇的例子。）

有一次，当看守比往常更加粗暴地虐待犯人时（因为一些相当靠不住的人警告说，我们可能会利用某种咒语或魔法逃狱），裴百秋当着他的面说："你为何不肯让我们恢复一下精力？ 我们是被告中最有名的。我们是恺撒的！ 我们会在恺撒的生日那天进行搏斗。如果在你带我们到那盛会上的时候，我们看上去身体健康，他们不会肯定你的成绩吗？"

守卫怒气冲冲，脸涨得通红。后来他下令，要更加人道地对待囚犯，并说可以允许裴百秋的兄弟和其他人探望裴百秋，与她一同进餐。如今那个主管监狱的看守已经是一位信徒。

17. 比赛前一天，他们正在吃最后的晚餐，这顿晚餐通常被称为"自由宴"，尽管他们不这样称呼它，而是把它变成一次"agape"（早期基督徒的友爱餐）。他们坚定地向民众发表演说，向他们预告上帝的审判，证明他们在即将到来的苦难中享有的喜悦。他们嘲笑那些出于好奇之心跑来观看他们的人。沙土鲁说："明天对你们还不够吗？你们为什么想看你们所厌恶的？ 我们今天是朋友，明天我们将是敌人。仔细看清我们的脸，到那天你们就会认识我们是谁了。"民众惊恐地离去，他们中许多人变成了信徒。

18. 殉道者胜利的那天布满了光。他们情绪高昂，脸上神情自若，他们从监狱出发走向圆形竞技场，仿佛开赴天堂一样。如果说他们有些颤抖的话，那也是因为喜悦，而不是因为惧怕。

裴百秋安静地跟在后面，就像基督之妻和上帝之爱。她容光焕发，如炬的目光穿过所有人的注视。费利西蒂和他们一起，欣幸于她将孩子平安地生下来，所以她现在可以和野兽搏斗。她由产妇变为斗士，起先浸浴在分娩的鲜血中，现在打算经受一次新的鲜血的洗礼。

她们被带到门口，男人们被逼穿萨杜恩的祭司的礼服，女人们被逼穿长袍，打扮成刻瑞斯的女祭司的样子。但是裴百秋始终傲慢地反对这一点。"我们自甘自愿地来到这里，就是为了我们的自由不受染污。只要我们不做这类事情，我们愿意交出我们的生命。关于这件事情，我们与你们订个约定。"

甚至这些不义者也认可了这些正义者。护民官作了让步。殉道者们没有穿上特别的服装，便被领了进去。裴百秋吟唱着圣歌，仿佛她已经将脚踏在了埃及人的头上，当进入希拉利努的视线范围之内时，其他人打着手势，转过头说："你判我们的罪，上帝将判你的罪！"

人群爆发了狂怒，要求站列一排的斗士管理者们鞭打那些殉道者。这些基督徒们欣喜地接受，因为他们在仿效主的受难和死亡。

（在第 19 节中，沙土鲁和雷福嘉图斯与豹、熊、野猪搏斗。）

20.恶魔为这些年轻妇女准备的是一头非常凶狠的小母牛。这是罕见的，不过之所以挑选这牲畜，是为了与她们的女性性别相匹配。她们被剥去衣物，置于网中，送上前来。民众惊骇地看到，一个是纤弱娇嫩的年轻女子，另一个是刚刚生完孩子的少妇，乳房还渗着乳汁。这两人被召回去穿上无带的束腰外衣。

一开始裴百秋便被小母牛抛了出去，仰天跌倒。她坐了起来，撕下外衣绑住大腿，因为腿旁边被撕破了。她关注自己的端庄甚于伤口。她找到了脱落的发簪，别住凌乱的头发，因为她认为披头散发地受难，不适合于一个殉道者。她不想在她荣耀的时刻显出肮脏的样子。

　　她站起身来，看到费利西蒂已经倒伏在地，她走到费利西蒂身旁，伸出手帮她站起来。她们站在那里，人们的热望似乎也弱了下去，所以这两人又被唤回到生还之门。

　　新信徒卢斯提库斯（Rusticus）在那儿照料裴百秋。她仿似由深度睡眠中醒来，因为灵已充满了她，令她出神。她开始四处张望，所有人听到她的问话都大吃一惊："我们什么时候会被送去那儿，与那头小母牛或随便什么东西打斗？"当她听说这事已经发生时，起先她并不相信，直到她看到她的身体和束腰外衣上留下的搏斗的痕迹。而后她召唤她的兄弟，对他和那位新信徒说："你们必须在真道上站立得稳，相亲相爱，别被我们的苦难击垮。"

　　21.然而裴百秋还须尝受更多的痛楚。她被彻底戳穿，高声尖叫。后来，她抓住那位新来的角斗士的颤抖的右手，引着它，切开了自己的咽喉。

第二章　圣地的朝圣者

西班牙的埃吉里娅（Egeria of Spain）

（381—384 年）

导读

310 年,巴勒斯坦执行了最后一次有记载的基督徒殉道死刑,值此殉道者的最后一缕呻吟声几乎尚未消散之际,朝圣和寻找遗迹的伟大时代肇始了。四世纪晚期,一位活力充沛、身份高贵的有闲妇女,从西班牙西北部游历至小亚细亚、巴勒斯坦和埃及。她留下了用简明拉丁语写成的三年游历的记录,其语言自然通俗,直截了当,引人注目。同时游记中还显露出一种一望而知的虔诚，传达了具有宗教性质的地形的丰富信息。这本以写给修道院修女们的书信形式呈现的游记，展示了她对神圣处于地理空间之中这一观点的回应。

随着 313 年《米兰诏书》（*the Edict of Milan*）的颁布，对基督徒的迫害有所缓和；325 年，尼西亚会议（the Council of Nicaea）召开，基督徒的信仰变成了罗马帝国的官方宗教。获胜的君士坦丁大帝（Emperor Constantine）发动了教堂修建计划，呼吁基督徒参观巴勒斯坦的圣所。

对于能够行走于《圣经》中记载的事件上演的圣地，几个早期的游历者兴致勃勃。二世纪，萨迪斯的墨利托（Melito of Sardis）曾写信给他的兄弟说，他希望看看"所有这一切发生的地方，这宣告真理的所在"。奥利金（Origen），这位生于埃及的神学家，《雅歌》的长篇注释作者，于 230 年参观了伯利恒等地。他这次旅行某种程度上是为了躲避他的敌人，不过他还怀着一个解经的目的：看看他打算写到的现场。那位波尔多（Bordeaux）的匿名朝圣者在 333 年留下了早于埃吉里娅的第一手报道，其中包括一些遗址的名册以及驻留点之间的距离。

君士坦丁大帝想要根除异教信仰，意图将他的教堂修建计划与他自己对基督教信仰的拥护联系起来。330 年 5 月，他在古拜占庭帝国之上为他的"新罗马"——君士坦丁堡——奠基。在巴勒斯坦，他下令将圣窟改建为神圣教堂。既然有了他颁布的任务，这个时代于是便见证了坟墓、神龛和教堂、修道院与病患收容所的建造、修复和装饰，所有这一切吸引了大量的朝圣者。《旧约》中的人物（以及几个《新约》中的人物）的洞窟和住所、殉道者的坟墓及与耶稣布道有关的遗址，成为激发人们兴趣的场所。

埃吉里娅的游记记载她经过了果园、耕地与山谷、自喷井、肥沃的园圃、遗址、坟墓和宫殿，她把这些都列为《圣经》的古迹。罗马的道路固定了行走的路线，不过朝圣者们偶尔还是会偏离这条路线，她们会骑着骡子艰难地穿越砂质的荒地，有时又沿着套上鞍具的役畜越海时走的海岸线走上一段。有时这群人还需要罗马武装士兵的护送。她们通常都是徒步跋涉。埃吉里娅声称，西奈山（Mount Sinai）原来是不可能骑着上鞍的牲畜爬上去的，所以朝圣者们便徒步登山，径直走上去，不做任何盘旋。而到六世纪，当朝圣者们从圣山脚下的圣凯瑟琳修道院（原圣玛丽修道院）攀到圣山之巅时，看到的是西奈山上建起的三千多级石阶、两道大石门以及许许多多的朝圣"站"。埃吉尼娅在西奈山上的艰苦攀登，标志着一个攀登西奈山上的"通往上帝的天梯"的悠久传统的开端，在中世纪晚期和文艺复兴时期的文学、艺术和建筑中，"通往上帝的阶梯"逐渐成为一个象征形象。

在忙于新建工程的人头攒动的耶路撒冷城，埃吉尼娅参观了一些尚处于质朴的清新状态中的建筑，其中设有回廊、喷泉、列柱，显得灿烂华丽。耶路撒冷城中的信徒已然是摩肩接踵，旅馆和客栈是他们的休憩容身之所。尽管 385 年就已移居到伯利恒的哲罗姆（Jerome）坚持认为，圣耶路撒冷就像所有其他都市一样，也有我们日常惯见的小偷、杀人犯、投毒者、偶像崇拜者、通奸者，但在尤西比乌（Eusebius）的眼中，耶路撒冷城却似乎是"新耶路撒冷"（new Jerusalem），是《圣经·启示录》中镶嵌珠宝的天国之城。

在保拉（Paula）于伯利恒创建的女修道院里，哲罗姆的两位密友——保拉和她的女儿欧多钦（Eustochium）——写信给在罗马寡居的玛塞拉（Marcella），催促她前来会合。母女俩也觉得耶路撒冷略嫌世俗，不太适合她们——太多的教堂，太多的外国人。她们更喜欢"耶稣村"（Christ's village）的乡村的宁静和轻柔的音乐，在那儿，甚至农夫也会吟唱圣歌和哈利路亚，农夫会在用弯刀修剪葡萄藤时颂咏《大卫圣歌》（*David's psalms*）。在耶路撒冷这个大都市的混乱中，她们评述道，圣歌手闹哄哄的情形，显示了当地唱诗班之多，直欲媲美诸国之盛。不过，圣歌的快乐的嘈杂声制造出的这个都市的欢庆气氛，引得埃吉里娅的一位同代人，阿玛西亚的阿斯特流斯（Asterius of Amasea）主教，惊呼"没有了坚持信仰的人，我们的生活就没有了节日"！

在这个繁忙的时节，人头攒动的地方，圣城里从事善工的女性是惹人注目的。君士坦丁堡的奥林匹娅丝（Olympias），出身于一个威势显赫的宫廷权贵之家，变成一个虔心修道的女执事，她用她的资财维持那里的教会。她分发救济品给穷人，写信激励君士坦丁堡的新任主教约翰·克里索斯托（John Chrysostom）。许多蜂拥来至圣徒坟墓与圣地的旅行者是女性。她们中有些人，我们仅限于知晓其名字，其他细节则所知甚少。虔诚的巴萨（Bassa），某个修道院的院长，或者弗拉维娅（Flavia）女士，橄榄山上的殉道者朱利安（Julian）的教堂的创建人。其他一些人则被详尽地记载下来。

早期游客中，声望最隆的可能要数君士坦丁大帝年迈的母亲海伦娜（Helena）。君士坦丁大帝于325或326年将海伦娜送到耶路撒冷，督造他的建筑计划。329年，海伦娜回到君士坦丁堡后不久即去世，随即海伦娜发现处死耶稣的真十字架的木头（lignum crucis）的传闻开始流传。至少有半打的证人证实这一事件，而他们的说法又来自于当时的恺撒里亚（Caesarea）的主教格拉西乌斯（Gelasius）。埃吉里娅报道说，在海伦娜的督造下，君士坦丁大帝建成耶路撒冷的圣墓教堂（the Church of the Holy Sepulchre），并饰以黄金、马赛克和珍贵的大理石。然而奇怪的是，她并未提到海伦娜的重要作用，优西比乌斯对于这项所谓的发现也未发一言。

但是米兰的安布罗斯（Ambrose）主教于395年完整地记述了海

伦娜的"发现",他在其中称赞海伦娜作为一个客栈老板(stabularia)的卑微出身,盛赞她讨上帝的欢喜。整个中世纪,这一发现真十字架的传奇故事一直铭刻在基督徒的想象力中。八世纪的古英语诗人埃琳娜(Elene)将海伦娜描绘成一个不懈探索的航海者、犹太人的挑战者。

尽管海伦娜的视察事实上是宗教性质的,但是她是以奥古斯塔(皇太后)的身份抵达的,她庄重地走遍了她儿子的辽阔领地,呈现的是皇室游行的体面和效果。她受到了极尽铺张的接待,访问了圣地之外的领域,赠予礼物,受理请愿,释放不幸者。她变成了范例,为其他由一个圣地到另一个圣地的有地位、有威望的妇女们奠定了基调,这些妇女抱有的更多是纯粹朝圣之类的目的,不过她们因为其高贵的谦逊品质,将会产生显著的影响。

保拉和欧多钦是来自西部的朝圣者。哲罗姆这样描写保拉:"她匍匐在十字架前膜拜,仿佛她就看见主高悬在那儿。进入耶稣复活的埋葬所后,她亲吻着天使从墓口移开的墓石。她用忠诚的口唇触碰上帝身体躺过的地方,仿佛干渴者喜饮清泉。"另一位妇女的例子可以说明朝圣者情感和身体的投入,在乌扎里斯(Uzalis)的一个圣地,默格西亚(Megetia)用力捶打防护栅,竟把它砸塌了。闯入之后,她趴在圣物上啜泣不止。

从西部过来的名门贵妇,有西尔维亚(Silvia,与一位执政长官有关系)、玻美尼娅(Poemenia,皇室成员)、老梅拉尼娅(Melania,一名高贵的主妇,奥林匹娅丝的良师益友)和她的孙女梅拉尼娅。玻美尼娅在橄榄山上创建了耶稣升天教堂。就在同一地点附近,老梅拉尼娅在377至400年间建造了她的修道院,为五十位贞女提供服务。与埃吉里娅一样,这位梅拉尼娅也是西班牙人。由于狄奥多西(Theodosius)大帝出生于塞哥维亚(Segovia)省,也来自于她们的祖国,所以这个妇人很可能在皇室有朋友，这位朋友可能是皇帝本人，也有可能皇帝的众多西班牙随从。

埃吉里娅的行程始自她于 381 年在君士坦丁堡庆祝复活节之时，这必定是个神圣的、上流社会的、重大的场合，因为 381 年 5 月至 7 月间，第二次全基督教大会也在那里召开以证实大公教会。尽管看起来显得有些奇怪，作者既未提到狄奥多西，又未提到皇室的其他名人，但是应该注意到的是，她也没有提到她的修道院的主人。《游记》(*Itinerarium*) 中记载的名字和当世名人可谓少得可怜。

她也没有关注时事，没有关注野蛮人在所有边界上的放肆。"首先，必须认识到，"《论战事》(*De rebus bellicis*) 的匿名著者在论述 366 年至 375 年间的形势时写道，"蛮国正在对罗马帝国施加压力，在帝国周围四处嚎叫，诡诈的野蛮人正在攻击所有的边界。"

保拉和哲罗姆的朋友玛塞拉，肯定要遭到洗劫其罗马住所的士兵的无情毒打了。哲罗姆写道："在列举我们时代的这一切灾祸时我无法不惊恐。过去二十年甚至更长的时间，罗马人的鲜血每日喷洒在君士坦丁堡与朱利安阿尔卑斯山、锡西厄、色雷斯、马其顿、达耳达尼亚、达西亚、塞萨利、亚该亚、伊庇鲁斯、达尔马提亚之间，两个潘诺尼亚 (Pannonias) 都深受哥特人、萨尔马提亚人、夸迪人、阿兰人、匈奴人、汪达尔人、马尔克曼人之害，这些人蹂躏、摧残和掠夺他们。"苏维汇人、阿兰人和汪达尔人不久就会侵犯埃吉里娅的祖国。

381 年，君士坦丁堡教会会议的前几个月，罗马人的宿敌，西哥特人的老酋长阿塔纳里克 (Athanaric) 的政治生涯戏剧性地终结了。遭人民抛弃后，阿塔纳里克设法来到君士坦丁堡，向罗马投降。两周后他去世。为了展示罗马的实力和对和平的渴望，狄奥多西替阿塔纳里克举行了一次庄严的国葬。只要力所能及，狄奥多西便运用极端策略分化西哥特人的力量——滥赐一些人筵席和宠爱，邀请他们来他的庭帐,促使敌对状态暗中郁积,煽动势不两立的吵闹——即使在那时,西哥特人也还在饮宴,在狄奥多西的宫廷放纵。

所有这一切,埃吉里娅都没有注意到。她的注意力依旧毫无旁骛地凝注于信徒的游历这一主题上。

谁是埃吉里娅?自 1884 年发现关于其游历的珍贵残稿以来,埃吉里娅身份的诸多细节经调查被揭示出来。约 650 年,西班牙隐居僧侣维尔左的瓦列利乌斯(Valerius of Vierzo),写信给他的兄弟,认为埃吉里娅是虔诚力量的楷模。尽管她是典型的"柔弱妇女",他说,她的例子,应当令所有自认力量强大的人羞愧到脸红。他称赞这位几世纪前便记述下她的东方朝圣之旅的修女。瓦列利乌斯认为她的家乡与自己一样,是西班牙西北部边远地区维尔左:"来自西部最远的海滨。"

西班牙当时处于托莱多的西哥特国王治下,瓦列利乌斯是西班牙的拉丁基督教文化的遵守者。尽管西班牙早在三世纪中叶就有教堂,天主教也已经扎根,但是在乡村思想中顽固的异教信仰依然根深蒂固。狄奥多西本人可以在 380 年的法令(Codes of 380)中宣告异教习俗非法,可以下令摧毁异教的神殿,但是神秘祭仪终难消灭。占卜和赎罪仪式在家庭、聚会中心、泉水和河流之畔、神林与碑石旁举行。在乡村祭坛过于招摇时,仪式便转入地下,并在未来的几世纪里在那儿隐秘地兴旺繁荣。

与此同时,某种形式的基督教修道生活正在发展。埃吉里娅似乎属于加利西亚省的一个圣女所,它是一个团体,当时存在过许多种类和等级;它并不一定是修道院,而且还能够自由搬家。她可能曾经是位女执事,因为她曾经作为亲密的朋友在特克拉(Thecla)圣地欢迎女执事马尔塔纳(Marthana)。她将她的书寄给其本国的一些女士,其中一位被特别称呼为"夫人"(affectio vestra)①。尽管她在不同的时间被称呼为西凡尼娅(Silvania)、西尔维娅(Silvia)、伊克里娅(Echeria)或伊特里娅(Aetheria),学界观点通常一致称呼她为埃吉里娅。

一般认为,埃吉里娅的游历时间在 381 年至 384 年之间。她的游记可能始于 381 年在君士坦丁堡庆祝复活节之时。她由君士坦丁堡向南行至耶路撒冷,然后继续南行至埃及并拜访了底比斯的僧侣,这段旅行耗去了她在 381 年至 383 年之间的时光。383 年回到加利利(Galilee)和耶路撒冷时,埃吉里娅可能已经记录下了礼拜仪式,然后她复又南行,于 384 年 1 月前到达西奈山。再次回到加利利地区之后,离开耶路撒冷北行至安条克(Antioch)之前,埃吉里娅还进行了几次附带的短途旅行。之后埃吉里娅从安条克向东北进发伊得撒(Edessa),于 384 年 4 月抵达。一个月后,即 384 年 5 月,她沿海岸向西旅行,访问塞琉西亚(Seleucia)省伊索里亚(Isauria)的圣特克拉圣地。在埃吉里娅最终抵达君士坦丁堡后,她于 384 年 6 月或 7 月写信给她的姐妹,说她动身去以弗所的圣约翰圣地。

相比于曲曲折折的旅行路线,《游记》这本书是按照它自身的逻辑构造起来的。其中有两大主要部分。此书的第一个部分,覆盖了广阔的区域,从西奈和埃及,循着《出埃及记》中古以色列人的足迹,向北穿越巴勒斯坦、叙利亚和美索不达米亚,而后返回君士坦丁堡。第二部分集中于耶路撒冷这个城市的遗址、建筑和礼拜仪式。

第一部分的现存手稿始于一个句子的中间。首段在下面第一选段中给出。游历者对圣地的令人屏息的地形的文学描写在文学风格上堪称乏味。就像她几次写下的,地面显得"广漠无边而平滑如缎"。

---

① 对于有爵位人士的尊称,男女通用。

埃吉里娅的简单质朴的语句由前一句流畅地转入下一句，就像她觉察到的自己内心的各个苍白部分一般彼此相连。她的表达连续，分句更多地以"和"并列连接，而非以更能表达思想的复杂联系的主从连接词连接。

一个更为浪漫的或自负的游历者可能会经验到并努力表达的精神上的和句法上的复杂性，在这种观察者和地形的交相感应中似乎是不需要的。在此，需要的是卑微者的话语（sermo humilis），需要的是圣奥古斯丁注意到的朴实的话语，通过这种话语的清澈纯净，奇迹可以发光。在此古以色列人为他们的贪婪卖命；在此，他们崇拜的是金钱；在此，摩西听到上帝从尚在成长的燃烧的荆棘中对他说话。还要什么辞藻吗？文中以平实语言描绘的景致超越了时空，让一些事件永不消弭，这恐怕要比任何辞藻来得惊世骇俗吧！

埃吉里娅考察了罗得（Lot）的妻子变成盐柱的现场。她没有伪称那根盐柱仍在那里，它显然已经沉入死海。她经过克利斯玛（Clysma）的红海。在她北行时，她的驻留点包括约伯和摩西的墓地，撒冷（Salem）附近的施洗约翰的池子，亚伯拉罕在卡雷拉（Carrae）的住所。她对奥斯若恩（Osrhoene）省伊得撒的阿布加（Abgar）王宫的访问，以及对伊索利亚省塞琉西亚的特克拉圣地的访问——出现在游记的第一部分——是后面两个翻译过来的段落的源头。

阿布加书信是声名煊赫的基督教文献。尽管罗马教皇格拉修斯（Gelasius）于494年最终宣布它们是伪经，它们仍然不断被改写并堆加上新的圣迹。在其《教会史》中，尤西比乌记录了他在伊得撒发现的阿布加信函与耶稣信函的原文。阿布加邀请耶稣到他在伊得撒的宫殿，希望治好他的一种疾病。他听说救世主不用药草和药剂，只用话语，便能治愈病患，起死回生。

耶稣在信中回复道，他不能接受王室的邀请，因为他必须实现他的使命。他承诺派遣一名弟子：

> 你是有福的，没有看见我就信我！因为有人写到我说，那些看见我的人不会信我，那些未曾见过我的人却会信仰和实行。说到你要我到你那里去的要求，我必须完成我被派到这儿来要做的一切，一旦完成，必须立刻被接回派遣我的救世主那里。我被接纳时，我将派我的一名弟子来医治你的不适，为你和与你在一起的那些人带去活力。你的城堡将受庇佑，敌人永远不会统治它。

传说耶稣把他的信函和他自己的一幅肖像委托给信使亚拿尼亚（Ananias）。耶稣升天后，使徒多马（Thomas）派七十个指定弟子之一撒迪厄斯（Thaddeus）去到伊得撒。

这封信，类似于《约翰福音》，在八世纪的英格兰和爱尔兰被当作真本受到欢迎。一篇经文，一个特定日子的礼拜仪式的读物，包含了一份耶稣写给阿布加的信函。上面的红字标明"携带它的人不会被他的敌人或他们的符咒（carmina）、恶魔的圈套、冰雹或打雷所伤害，无论在家或在城市、由海路或由陆路、在白天或在夜里"。这篇经文解释了阿尔昆（Alcuin）对那些人的不满，他们把写在羊皮纸上的传播福音的话，围在颈项四周，而不是放在心里。

埃吉里娅保存了她对宫廷的访问的生动记录，在那里她了解到，就在二十年前，耶稣的书信不可思议地挫败了这座城市的敌人——波斯人。她从伊得撒的主教那里得到书信的副本；它们的真实性引起了她的兴趣，她相信她已经得到了最完整的版本。

离开伊得撒后不久，埃吉里娅前往特克拉圣地。一般认为，特克拉的墓地位于罗马的伊索里亚行省的莫里艾姆里克（Meriamlik），正好在塞琉西亚之外。这个伊索里亚的圣所是这位圣徒最主要的圣所；大批的朝圣者时常来访。特克拉有位身强力壮的追随者，正如关于她的许多版本的传记所呈示的，其中有希腊语版、拉丁语版、古叙利亚语版、亚美尼亚语版、斯拉夫语版和阿拉伯语版。塞琉西亚的巴兹尔（Basil）于五世纪著写的《特克拉传》是基于流行于二世纪的《保罗与特克拉行传》而成的。

《特克拉传》讲述了小亚细亚依科尼雍（Iconium）的一位出身名门的贞女，偶然间听到圣保罗在一位邻居家中传道。被传道者的话语深深打动，怀揣对童贞与苦行的热情，特克拉拒绝与许配给她的男人成婚。当保罗因为妨碍年轻人的合法婚姻锒铛入狱时，特克拉到监狱探望保罗，表示对他极为钦佩，并为他的学说所吸引。保罗遭鞭笞并被逐出城市，姑娘则被下令要活活烧死。之后便是许多的逃难奇遇，有时也免不了与野兽遭遇，而特克拉寻找保罗的脚步却未曾停歇。传记中一个值得注意的特写是，特克拉剪去她的头发，穿戴上男性的服装。特克拉作为一位女隐士，住在靠近塞琉西亚的山洞里，度过了她最后的时光，她在生命的最后的日子为自己施洗。她的宗教节日是 9 月 23 或 24 日。

尽管，或者也许可是因为这本传记将这些清楚明白的传奇文学材料安排得稳妥整齐，对特克拉的崇拜持续存在。德尔图良、阿塔那修（Athanasius）、哲罗姆和安布罗斯都把她当作一位真实的人。四世纪的基督教诗人、著名的《普罗塞耳皮娜遇劫记》（*Rape of Proserpine*）的作者克劳狄安·克劳狄亚努斯（Claudian Claudianus），在一首讽刺诗里嘲笑罗马人依赖圣徒击退野蛮人："愿圣特克拉的手将胜利授予罗马军队！"万南修·福蒂纳图斯（Venantius Fortunatus）在他的诗歌《致童贞女》（第 8 卷第 4 节）中对特克拉尊崇有加。八世纪的英格兰女孩常取名特克拉，九世纪特克拉这个名字和卡尔西顿的尤菲米娅（Euphemia of Chalcedon）一起出现在《古英格兰殉道史》

中。直到十一世纪，特克拉都是让布卢的西吉贝尔特（Sigibert of Gembloux）的抒情诗中为人所敬仰的迷人的贞女。"在此神圣的贞女群集"这首诗描绘的是一条无尽的少女之川，她们在田野漫步，攀折花木，为耶稣在十字架上的受难摘取红玫瑰，还有百合和爱的紫罗兰：

> 从此大量的圣洁贞女，
> 格特鲁德，艾格尼丝，普里西拉，塞西莉亚
> 露西，佩得罗妮拉，特克拉
> 阿加莎，芭芭拉，朱莉安娜
> （Hinc virginalis sancta frequentia，
> Gertrudis，Agnes，Prisca，Cecilia，
> Lucia，Petronilla，Tecla
> Agatha，Barbara，Juliana）

埃吉里娅见证的阅读《特克拉传》肯定给了信徒极大的享受。随着对特克拉的崇拜愈加兴盛，皇帝芝诺在埃吉里娅造访一百年后，将特克拉的大教堂改建得宏伟华丽。巴兹尔的传记描述了那时候威严的仪式，以及民众不顾酷热、灰尘和相互推搡的混乱而保有的热望。

总而言之，游记第一部分描画了至西奈的旅程，以及《出埃及记》的路线（第 1—9 节）；参观摩西寿终的尼波（Nebo）山（第 10—12 节），约伯之墓（第 13—16 节），传道者圣托马斯之墓和伊得撒的阿布加宫，还有哈兰（Haran）的亚伯拉罕住所（第 17—21 节）；与马尔塔纳在伊索里亚的圣特克拉墓地的会面，去往卡尔西顿的圣尤菲米娅的大教堂的旅程（第 22—23 节）。

在广泛的游历之后，埃吉里娅游记的第二部分集中于每日礼拜式和礼拜年历，以及耶路撒冷周遭的建筑和遗址上。它的主题是日

课经时间和主日礼拜仪式（第 24 节和第 25 节的起始部分），主显节（第 25 节的结尾部分），奉献日（Feast of the Presentation）（第 26 节），四旬斋及其习俗（第 27—28 节），直到复活节的守夜结束的圣周（第 29—38 节），复活节（第 39—41 节），耶稣升天节（第 42 节），圣灵降临节和随后的时光（第 43—44 节），新信徒浸礼的预备（第 45—47 节），还有圣墓大教堂奉献节（第 48—49 节）。

这一部分塑造出一次小型的、感受更为深刻的朝圣。埃吉里娅讲述了伯利恒的耶稣诞生大教堂（the Church of the Nativity），贝瑟尼（Bethany）的拉撒路教堂。她描述了橄榄山上神圣的耶稣飞升处，被称为"Imbomon"（意即"小丘之上"），那里不久就会建起一个教堂；还有建在洞穴之上的橄榄（Eleona）教堂，这洞穴是耶稣飞升后训诲使徒的地方。在耶路撒冷，埃吉里娅参观了锡安教堂（Church of Sion），最后的晚餐就是在这个教堂上面的一间房里享用的。埃吉里娅还精心描述了各各他（Golgotha）的圣墓教堂。

日记的耶路撒冷部分转到了埃吉里娅对复活节守夜的热情洋溢的描述。她是第一个记录朝拜十字架（adoratio crucis）的人，这是在耶路撒冷举办的东方仪式。在这个时期，朝拜十字架仪式已经取得了良好的发展，尽管直到七世纪罗马才接受这一仪式。埃吉里娅的证据非常重要，因为这证明人们相信十字架已经被发现，不管是被海伦娜还是被一位匿名的贵妇和一名主教发现的。因为埃吉里娅提到有几位主教参加了这次典礼，所以很可能卡萨里亚的主教格拉西乌斯也在场，他开了记述十字架之发现的先河。

朝拜十字架构成礼拜习俗的基础，这种习俗最终成为中世纪教会戏剧的一部分。九世纪，梅兹（Metz）的主教阿麦拉（Amalarius）设法将朝拜仪式并入弥撒中，尽管他最初遇到一些对此新奇事物的阻力。约 970 年在英格兰，温彻斯特（Winchester）的圣埃塞沃尔德

(Ethelwold)编写了《修道院指导准则》(*Regularis Concordia*)供英格兰的修士和修女使用。正文中的舞台指导说明要求两位执事托住遮好的十字架唱道："看这十字架的木头。"("Ecce Lignum cruris")这种被看成造作姿态的仪式为复活节演出的全面发展开辟了道路。

对于一种宗教热情的看得见的和触碰得到的演绎——亲吻十字架——而言，埃吉里娅的记述是重要的，这种宗教热情与礼拜仪式相结合，将赋予早期宗教表演以一种象征形式。她的记录包含了一些世俗的现实主义，此外，还涉及那些可能忍不住截下小块圣木做纪念品的信徒。恰如埃吉里娅详细叙述的，当喧闹地叹息着的信徒一路穿越城市，纪念耶稣遭受痛苦、逮捕、鞭打和被钉死在十字架上的刑罚时，游行圣歌队的烛光的闪耀也为这场面增光添彩。

埃吉里娅还陈说了耶稣升天节那天，人们在橄榄山的飞升岗从午夜到黎明守夜的景况。而后他们前往一座雅致的教堂，这座教堂建在耶稣与他的弟子分开之后、被告密之前祈祷的位置。众人留在教堂中祈祷、唱赞美歌、诵读福音。耶稣受难节仪式发展到礼敬十字架是下面第五段落的主题。

以下文字均选自埃吉里娅的《游记》。

1. "这些都是根据《圣经》显示的"

……这些都是根据《圣经》显示的。我们走了一会儿工夫，便来到一个群峦叠嶂的所在，穿过这些山峦，我们进到一个开敞的巨大山谷，宽阔平坦，美丽非常，穿过这个山谷便耸现出上帝的圣山西奈山。现在，穿过山峦后的这块开阔地与贪婪纪念碑（the Memorials of

Greed)的所在地相连。① 我们一到这地方,那些陪同我们的神圣向导建议说:"那些来到这里的人习惯在开始看到上帝之山的地方做祈祷。"于是我们便这样做了。从这个地方穿越山谷到上帝之山总计约四英里的路程,正如我说过的,这座山谷巨大广漠。

山谷本身十分巨大,位于上帝之山的山脚下,就我们目力所估计的,或者如他们自己所说,山谷近十六英里长,他们说山谷有四英里宽。为了爬上上帝之山,我们不得不穿越的正是这同一座山谷。当神圣的摩西登上上帝之山,在那儿逗留了四十个昼夜时,以色列的孩子们也正是在这同样巨大的极端平坦的山谷中闲荡。这也正是建造牛犊偶像的山谷,这一位置至今仍然可以指出来,因为那儿有块不动的巨大石头,它一直就留在那个位置。而且,神圣摩西放牧其岳父羊群的地方,上帝第二次在燃烧的荆棘中向摩西说话的地方,正是这同一座山谷的前部。

2. 从西奈山巅到何烈山(Mount Horeb)

确实,在西奈山巅除却教堂与洞穴外一无所有,神圣摩西容身之处正是这些洞穴。无人在那儿居住。我们就在那个地方选读摩西经书,以正确的方式献祭,并领了圣体。

正当我们打算离开教堂,神父们给了我们"使人有福的礼物"(blessed gifts)②,即山地生长的果子。现在西奈圣山四处全是岩石,

---

① 因为以色列人贪食鹌鹑,耶稣便降下瘟疫,这是以色列人的埋葬地。
② "使人有福的礼物"指圣体圣事,有时指弥撒的薄饼,或神圣化的祭品,或友谊的象征。在朝圣的上下文中,圣体特指一种神圣的纪念品。通常它是一个小装饰瓶或玻璃容器(圣瓶),里面装着圣土、圣油或圣水。但是祝福也可能只是口头上的,或者,就埃吉里娅来说,指的是僧侣们的劳动成果。

以致连灌木也不能生长。但是下到山脉（或者是这座居中的山脉，或者是那些周边的山脉）脚下，有小片泥地，神圣的僧侣们在这里勤劳地栽种小树和果树，开垦耕地。僧侣们在邻近处修建起他们的小屋。尽管看上去似乎果子是他们从山地上采摘的，事实上果子是他们亲手劳动辛苦种植出来的。

我们领了圣体，圣者给了我们"使人有福的礼物"，于是我们走出教堂大门。我开始请求他们领我们到此地各处转转。那群圣者立刻答应领我们转遍每个地方。他们领我们看圣人摩西在第二次登上上帝之山再次接受石板时容身的洞穴①，第一次的石板因为民众的罪恶被打碎了。他们还说他们会领我们看我们想看的任何东西，领我们看他们自己知道的任何地方。

亲爱的姐妹们，我想让你们了解我们现在站立的地方——更确切地说，我们正站在教堂旁边群山环绕的地方。我们正从中央山脉的峰顶向下面的群山俯瞰。在我们早些时候看来，下面的这些山峦几乎高不可攀。除去那个甚至还要高些的中间的峰顶之外，我认为我不曾真正见过比下面这些山峦更高的。现在，当我们立身于中间的峰顶，那些下面的山峦看起来不过是些小山丘罢了。

从那儿，我们可以看得见埃及和巴勒斯坦、红海、巴特尼安海（Parthenian Sea）②——流向亚历山大港的部分——还有东方人③的辽阔的疆域。我们看到的所有这一切在我们的脚下铺展。真是难以置信！那些圣者将每处风景指给我们看。

---

① 《出埃及记》(33:22)："我的荣耀经过的时候，我必将你放在磐石穴中，用我的手遮掩你，等我过去。"

② 指东地中海。

③ 埃吉里娅使用的是"Saraceni"一词的一种较早的用法，来自阿拉伯语"sharquiyin"（东方人），表示阿拉伯半岛区域的人们。

我们曾经那样急切地看到这一切,以至于急匆匆地攀爬上来。现在我们开始从上帝之山巅下山,为了我们可以爬上与上帝之山毗邻的另一座山脉。此山名为何烈山,它是神圣先知以利亚躲避亚哈王(King Ahab)耳目的地方,是上帝对以利亚说话的地方:"以利亚呀,你在这里作什么?"①正如在《列王纪》里写的那样。

3.阿布加王书函

本城②的神圣主教是个真正虔诚的人,他既是僧侣,还是"公开信仰者"(confessor)③。他热忱地欢迎我,对我说:"孩子,我明白你因为你的虔诚,甘受千辛万苦,不远万里来到此地。因此只要你愿意,我们会领你参观基督徒们乐于见到的那些地方。"先向上帝感恩后,我请求他好心去做他答应过的事情。

他首先领我到阿布加王宫,让我看一座巨大的国王雕像。雕像以闪耀珍珠般光泽的大理石铸成,所有人都说它酷似本人。当一个人正视雕像的各个细节时,便可以明显看出阿布加王是个贤明卓著的人。神圣主教告诉我:"这便是阿布加王,甚至在他看见主之前,他就信他为真正的上帝之子。"另有一座雕像与阿布加王像相邻,由类似的大理石铸成,神圣主教说这是阿布加王的儿子,马格努斯(Mag-

---

① 见《列王纪上》(19:9)。

② 埃吉里娅的朝圣团到达了伊得撒城,这意味着距耶路撒冷二十五天的行程。但是到达圣地的基督徒,她写道,没有一个人不去参观这座城市的。伊得撒城是讲古叙利亚语的基督教世界的要塞,广有雕塑和镶嵌图,是第一个基督教大型建筑的所在地。埃吉里娅一行参观了这座城市最为宝贵的遗迹,埋在城墙外的使徒圣多马的遗骸。

③ "公开信仰者"是这样的基督徒,他英勇地承认信仰,为自己的信仰受苦,却并未殉道。在埃吉里娅赞美的美索不达米亚的三位"公开信仰者"主教中,至少有两位——伊得撒的优洛吉斯(Eulogius of Edessa)和卡雷(哈兰的旧称)的普罗特金(Protogenes of Carrhae)——抵抗了阿里乌斯派教徒,在瓦伦斯(Valens)皇帝治下被流放到埃及。

nus)的雕像。雕像的各个细节的表现也有令人欣喜之处。

紧接着我们走进宫殿里面，在那儿，我们看到游鱼如织的池子。我从未见过那么大尺寸的鱼，那样的神圣，那样的美妙。城中除了来自宫殿的水源，并无其他水源。这水流淌，像是一条巨大的银河。关于这水源，神圣主教当时告诉我：

"阿布加国王给主去函，一段时间后，主回复阿布加，并让他的信使亚拿尼亚送来，内容恰如这封信中所写。时光荏苒。后来波斯人突然袭击并包围这座城市。阿布加立即取出主的书函，连同他全部的军队，一起来到城门处，而后在众人面前祈祷。"他说：'主耶稣，你答应我敌人不会侵犯这座城市，可是现在波斯人却来攻占我们。'这话说完，他高举双手将这打开的信捧过头顶。刹那间沉重的黑幕越过城市，遮蔽了正纠集在城市周围三英里处的波斯人的眼睛。他们很快就被黑暗弄得不辨方向，连营盘也几乎扎不下来，更不要说在环城三英里处包围这整座城市了。

"波斯人是那样紊乱无序，以至于连通往城市发动攻击的入口都找不到，所以他们便在被困城市的四周派驻守兵，围攻数月。最后，当他们看到无法攻占这座城市时，便寻思着把城中之人活活渴死。

"孩子，在那些日子里，你现在看到的城市上方的小丘，为这座城市供水。了解这一点后，波斯人便令注入这座城市的水流改道，流向不同的方向，流向他们自己的营盘。就在波斯人令水流改道的那天，就在那一时刻，你此时在这个地方看到的泉水按上帝的命令突然喷涌而出。借着上帝的恩典，这泉水从那天起至今一直喷涌不歇。但是就在那一刻，波斯人引过去的水流枯竭了，以致那些包围这座城市的人甚至未能从中饮用到一天的水。如今，过去的水道成了那条路，因为至今人们未曾见过一滴水珠流经那里。

"因此按照许下承诺的上帝的意愿，他们不得不立即回到他们在波斯的家园。自那时起，每当敌人想要攻占这座城市，那封信便被拿出来在大门前宣读。按照上帝的意愿，所有敌人便立刻被驱逐了出去。"

神圣主教告诉我说，这些泉水涌出的地方，过去曾经是城中的一处运动场。运动场位于阿布加宫的下方。"如你能看到的，宫殿过去建在地势较高的地方，因为那个时候宫殿通常都是那样建造的。但在泉水从此处涌出之后，阿布加便为他的儿子马格努斯（你已经看到，马格努斯的雕像便在他父亲的雕像旁边）建了这座宫殿，以便泉水可被圈入宫墙之内。"

尤其令我高兴的是，我得到了阿布加王写给上帝的书函及上帝的复函，神圣主教就在那儿将这些书函念给我们听。尽管我家中也有这些书函的副本，我还是非常高兴从神圣主教处得到这些书函，以防家中的书函有缺漏之处。当然，我在此处得到的副本看上去似乎包含更多内容。当我回到我们的祖国之时，如果我主耶稣意旨如此，我亲爱的女士们，你们便可以亲自诵读它们。

4. 圣特克拉圣地

由塔尔苏斯（Tarsus）到圣特克拉圣地有三天的路程。对于能够去到那里，尤其因为它就在左近，我们感到万分愉悦。我离开位于西里西亚（Cilicia）省的塔尔苏斯，来到一个名唤庞贝玻利斯（Pompeiopolis）的海上城市。之后我由此地越境进入伊索里亚，在科里库斯（Corycus）城停留。第三天我到达伊索里亚的一个名唤塞琉西亚的城市。抵达之后我立即拜访了那儿的主教，一位已经是僧侣的圣洁男子。我也看到了那座城市最美的教堂。

圣特克拉圣地就在城外约一千五百步远的小平顶上，因为我需要一个住宿的地方，我便选择前去待在那里。神圣教堂近旁只能见到无数的男女修道的居所。就在那儿我偶遇一位密友，神圣女执事马尔塔纳。所有东方人都能证实她的生活方式。我在耶路撒冷就识得她，那时她为了祷告去那里朝圣。她现在正在管理禁欲者们（apotactites）①或贞女们的居所。当她见到我时，两人的喜悦之情满溢，实非笔墨所能形容。

不过还是让我言归正传。这座小山到处都是修道者的居所。小山中部的教堂四周建有巨大的围墙，圣地便在其中。圣地本身极其美观。教堂四周建造围墙的原因，是为了防备伊苏里亚人（Isaurians）。这帮家伙一肚子坏水，经常为非作歹，必须防范他们做出任何不利于建在那儿的修道院的事情。

因主之名，我来到了圣地，他们在那儿祷告，并诵读了整部《特克拉传》。我将无尽的感激奉给我们的上帝基督，他垂顾我，让我那么完整地达成我的心愿，尽管我是那样的不足道，那样的不相称。

于是我便在此盘桓了两日，拜访了僧侣和贞女，都是些善男信女。祷告、领圣体后，我便折回塔尔苏斯，以便继续我的旅程。我在塔尔苏斯羁居了三日；而后因主之名，我自塔尔苏斯启程，再续行程。就在出发的当天，我便抵达了托罗斯（Taurus）山脚下一个名唤门索克雷内（Mansocrene）的歇息之所，并在那儿过夜。

次日我们攀上了托罗斯山。我们再次行走的路线是为我们所熟知的，因为在我们过去经过的路途中，我们已经穿越了所有的行省，即卡帕多西亚（Cappadocia）、加拉提亚（Galatia）和卑斯尼亚（Bithyn-

---

① 公元三四世纪西里西亚、班菲利亚（Pamphylia）和佛里吉亚（Phrygia）等地禁欲派的名称，意谓那些通过严格的斋戒和其他苦修达到超乎寻常之圣洁的男女。埃吉里娅似乎将"apotactites"当作"贞女"的同义词使用，正如她将"贞女"一词用于那些清心寡欲的女子一样，尽管她在别处用希腊词"处女性"（parthenae）意指"贞女"。

ia）。我来到了卡尔西顿（Chalcedon），这里有个被广为谈论的圣尤菲米娅圣地。我亦是闻名已久，于是便在此地驻留。

第二天我越过大海抵达君士坦丁堡。感谢上帝基督，是他不弃我人微才浅，降尊赐我那样的恩典。因为他不仅降尊赐我以继续这段旅程的意志，而且赐我率意游历并最终返回君士坦丁堡的能力。当抵达那里后，我从未止歇在所有的教堂、传道者的圣地、若许殉道者的圣地，向降尊赐我恩惠的上帝耶稣进行感恩感激。

女士们，我的光明，我将此信从我目前寄身之处发给夫人后，因主之名，我便计划攀上亚细亚的以弗所（Ephesus）。我意欲在神圣使徒约翰①的圣地祷告。

如若此后我真还活着，还能上其他地方看看，我或者在与你们一起时亲自告知你们——如果上帝愿意，或者通过报告的形式禀告夫人您它们的情形。当然，如果想起任何其他事情，我都会记述下来。女士们，我眼中的光明，我恳请你们降尊纡贵记住我，无论身前身后。②

5. 耶路撒冷的耶稣受难节与十字架朝拜

而后所有人，甚至是极小的孩子，都随同主教一起步行至耶稣蒙难地（Gethsemane）。他们高唱圣歌。这些人为数众多，都因为通宵地守夜而疲惫不堪，因为每日的斋戒而虚弱委顿，以致只能慢吞吞地

---

① 使徒约翰之墓是以弗所主要的朝圣胜地，历史悠久，埃吉里娅是提及这一墓地的第一人。迟至416年，圣奥古斯丁才说，据推测，约翰未死，只是熟睡，正候着基督的第二次降临。自二世纪始此墓便受人敬仰，埃吉里娅时期，此墓地是一要紧的教堂（420年完工）的建筑地。

② 此节在游记的中间，连同其辞别与感恩的表述，予人一种结尾感。游记的主要部分结束，因为埃吉里娅接下来开始描述耶路撒冷。

爬下陡峭的山坡。他们边走边唱着圣歌。两百多盏教堂香烛照亮他们的路。①

等到所有人到达蒙难地，先读仪式规定的祈祷文，而后高唱圣歌。大家诵读的是福音里叙述耶稣被捕的章节。诵读期间，人群中哀号嘶喊之声遍起，伴有涕泣悲叹者，以致众人的呻吟声在这座城市的远端可能亦得听闻。现在他们走着，唱着圣歌，在一小时内抵达大门前，这一小时内，人们可以彼此相识。由此处，他们共同穿过城市的中部。不分老少贫富，所有人都在那个特别的日子出现在那里，这天无人会在破晓前擅离守夜。主教就这样从蒙难地被护送至大门前，而后由大门穿越整座城市至十字架处。

当他们来到十字架前，那时已然破晓。他们最后在那里诵读福音的整个叙述：耶稣是如何被领到彼拉多（Pilate）跟前，以及彼拉多对耶稣和犹太人所说的一切的记载。

此后主教向众人说话，安慰他们，因为他们已经通宵达旦地尽力，而且在这天还须继续这样做。他敦促他们不要厌倦，而应信赖上帝，因为他们的努力将会获得充裕的回报。在尽其所能安慰他们后，主教嘱咐他们：“现在去吧，你们所有人都回到自己府上坐会儿。而后在这天的第二个钟点（八点）回来这里，以便在第六个钟点（正午）前，你们可以看到十字架的圣木，相信它能保证你们所有人未来的救赎。自正午始，我们必须重聚于十字架前，诵读祈祷直至黄昏。”

太阳尚未升起，此时众人从十字架前散去。那些忠实成员继续在锡安、在耶稣遭鞭笞的柱子前祈祷。② 而后众人回家稍作憩息，不

---

① 香烛不仅照明，且纪念耶稣被一帮拿着灯笼火把的人抓获。“犹大领了一队兵和祭司长并法利塞人的差役，拿着灯笼、火把、兵器，就来到园里。”见《约翰福音》(18:3)。

② 404年，圣哲罗姆写到比拉多缚着耶稣鞭笞的柱子上还沾有鲜血，这柱子现在还支撑着锡安教堂。

久所有人便都回转了。主教的宝座设在各各他山上,至今依然挺立那儿的十字架后面。[①] 主教端坐于宝座上,面前摆放着一张盖有亚麻布的桌子。执事们围坐在桌旁。有人取来饰有黄金的银制保险箱,里面装有真十字架圣木。打开保险箱,十字架圣木与题字[②]一同在桌上展示。

尽管十字架放在桌上,主教也还坐着,但是他却用双手压紧圣木的两端。执事们也环立在主教四周护卫它。因为按照习俗,众人次第走近那张桌子,既有信徒亦有新信徒,所以他们所有人现在都以这种方式护卫它。信徒们向桌子鞠躬,亲吻圣木,而后向前移动。我不知道具体时间,但是据说曾经有人咬去并偷走了一块圣木。为此缘故,执事们环立四周护卫它,以免有人敢于再次犯禁。

现在所有人依次在它前面走过,向它鞠躬,先用前额而后用眼睛触碰它。在继续向前移动之前再亲吻它。然而没有人会伸出手去触碰它。

---

① 各各他山(Golgotha),阿拉姆语意为"颅骨",依山的形状命名,后来被称为"髑髅地"(Calvary),位于耶路撒冷古城的外面。在埃吉里娅的叙述里,挺立此处的十字架不是后来将会展示的"真十字架"。

② 即"拿撒勒人耶稣,犹太人的王",见《约翰福音》(19:19),这在《马太福音》(27:37)、《马可福音》(15:26)和《路加福音》(23:38)等处都有表述。

君士坦丁堡的优多西娅（Eudocia of Constantinople）

（约 400—460 年 10 月 20 日）

导读

　　朝觐圣地的有钱人队伍并未削减。埃吉里娅的下一代人来来去去，声名煊赫的妇女不断涌入巴勒斯坦，向她们挑选的圣徒致敬，建造马尔谛利亚（martyria）[①]、教堂和修道院。然而，一次朝圣可能还

---

① 比如殉道者的纪念碑以及类似的朝圣场所。

有进一步的目的。就优多西娅而言，她最后的朝圣事实上也是一次放逐。

她原名雅典娜伊斯（Athenais），在皈依基督教、嫁给狄奥多西大帝的孙子狄奥多西二世皇帝时取名优多西娅。关于她的新名字，当她在圣地修建教堂，释义《诗篇》第51章第18节时曾说："先知大卫说'哦，上帝，求你随你的美意（eudokia），建造耶路撒冷的城墙！'之时，他说的就是我呀。"婚姻生活期间，优多西娅深陷拜占庭帝国的诡计、教会政治、通奸之中，甚至受到一桩谋杀案的指控，以致她被迫离开皇庭，还被褫夺了随行官员。但是尊贵的地位和财富却是附着在她身上的。在耶路撒冷，她开始从事修建教堂和文艺著述事业。

优多西娅是位文学背景和作家自我意识都极不寻常的女士，她是希腊杰出的智者和修辞学教师李安提乌斯（Leontius）的女儿。雅典娜伊斯，或者说优多西娅在异教的雅典，或许还在亚历山大（Alexandria）接受了不寻常的修辞学和文学训练。她的老师是著名的埃及文法教师，曾教导过新柏拉图主义哲学家普罗克洛斯（Proclus）的亚历山大里亚的希波里奇乌斯（Hyperechius）和底比斯（Thebes）的奥里安（Orion）。能让女儿接受成为一名诗人的训练，意味着李安提乌斯相当富裕。优多西娅的出生地或在雅典，或在安条克。她在其晚年的一次向安条克市民的公开宣讲中声称自己继承了那座城市的"光荣血统"。

有关雅典娜伊斯婚配软弱无能，或许还有断袖之癖的狄奥多西的传奇故事，可从拜占庭帝国的编年史中寻得。这些编年史的真实性大体可以相信，只是其中一些细节听来无疑甚是奇异。雅典娜伊斯早早成了孤儿，父亲的经济支援断绝了，她携着一百金币与她两位姑妈中的一位在君士坦丁堡避难。当她的兄弟瓦列利乌斯（Valerius）和盖西乌斯（Gesius）拒绝与她分割遗产时，雅典娜伊斯便上拜占庭帝国的宫廷寻求正义。在此她遇上了皇帝的姐姐，非常虔诚且意志坚定的帕尔基丽娅（Pulcheria）。自 408 年起，姐姐便一直与狄奥多西联合执政，408 年狄奥多西（他还是九个月大的婴儿的时候便被宣布为奥古斯都）才七岁，帕尔基丽娅十五岁。

据说，帕尔基丽娅甚是喜欢这位与她年龄相仿的"希腊少女"雅典娜伊斯，对她产生了良好的印象。帕尔基丽娅盛赞她所受的出色教育和她的白皮肤、金头发的美丽。在同阿姨们检查出这位雅典少女是处女时，帕尔基丽娅马上将她作为自己兄弟的新娘向人引见。截至当时为止，狄奥多西大抵都在僧侣和宦官的陪同下，专心誊写手稿。次年，雅典娜伊斯皈依基督教，在施洗礼中取名埃利亚·优多西娅（Aelia Eudocia）。421 年 6 月 7 日，她嫁给了皇帝。新娘和新郎恰都年方二十。优多西娅对自己的兄弟倒也仁慈，她声言她的好福气要归功于他们，并为他们谋得肥缺。

在优多西娅到来之前，帕尔基丽娅是位强势人物，掌握着帝国的财富，帕尔基丽娅将帝国的财富投入教堂的修建中，帮助提高帝国对修道院的资助。她大概会博得"新海伦娜"这个名字。如果说海伦娜发现了十字架，那么可以说帕尔基丽娅保证了十字架的安全。帕尔基丽娅还是她的皇弟的政治和精神上指引方向的顾问。狄奥多西、帕尔基丽娅和他们的姊妹玛丽娜（Marina）、弗拉西拉（Flaccilla）、阿卡蒂娅（Arcadia）都是皇帝阿加底乌斯（Arcadius）和皇后欧多克西娅（Eudoxia）——那位被克里索斯托（Chrysostom）苛刻地称之为"老鹳"（Herodias）的母亲——抛下的孤儿。这些年轻的兄弟姐妹们处在君士坦丁堡的大主教阿提格斯（Atticus）的监护之下。

在阿提格斯的指导和帕尔基丽娅的影响下，皇宫创制了女修道会章程，维持着极度虔诚的日程表。阿提格斯将他的著作《论信仰和童贞》(*On Faith and Virginity*)献给帕尔基丽娅和她的姐妹们。这些公主也立誓独身，潜心研究与祷告。十四岁时，帕尔基丽娅公然立下保持童贞的誓言，还献出了一个奢华的祭坛。这是一次精明的举动，因为它令征婚阴谋对她无能为力，并保有了她坚持她对政治和敬神的兴趣的自由。年轻时（那时她还要照管她的小皇弟），帕尔基丽娅便显示出杀伐决断的天分。414年帕尔基丽娅自称奥古斯塔。

阿提格斯的论著涉及一个后来变得具有爆炸性的观点。这一观点断言贞女马利亚是上帝的"圣母"。此学说的言外之意是基督在道成肉身后确实带有两种本性：真神的本性和真人的本性。那么，他的人性便与男男女女的本性是同质的，人便有可能通过他获得救赎。同时因为他也是神性的，他的母亲便可以被称为圣母。帕尔基丽娅和她的姊妹们收到了圣诞布道文形式的通告，说她们在保持童贞时也可能仿效马利亚。这个比喻大胆且指涉女性身体："你们这些女人呀，你们这些在基督中获得新生的女人，……也能在至圣马利亚中享有福祉，你们也可以在信仰的子宫中接纳他，接纳那个由圣女生产的他。因为即便是圣母马利亚也展开了自己。"

那时对圣母马利亚的抬高和神圣化，对所有妇女都有利；这样，在夏娃的堕落之后她们的性别也不必被人认为是可耻的。就帕尔基丽娅这样一个女人而言，成为圣母马利亚的狂热信徒，认同她的贞女的力量，收集她的遗物（她的面罩、腰带和肖像），修建三座圣母马利亚的教堂，都赋予她以一种惊人的威信。她和她的修女们，这些童贞公主，在宫中以及郊区的宫邸（必要时帕尔基丽娅可以到那里静修）践行一种禁欲的生活。帕尔基丽娅以这种方式维持着一种神圣品德的光环，博得了——神的王国（basileia）的弥满神性的王后地位。

虔诚的、贞洁的、雄心勃勃的帕尔基丽娅为什么会热忱地接纳这位迷人的异教徒雅典娜伊斯作为她兄弟的理想配偶呢？关于这次牵线搭桥，人们存在着不同的看法。或许它不是帕尔基丽娅的计划，而

是由宫廷中那些嫌恶帕尔基丽娅的权势的人、那些害怕和憎恨她的
人、那些看到他们自己的升迁因她的主张而受阻的人策划的。这些
人信奉古代宗教，支持诡辩家李安提乌斯。通过推进希腊文化，他们
可以利用一个他们能够控制的奥古斯塔——即优多西娅——来削弱
帕尔基丽娅的特权。优多西娅升迁的同时，优多西娅的两个兄弟也
分别获得了省行政长官和圣事主持（Master of Offices）的职位。利
用这个权力网，帕尔基丽娅的敌人便可以着手对付她。

另外，难道帕尔基丽娅在为她的兄弟择妻时不具主动权？优多
西娅固然可敬却不具有显赫的社会地位，她不过是位教师的女儿。
帕尔基丽娅或许认为自己在这件事情上有一些主导权。

在后来的岁月里，两位奥古斯塔，即帕尔基丽娅和优多西娅，在
争夺权势中果然发现她们自己陷入了与她们的妯娌身份不符的冲
突中。

当帕尔基丽娅作为献身圣母马利亚的皇室童贞女，公开促进城
市祭典的发展，强化她的权力时，优多西娅此刻在宫廷里充当的是个
文人角色。她在文学上的作为备受激励。当她的丈夫于421—422
年击败波斯人时，优多西娅以六步格作诗庆祝这次英勇功绩。人们
也把以下这些功绩归于优多西娅：在君士坦丁堡与一批哲学家合作
组织一种学院生活；提高对教师、文法家、智者和拉丁雄辩家的资助；
促进文学研究。狄奥多西宫廷的文学圈子是后期罗马世界中最有声
望的一个。问题在于：优多西娅的基督教教徒的身份是否只是一种
便利的粉饰？她实际上同情那些饱学的异教徒，因为"诗人几乎都是
异教徒"。

在她的女儿利西尼娅·欧多克西娅（Licinia Eudoxia）于437年
10月29日在君士坦丁堡大婚之后，优多西娅开始第一次前往圣地的
行程（推测起来，这是一次正式的感恩朝圣），她于438年春参观了圣

地。她在圣地的居住期与来自西部的其他女朝圣者，比如小梅拉尼娅的居住期一致。

在她正式游历时，优多西娅沿途向教堂大肆捐款，尤其向安条克的修建活动捐款；安条克为纪念她还建造了一尊铜像。她不失时机地问候那些心满意足的公民，提到他们共同的希腊祖先，并为他们诵读了由她改写并受众人追捧的荷马诗句。

这第一次的朝圣，令优多西娅也变成了"新海伦娜"，并成为两部艺术作品——一首抒情诗和一幅表现皇室卫队护送下端坐于鎏金嵌宝石大马车中的皇后的画像——的主题。拜倒在耶稣基督复活教堂（the Church of the Resurrection）中的耶稣空墓前，优多西娅令一位匿名诗人惊叹。这位诗人留下了这样的诗句："像女仆一般，她跪倒在他的墓前，在她的面前，所有人都要双膝着地。"她回到君士坦丁堡时，有位艺术家用镶嵌图或画作再现了这一幕。

最后当宫廷内部两位奥古斯塔——优多西娅和帕尔基丽娅——之间的权力斗争愈演愈烈时，一个招致教会斗争的问题似乎就是贞女马利亚作为圣母的教义问题。两位奥古斯塔各自支持不同的观点，护卫不同的人。帕尔基丽娅支持相信上帝的双重融合本性——神性和人性——的正统信念。这意味着耶稣的母亲马利亚可以被正当地称为圣母。因为在处女的子宫中"道成肉身"，在"唯一者"身上神性与人性之间没有分界线。而发源于埃及科普特人（Copt）之中的非正统的基督一性论，拒绝赞同马利亚与基督两者均有神性。不幸的是，这正是优多西娅一直积极支持的观点。

伴随宫廷权力斗争而来的是优多西娅的垮台，不过她垮台的原因是错综复杂的。狄奥多西、帕尔基丽娅和优多西娅闹翻了脸。帕尔基丽娅迁至她在郊外的一处居所。关于马利亚是否是圣母的教义问题扩大了分裂，爆发为将教堂主教们也牵扯进来的危险的个人争论（值得注意的是，热烈的禁欲者和厌恶女性者、君士坦丁堡的聂斯托利主教也被牵扯了进来）。

聂斯托利（Nestorius）是个为人所不喜的严厉的强硬派。他取缔城市的马戏、影院、滑稽戏、游戏和舞者。他禁止妇女晚间唱圣歌和祈祷，禁止她们守夜，提防因她们的到来而可能引发的"淫乱"。他对帕尔基丽娅的侮辱是致命的：他告发她找情人，在她的子宫中孕育的是撒旦——不是基督，他在主日圣餐式后拒绝接纳帕尔基丽娅及其一干人等。他将帕尔基丽娅的肖像和法衣从教堂的祭坛移走，这法衣原是祭坛圣餐台的护罩。

在被任命五天后，在大教堂的最神圣的地方，当着众神父的面，聂斯托利急不可耐地禁止帕尔基丽娅和她的兄弟领受圣体。领受圣体是帕尔基丽娅的成例，她问："为什么，难道我没有生育基督？"他答道："你？你生育的是撒旦！"而后聂斯托利将这位皇后赶出了圣殿。

聂斯托利最重大的一次举动是公然抨击圣母教义，他反对这一教义的理由是：既然在他看来马利亚不过凡人而已，那么她就不可能生育神。在帕尔基丽娅的策划下，聂斯托利最终得了被指控为异端的下场。他的作品被焚毁，而他则被免职，流放到埃及沙漠大绿洲（the Great Oasis）最偏远的地方。聂斯托利经常从那干热之地写来严词谴责的信件。民众则认为是圣母马利亚罢免了聂斯托利。聂斯托利质疑马利亚领受圣母头衔的权利，而民众们则高呼"奥古斯塔万岁！"和"神将护卫信仰的女保护人！处治所有异教徒！处治聂斯托利！"

不过帕尔基丽娅还有其他仇敌。一位名叫克瑞撒非（Chrysaphius）的宫廷宦官赶紧巧妙地激起两位奥古斯塔的相互猜忌之心。正是克瑞撒非设法力促帕尔基丽娅担当女执事从而将她神圣化，这一行动将把帕尔基丽娅逐出宫廷。他还将矛头对准了优多西娅。将优多西娅彻底毁掉的是克瑞撒非对她与圣事主持波莱纳斯（Paulinus）通奸的指控，波莱纳斯少年时代便是她丈夫的朋友。这一指控意味着优多西娅打算扶助她的情夫篡位，暗杀她的丈夫。

间或有些反复无常的编年史家约翰·马拉拉斯（John Malalas），提供了一个有关佛里吉亚大苹果的传说，这个苹果是狄奥多西赠予他妻子的。主显节的惯例是在 1 月 6 日交换礼物，优多西娅将这个大苹果赠予了年轻英俊的波莱纳斯，而后优多西娅为此事受到公开谴责。她发誓是她把苹果吃了。不过那时狄奥多西受人左右，先将波莱纳斯转移到卡帕多西亚以防流言蜚语，并于 440 年处决了他。优多西娅五岁的儿子小阿卡迪乌斯（Arcadius）又如何呢？幸运的是，小阿卡迪乌斯在他的合法性问题被提出之前就死了。

接下来又处决了两位神职人员，在耶路撒冷时就是他们侍候优多西娅，他们还被认作优多西娅在君士坦丁堡的心腹。在狄奥多西的授命下，狄奥多西的亲信——王室贵族萨图尼乌斯（Saturnius）——杀害了他们。为了复仇，优多西娅以亲手杀害萨图尼乌斯做出愤怒的答复。

优多西娅迅速被褫夺了宫廷随从，不过她一年之后才离开皇宫。这或许怕是不体面的匆忙离去会令人愈加不怀好意地摇唇鼓舌。她的第二次朝圣，决定性地将她扫除出了皇宫，她在宫廷之外度过了她最后的十八年的时光。

在圣地，优多西娅继续充当其奥古斯塔的角色，不忘她的帝国，在她的伯利恒的王宫执法。她保护那些想在所罗门圣殿（Solomon's temple）的废墟上祈祷的犹太人，尽管这一事件后来升级为暴动，并不得不从恺撒里亚调来总督调停。她仿效其前辈——其他那些十分富有的慷慨朝圣者，扩展其善举项目。她帮助整修城市、城墙、城里的教堂和旅店、修道院和病患收容所。在大火焚毁了珀伊梅尼亚

(Poemenia)教堂顶上的十字架之后，她换上了新十字架。谣传她供给阿纳斯塔西斯（Anastasis）——即圣墓教堂——的僧侣以金条，还有大量的灯油。她声名远播。阿马拉桑夏（Amalasuintha）的秘书卡西奥多勒斯（Cassiodorus），在随后一个世纪中撰写《诗篇》第 50 节的注释时，称呼优多西娅为最虔诚的女士。

不像有些女朝圣者（例如奥林匹娅丝、帕尔基丽娅和小梅拉尼娅），优多西娅既不过禁欲生活，亦不与女执事和童贞女亲近，她维持着其高高在上的皇室地位，与有些诗才的男教士交朋结友。

因为优多西娅曾经被圣司提反（St. Stephen）①不可思议地治愈，在第一次朝圣后，她便将司提反的圣物带至君士坦丁堡，专心行他的祭仪，在他殉难之地修建了一座美轮美奂的大教堂。那时被呼为"圣司提反门"的，即是如今的大马士革门（Damascus Gate）。后来人们弄清楚这圣地本是麻风病患者的避难所，因此便不大被其他朝圣者光顾了。优多西娅就在这圣地的紧邻处修造了自己的陵墓。

450 年 7 月 28 日，狄奥多西狩猎时坠马摔死。帕尔基丽娅以奥古斯塔身份继位，她最初的举措之一便是处决那名讨厌的宦官克瑞撒非。她与尊贵的前护民官，有着伊利里亚或色雷斯背景的罗马人马尔西安（Marcian）结为伉俪。在耶路撒冷的边远处，优多西娅继续反对她的大姑子，支持一干僧侣反对马尔西安宗教政策的暴动。帕尔基丽娅于 453 年 7 月，即她兄弟故去三年后辞世。她在君士坦丁堡度过了她的一生，以她慈悲虔诚的行为、对女性国度之形象和女性之神圣权利的美化，赢得了人民实实在在的尊崇。她的丈夫将她的

---

①　《使徒行传》(7:56)记载，司提反于公元 35 年前后在耶路撒冷被害。他向犹太公会宣告："我看见天开了，人子站在神的右边！"因为亵渎，他被推出城去，人们用石头打他。他被称为第一个殉道者（protomartyr）。

尸身装殓在一具由特等斑岩雕琢而成的石棺中,葬于她祖父狄奥多西大帝墓近旁的君士坦丁的陵墓之中。

七年后,460 年 10 月 20 日,优多西娅辞世。临终时她否认犯过通奸罪。优多西娅后来被葬于距她热爱的殉道士司提反不远的地方。十七年后,当优多西娅的孙女逃离她的丈夫汪达尔人匈纳里克(Hunneric)来到耶路撒冷时,开始尊崇各处圣所及她祖母之墓。最后她也在圣地去世。

作为受过一流教育的虔诚基督徒,优多西娅将她满腹雅典式的辩才倾泻到基督教诗歌当中。这是一项先于的弥尔顿(Milton)的功绩,她描写了"魔鬼"、"人类的堕落",还有以古典格律写就的"拯救"。总共有六部作品被归到她的名下:(1)庆祝她丈夫狄奥多西击败了波斯人的荷马式六步格诗,(2)《圣经·旧约》首八卷(the Octateuch)的诗句释义,(3)呈现但以理(Daniel)和撒迦利亚(Zachariah)的预言的诗文,(4)向安条克民众发表的荷马式讲演,(5)论述基督生平的荷马式集句(the Homerocentones),(6)殉道者安条克的圣西普里安(St. Cyprian)和贾丝廷娜(Justine)的生平,以三卷六音步诗组成。

集句(cento)是一种文学上的拼缀摘录。异教的经典被原封不动地从上下文中摘录下来,重新组合"拼接"在一起,构成基督教理想的正统信仰的诗句。荷马式集句是一些短诗,通过移植诸如《伊利亚特》和《奥德赛》之类经典中的诗句,改写《旧约》与《新约》中的故事而成。例如,天使报喜节(the Annunciation)时天使加百利(Gabriel)惊愕地瞥见圣母马利亚,像费阿刻斯(Phaeacian)的女王似的在室内纺织:"与她的侍女坐在炉边,摇转绕杆上海紫色的纱线"。

优多西娅费力最巨的作品(现存 801 行),是安条克的《圣西普里安传》(*Life of St. Cyprian*)——勿将此人与那位声名更盛的迦太基的西普里安主教相混淆。尽管作者的打算是表现西普里安后来的圣洁,不过优多西娅对于呈现西普里安潜心于异教的巫术知识的情况表示出一种强烈的兴趣。有人认为,如此切身了解的这一背景,是作为五世纪希腊人的优多西娅自身的直接经验的部分。西普里安后来当上了安条克的主教,又因为优多西娅是那儿的居民,她肯定有强烈的动机在现存的平淡报道的基础上把西普里安的生平改写成诗句。

《西普里安传》记录了邪恶的技艺、对恶魔的礼拜、改宗、忏悔以及从前的巫术师的苦难。以上是作者宣称的目的,不过作者一心想把西普里安的生平描绘成一个巫术师的生平。西普里安打定主意为朋友拉皮条,玷污一位名唤尤斯塔(Justa)的年轻美貌的女基督徒。当西普里安为了那位堕落的年轻人阿格雷德斯(Aglaides,此人充满对那位虔诚的少女基督徒的欲念),传唤他的魔鬼时,这则故事唤起了那个贞洁的特克拉的例子(正如我们在第二章所看到的,埃吉里娅曾参观特克拉圣地)。第一卷(322 行),其起始部分佚失,主要从尤斯塔的观点进行阐述。当尤斯塔撕扯与猛击阿格雷德斯时,讲述者优多西娅懂得尤斯塔的激怒和狂暴,或许她回想起了阻止她归家的通奸指控与谋杀指控。尤斯塔感到了诱惑,当她片刻之间想到她可能会屈服于自己的性欲时,她的身体在颤抖。她的祷辞具有一种狂烈的咒语般的荣光,听起来似乎是荷马式的向众神进行的声如雷鸣的演说。

西普里安在悔过和皈依之后,历任执事和神父。十六年后出任主教。西普里安接纳了尤斯塔,替她改名为贾丝廷娜,令她担任女执事,掌管一个贞女社团。

第二卷(479 行)中,西普里安是第一人称叙述者,此卷结尾部分残缺,但它引人入胜地详尽阐述了西普里安的经历:作为一位巫术师所受的教育,以及与魔鬼的遭遇。西普里安开篇处便交代了他人生中环绕在他周围的一些人,回顾了他作为一位巫术师的误入歧途的过往,叙述了在他运用巫术对付尤斯塔的尝试中如何遭受挫败。描述西普里安所受教育的这一部分,有助于我们了解四世纪异教徒的仪式。基督教那时致力根除这种仪式,不过在这个垂死的帝国,这些仪式在许多世纪当中都表现出坚韧持久的特征。优多西娅的祖父,狄奥多西大帝,已经宣布异教信仰不合法,僧侣们四处掠夺东部的异教场所。但是异教信仰终难灭绝。

优多西娅描绘了一个为了精习玄妙世界的学问——天文学、占星术和炼金术——而东奔西跑的西普里安,从希腊至埃塞俄比亚、卡尔迪亚、安条克。恶灵的出动以譬喻的形式呈现:谎言、欲望、欺诈、仇恨、伪善和虚荣充斥人间。伴随西普里安的宣言——他看到了魔鬼本身,西普里安对人世学问的浮士德式的探求达到了顶点。因为西普里安为恶魔倾倒了奠酒,向他敬献了祭品,并遵循恶魔的教诲,恶魔便令西普里安为人间的统治者,作为其辛苦劳作的奖赏。魔鬼在其极具诱惑性的异教光彩中,被描绘成一个身佩金花、双眼熠熠生辉的绚烂形象,头戴编织着毛发的光华普照大地的珠宝花冠。

西普里安描述了他为阿格雷德斯向尤斯塔拉皮条所使用的诡计。在恶魔的影响下,阿格雷德斯变身为鸟一般的飞禽,设若基督的侍女不垂怜,他便要死去了。西普里安变得对尘世的一切学问不再心存幻想,他谩骂恶魔,与撒旦搏斗,弃绝了自己的神秘能力,打算信奉基督。第二卷在西普里安认识到自己的罪孽,听到人群的呼喊处中断。第三卷详述在戴克里先(Diocletian)与马克西米乌斯(Maximius)治下女执事贾丝廷娜和主教西普里安的殉教。此卷未能存世,尽管丰提乌斯(Photius)概述了它的内容。

尤斯塔击败了西普里安的恶魔,西普里安亦幡然悔悟,并因此皈依基督教。尤斯塔与恶魔的搏斗很可能侵蚀她的纯洁,就像圣朱莉安娜(St. Juliana)贞女反抗恶魔势力的艰苦战斗一样。值得注意的是,尤斯塔通过祈祷实现其自身的治疗,通过自己的努力成功驱除最后的恶魔。

就我们所了解的优多西娅的不平凡的一生来看,所有角色似乎都映射出她本人遭受的磨难。优多西娅先是攀龙附凤,而后遭受狄奥多西的冷落,对她心生敌意。西普里安与尤斯塔的故事则倒转了这一过程:西普里安先是伤害尤斯塔,而后提升她的职位,为她更名。尤斯塔和西普里安反映了优多西娅作为基督徒和异教徒的不同人生阶段。尤斯塔的祈祷,特别是她的认罪,与优多西娅本人的经历直接相关,蕴含一种非同寻常的辛酸,因为优多西娅饱受阴谋和指控的烦扰,负有罪行的污点。这则故事曾于九世纪的《古英格兰殉道史》的9月26日篇中被简要公布,里面叙述了巫士如何力图改变贞女的心意,令其归附异教,并发生不洁的性关系,但是巫士的伎俩却似火焰前的蜡块,悄无声息地融逝。

优多西娅在前两卷间的隔离,显示出一种明显的心灵分裂,作者坦率地在这两卷中挖掘自己的两个方面。在第一卷中(其中西普里安是位可耻的诱惑者,非法技艺的买卖人),尤斯塔代表作为基督徒的优多西娅的新生自我,但在由第一人称的视角进行叙述的第二卷中,有着一种几乎可以说是这位圣人对作为异教徒的早年的怀旧式的回忆,这种回忆无疑源自希腊异教少女雅典娜伊斯的记忆。在以下的译文中,"尤斯塔"源自优多西娅著《圣西普里安传》第一卷,而"西普里安"则源自第二卷。

1. 尤斯塔

尤斯塔粗暴地赶走了所有年轻人,因为她只献身基督,把基督当作她的爱人和主。

阿格雷德斯纠集一群人来到教堂，想强行抓走这位高贵的少女，但是当他们逼近，她便大喊大叫。这群暴徒亮出凶器，胁迫她走出房间。尤斯塔立即请求一位守护天使抵御阿格雷德斯和他的仆从。不过阿格雷德斯受着对她的爱恋的煎熬，因了她的美丽而倾心，对正在发生的事情一无所知，将这位少女抱入怀中。她立即在自己身上划着基督的令人敬畏的十字符号，这个张狂的人瞬间被四仰八叉地摔在地上。

尤斯塔用手撕扯他的身体，抓挠他的面颊，扯他漂亮的头发。她扯碎他精美的衣服，把蔑视当作是对他的回报，好似特克拉那样。而后她走进上帝的殿堂。

阿格雷德斯狂怒不已，他终于采纳了一位行径可耻、名叫西普里安的渎神男巫士的建议。阿格雷斯德允诺：若巫士能威逼这位贞女就范（因为她定然不会向他的欲念屈服），阿格雷斯德便支付巫士两个塔兰特的光灿灿的金银。不过，无论阿格雷斯德还是西普里安，都不知晓基督的伟力。

巫士为可怜的阿格雷斯德深感惋惜，于是口念召唤恶魔的咒语，恶魔旋即现身问："你为何唤我？告诉我！"西普里安答："我的心肠受着对一位加利利少女基督徒的恋慕的烘烤。我实在想知晓，你是否具备足以将她诱引到我的床榻上来的能力，因为我好生渴望得到她。"蠢笨的魔鬼顺从地点头，答应完成这个请求。西普里安于是对他的仆从说："到时向我详述你的成绩，好让我可以倚仗你。"

魔鬼回道："我原本位列众天使之首，但是我离弃了七重天的全能之主。你知晓我的所作所为，不过我仍要向你细细道来：我好争吵的坏脾气，激我倾覆了纯净天国的根基，我把一群天国的居民抛到了地上。我蛊惑了人类之母夏娃，剥夺了亚当的伊甸园之乐。我亲自把着该隐的手对付他的兄弟，鲜血浸湿了泥土。荆棘丛生，人类辛苦劳作的果实被我毁坏。我制造上帝厌恶的景况,实施愚弄与欺骗。我诱惑人类膜拜毫无价值的偶像,欺骗他们将毛发长乱的公牛献祭。我唆使犹太人残忍地把上帝的大道(the powerful Word),上帝的永生之子,钉在十字架上。

"我破坏了城镇,摧毁了火墙,兴致盎然地令众人难以成眠。我既然精通这一切,以及其他不可胜数的本事,对于这样一个桀骜不驯的少女,我怎会无法令其堕落?"

西普里安大喜过望,当那可憎的恶魔说出这番话时:"把这药草拿走。就将它撒在那位少女房室的四周。我会亲自挨近她,将我父魔王本身的欲望植入她的心中。她在梦中就将自愿屈服于你了。"

那晚九时,尤斯塔正在咏唱献给仁慈上帝的赞美诗。猛然间,她内心剧烈震颤,因为她认出了那位厚颜的魔鬼的攻击,魔鬼正欲点燃她的心中之火,促她背弃自己的信仰。她迅即便开始专注于上帝,向他祈祷,在她房室的一切陈设上画着十字。她滔滔不绝地言道:

"造物之主,无瑕圣子耶稣基督的原本,是你将那可憎的毒蛇——暗无天日的塔尔塔罗斯(Tartarus)①之王——捆绑;是你打碎他的镣铐将人类拯救;是你从装点着夺目星辰的天国伸出你的手,在混沌一片中保护了大地和水源;是你把炽热的火炬交与太阳神的骏马(Titan's horses)②,将银白的月盘挂在夜空;你按自己的形象造了个凡人,温柔地命令他享受伊甸园之乐,直至他受了树木繁茂的大地之上的卑鄙毒蛇的诡计的欺骗,将他赶出这座郁郁葱葱的乐园;是你

---

①　在《伊利亚特》中,塔尔塔罗斯是地狱下面的深渊,惩处反叛宙斯者的地方。不过中世纪晚期的罗马基督教作家也把塔尔塔罗斯作为地狱的同义字。撒旦的被缚属于基督教的信仰,源自尼哥底母(Nicodemus)伪经,这部伪经陈说了耶稣被钉死在十字架上之后,基督如何对付冥府、绑缚撒旦之事。

②　泰坦神(Titan)属于奥林匹亚神系之前的古老神系,曾在赫西俄德的《神谱》(Theogony)中出现。希腊诗人经常用泰坦意谓太阳神许珀里翁(Hyperion)。

慈悲地想要拯救我们的灵魂，以圣子在十字架上的蒙难将我们解救，最终才以基督之名战胜一切苦难——因为基督的缘故，人类栖息的大地才光彩熠熠，天空也变得广漠浩渺，大地的中心才被牢牢地固定，水流才源源不绝，万物都只认你为统治之王——与我同在吧，用你强大的智慧保护你的女仆，让那邪恶的欺骗者无从措手！

"因为——亲爱的造物主呀——我想依赖你的助力，保住一个清白的处子之身。一直以来我都忠诚地爱着你——荣耀的耶稣，我深情赞颂的上帝——因为你就在我心中，燃点起我心中爱的火焰。我恳求你，神圣的太一呀，别让你的女仆慑服于魔爪，或是让魔鬼打破你的律法。按照你的许诺，带走这放肆的、污言秽语的亵渎者吧！"

在她如是祷告之后，便在自己身上划十字形的上帝之印，以基督之名驱走凶残的恶魔，恶魔也立即被逐出房间。

魔鬼十分羞惭地来见男巫士西普里安。西普里安问："我求你尽快带来给我的那个女孩在哪里？"西普里安的使者答："我被打败了！别问我！我看到了一个可怕的符号。"

男巫士冷笑。既然他已知晓这一任务有多么艰巨，他便召唤出另一个名唤彼列（Belial）①的恶魔，恶魔说："让我明晓你狠恶的命令。你父派我来助你解困。"

巫士便欢喜起来，说："魔鬼呀，你的任务是：把这剂药拿给那位圣女。我会尾随你去，我想她马上就会受我们摆布的。"魔鬼即刻动身。

午夜，这位至圣贞女虔诚地向上帝祷告：

"哦，伟大的造物主，我深夜从床榻爬起，痛陈我违背你的仁慈、正义和真道所犯下的罪孽。哦，神圣的赐予恩宠者——是你统治太

----

① 源于希伯来词"无价值"，《旧约》中彼列是魔鬼或恶魔之一；圣保罗用彼列指称撒旦。

空,管理天国;是你令得凡人敬畏;是你拥有粉碎敌人的威力;是你接受了祖先亚伯拉罕的牺牲,仿佛它是一次大祭(hecatomb)①;是你将邪神巴力(Baal)②和致命的毒蛇毁灭;是你借神圣的但以理之手教会了波斯部落懂得什么是圣洁;通过你所爱的圣子基督,你令一切如此美好;是你用光照亮了大地;是你引着死者依从他们的命定迈向圣灵亮光;——我向你祈求,上帝。答应我们,别让我们受到诱惑成为罪人。保护我,上帝。让我的身体永葆清白,允我童贞之身,以便我可见到我与我们的新郎基督的婚礼。让我遵守我的远古的盟约,因为为你所有的,是权力、荣耀和敬畏,阿门。"

　　她这样祷告之后,魔鬼即刻逃之夭夭,面对她的力量,他不由得连眉目也低垂了。来到巫士面前,魔鬼满面羞愧。西普里安问,"魔鬼呀,我要你带来给我的那位少女在哪里?"他答道:"她用一种强大的符号战胜了我! 我一见这符号,便化作抖颤的一团了。"

　　西普里安立刻召唤另一位魔鬼,他隶属黑眼部落(the black-eyed tribe),外形更加高大威猛,西普里安对他说:"如果你也无能为力,便走开些,怯弱者!"魔鬼振振有词地反驳道:"我马上就把那少女带来给你。你自己准备好吧!""给我个信号,"西普里安说,"当你快要成功时。"魔鬼答:"我将刺激她的身体,令其发热到绝望的境地,六天后我再让她晕眩,那天晚上我就会把她带来给你。"

　　蠢笨的魔鬼先变身成贞女的模样,按着尤斯塔的样子穿戴起来。他靠近她,坐在她床边,语带狡狯。"我也是像你这样以高尚童贞为乐者,来自曙光初现的地方。上帝基督派我来,为的是让我变得更加完美。可是亲爱的,你告诉我,从这种高尚的童贞中,你获取了怎样

---

　　①　在《荷马史诗》中,"hecatomb"意谓百牛祭或百牲祭。
　　②　"Baal"在希伯来语中意谓"主",表示迦南或腓尼基的相对次要的一位神灵。

的酬报呢？你付出的是怎样的代价呢？我当然清楚，你就像一具尸体，一具干枯的躯壳，一截抽干了树液的树干！"

贞女答："此时此地的酬报毫无价值，因为更高的酬报在等着我。"渎神的魔鬼说："夏娃——难道她与亚当同在伊甸园时还是处女吗？那时他们共赴枕席，夏娃变作了孩子——亚当的长子——的母亲。她是全人类的始祖，夏娃是闻悉了大智慧的。"

尤斯塔就要听信魔鬼的话。她已经踏上门槛，几近跨出了天堂之门。可耻的魔鬼暗自庆幸，他成功诱惑了上帝的子民。此时她识破了可恶敌人的狡计，即刻虔心祈祷。她在自己的全身划着十字。她大声斥责，将那卑鄙下流的东西赶出她的房室。在恢复了一些自制力后，她说："我知道这是永恒上帝赐予的恩典！我逃脱了一次重病。"她祷告说："基督，将你的权能赐予我的身体。让我敬畏你，显赫的太一！在你的仁慈中怜悯我，恰如我奉你的名感恩祷告。"

（十字记号再次阻挡了魔鬼。西普里安不得不承认他遭受了挫败；十字记号较他的魔法书更有威力。西普里安把魔法书拿到一位神父的房间，神父遵照西普里安的吩咐将它们烧毁。西普里安变成了一位基督徒。他击败了一大群的恶魔，并改变了他们的信仰。最终他授予尤斯塔，现在的贾丝廷娜，以女执事的职务，让她照管一大群少女，她们全是上帝的侍女。）

2. 西普里安

我就是那位塞浦路斯人。尚在幼年时，父母便将我作为礼物赠予了阿波罗（Apollo）①。童年时我便获悉了对诺伊多泊里安巨蛇（Neduporian serpent）所行的秘仪②。快七岁时，我又被赠予密特拉的法厄同（Mithraic Phaeton）③。那时我住在出身高贵的雅典人的高城（卫城），生我的父母喜欢上了那里之后，我便成了那儿的居民。十岁那年，我点燃了献给宙斯的火把，穿上了科瑞（Kore）④的悲伤的白礼服。自我专职担任神殿侍从后，我便在雅典卫城行蛇祭。我攀上奥林匹斯山上的小丛林。据那些蒙昧的人讲，那里是享福幽灵们的圣地。我在那儿细听幽灵的低语。青草、树木、万物皆悦我眼目，尽管它们都由险恶的魔鬼执掌。我看到季节次第更替，风暴来袭；我望见恶灵借着假象创生出各个时期。

我目睹过轻佻的色情舞蹈，听闻过诗歌缪斯墨尔波墨（Melpomene）及其他相互奋力争斗者的大合唱。我看见他们有些人欣喜，有些人蜷缩或受嘲弄。因为我在那儿逗留了四十又八天，所以我清楚地见到大批的显赫神灵。幽灵们从各大强国被遣送至世界各地，促致全民犯下最坏最凶的恶行。

夕阳西沉时，我便嚼吃嫩树的叶芽。十五岁时我成了所有神灵的信徒，知晓祭司的七个等级，以及诡诈恶魔的所作所为。

---

① 阿波罗，希腊神话中最有势力的神祇之一，与预言、疗治、哲学、法律、音乐和诗歌相关，还被等同于太阳神赫利俄斯（Helios）。

② 这些仪式至今不明。这个词的前面的部分，"Nedus"，意谓腹部、子宫、内腔，或身体其他空腔。

③ 密特拉神与法厄同的融合。密特拉神是梵语和古波斯语中的神祇，希腊作家把密特拉神认作光明之神；《荷马史诗》中，曙光初现时，法厄同是拉太阳车的发光的骏马之一。法厄同有时也作为驾太阳车的赫利俄斯的带来光明的儿子。

④ 科瑞，圣母神，亦称得墨忒尔（Demeter），作为珀尔塞福涅（Persephone）或普洛塞尔皮娜（Proserpine）被带到冥府。人们为了纪念她的母神的地位行她的祭仪。她的回归是古代希腊厄琉西斯（Eleusinian）祭仪的一部分。在荷马献给得墨忒尔的赞美诗中，冥神普路托（Pluto）劫夺科瑞/珀尔塞福涅是主题。珀尔塞福涅和她的母亲得墨忒尔有时是两个人：在普路托将珀尔塞福涅抢到地府作新娘后，得墨忒尔便创建了悼念爱女的祭仪。

（西普里安继续概述关于魔鬼的知识，恶魔充斥着陆地、空气和深海。去往土耳其的佛里吉亚、斯巴达、塞西亚国、黑海北部的行程，教会了西普里安看懂预兆、动物内脏和鸟群的技艺。西普里安行至埃及与埃塞俄比亚。他知道了冥府存在物拥有的超常能力，通晓巫士们如何召唤可怕的幽灵；他获悉了星辰和它们的规律，了解到巫士们如何守护西面的黑暗天空与监戒不听话的暴风，学习到他们如何观测阳间与阴间当中的黑暗界——去往冥府路上的阴间的黑暗区域——的起始点。他与魔鬼相遇。最终他在魔王的极度辉煌显赫中，见到了魔王真身。）

魔王知晓我的生平及所作所为之后，即刻允诺让我统治人世，因为我过去一直在为他尽心尽力。他容许我加入由他的邪灵组成的黑暗军团（the gloomy troop）。在我就要离开时，他向我说："西普里安，愿你心愉悦。"他从他的宝座起身，亲领我往外走，他的所有追随者惊诧地盯着我，他资深的头目们恭敬地护送我。

他的外形酷似金制的花朵。眼中的热情光芒闪烁，头发错综编织成冠冕，饰以通体透亮的华丽珠宝。斗篷也以相同的式样装饰起来。他将护罩一层挨着一层密密匝匝地固定在地球的某段球面上，保护着某些城市。他行走时大地摇动。他俨若奥林匹斯山的神祇一般掷下闪电，让惊异者眩目，让尊他为神的人获益。

意大利的阿马拉桑夏（Amalasuintha of Italy）

（约 494—535 年 4 月 30 日）

导读

  人们可能是在某部发人深省的长篇传奇中记住了欧洲中世纪的那些家族谋杀剧，行吟诗人们又将这些家族谋杀剧从一个宫廷传扬到另一个宫廷。意大利女王阿马拉桑夏（Amalasuintha）的生与死则构成了其中某部家族谋杀剧的一个篇章。确实，阿马拉桑夏的哥特祖先厄门阿瑞克（Ermanaric）的凶残，已经变成了那种传统的一部分。

阿马拉桑夏是个有见识并且尽职尽责的女王，她的御殿在拉文纳(Ravenna)，自526年8月30日起，至她被暗杀之日止，阿马拉桑夏一直统治着意大利。父亲狄奥多里克大帝(Theodoric the Great)死于痢疾时，她年约三十二岁。关于狄奥多里克大帝禅位的种种谣传泛滥成灾，其中有个颇具宗教色彩的传言：教皇约翰(Pope John)命令将狄奥多里克五花大绑、光着脚活生生地扔进了一座火山的火山口。时至今日，他位于拉文纳的十面斑岩陵墓仍空空如也。

阿迈勒部族(Amal clan)的子孙——号称是斯堪的纳维亚战神高特(Gaut)的神圣后裔——东哥特族的狄奥多里克，入侵意大利，围困拉文纳。他击败了曾亲自将末代罗马皇帝驱逐出境的奥多维克(Odovacar)。君士坦丁堡的皇帝将意大利的统治权让与了狄奥多里克，他占据了罗马军队总司令(magister utriusque militiae)的要职。自他将罗马人赶走后，像他的卫兵一样的哥特人组成了他的"罗马"军队，他就是这支军队的头。

493年或494年，狄奥多里克与奥德弗丽达(Audefleda)成婚。奥德弗丽达是法兰克国王和军阀克洛维(Clovis)的一位姊妹，克洛维还是墨洛温(Merovingian)王室的创始人。狄奥多里克与奥德弗丽达成婚后，阿马拉桑夏降生，她的降生保证了两位强权统治者的友谊。阿迈勒的名字世代相传：狄奥多里克的受过良好教育的姊妹阿马拉贝加(Amalaberga)，嫁进了图林根家族(the house of Thuringia)，成为普瓦捷(Poitiers)的拉德贡德(Radegund)的姨妈(关于拉德贡德的故事，下一章将会讲到)。狄奥多里克还有一位年长的姐姐阿马拉弗里达(Amalafrida)，以及他的另一段婚姻留下的两个女儿。狄奥多里克挑出尤塔里克(Eutharic)——年轻国王维特里克(Veteric)的儿子，一位年轻的阿迈勒成员——作为选定的继承人和他的女儿阿马拉桑夏的丈夫。阿迈勒部族的这支派系在大约450年逃离匈奴人之后，一直生活在西班牙的西哥特人中间。阿马拉桑夏和尤塔里克于 515 年成婚。

野蛮的尤塔里克得到了君士坦丁堡的查士丁尼皇帝（Justinian）的信任，但他在正式掌握王权之前便一命呜呼了。当她的十几岁的儿子死去时，阿马拉桑夏自己历程九年的摄政统治也陷入了危机，她在小岛上在她的浴室，因遭背叛而被谋杀身亡——如果图尔的圣格列高利（Gregory of Tours）的记述可信的话——她的堂兄狄奥达哈德（Theodahad）将她囚禁在这座小岛上。

阿马拉桑夏的经历可以对照两大主要历史事件来看：一是从 494 年到 552 年长达半个世纪的对意大利的哥特式统治，二是查士丁尼最终成功地将哥特人赶走，重新夺回意大利并将它暂时再次归入罗马帝国的管辖下。在意大利王国，残忍的对抗在罗马—哥特式宫廷中逐步升级，整个时期都以动乱为特征。

这位新女王，和她父亲一样，对罗马文化、知识、法律以及她在其中受教的古希腊文化都心存敬意。她的父亲曾经要求他的罗马秘书卡西奥多勒斯（Cassiodorus）为他列出一个哲学书目，以便他可以模仿柏拉图《理想国》中哲学王的样子。阿马拉桑夏应当也擅长雅典式的雄辩术。她试图按照法律原则来维持秩序与分配正义，例如她注意到要用税收收入而不是用攫取来的罗马人的财产来支付哥特士兵的薪水和奖金。她的一项意义重大的举措，是将波爱修（Boethius）还有波爱修的岳父叙马库斯（Symmachus）的财产归还给他们的子孙。狄奥多里克将两人处死时没收了他们的财产。

524 年夏，在一片控告与反控告的混乱中，狄奥多里克坚持以叛国罪将新柏拉图派哲学家波爱修监禁、拷打并处以死刑。在等待死亡的日子里，波爱修写下了中世纪最受欢迎的著作《哲学的慰藉》。波爱修最后被宣告为圣塞维里努斯·波爱修（St. Severinus Boethi-

us)，他的死刑宣判确立了狄奥多里克作为罗马人和天主教教徒迫害者的形象，也玷污了他总体上仁慈的记录和推进政治朝有秩序、爱和平、哥特人与罗马人之间谦让有礼的和谐方向发展的声名。在执行判决后，心虚的狄奥多里克认为他在宴席上的一条大鱼中看到了死去的叙马库斯的怨恨的双眼和痛苦的表情。阿马拉桑夏为改正父亲的过错付出的努力，犹如她为保护受贪婪的哥特人虐待的罗马人所付出的努力一样，将见证她的垮台。

　　在为阿马拉桑夏作传的三位男性传记作者——图尔的圣格列高利、东罗马帝国的历史学家恺撒里亚的普罗柯比（Procopius）和她自己的秘书卡西奥多勒斯之中，后两个人都赞扬她处事公正、意志坚强、聪明好学、有智慧、充满活力、有男子气概。卡西奥多勒斯证实她的希腊语和拉丁语说得就像她的母语哥特语一样好。作为一个服务于哥特人的罗马人，卡西奥多勒斯直接接替波爱修担任了总理大臣（magister officiorum）这一责任重大的职务。哥特的权贵继续把持着政府，但是时年约四十三岁的远见卓识的文职官员卡西奥多勒斯，依然努力为阿马拉桑夏担任哥特军队的女王的合法性铺平道路。狄奥多里克早前称哥特人是以战争为乐的种族。在阿马拉桑夏的儿子死后的五年里，军队没有首领，王室特权因此也荡然无存。卡西奥多勒斯在搜集口头传说的基础上创作了《哥特人的起源》（*Origo Gothi-ca*），以此来努力地提升阿马拉桑夏的地位。

　　甚至在阿马拉桑夏的儿子还在世时，卡西奥多勒斯就已经开始编撰《哥特人的起源》。编撰的关键在于巧妙地修改阿马拉桑夏的宗谱，将它删减为只有十个祖先。他让哥特/斯堪的纳维亚战神的神话渐渐融入日耳曼民族的掩蔽下，彻底删除了375年便已死去的令人困窘的祖先、野蛮的异教徒厄门阿瑞克。

　　厄门阿瑞克，那个在几乎所有重要的日耳曼英雄颂歌和传奇［包括《贝奥武甫》(*Beowulf*)①、《威兹瑟斯》(*Widsith*)、《提奥》(*Deor*)、《沃尔松英雄传》(*Volsungassaga*)、《迪德里克英雄传》(*The Thidrekssaga*)、《诗体埃达》(*the Poetic Edda*)]中被称为东哥特皇帝的人，也就是那个暴君（或者是位可怜的被误导的国王，这取决于谁来讲述这个故事）伊尔蒙莱克(Jormunrek)，为了谋夺他侄子的财富，杀害了他们，他还判处一位名叫斯旺希尔德/苏尼尔达(Swan-hild/Sunilda)的女子以残酷的死刑。斯旺希尔德或者是那位被控与伊尔蒙莱克本人的儿子犯了通奸罪的伊尔蒙莱克的妻子，或者是那位不得不为她那不知名姓的丈夫的一次叛逆行为受到惩罚的妻子斯旺希尔德被判遭马匹分尸并受到践踏。她的兄弟苏尔利(Sorli)和哈姆瑟(Hamthir)，或者是萨卢斯(Sarus)和阿米乌斯(Ammius)[此人是哈马人(Hama)，在《贝奥武甫》中盗去厄门阿瑞克(Ermanaric)的颈圈]，为这一暴行复仇。他们予厄门阿瑞克以重创，厄门阿瑞克之后面对入侵的匈奴人，像《旧约》中的祖先那样慷慨陈词，随后自裁。据《沃尔松英雄传》的讲述，被控有罪的妻子斯旺希尔德被绑在城门口，人们驱马在她身上疾驰，但是当她圆睁双目时，众马却退了回来。行刑者不得不盖住她的脸，以便迅速将她杀死。

卡西奥多勒斯可以谨慎调整阿马拉桑夏的家族谱系，将厄门阿瑞克从阿马拉桑夏的直系先祖中除名，但是这一传奇故事太过深入人心，其影响实难消除。我们应该记住，对她的家庭出身的了解，必会在很大程度上塑造阿马拉桑夏的心理和她的自我观念。不过，纵然她有能力和决心，她的四周环绕的仍然是那些哥特富豪与武士，他

---

① 发源于约750年的英雄叙事长诗，长达三千行。故事的舞台位于北欧的斯堪的纳维亚半岛。这是以古英语记载的传说中最古老的一篇，在语言学方面也是相当珍贵的文献。

们难以容忍一位女性统治者。她连苟延残喘的机会也不曾有过，更不必说拥有统治权了。

为了收买人心，阿马拉桑夏也试着将拜占庭皇宫的服装和仪式引入哥特王国，强迫反对她的日耳曼朝臣（他们是坚定的阿里乌斯派信徒）接受大公教（即阿塔纳修教派）信仰。她的大公教议程的一部分，就是鼓励修建教堂、崇拜殉道士、崇拜圣母马利亚。在阿马拉桑夏摄政期间，王室的金库和税款被用于开支修建圣母大殿（Santa Maria Maggiore）的费用。与圣母马利亚崇拜相伴的，是关于马利亚作为圣母的观念的激烈争论，在优多西娅时代，这一信念曾经撼动了拜占庭，正如我们在第三章所看到的。

父亲去世时，阿马拉桑夏正带着两个孩子孀居，女孩名叫玛塔苏英莎（Matasuintha），男孩年方十岁。作为狄奥多里克的外孙，这个名叫阿塔拉里克（Athalaric）的孩子本应是新的君主，但是阿马拉桑夏却要代为摄政。她想让阿塔拉里克以罗马统治者为楷模，并雇佣教师督促他的教育。由于哥特人的"文学研究与一个男人不相称"的信念，阿马拉桑夏的计划受挫。哥特人认为强制性的学习会令年轻人在精于此道的教师面前畏畏缩缩。难道阿马拉桑夏是想促致这孩子早死，而后为自己另找一位丈夫吗？贵族顾问们为阿塔拉里克制定了骑马、狩猎以及年轻人勤于练习的使用武器的技能等项目。他们搜集狄奥多里克反对书本知识、认为书本知识会令人衰弱的证据。甚至有人说，胸无点墨的狄奥多里克要用蜡纸映描着签名，尽管这一传闻与帕维亚（Pavia）的主教、博学的伊诺丢斯（Ennodius，他把狄奥多里克说成是位受过良好教育的王族一员）的颂辞似乎难以相容。

阿马拉桑夏最终做出了让步。阿塔拉里克获准仿效他的国王外祖父，戴上未分界的长发，耷拉在他额头，遮住了他的双耳。阿马拉桑夏将阿塔拉里克交给了哥特人，也就把这孩子交托给了最终证明导致他的毁灭的生活。普罗柯比说：饮宴、女人与种种放肆的行为，导致他罹患不治之症。阿塔拉里克于534年10月2日在还不到二十岁时便一命呜呼。他的死亡让阿马拉桑夏成了政府的头领。

不过哥特人却时刻谨防着为一位女人效劳。在揭露了一桩针对她的阴谋之后，阿马拉桑夏处决了三位首恶。因为觉察到了危险，她便努力寻求国内外的支持。还在阿塔拉里克患病期间，她便已经向她已婚的堂兄狄奥达哈德求援。狄奥达哈德的母亲就是狄奥多里克的姐姐阿马拉弗里达；他的父亲色雷萨蒙德（Thrasamund）是汪达尔人的国王。阿马拉桑夏丧子之后，便呈请皇帝查士丁尼批准任命狄奥达哈德为她的协同统治者（consors regni），此时她自己的署名已经是阿马拉桑夏女王（Amalasuintha regina）。

狄奥达哈德是位嗜好罗马文学与柏拉图哲学的年长者，却全然不是一位军人。过去在托斯卡纳（Tuscany）时，他曾经表现出一种贪婪的倾向，通过攫取他的罗马邻居的财产，并通过以某种方式（这方式令他在哥特人与罗马人当中都不得人心）影响一位担任"托斯卡纳之主"的外省人的作风，来聚敛财富。令人遗憾的是，狄奥达哈德是阿马拉桑夏早些时候缉拿归案的哥特人之一，其罪名是非法使用狄奥多里克的遗产。阿马拉桑夏的父亲曾经明确地劝诫哥特人不要掠夺罗马人的财产。现在阿马拉桑夏在致罗马元老院的信件中，却强迫自己掩盖这位同族者的罪行，提请他们注意这位想象中的洗心革面者和极度好学的狄奥达哈德。狄奥达哈德亦深知他的源自战神高特的神圣血统，他也认识到他是唯一可利用的阿迈勒家族的男性。既然被提升到国王和协同统治者的地位，狄奥达哈德便也于534年11月写了封满是谄媚之辞的信件，感谢来自君士坦丁堡的承认。

同时，为了防备与狄奥达哈德之间的协议成为泡影，阿马拉桑夏开始与君士坦丁堡进行慎重的谈判，并交由心腹的特使传递附带口头说明的信件。她一直与查士丁尼保持着良好关系。如果有一天她不得不逃亡，那么她现在就已做好准备——让船只装载好 40000 磅黄金——置身于查士丁尼的羽翼之下。如果有必要，她还会将意大利王国拱手相让。阿尔巴尼亚的都拉斯（Durazzo）有栋配备齐全的房舍在等着她，在接近君士坦丁堡前她可以在那儿歇歇脚。查士丁尼似乎急切促成与阿马拉桑夏的此类交易。因为托斯卡纳的财产问题，民众对狄奥达哈德余怨不息，狄奥达哈德于是也主动向查士丁尼表示要将大片意大利领土售与查士丁尼，只是想换取能够尊贵舒适地引退至拜占庭皇宫。

查士丁尼肯定是要了两面派手法，同时与阿马拉桑夏和狄奥达哈德谈判，令他们间相互争斗直到时机成熟。

狄奥达哈德迅速行动，笼络宫廷中心怀不满的哥特人。在阿马拉桑夏儿子死后不到七个月的时间，狄奥达哈德便羁押了她，将她囚禁在马尔塔纳（Martana）岛，此岛地处博尔塞纳（Bolsena）的托斯卡纳湖，毗邻奥维多（Orvieto）。狄奥达哈德虽向查士丁尼保证会优待阿马拉桑夏，不过他认为，在他的托斯卡纳财产问题上，阿马拉桑夏霸道蛮横。而后狄奥达哈德纵容他的扈从杀害了阿马拉桑夏，这位扈从正是那三个被阿马拉桑夏作为叛逆处决的哥特人的亲戚。普罗柯比认为，因为查士丁尼的好妒妻子西奥多拉（Theodora）皇后感到这位哥特女王的美貌与活力给她带来了威胁，于是不想让她待在君士坦丁堡。也有人说，皇后通过与遣往意大利的钦差佩特鲁斯·帕提修斯（Petrus Patricius）合谋，促成了这次谋杀。

图尔的格列高利对阿马拉桑夏持另外一种看法，他质疑她的品行与能力。尽管人们普遍怀疑这一看法的准确性，不过它却确实反映了拉文纳宫廷大事更迭的激荡进程中的最后阵痛。

根据格列高利的说法，在还是个姑娘的时候，年轻任性的阿马拉桑夏便不顾母亲要她与一位王子成亲的愿望，她相中了她自己的奴隶中一个叫特拉吉拉（Traguilla）的男奴，选他作情人。她与特拉吉拉私奔到附近的一座城市，希望在那里获得自由。她的母亲悻悻然地恳求她，叫她不要再玷辱她的王家血统，回来与一位和她地位相当的男子成婚。阿马拉桑夏拒绝后，她母亲便派遣一伙兵士前往拘拿。兵士们俘获了这对情侣，戮杀了特拉吉拉，并在强行将阿马拉桑夏带回之前鞭打了她。在母亲与女儿一起在圣坛膜拜（按照格列高利的记述，她们都是阿里乌斯派教徒）并共饮一个圣餐杯时，这位年轻的妇女找到了复仇的机会。阿马拉桑夏在她母亲的杯中下毒，作为王族，他们本来是要分别与众人共饮一个圣餐杯的。愤怒的意大利人派人请狄奥达哈德来当他们的君王。狄奥达哈德也被阿马拉桑夏的罪行激怒。他吩咐为她准备一次热蒸汽浴，并将她与她的一位女仆一起锁在浴室里。阿马拉桑夏被蒸汽烫伤，倒在石板地面上死去。

尽管格列高利的叙述带有蓄意支持狄奥达哈德的调子，或许我们对其中的叙述也不应该全然不相信。鉴于在狄奥多里克的统治其间及在其统治产生的不良后果的最后日子里，阿马拉桑夏发觉自己处在那个充满诡计的邪恶世界里，我们便没有理由认为一位如阿马拉桑夏这般勇猛的、野心勃勃的女子，不会采取如她周边的男男女女一样的强力手腕，不会在她登上权力宝座时（虽然只有悲惨的短短一段时间）运用狡猾而专横的策略。

阿马拉桑夏死后，狄奥达哈德的妻子古德利瓦（Gudeliva）给君士坦丁堡的西奥多拉发去两封书信，信中讨好地称呼西奥多拉为"意大利女王"。但是阿谀的书信却不足以挽救局势。阿马拉桑夏之死给了查士丁尼以发动战争的理由，他要求哥特人无条件投降。狄奥达哈德发现自己与皇室军队逐渐背道而驰。最后，哥特人对这位上了年纪的密谋者心生不满，杀死了他。发出这一命令的是狄奥达哈德的继承人——新国王维蒂西斯(Vitigis)。

维蒂西斯曾是年轻的阿塔拉里克的捧剑侍从(comes spatharius),他的家人不是贵族,但他们是老哥特军人兄弟会(the old Gothic military confrerie)的成员。作为一位经验老到的久经沙场者,在摆脱他的第一任妻子后,维蒂西斯试图通过迎娶阿马拉桑夏的十八岁女儿玛塔苏英莎为继室来巩固他的王位。玛塔苏英莎对哥特人的忠诚是令人怀疑的,尤其在拉文纳的粮仓起了一场大火之后。维蒂西斯也以失败而告终。在随后的岁月里,查士丁尼围困哥特人,将他们赶出意大利,至554年完成了再次的征服。期间,阿马拉桑夏的女儿在君士坦丁堡被赐婚,与她的皇室地位相称,她嫁给的罗马新丈夫是格曼努斯(Germanus,查士丁尼的外甥)。于是那么一个豪华文明的避难所君士坦丁堡,阿马拉桑夏和狄奥达哈德一心向往的地方,终于被阿马拉桑夏的女儿得到了。

阿马拉桑夏的四封信件被收入卡西奥多勒斯的杂集中得以保存。出于政治上的需要,这些信件以阿谀迂回的格调写成,它们表明了阿马拉桑夏确保与狄奥达哈德合作的努力、对元老院的认可与对皇帝的保护。第一封信写于534年,她的儿子——少年君主阿塔拉里克——死后不久。信中她敬告查士丁尼,她已经将意大利的一部分统治权交与了她的同族狄奥达哈德,希冀获得查士丁尼的准允。在第二封信中,阿马拉桑夏致辞罗马元老院,盛赞狄奥达哈德的长处,其中包括他对文艺的酷爱,同时阿马拉桑夏以优雅的措辞掩饰狄奥达哈德过去的贪婪罪行。第三封信因查士丁尼赠予的一座雕像向查士丁尼致谢,而第四封信则以亲切的崇敬之情致意皇后西奥多拉,关心她的健康状况,似乎当时西奥多拉正身怀六甲。

以阿塔拉里克的名义写就的信件很有可能也出自阿马拉桑夏的手笔。

1. 阿马拉桑夏女王致查士丁尼皇帝

最仁慈的君王啊，我们将我们儿子的死讯及对他的愉快的回忆推迟到现在公布，是生怕这令人悲痛的消息伤了挚友的心。不过现在，在上帝的帮助下——他总是将残酷的不幸变成好运——我们愿意提请您注意一些您也许能与我们共庆并分享我们的喜悦的事情。告知那些爱我们的人，我们受到了神意的眷顾，这总是令人快慰的。

我们将王位授予一位与我们关系密切的同族兄弟（他有能力以他的忠告的力量与我们一同维持王家地位），这样一来，他便可以身披他的先祖的灿烂的紫红色荣光。通过这样的方式，一位持重者的安慰将鼓舞我们的精神。

我们现在将您慈悲的祈祷汇合起来。因为正如我们急切盼望您的帝国万事顺意一样，我们也将成为您授予我们的美意的活证据。

因此我们派遣一位最亲密的使节传递送出的讯息，我们相信，您因为宅心仁厚，会把这讯息看作是一次誓约的履行。通过这样的方式，我们希望您同我们维持着的和平关系——尤其因为我的缘故，您会继续维持下去的这种和平关系——可以扩展到保护我的人民。

尽管君王间的和睦往往是一种装饰品，您却让我变得高尚，因为所有与您融洽地分享您的荣耀的人都会变得更加崇高。

不过，因为我们不能指望所有的事情都能在一封短短的书信中得到妥善的解决，在送去对您崇敬的祝福之外，我们另外委托我们的使节专门向您口头说明一些事情。恳请陛下以您惯有的方式欣然准允。

这样，我便认为我可以放心地信赖您了，因为我们所做的事情都是我们认为您期待我们做的事情，我们关注的都是您推荐的人，我们履行的是您的意愿。

2. 阿马拉桑夏女王致罗马城元老院

在为我们的儿子的亡故感到悲痛，在追思过去的幸福时日之后，我们对民众的共同利益的关注便占据了一位尽责的母亲的心灵，以致她不再沉浸在令她哀伤的事情之中，而开始考虑大众的幸福。我们已经寻查了我们可能得到的种种用以加强国家管理的补救方法。纯粹的、极度仁慈的基督，虽然夺走了我们年轻力壮的儿子，却保有了一位年长兄弟对我们的友爱。

靠上帝的恩典，我们选定尊敬的狄奥达哈德为我们的协同统治者，以便过去一直都在独立思考中承担国家重任的我们，现在可以通过协同商议达成一切目的。

表面上看，我们是两个人共同管理国家，但就目标而言我们是一个人。天空的繁星因为它们相互给予的帮助——通过它们的相互协作成为伙伴——用它们的光明指引世界。神圣的力量赋予人类一双手，一对耳朵，两只眼睛，为的是当这一功能由结盟的一对去履行时，可以得到更为有效的实现。

元老院的元老们，欣然地向神圣力量赞美我们的成就吧。通过彼此的通力协作而令凡事井然有序的我们，期望自己毫无过失。我们当然会慷慨地保存这个国家的传统，因为一个表明自己愿与他人共同行使权力的人，她也就可以被正当地视为富于同情心。

于是因为上帝的帮助，我们向我们家族的一位杰出人士开启了王室的大门，此人是阿迈勒部族的后裔，在他的举止中有着王族的尊严。他在逆境中坚忍不拔，在富贵中节俭克制，他还具有一种最为艰难的控制：长期的自我控制。除去这些长处之外，他的文学上的学识也极大地为他值得称颂的品性增光添彩。因为正是通过书籍，这个谨慎持重的人方才找到如何变得更加贤明的方法。书籍让这位勇士知道如何令他的伟大心灵变得坚定；书籍让这位君王学会以何种方式管制公正统治之下的各色人等。

可喜的是，国民对另一件更加伟大事物的祈求也得到了实现。你们的君王甚至精通宗教文学。宗教文学令我们想起一切与人类福祉有关的事情：正确的裁决、分辨善、尊崇神、谨记未来的审判。对于一个相信他将来必须为自己的所作所为作辩护的人而言，遵照公义行事是必然的。[①] 因此我可以这么说，阅读增长知识，阅读宗教文学则能不断地完善一位虔敬者。

让我们再来看看他私生活中的最为高贵的节制。他的生活中聚积着那么丰厚的礼品，那么频繁的盛宴，以致依他过去的活动来看，他不会再从管理国家中谋求任何东西。[②] 他殷勤好客，富于同情心，以致尽管他花费不小，他的财富却因为上天的奖赏而更加丰盈。

大家看到我们选定的那个人，正是全世界都应该期盼的那样一个人，他合理地经营着他自己的财产，不去觊觎他人的财产。因为在他们自己的花费中习惯于节制的君王们，已经丧失了穷奢极侈的需要。励行节制的目的当然在于受人赞颂，既然太多的甚至被人认为是善物的东西都不值得接受。

那么，元老院的元老们，为我们欣然地向神圣恩典致谢吧，因为我已经任命了一位与我共同统治的君王，他行的是源于公义的善举，

---

① 这句话或许是一种对狄奥达哈德过去的无耻行径的暗指，隐晦但却意义重大，尽管这句话也可以被理解为意指最后审判。它同时也是一种暗示：狄奥达哈德事实上曾经因为非法掠夺财产而遭起诉。在对元老院发表的讲话中，狄奥达哈德甚至提到这件事实：阿马拉桑夏在指定他为协同摄政者之前，曾经让他公开为他自己的案子辩护。

② 阿马拉桑夏不算巧妙地提出，既然狄奥达哈德过去已然借机肥私，他大概不会再有继续他那种豪夺习惯的必要了。

他因为自身的责任感而令自己的善举一目了然。他的先祖的美德会给此人以训诫，他的叔父狄奥多里克也会给他以有效的激励。

3.阿马拉桑夏女王致查士丁尼皇帝

为了增加我们的荣耀，您准许我们从您的所有物中随意挑拣我们想要的任何东西，您的仁慈实在令我们倍感欣喜快乐。神圣力量已经分派给您如许的财富，以致您有足够可供分配的礼物，您以乐善好施的精神，将财物赐予那些亟须并企望得到它们的人。

因此，我们敬颂您的仁慈，我已委派持信人接受阁下的礼物。这样，随主的恩典，您可下令将我们以前委派卡罗杰尼特斯（Calogenitus）负责的大理石雕像与一应物品，交由现在这位持信人带给我们。我们因此也可确认自己受您的令人景仰的虔诚所尊重。

您令我们的祈求得以实现；我们因您的荣光而增色。众所周知，我们的任何称颂皆不足以表达我们对您的崇拜之情。

在您的促进下，您的罗马帝国——殿下您的爱装点着的帝国——也将步入光明前景，这是理所当然的。

4.阿马拉桑夏女王致西奥多拉皇后

因为我们的生活方式的特征，就在于找寻那些被认为属于虔敬君王之荣光的事物，所以用书面文字表达对您的尊崇之情是适宜的——大家异口同声地认为您的美德日新月盛。

和谐并不仅仅存在于朝夕相处的人之间；那些依靠心灵的仁爱连在一起的人甚至更能赢得彼此的尊敬。

为此，我向皇后您致以虔敬的问候之意，希望当我们的使节——

那些我们派遣到最仁慈显赫的君王那里去的人——回转时，您会让我们为您的安康感到欣喜。对我们而言，您一切顺遂，恰如我们自己一切顺遂一样合人心意。由衷地牵挂您的安康是必需的。众所周知我们一直期望您身体安康。

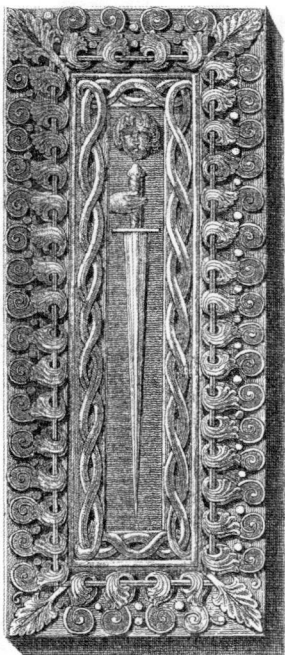

第五章　墨洛温王朝的三位高卢圣女

普瓦捷的拉德贡德（Radegund of Poitiers）

（520—587 年 8 月 13 日）

阿尔勒的恺撒利娅（Caesaria of Arles）

（全盛期约 550 年）

普瓦捷的宝多尼维娅（Baudonivia of Poitiers）

（全盛期约 605—610 年）

导读

拉德贡德是王室成员，高卢最早的一所女性宗教机构的创建者，我们对她的了解，源自她的书信体诗歌，以及她自己那个时代的其他三本重要原始资料。图尔的格列高利①在他的几部著作中介绍过她。万南修·福蒂纳图斯（Venantius Fortunatus）②在担任宫廷诗人期间，曾撰写她的传记，以优美的抒情诗称颂她的高贵庄严。福蒂纳图斯再三对她的殷勤款待表示感激，因受赠的馈馐向她致意，其中有味馈馐乃自制干酪，里面留有拉德贡德的女修道院副院长阿格尼斯（Agnes）的精致的拇指纹。在另一场合，福蒂纳图斯还为拉德贡德赋诗一首，塞在色拉篮的馥郁香草当中，色拉篮旁摆有色艳香浓的紫罗兰。除格列高利和福蒂纳图斯的回忆之外，还有拉德贡德的女修道院的修女宝多尼维娅在拉德贡德死后约二十年撰写的传记，宝多尼维娅从女修道院院长德迪米娅（Dedimia）那里承接了记述这位圣徒生平的任务。

拉德贡德约于 520 年生于图林根王国的埃尔福特（Erfurt），那时正值东部皇帝查士丁尼统治期间。她的父亲伯莎（Berthar）与父亲的两位兄弟赫梅内弗里德（Hermenefrid）、巴德里克（Baderic）共同执

①　生于法国并受过古典文学训练的图尔的格列高利（538—594），著有《法兰克人的历史》（*History of the Franks*）一书，书中记述了大量有关拉德贡德的事情。格列高利想在圣马丁墓（St. Martin's tomb）就治，所以来到图尔。他最后成为图尔的主教圣格列高利。他倾向于饶恕那些保护教堂者，诸如克洛维（Clovis）、克洛塔尔（Clothar）、昆德兰（Guntram）等人，从而与墨洛温王朝列王间时生龃龉。

②　文笔通畅的意大利诗人和修辞学家福蒂纳图斯（530—609），曾在多个宫廷寄居，也曾在拉德贡德的继子——布伦希尔德（Brunhild）和西吉贝尔特（Sigibert）——的宫廷寄居过，并为二人谱写过婚曲。在抵达图尔之前，福蒂纳图斯悠闲地取道多瑙河上游和莱茵河，并到过科隆、美因兹、梅斯、凡尔登、兰斯和巴黎。他参观图尔的目的是治疗他的眼疾。在他生命中的这段时光，他享受着格列高利和拉德贡德的友谊。他成为一名神父，而后担任拉德贡德的神父，最后担任普瓦捷的主教。他的著作包含即兴短文、诗体书信、圣徒生平和赞美诗，特别值得提到的是那首献于拉德贡德带到普瓦捷的十字架的赞美诗。

掌图林根。在赫梅内弗里德杀害拉德贡德的父亲和巴德里克之后，拉德贡德和她的弟弟便被寄养在婶娘阿马拉贝尔加（Amalaberga）和叔父赫梅内弗里德家中。在《图林根的陷落》和《致阿塔希斯的书信》中，拉德贡德总是以令人唏嘘的深情回忆起她童年时的玩伴——堂兄哈马拉弗雷德（Hamalafred）。

531 年，克洛维的两个儿子——奥斯特拉西亚（Awstrasian）的法兰克国王狄奥多里克一世和法国西北部的纽斯特里亚（Neustria）国王克洛塔尔一世（511 至 561 年）——袭击了图林根。在残忍地洗劫图林根之后，克洛塔尔通过抽签或武斗把拉德贡德和她的兄弟作为战利品收入囊中。他将他们带到他在索姆河（Somme）畔的王室宅第。在等候拉德贡德长到适婚年龄期间，克洛塔尔让她接受教育。福蒂纳图斯写道："她是在格列高利、巴西尔（Basil）、性格坚强的阿塔那修（Athanasius）和温文尔雅的依拉利（Hilary）、安布罗斯、哲罗姆、奥古斯丁（Augustine）、塞德柳斯（Sedulius）、奥洛西乌斯（Orosius）、恺撒略（Caesarius）的教诲下成长的。"

540 年，在克洛塔尔的都城苏瓦松，隆重举行了克洛塔尔和拉德贡德的结婚仪式，拉德贡德于是和新近去世的阿马拉桑夏有了亲戚关系，因为克洛塔尔和阿马拉桑夏是表兄妹。作为法兰克的第一位信奉基督教的国王的儿子，克洛塔尔名义上是位基督徒。他的父亲是克洛维。他的母亲是勃艮第国王希尔佩里克（Chilperic）的女儿克洛蒂尔达（Clothilda），克洛蒂尔达在巴黎附近的谢勒（Chelles）修建了一座女修道院，还在图尔修建了一所小型女修道院。克洛塔尔让拉德贡德皈依基督教，他自己却以暴虐和淫荡而臭名昭著。在他迎娶拉德贡德时，他已有了妻妾；拉德贡德似乎在克洛塔尔的七个妻子中排行第五。

克洛塔尔迎娶拉德贡德的政治动机，在于将他的问鼎图林根合法化。对于拉德贡德，这次婚姻却是可憎的。作为一位妻子，她的诸多虔敬与苦修的行为惹得国王烦恼不已。按照万南修·福蒂纳图斯的说法，在拉德贡德为了进行节日前夕的祈祷仪式（守夜）而不愿与克洛塔尔共赴温柔乡时，克洛塔尔曾指责她更多的是一位修女，而不是一位王后。在大家预期她会作为主人出现的餐桌上，她也是姗姗来迟。拉德贡德可能有相当长一段时间想要避开克洛塔尔，不过在她离开王宫期间，克洛塔尔谋杀了她弟弟，拉德贡德感到她再也不能与克洛塔尔一起生活下去了。她伪装出让克洛塔尔误认为她会回来的样子，暗地里却逃到了诺阳（Noyon），说服那里的主教梅达尔（Medard）让她担任女执事的圣职。尽管梅达尔无意违逆派兵威胁他人身安全的克洛塔尔，不过，在拉德贡德将她的金银首饰和装饰富丽的长袍置于祭坛之上要求献祭之后，梅达尔便默许了。

作为一位去往圣马丁墓的朝圣者，拉德贡德从诺阳来到图尔。而后她前往萨伊克斯（Saix），住在克洛塔尔赠予她的别墅中，在那里，她为病人与穷人提供食物、沐浴和治疗。或许正是圣依拉利圣地将拉德贡德吸引到了普瓦捷。在普瓦捷，拉德贡德可以避开她的丈夫，她丈夫曾经会同巴黎主教日耳曼努斯（Germanus）来至图尔，极力想劝她回去。不过日耳曼努斯反倒劝说克洛塔尔打消这个念头。已是垂暮之年的克洛塔尔，愿意捐赠一些建筑做拉德贡德在普瓦捷的圣母女修道院（Notre Dame of Poitiers），拉德贡德在那里创建了她的妇女团体。克洛塔尔死后，拉德贡德承认了他的慷慨大度。

图尔的格列高利在他的《法兰克人史》一书中，收入了拉德贡德的《致教会教宗与主教》这封书信。因为期望能够自由践行宗教仪式，不受管理职责的拖累，拉德贡德在教宗与主教准许并获允受他们保护的情况下，将她的权力转授阿格尼斯：

　　我满腔热情地自问,我如何才能最大限度地促进其他妇女的利益?我如何——如果我们的上帝是如此期许的——令我自己个人的愿望有利于我的众位姊妹?在这里,在普瓦捷城,我为修女们创建了一所女修道院。克洛塔尔,我流芳千古的夫君与国王,建立了这所女修道院,他是这所女修道院的捐赠人。……我遵循圣恺撒利娅一直以来遵循的会规……我任命自幼便被当作我自己女儿一般抚养长大的我深爱的阿格尼斯女士——她现在就像是我的一位姊妹——担任女修道院院长……如果我的姊妹,女修道院院长阿格尼斯,或者她的团体,在遇到麻烦的时候寻求你们的帮助,因为她们一直以来总是受到她们的敌人的骚扰,我祈求你们,让她们能够仰赖神授的源于你们的同情心的慰藉,让她们能够享有你们在仁慈的善意中赋予她们的牧者对教徒的呵护。

552年主教日耳曼努斯宣布这些建筑为圣物,并公开承认这些修女。

　　拉德贡德急于为她的修女们制订女修道院生活的会规,既然她指望不上普瓦捷主教马罗维乌(Maroveus)的指导,她便转而向阿尔勒的圣让女修道院院长恺撒利娅求助。这是小恺撒利娅;大恺撒利娅是恺撒略主教的姊姊。

　　自十字架抵达普瓦捷的那年,即567年之后,拉德贡德便派人(也许是她自己亲自)前往阿尔勒,求取为修女们制订的最早的女修道院会规。管辖南部勃艮第教堂的阿尔勒主教恺撒略,专为他的姊妹的女修道院——高卢最早的女修道院——编撰了这份会规,这所女修道院的教堂于513年8月26日落成。

　　恺撒略的女修道院会规含四十一条,另外还有作扼要重述的计十九条，以及一篇序言。修女们将完全与世隔绝。除牧师外，她们不得与男性访客会面。不得与访客共餐，不得接受外人衣物、与人交换礼物和互通书信。唯有病人能吃肉。修女们睡在集体宿舍，然而拉德贡德被特许拥有她自己的单人房间。穿着的衣物无疑必须是朴素的颜色，否则就是乳白色的毛织物，在生产场所纺织而成。会规既不容许黑色，亦不容许亮色。衣物上没有银器或装饰。织锦、奢侈的床上用品、图画、装饰和单独的大型衣橱都遭到禁止。

常规杂务由大家共同完成，女修道院院长可以不进厨房、不洗衣物，尽管福蒂纳图斯满怀深情地注意到，拉德贡德刻意把擦洗花瓶和整理植物当作一项额外的苦行。女修道院还专门设立一些完成特定差事的岗位：授权院长（praeposita），或称代理院长，是照管见习修女的指导者（formaria）；衣食住的管理员；守门人；病患看护。女修道院不会要求修女们去刺绣或纺织精致的床单。唯一被允许的针线活，便是按院长的吩咐在手帕和毛巾上刺绣。不过，有证据表明，这些修女也纺纱，因为拉德贡德便遗留下了她的纺锤。

文字工作才是要紧的。这些修女无疑都要能读会写。她们要看懂或听懂圣礼，她们要誊写原稿，她们每天要花两小时读书。恺撒利娅的文字洋溢着令人心喜的热忱，不过当涉及女修道院修女们的行为时，她的语气却是毫不妥协的。这些人都是新来的修女，倒也能受教于她的深情的长篇大论。对于那些贵妇们，必须做必要的调整才能适应这种与世隔绝的严苛生活，恺撒利娅有一种现实主义的意识。她了解拉德贡德可以支配的财富，甚至预料到女修道院的成员中会有一些贫穷或者被剥夺遗产的修女。恺撒利娅提及了拉德贡德收到的会规中强调读写事务的条款。她引用的大量《圣经》经文也为会规强调的读写方面提供了坚实的支撑，表明了恺撒利娅本人对学习的注重。尽管会规在节食方面十分严苛，恺撒利娅建议拉德贡德避免过度斋戒,以免健康受损。

恺撒利娅在男性访客这件事情上口气十分严厉——不知她是否听闻有关福蒂纳图斯与拉德贡德交谊不浅的传言?尽管恺撒利娅列举了男性力量和价值的例子,比如男子听从他们的统治者的命令,他们在战争中为免于受伤而英勇奋战;她还是劝诫修女们废止男性保护人,要表现得像男子一样。她将这些修女看成斗士。她让她们仿效男子,不过只是在精神的层面上仿效。

会规提出了森严的隔离与学识的要求,显然,拉德贡德的修女们都是读经师和写作者。持续进行的学习活动——还有万南修·福蒂纳图斯、阿格尼斯和拉德贡德之间的诗歌互换的热潮——引发了一种罕见的文学氛围,使得拉德贡德的女修道院变作了一个基督教文学和人本主义文学的中心。就福蒂纳图斯而言,他肯定拉德贡德有抒情诗问世,并证实拉德贡德确是一位诗人:"你将精彩的诗歌写在小便笺上送我;你让这些便笺也有了生气!你在圣日备下了饮宴,但是我对你的言辞的渴望,远甚于你的盛宴。你送我的诗篇满是令人心怡的字句,你用这些字句将我们的心拴在一起!"

拉德贡德的这些修女们——这些在女修道院生活中以沐浴和十五子棋作消遣的文学实践者——在严酷血腥的政治动荡中有了一个避难所。克洛塔尔的儿子们(西吉贝尔特、希尔佩里克、昆德兰和查里伯特)自相争斗。他们的妻子有几个被谋杀了。这段时期,宫廷诡计、暴虐行为和斗争频频,拉德贡德深感有必要借助神的庇护以恢复王国的安定。她开始搜集圣物。在她的继子、与她关系甚佳的西吉贝尔特的帮助下,拉德贡德从君士坦丁堡搞到了圣十字架的裂片。她在君士坦丁堡还有可以求助的血亲,因为图林根战役的残存者们的逃亡地正是君士坦丁堡。向君士坦丁堡求取十字架时,拉德贡德可能附上了她的书信体史诗《图林根的陷落》。十字架与其他圣物一起于 566 年至 573 年间抵达图尔。福蒂纳图斯在他的《拉德贡德传》中隐去了圣物抵达图尔这件事，不过他为庆祝这一盛事，曾写过一篇献于十字架的著名圣歌。

> 耶稣的象征来临，十字架的神秘在闪耀。在罪恶的绞刑台上，我们肉身的创造者，他自己的肉身曾被悬吊在这里。

圣母女修道院更名为圣十字架女修道院（Sainte Croix）。

由于她对上帝的全心的爱、她的政治的和教会的各种关系，以及她的女修道院的特殊地位，拉德贡德很可能对当地的主教——普瓦捷主教马罗维乌——构成了威胁。圣物的抵达激发了马罗维乌的怨恨，他离开图尔前往他的乡村居所，拒绝为迎接圣物举行相应的仪式。拉德贡德于是向她的朋友西吉贝尔特和图尔的优弗罗尼乌斯（Euphronius）主教寻求帮助，他们高唱圣歌，手捧香炉和烛光，引着队伍游行。当拉德贡德最后辞世时，人们当然也指望不上马罗维乌为拉德贡德举行葬礼。拉德贡德卒于 587 年 8 月 13 日，三日后下葬。"我本人便参加了她的葬礼。"图尔的格列高利写道。他不仅参加了葬礼，还为她写了颂文：

> 我在论述殉道者一书开始的地方提到过的神圣的拉德贡德，在完成了她人生的苦工后辞世。接到她的死讯后，我来到她在普瓦捷创建的女修道院。我看见她正躺在灵床上；她圣洁的面庞生动明媚，比百合和玫瑰还要美艳。灵床旁围坐着一大群修女，约二百人，她们都是因为拉德贡德的传道皈依基督教，从而过上圣洁生活的。从尘世的地位看，她们中不仅有来自于元老院的，有些甚至来自于皇族；如今她们正按照她们的虔诚程度而各有发展。她们站在那儿流着泪说：神圣的母亲呀，你让我们这些无人照管的孩子去依靠谁？你把我们这些被舍弃的人交托

给谁？我们告别父母，舍去财帛，远离故园，我们一直以来都在追随你。

格列高利继续讲述他代替马罗维乌举行仪式：

> 应他们的要求，我为她房间的祭坛赐福。但是当我们开始移动这具圣体、吟唱圣歌护送它时，有些似乎被某种力量附身的人高声喊叫着要承认这位上帝的圣徒，并称她正在折磨他们。当我们经过城墙下面时，很多贞女在塔楼的窗口和城墙堡垒的顶上流泪哭泣，结果是：在吟唱圣歌的悲与喜中，所有人都忍不住掉下泪来。神职人员也是如此，他们的职责本是吟唱圣歌，因为他们不停地抽噎和哭泣，所以几乎吟唱不下去。而后我们到达墓地。女修道院院长深谋远虑，已经预备好了一具木制的棺材，用来搁放拉德贡德的以香料包裹的尸身。下葬的棺木因此（较平常所见的）更大些；移开两座墓冢的各自一边，便成了拉德贡德的墓穴，而后再将它们连成一体。

女修道院院长和修女们来到拉德贡德平常读经和祈祷的地方，对着她空空如也的房间、她的跪垫、她的书籍，还有"她过去长期节食时经常用来纺织的纺锤"而悲悼。

拉德贡德的传记作者，福蒂纳图斯和宝多尼维娅，盛赞拉德贡德的虔敬与学养：她彻夜不眠地诵读经文；她不辞辛苦地充当修女们的慈母般的教员。她是病人与贫困者的医疗师和奇迹创造者，她雇用她的医生雷奥瓦利斯（Reovalis）为他们治疗。她是一个不知疲倦的修道者，强迫自己实施苦行、艰苦的节食和节日前夕的祈祷仪式（守夜）。在支撑不下去的时候，她便用烧红的烙铁和链条磨炼自己的身体。

人们归于拉德贡德的众多圣迹——她那为她的修女们以及向她

求助的生活困难者提供衣食的能力——并非只是因为拉德贡德具备独特创造能力而生的种种奇迹,而是根植于动乱期与短缺期的经济现实。拉德贡德的高职位的亲戚、王家的财富、她能为其女修道院争得的地产,还有她拥有的圣物,令圣十字架女修道院成为安定的、近乎丰裕的中心,足以吸引其他出身高贵的妇女带着大宗财富加入这个团体。

拉德贡德的两位传记作者,虽然相互补足,却又各不相同。福蒂纳图斯着重拉德贡德温顺的圣洁性和严格的苦行生涯,正如他的抒情诗所展现的,他对这位贵妇怀有恳挚的敬畏之情。宝多尼维娅促使人们注意她描述的主体作为一位大权在握的女王的地位,她在女修道院与国王的斗争中驾轻就熟地运用了其政治上的影响。宝多尼维娅特别提到了拉德贡德作为保护人的实力,她作为教育家的严厉以及她激发敬畏甚至恐惧的尊贵地位。

福蒂纳图斯强调了拉德贡德的苦行,她亲手擦洗病人的溃疡,亲吻麻风病患者,在厨房做苦工,靠着小扁豆和蔬菜这些素食度日。在节日前的祈祷(守夜)中,她俯伏在地,涕泪滂沱。福蒂纳图斯对于拉德贡德的特权身份、她与墨洛温王朝及与法兰克人的诸王国的关系只是轻描淡写带过,换言之,对于拉德贡德依靠王室成员身份起作用的方面轻描淡写带过,而正是她的王室成员的身份,令她得以无视马罗维乌并拒绝尊重他。福蒂纳图斯蜻蜓点水般地提到女修道院的创建,巧妙地避免人们注意到克洛塔尔失去了他的王后及克洛塔尔的让步。福蒂纳图斯显然不愿过多涉及拉德贡德与当局的冲突,他略去了她决意搜集圣物的行为。他谨慎地叙述奇迹,"以免过多的奇迹会引起人们的蔑视"。在他撰写的传记中,没有描述诸如海上援救(如下所述)之类的奇迹。

宝多尼维娅可能于 605 年至 610 年间撰写这部传记,因为那时尚属布伦希尔德(Brunhild,卒于 614 年)女王统治时期。宝多尼维娅称,她孩童时便熟知拉德贡德,不过她也利用了那些能够清楚回忆起拉德贡德者的陈述。她还借用了福蒂纳图斯的《圣依拉利的生平》及其他圣徒传的材料。在福蒂纳图斯的叙述之外,宝多尼维娅增加了对拉德贡德建立其女修道院时使用的复杂策略,以及她坚决摧毁一处异教场所的记述。为惩处一位大胆的奴仆而烧毁宝座的奇迹,表现了女王来自坟墓之下的雷霆之怒。宝多尼维娅让女王在临死前看到那位漂亮的,甚至带有几分诱惑力的后生到她房间造访,是对这位圣徒在天上的婚礼的预想。

有人声言宝多尼维娅不称职,这种抗议具有众所周知的固定形式:她的矫揉造作风格的措辞,只是反映了女修道院对古典文学和修辞学研究的审美趣味。更委婉的抗议则指出,宝多尼维娅是受她博学的影响:她显示出自己对学术性原始资料的熟稔。在她对拉德贡德如何获得十字架残片的讲述中,宝多尼维娅将拉德贡德与海伦娜加以比较时使用的措辞,表明她精通早期著作《十字架的发现》(*Inventio Cruris*)。如果说福蒂纳图斯因为不想冒犯马罗维乌,所以避免描述十字架抵达时的骚动场景,宝多尼维娅在列述嫉妒拉德贡德成就的当地人的敌对行动时,则无畏地提到了犹太人对海伦娜的阻挠,这是在某些东方原始资料中找到的主题。

宝多尼维娅提到了另外两件具有象征意义的重大事件,这在福蒂纳图斯的记述中是遍寻不见的:拉德贡德的人形船(man-shaped ship)之梦(第 3 节)和遇到海上风暴时让大海平息(第 17 节)。在这两节里,宝多尼维娅表明她熟稔奥古斯丁和其他教父作家们的《圣经》注释。人形船之梦和获救船只的奇迹,象征挪亚方舟(相当于教会)和大洪水(预示基督徒的获释与拯救)。奥古斯丁把方舟看作遍及尘世圣地的上帝之城的象征,而获救的是教会。方舟的尺寸象征人的形体，基督会以这样的本像降临而且确实降临了人间。

那么，在创建她的贮存着威力强大的圣迹的方舟形女修道院的过程中（紧接着她摧毁异教场所的那一节），拉德贡德担当的便是这样一些角色：创立者、导师以及当拯救她的信徒于现世的危难和异教徒的骚乱时的可信赖的仲裁者。第17节中沉船的奇迹使得第3节中船之梦的隐喻——上帝向挪亚现身的反映——获得了完满。踏上危险的尘世之旅的行人，在他们信赖拉德贡德的恩泽，求取她的智慧作为新的挪亚时，便获得了自由。充当她的追随者的报偿，是圣灵之鸽的降临和海浪的平息。圣灵回返到方舟，意味着（正如教父作家们德尔图良、安布罗斯、哲罗姆和克里索斯托们认为的那样）新的创世和新的基督教秩序。三片羽毛是三位一体的位格。在典雅的福蒂纳图斯创作热烈深情的赞辞的地方，宝多尼维娅进行了有意识的圣人传式的建构，象征性地称拉德贡德为"新海伦娜"和"新挪亚"。

挪亚这一形象的象征意义，很偶然地与拉德贡德在《图林根的陷落》中的大海和遇难船只和谐地结合在一起。拉德贡德在《图林根的陷落》中浮夸地宣称要扬帆、划船或者游泳去会她亲爱的哈马拉弗雷德（就像早些时候，她曾经想象在泪湖中游泳）。如果盎格鲁—撒克逊人描述航海和风浪中颠簸的船只的癖好，是日耳曼民族式平庸之表现，那么，拉德贡德在此便是借用了她的法兰克传统。

拉德贡德的两篇诗体文，《图林根的陷落》和《致阿塔希斯的书信》，在她重温她的童年、悼念失去的家族时，表现了与其他文学作品的亲缘关系。关于小女孩对堂兄哈马拉弗雷德的炽烈的热情，作品中有极其详尽的回忆。因为他们家族的家园与城邦惨遭洗劫，哈马拉弗雷德便随同他们的亲戚到君士坦丁堡避难。信中也哀悼了她的那位被她丈夫克洛塔尔杀害的兄弟。拉德贡德深感自己对此事负有重责，因为当她的兄弟想要去找哈马拉弗雷德时，是她央告弟弟与她待在一起。她称她兄弟是位长着"毛绒胡子的男孩",这个词我们不能按字面意义去理解,因为留软胡子是当时美少年的习惯。

　　两篇诗体文都包含悲歌(planctus)——悼念死者的挽歌。《图林根的陷落》融合了多种体裁。它是一封书信,其中拉德贡德将那由书信传递的无尽幽怨——"你为何不更多地写信?"——寄给哈马拉弗雷德。它是一部自传,也是一首在早期日耳曼诗歌中得以听闻的倾诉孤独和背井离乡之感的古英语悲歌。作为诗中蛮族(Barbara)女人的拉德贡德,她表露她的孤单,唤着不在场的爱人的名字倾诉衷肠,巧妙地谴责仇敌,为了同族者的苦难泪如进泉,所有这些表现了拉德贡德和第七章中的那些蛮族妇女之间的关联,第七章(《妻子的哀恸》(*The Wife's Lament*)和《乌尔夫与伊瓦舍》(*Wulf and Ead-wacer*))呈现了这些妇女饱含深情的话语。冬季航海的危险和悲凉,隶属于诸如《流浪者》(*Wanderer*)和《水手》(*Seafarer*)之类的古英语悲歌的传统,而大厅的朽烂与同伴的惨死则让人回忆起古英语诗歌《覆灭》(*The Ruin*)。这些种类的歌曲,或许拉德贡德在图林根的叔父家中就已经听到过。

　　作为一部体现传统习惯的作品,《图林根的陷落》是将一座未开化的城池与特洛伊城加以比较的微型史诗。它也借用了奥维德的《女杰书简》(*Heroides*)——众英雄的女眷们,比如安德洛玛赫(Andromache)①失去亲人后写的书信集——中的角色,这些角色非但没有赞美胜利,他们表达的是其对应面,是战争体验的悲伤的一面,即女性感受到的一面。不管怎样,作为一位与女修道院之外的尘世亲人分离的神职妇女,拉德贡德一方面采纳了大量传统手法,另一方面又超越了它们,带上一种强烈思慕的特征。

---

　　①　赫克托耳忠贞的妻子,在特洛伊沦陷时被希腊人俘虏。

1. 图林根的陷落

战争的本性如此残酷！命运尤其恶毒！何等辉煌的王国，转眼间垮塌成废墟一片！经年累月矗立的赐福的屋顶，现在被付之一炬，在浩劫下死灭。（1—4行）

这座曾经在王室的煊赫中辉煌的大厅，不再有穹形的拱顶，却只覆盖着鄙陋的灰烬。许久以前闪耀着纯金光芒的灿烂华丽的陡峭屋顶，如今被一层黯淡的灰幕埋葬。它的君王身陷囹圄，受敌方的君王宰制。它从前的荣耀已经沦为下贱。那些奋力抵抗的随行扈从，过去他们在一处供职，如今一同力战而死，浑身污秽。他们的生命完结了。那些才华横溢的人，那些宫廷权贵们，如今暴尸荒野，失却了死者应享的礼敬。（5—14行）

我心爱的姑姑平躺在地上，她乳白的身体比她金光闪闪的火红秀发更亮。嗳，战场满是尚未埋葬的腐烂尸体，举国上下同葬一冢。

为其毁灭而悲叹的，不再只是特洛伊这一个城邦。图林根的土地也经受了同等的屠戮。绑缚着镣铐的妇人，被拽住乱糟糟的头发拖离此地，甚至没能向她家中的神明道声哀怨的诀别。俘虏不得在他的门柱上印上亲吻，或转头再看一眼他再也看不到的地方。妻子赤足踩过夫君的鲜血，纤弱的姊妹跨过倒下的兄弟。从母亲怀中夺走的孩子，尚在渴望母亲的亲吻，对此却无人为母子掬一把哀恸之泪。严酷的命运夺走她孩子的生命尚嫌不足。这位几乎没有了呼吸的母亲，同时还失却了爱子的柔情的啼泣。（15—30行）

但是我这个蛮族妇女，纵然我的不幸的泪水汇成泪湖，足以让我漂浮其中，我依然哀哭不止。每人都有他个别的悲伤。唯独我的悲伤，却是为所有人而发，因为众人的苦痛便是我个人的苦痛。命运会去照管那些被敌军砍杀的人。作为仅有的幸存者，为了悼念他们，我却必须不顾艰难地忍受。我总是禁不住地流泪，不仅是为了被杀害的亲人；也为了那些受上帝的仁慈保护的人。我常常紧闭双眼，泪水湿面。我强忍唏嘘，但是我的悲苦却永无止息。（31—40行）

我急切地期望看到，是否有阵微风能为我送来一些问候。然而，我所有的同族者全都音讯杳无。恶劣的命运把那个人也从我的怀中夺走，他的柔情缱绻的注视，曾经是我习惯的慰藉。（41—44行）

难道因为你和我远隔万里，你便能无视我的哀痛？难道惨痛的不幸已经夺走了蜜甜的爱？哈马拉弗雷德，你至少记得，自你年少时，我便是你的拉德贡德，当你还是一个可爱的男孩，我叔叔的儿子，我深爱的堂兄时，你是何等地喜爱我。对于我，你集数职于一身：我死去的父亲，我的母亲，我的兄弟姐妹。

你用温情的手牵着我，嗳，我凝神倾听你甜蜜的话语，那时候，我还是个小女孩，受着你那温婉言辞的抚慰。你离开我身边的时间几乎从不会超过一小时。如今时光飞逝，我却仍未收到你的只言片语。沉痛的哀伤曾在我剧跳的心房中翻滚，我仿佛感到，我可以将你，我的堂兄，在任何时候，从任何地方，召唤到我身边。

如果你的父亲，或者你的母亲，或者王国的其他一些什么牵绊滞留住了你，那么——甚至那时你是急匆匆赶着回来——在我看来那也已经是太过迟缓了！命运已经发出了警告：我很快便要失去你，我的爱人。狂烈的爱不知道如何耐心等待。那时，只要我们不在同一个屋檐下，我便受着焦虑的折磨：如果你出门去了，我便会以为你已经去到很远、很远的地方。

如今，你寄身于东部音讯全无，恰如我寄身于西部。海浪将我羁留于此，恰如红海滞留住了你。整个地球被掷于我们两个彼此相爱的人之间。整个世界将曾经寸步不离的人儿隔开。人世间的种种力

量逼迫相爱的人分离。如果说地球广袤辽阔，但你离我前往的地方甚至还要更远。（45—70行）

毕竟更为值得庆幸的是，出于你家人的美意让你栖身的地方，比你在图林根的土地上栖身的所在更能为你带来幸运！（71—72行）

相反，我在这里却备受折磨，承担着巨大的悲痛。你为何不愿传送给我你的任何消息？如果有封绘着我思念却无从得见的他的容貌的信函该有多好！或者，如果有张为我带来羁留在远方的那人的消息的图像该有多好！你以自己的卓越让你的先祖重生，你以你的美名复活了你的族人。仿佛令尊的美颜上的玫瑰红出现在了你自己的双颊上。你要相信，堂兄，如果你为我捎来讯息，你便不会彻底从我的心头消逝。如果你发来信件，对于我，它们就像是弟兄一般。

所有人都会有些属于他的好运气；我却只能把哭泣当作我的慰藉。哦，这实在是令人愤慨，我付出的爱越多，得到的便越少！如果其他人遵从情感的法则，可以继续充当追随者，我要问，为何我却被那些与我血脉相连的人忽略？（73—84行）

为了寻回家奴，主人往往不辞在冰雪覆盖的阿尔卑斯山上辟开一条通道。他冲入巨石上凿出的阴暗洞穴——严寒飞雪无法阻止他的热望。堕入情网者可以无须向导赤足奔跑。他无视敌人的阻挠，只为夺取他的猎物。他勇敢面对敌人的武器，不顾自己的创痛，只为赢得他想得到的东西——他的爱肆意恣纵。（85—92行）

但我时时因为你的缘故悬虑不安，片刻也不曾享受逍遥恬静的心境。微风飒响，我便想知晓你羁留何方。云幕盘桓，我便想找寻你的下落。你可曾因波斯或拜占庭鼓吹战争而入伍？如今你已是富足的亚历山大的君王了吗？你是否住在圣母诞下耶稣基督的地方，即耶路撒冷的城堡的左近？你不曾写过只言片语说起这些事情，哎呀，我的悲伤日甚一日，与时俱增。因此，即便陆地和海洋都不能为我送

来你写给我的信函，至少让那传递吉兆的鸟儿为我带来你的音讯呀！（93—104 行）

如果不是女修道院的神圣生活阻住了我，我会不声不响地来到你羁身的任何地方。激起恶浪的风暴一结束，我便扬帆起航，幸福地驶过冷风吹动的海浪。我漂浮在海浪上，比汹涌的海浪还更强大，我能够支配它们。水手们忌惮的事物吓不倒那个爱你的她。如果暴风骤雨激起的海浪令我的船只破裂，我会继续乘坐由一位划手划行的厚木板在海上航行，直至找到你。如果因为一些不幸，我连块木板也没能抓住，我会双手划行，精疲力竭地来到你的身边。当我再见到你的时候，航海的一切危险都如过眼云烟。而你，我甜蜜的堂兄，很快就会减轻我沉船的悲痛。或者，如果我最后的命运将剥夺我这哀怨的生命，至少你的双手会为我堆起砂质的坟冢。我的眼不能视物的尸身将从你的甜蜜的眼前经过。而你，至少会因为感动而举行我的葬仪——对于活着的女人，你有多么吝惜你的眼泪！现在对我没有只言片语的你，那时还会为我献上一首葬歌！（105—122 行）

堂兄，我为何要避讳谈起我的兄弟，我为何要忍泣吞悲？你为何绝口不提他的死——哦，深沉的悲痛啊！——你为何绝口不提当他被卑鄙的背叛置于死地时有多么无辜？你为何绝口不提他如何因为误信而辞世？不幸的我呀，当我记起他的死，我再度泪流不止，说起这些痛心的往事，我又一次心生悲苦。

他匆匆离去，急切谋求同你会面，但是只要我的爱挡住他的道，他的爱便无法实现。为了避免让我承受剧烈的创痛，他情愿把这创痛由自己承受！因为他害怕刺痛我，但现在他变成了我的悲痛的缘由。一个柔顺的、长着毛绒胡子的男孩被害。我，他的姐姐，因为不在场，未曾目睹他可怕的死亡。我不仅失去了他，我还没能为他合上他可爱的双眼，也没能扑到他的身上，没能向他道说诀别的话。我没能用我滚烫的泪水温暖他冰凉的胸膛，我也没能在他临死前亲吻他可爱的双唇。我没能在惨痛的拥抱中涕泪涟涟地搂住他的脖颈。我没能泣不成声地搂抱他不幸的身体。生命远离了他——作为兄弟，为何他不能支撑着见他姐姐最后一面再咽气？我在他生前为他制作的小礼物，本可作为他的陪葬品送给他。难道我对他的爱，竟不能装饰他的尸身？可恶的我呀——相信我，兄弟，对你的安危我是负有责任的！对于他，我是死亡的根由，而我竟不曾为他准备墓冢。（123—146 行）

我一遭去国，却两遭被俘，因为当我的兄弟被砍倒时，我便再度遭逢敌人的侵害。曾经的悲痛袭来，我不由为我墓中的父母、叔伯和亲属悲泣。兄弟去世后，我无日不以泪洗面，因为他将我的欢乐随他一起带到了他在阴间的住处。（147—152 行）

正是因为这个原因，我的亲爱的男性亲属们——我真是个悲惨的女人呀——才赢得了至上的荣誉？他们的王室血统才得以世代相传？但愿我的嘴唇无须描绘我亲历的罪恶，或者，即便我心绪大乱，也无须你的安慰。无论如何，英俊的堂兄，我如今祈愿你的信函能够火速到来，以便你的善言能够减轻我深沉的悲痛。（153—158 行）

我也挂念你的众位姐妹，因为我对她们怀有骨肉之间的真挚的爱。我无法拥抱她们本人，这些我深爱的女性亲属们，以至无法作为姐妹热切地亲吻她们每个人的眼睛。如果依我所愿，她们仍然活着，我请求你代致问候，作为对我的思慕的回应，你也带回她们给我的亲吻。我请求你代我向法兰克人的国王们问好，他们对我怀有一种慈母般的深情。

但愿未来的漫漫岁月能够呼吸到令人神清气爽的空气！但愿我本人因你的影响力而平安无事。愿基督准我的愿：让这信能够传达至爱人那里！但愿一封写满甜言蜜语的回函能够寄到我手上，以便

这个女人——饱受挥之不去的希望折磨的女人——因为祷告的迅速实现而精神振奋。（159—172 行）

2. 致阿塔希斯的书信

我的故国被烈焰焚毁，图林根的土地遭敌人的刀剑荼毒，家族的高屋亦在这次毁灭中倒塌。

如果此后要我述说——战争期间被不祥的斗争驱赶的可怜女人——作为一位被俘的女子，首先感到的是怎样的忧伤？还有什么值得我为之哀悯？是这个被死亡紧抱的国家？还是被种种不幸毁灭的我可爱的家庭？（1—6 行）

我父亲第一个被砍倒，紧接着是我的叔父：他们两人的死带给我沉痛的打击。有位可敬的兄弟活了下来，但是可憎的命运却用大量的砂土堆起他的坟冢——也堆在我身上。他们所有人都死了。忧伤的她内心感到怎样的撕裂般的痛楚呀！（7—11 行）

你，哈马拉弗雷德，是当时的唯一幸存者，如今毫无生气地躺在那里！我，拉德贡德，在那么长的时间之后，寻求的就是这个结果吗？你给我这个不幸女人的来信就是为了叙说这个结果吗？这便是我期待已久的我的爱人的赠礼？你当作军礼献给我的就是这些事物吗？你送我这些丝束①，是作为我每日纺织的原料，以便作为妹妹的我可以在纺织的时候得到安慰吗？这便是你的宽慰纾解我的悲痛的方

---

①　拉德贡德的中国丝束，创造了一种双重意象。它们暗示妇女纺织使用的原料，她在纺织时咏唱，哀叹她的爱人不在身边。妇女纺织时吟唱的歌曲是"织布歌"。但是对于拉德贡德而言，丝束也暗示绢纸，或她收到的丝绸表面的信纸。拉德贡德时代，埃及的纸莎草纸、打蜡的木片和当时引进不久的牛皮纸是更为常见的书写材质。中国绢纸在此可能起到营造诗的意境的作用，暗指阿塔希斯居住的远东。

式？你的第一次也是最后一次讯息，带来的就是这些东西？我们曾经热泪迸涌急切渴望的，不是与此完全不同的事物吗？（12—21行）

对我的希望的报偿，本不应该是这可恨的甜蜜。我的内心备受激情的折磨，满怀痛苦。难道那么狂热的精神，就被这些眼泪所冷却？我未能看到他活着的样子，或者祭拜他的墓冢。除了不能参加你们的殡葬典礼，我现在还要承受这两种痛苦。（22—26行）

亲爱的养子阿塔希斯，我为何要提到这些事情，把你们的哭泣加到我的哭泣之上？我本应提供一位女性亲属的安慰，但是因死者而生的悲痛迫我说出这些苦涩的话。他与我亲近——不是远亲，而是我的堂兄，我父亲的兄弟的孩子。我父亲是伯莎，他父亲是赫梅内弗里德：我们是亲兄弟的孩子，现在我们却阴阳两隔。（27—34行）

至少有你，亲爱的子侄阿塔希斯，代替我那文雅的堂兄，你与我的感情恰似他生前。我请求你常来我的女修道院探望我。让这会馆继续作为你在上帝面前的辩护，以便我们持续的祈祷可以报偿你——还有你亲爱的母亲——以众星中的宝座。现在，我愿上帝赐予你们这些有福的人目下的平安，还有即将来到的世界里的荣耀。（35—42行）

3. 恺撒利娅致拉德贡德和里基尔德（Richild）

微贱的恺撒利娅致圣女拉德贡德和里基尔德[①]：

收到你的来信，我的内心充满灵性的喜悦，我反复重读了你的来信。因为我认识到，你已经决心忠于你所下的决定——蒙上帝的恩典——为永生做准备。你做这事，是为了和众位圣徒一样，获得永恒

---

① 里基尔德可能是阿格尼斯原来的日耳曼名字。

的财富和狂喜——它们是无尽期的。"他为受屈的申冤赐食物与饥饿的。耶和华释放被囚的。耶和华开了瞎子的眼睛。"[《诗篇》146:(7,8)]愿他亲自引你沿正途向前。愿他亲自授你如何遵循他的意旨,愿他允你行他的道,护卫他的教义,沉思他的律法。恰如《诗篇》作者所言:"唯喜爱耶和华的律法,昼夜思想,这人便为有福。"[《诗篇》(1:2)]还有,"上帝的教义点亮他们的眼,上帝的律法从容改变那些人的灵魂。"[《诗篇》(18:9,8)]

诵读《圣经》时你必须专心,恰如尘世之人倾听宣读皇室命令时那般全神贯注。让全部的心智、思维和冥想去凝思上帝的训令。心怀焦虑地敬畏它们。"受咒诅偏离你命令的骄傲人,你已责备他们。"[《诗篇》(119:21)]任何未能遵守上帝的哪怕最不重要的戒律的人,"他在天国要称为最小的"[《马太福音》(5:19)]。要做到这一点:"我心中的所思总在你的眼前。我将你的话藏在心里,免得我得罪你。"[《诗篇》18:15;119:11]

由于上帝垂顾你,我最深爱的女士,让你承继他,所以向他感恩,每个季节都赞美他吧。戒绝一切恶,戒绝所有罪,因为"所有犯罪的,就是罪的奴仆。"[《约翰福音》(8:34)]热爱和敬畏上帝,因为"耶和华的眼目看顾敬畏他的人和仰望他慈爱的人。"[《诗篇》(33:18)]让你保有一颗纯洁的心,一种平静的心境。温和谦卑,宽容顺从。留意上帝所说的:如果不依靠那些谦卑平和者,我去依靠谁?"他叫有权柄的失位,叫卑贱的升高。"[《路加福音》(1:52)]假若你向往成为圣洁的、虔诚的、可嘉许的,生活在律法之下,没有任何教义会比福音读物更加伟大、更有进益、更为宝贵、更为卓越的。奉行并恪守我们的上帝和主耶和华的言辞教导和亲身践履——他在这世上行了那么多奇迹,以致不可胜数,他以令人难以置信的忍耐承受了折磨他的人的那么多恶行。是忍耐将我们付托给了上帝。

听使徒所言:"凡立志在基督耶稣里敬虔度日的,也都要受逼迫。"[《提摩太后书》(3:12)]正如上帝欣喜于你发愿修行,魔鬼亦为此担忧。他有成千上万条作恶的诡计,"向神寻求食物"。[《诗篇》(104:21)]为此,你要祷告不止,祈愿上帝对付他。"你们都要壮胆,坚固你们的心。"[《诗篇》(31:25)]留意经文所言,"去事奉上帝,站在正道,心怀敬畏,强大你的内心以免受诱惑"[《便西拉智训》(2:1)]

如果你是男子汉,你会出去与敌人坚强刚勇地争战,以使你的身体不会受到伤害。同样坚强刚勇地与魔鬼争战吧,以免他用花言巧语和极度邪恶的花招毁了你的灵魂。你要不断向上帝求告:"上帝,救助我! 扶济我! 别将我抛弃,那样我才安全!"

当诵读《诗篇》时,对于《诗篇》上说的,及《诗篇》上教诲的,你须专心用功。贤智地咏唱《诗篇》:恰如上帝还为你留在十字架上;因为他还留在十字架上,你也应——仿佛被钉在十字架上——不离于上帝的善行! 不要另作他为! 不要擅言擅行任何事! 担当万物的调停者,因为他的居所(教堂)乃于和平中建造。"使人和睦的人有福了,因为他们必称为神的儿子。"[《马太福音》(5:9)]"不可含怒到日落。"[《以弗所书》(4:26)]"爱你律法的人有大平安,什么都不能使他们绊脚。"[《诗篇》(119:165)]内心含怒的人,身体的纯洁毫无意义。经文上别的地方写道:上帝命令你们"携手于他的会堂",安宁和睦。[《诗篇》(67:7)]

我以应有的谦恭与爱戴迎候你,这种情感难以言表,尽管我实在微不足道且感觉迟钝。我求告上帝,央他俯允统治、保护和照管你,我求告上帝,让那惠赐你女修道院者,也能惠允去完善它。因为不是创建者,而是"唯有忍耐到底的必然得救"[《马太福音》(24:13)]。恰如我们的谦卑在上帝里面欢喜快乐,就你的事业而言,上帝和他的使者们也欣喜于你的发愿修行,欣喜于你的力求完美。我也知道,你颇有资产,因为你继承的财物可谓是丰足了。

尽你所能资助穷苦者。"只要积攒财宝在天上。"[《马太福音》(6:20)]以便这段经文在你身上得以实现:"他施舍钱财,周济贫穷。他的仁义存到永远。"[《诗篇》(112:9)]恰如经文上所载:恰如水能熄灭火焰,施舍会消灭一切罪恶。[参看《多比传》(4:11)]让你的希望在神里面,因为经文上载,"倚靠人血肉的膀臂,心中离弃耶和华的,那人有祸了"[《耶利米书》(17:5)]。

别让那些不曾研究文学的妇人入会。让她们一定要记下所有的诗篇。正如我说过的,热心实现你在福音书中读到的一切。我送去了一份会规,乃我们的已故主教大人恺撒略为我们制订。你自己好生留意看护它!

唯愿你的女修道院在我的指导下稳定坚固,因为如果你按会规行事,你将位处贤明贞女之列,神亦会引你入他的国度。你将会发觉,在圣徒欣喜于其荣耀的人世间,"神为爱他的人所预备的,是眼睛未曾看见,耳朵未曾听见,人心也未曾想到的"[《哥林多前书》(2:9)]。在主里欢悦狂喜的同时,你在那里会说:"那有权能的,为我们成就了大事,他的名为圣。"[《路加福音》(1:49)]还有"他带领百姓欢乐而出,带经选民欢呼前往"[《诗篇》(105:43)]。唯愿世代统治的神,确保你的纯洁的修女们能够抵达那里。阿门。

我想起你近来斋戒颇为过度。如果你将我放在心上并向来如此的话,你做所有事情都应适度。因为,如果你因斋戒过度而染疾,此后你就必须为那些神的意图之外的事情操心了。你将需要且必须食用反季节的美味,你再无能力管理那些有福的修女。注意上帝在福音中所说的:"入口的不能污秽人。"[《马太福音》(15:11)]还有使徒的话:"你们如此侍奉,乃是理所当然的。"[《罗马书》(12:1)]夫人,以这种方式行事——按照会规赋予你的权限去要求——以便神因你发愿修行而受礼拜和颂扬。唯愿你成为信徒的典范。"但无论何人遵行这诫命,又教训人遵行,他在天国要称为大的。"[《马太福音》(5:19)]

因此,在神中赞美喜悦吧,敬爱的主内姊妹,为他屈尊将你从尘世污浊的生活方式中唤到安宁和会规的门前,不停向他感恩吧。要时刻记取你曾在何处,你来此求取的是怎样的奖赏。你一心弃绝了尘世的黑暗,充满幸福地打算目睹基督之光。你已鄙弃了情欲之火,再次达到了平静的独身状态。你向来便有战斗不息的精神,你应像防备过去那样当心未来;因为如果我们不去每日与各式各样的罪恶做斗争,它们确实很快便会回到我们身上。注意使徒彼得所言:"务要谨守、警醒,因为你们的仇敌魔鬼,如同吼叫的狮子,遍地游行,寻找可吞吃的人。"[《彼得前书》(5:8)]

只要我们还活在这个躯壳里,便须在上帝的帮助和指挥下,日夜与魔鬼争斗。有些没有辨别力的妇女认为,她们只需换去衣装便足够了。因为脱去尘世服饰,换上宗教的装束——一个小时内便能做到。只要我们活着,就必须在神的帮助下,不断诚心劳作,以行善人之事。一切想望维护会规的心灵,务要力求废止贪食、性冲动、醉酒,她不会被过度的节制所削弱,也不会被丰足的美味佳肴引到穷奢极欲的地步。

你要不断阅读或倾听神的训诫,因为它们是心灵的饰物。让你双耳上悬挂的宝珠出自于它们;让你的戒指和手镯出自于它们。只要你不断做善工,这些心灵的宝石便会装饰你。让那真心向往在内心中护卫会规的妇人,不要去到公众场合,否则会规的护卫便会变得艰难起来。她便可以在神的面前未遭染污地走上这条路。

无论如何,尽量不要依赖男性的保护,如果你希求保住你的贞洁。也不要让任何人说这样的话:"我问心无愧。别人想怎么说我,由他们去说吧！"那种辩护在上帝看来可怜并十足可憎。注意这一点——只有你自己有所顾忌，才会得以保全；你能看透你的谈话对象的心思吗？可以确知的是，一个不去避免男性保护的女子，或者毁了她自己，或者毁了另一个。就我们而言，为了克服其他罪恶，全力发挥一切美德是有益的，但是，除非你能避开与男性共同生活，否则你便难以抵抗色欲。

虽然出身高贵，在宗教生活中你却更要谦卑和顺，而不要以世俗高位为荣。"凡为我的名撇下一切的，必要得着百倍，并且承受永生。"[《马太福音》(19:29)]如果有穷苦的妇人想要过圣洁的生活，让她向神感恩吧，神会让穷人得救，将那些妇人从尘世的桎梏中解放出来。"少壮狮子还缺食忍饿，但寻求耶和华的，什么好处都不缺。"[《诗篇》(34:10)]如果你希冀神驻在你心中，便要彼此相爱，因为经上写道："唯独恨弟兄的，是在黑暗里，且在黑暗里行，也不知道往哪里去，因为黑暗叫他眼睛瞎了。"[《约翰一书》(2:11)]

或许有的修女将她们继承的财产留给了家人，自此便丧失了继承权。让她们注意上帝所说的："你们要变卖所有的周济人，为自己预备永不坏的钱囊，用不尽的财宝在天上。"[《路加福音》(12:33)]"他施舍钱财，周济贫穷，他的仁义存到永远。"[《诗篇》(112:9)]

你要忠诚地跑下去，以便幸福地抵达，并在我们的神耶和华眼中欢悦狂喜。是他降尊纡贵，在他放牧的羊群中选择了你；他在天国，恰如他在尘世的事奉，那世代统治的他，也会准备恩赐宝座在天国。阿门。

4.普瓦捷的宝多尼维娅著述的《圣拉德贡德传》

开场白

最卑微的宝多尼维娅，致蒙受可敬恩典的圣女们、女修道院院长德迪米娅、所有拉德贡德夫人的光荣会众。

你们分派给我撰写圣拉德贡德夫人生平这一任务，恰似试图以指尖去触碰天空。宣告她最好的事迹是我们的责任。但是这一责任本应托付给那些内心辩才有如泉涌者。因为如果将此事责成那些辩才无碍的人去完成，他们便能创作出醒人心神的韵文，对她的事迹滔滔不绝地详加说明。相反，那些思想贫乏、笨嘴拙舌的人，既不能为他人提供精神上的愉悦，又不能免于言语无味。这样的人绝不会试图主动承担撰写的任务，假若别人要求他们撰写，他们也是战战兢兢。

我自知自己就是这类人，心中卑顺，言语干涩。无知者保持缄默与博学者率意直言同样重要。受过良好教育者能就一个普通的主题作动人的讲演，然而缺乏教育者即便就一个重大的主题也作不出一次普通的讲演。为此，有人急切物色任务，有人却躲避畏惧任务。

虽然我本人是最卑微者，然而是她，拉德贡德夫人，将我自幼抚养长大，让我充当她本人的卑微的家庭侍从和奴仆。因此我能够简略演言一番，即便挂一漏万，但至少能把我从她这个杰出的范例那里得来的难以估量的好处的某些部分加以合并。为此，只要我继续公开称颂她辉煌的一生，以达其会众听闻，我便准备服从你们的最仁慈的意愿，尽管我的言辞不足道，我却要竭尽全力。

尽管学识浅薄，我却满腔热忱，我请求你们为我祷告。

我们不去复述如使徒般的福蒂纳图斯主教在那位圣女的传记中写到的事迹,尽管他记述全面,但还是有些未加注意的事迹,这是我们所要补充的。他在他的著作中也正是如此表述的:"有关圣徒的美德,简洁便已足够。既不要让过长的叙述惹人生厌,叙述又不宜过于简短。毋宁让整体感从若干细节中显现出来。"

因此,我一直受着同一种神能的激励,而圣拉德贡德在俗世曾无比热忱地使这种神能保持平和,唯愿她在天堂与之共同统治。我们力求用质朴的而非华丽的文字,记下她的所作所为,我们力求在短短的篇幅中囊括她的大部分奇迹。

第一节 拉德贡德的家庭、崇高地位与克洛塔尔王

首本圣拉德贡德传记载了拉德贡德的王室血统和地位等级。无人不知,在她的君王和世俗伴侣——傲慢的克洛塔尔王——促她更改信仰时,她的行事作为。作为一位高贵的后裔,她源出于王族;她用信仰进一步装饰她从血统中继承下来的东西。这位嫁给俗世君主的高贵女王,更多地属于天上而非人间。就在短暂的婚姻生活期间,那时她尚属新婚,便打着妻子的幌子,而行为举止的目的则是以更大的热情侍奉基督。俗人们渐渐明白,她的作为,仿佛是要他们以她为榜样。因为当她还滞留尘世,甚至在她皈依之前,宗教便将她的灵魂塑成宗教生活的典范。她决然不会被尘世的障碍束缚,却只是作为仆从服从神。她致力于拯救俘虏,慷慨大度地对待穷困者,她相信,她给穷困者的一切,都是为了她自己谋福。

第二节 法兰克人建造的殿宇

尽管拉德贡德直到现在一直都以一种世俗的方式与国王共同生活,她的心意却系在基督身上。有神做见证,我作此陈言,因为即便

不开口，内心也会向神坦白。纵然缄默不语，内心对神也无从隐瞒。我们陈言所听闻的，为我们所目睹的作见证。

当拉德贡德受邀与安西弗里达（Ansifrida）夫人一同进餐时，她在一列庄严扈从的陪同下前往。在途经大片乡村后，她来到一处地方，此处一边是大片的乡村，另一边是条通往法兰克人修建的殿宇的小径。殿宇偏离神圣女王的路线有近一英里的路程。当她听说法兰克人在那里建造了一座殿宇，便命她的仆从前去焚毁，因为她认为藐视天上的神、崇拜魔鬼的手段是邪恶的。

法兰克人听说此事，便聚起一帮乌合之众涌往此地，试图用刀剑棍棒和魔鬼般的怒吼护卫这所殿宇。神圣女王立定心意，无动于衷，因为她的内心住着基督。她没有策马扬鞭，而是始终安坐马上，直至这座殿宇被烧成平地。如她所祈求的，民众们自己言归于好。此事一结束，所有人都惊叹于女王的力量与冷静，他们颂扬神。①

第三节　她看到人形船的异象

后来，通过神力的作用，她脱离了那位俗世的君王，因为当她住在君王赠予她的那处位于萨伊克斯庄时，她便发了这一弘愿。在她皈依的第一年，她得了人形船的异象，所有人都坐在他的四肢上。她本人坐在他的膝上。他对她说："你现在坐在我的膝上，不过到最后，我的心中会有你安身的位置。"她将要蒙受的恩典向她显现。

她将这一异象十分隐秘地告知她忠实的随从，叫他们作见证，因

---

① 在拉德贡德时期，法兰克人的异教信仰兴盛，直到此后的一个世纪里，在鲁昂、博韦、亚眠、努瓦永和康布雷的主教管区，异教信仰依然兴盛。民众被禁在他们的森林庙宇——例如被拉德贡德焚毁的那座殿宇——中召唤鬼神，这些鬼神有日月神（the Sun and Moon）、海神尼普顿（Neptune）、狩猎女神和月亮女神狄安娜（Diana）、死神奥库斯（Orcus）和智慧、工艺、战争之神密涅瓦（Minerva）。

为除去在场者,无人知道这些事情。她在言语上何等小心,在行为上何等虔诚! 无论身处顺境还是逆境,是欢喜还是悲伤,她总是镇定自若。她既不曾在逆境中灰心,也不曾在顺境中自大。

第四节　君王是如何想让她再度回去的——隐者约翰阁下

当她还住在那处田庄时,便有消息传来,说君王想让她回去。由于准许了那样一位王后离开身畔,他正为自己遭受的损失懊丧不已。除非他能让她回转,否则他简直不想再活下去。当尊敬的夫人听说此事后,备受惊吓,以致她让自己沉迷于更为严苛的苦行当中。她量做了一件粗制的山羊毛衣服,穿在她柔嫩的身体上,她让人知道她还需经受斋戒的折磨,守夜时她彻夜不眠。她全身心地投入祷告中。她不屑于国家的王位,战胜了她配偶的甜言蜜语,摒弃了对尘世的眷恋,情愿自我流放,以免自己偏离了基督。她随身带着她那盛饰的毡制斗篷,其外层包有黄金,以宝石珍珠制成,价值千金。她命一位名叫弗里多维吉娅(Fridovigia)的修女,她忠实的信徒中与她最亲近的,将斗篷送给一位可敬的男子,希农城堡(Chinon castle)的隐者约翰。她央他为她祈求,以便她能不再沦陷红尘,她还央他赠送一件粗制的山羊毛衣服,以便她能利用衣物令自己的身体失去光泽。他为她送去粗布,她用它为自己做了内衣和外衣。如果存在任何害怕的理由,她也央他通知她。因为如果国王坚决要她回去,她宁愿结束性命,也好过回去与这位俗世君王重又结合在一起,因为她已婚配了天上的王。于是这位圣人彻夜不眠地为她祈祷,仿似受了神力的激励。次日,他告知她,尽管要她回去可能是君王的意旨,但这一意旨断不被神所允许。在国王娶她回去为妻之前,国王便会受到神的惩罚。

第五节 在克洛塔尔王的授命下,神圣女王是如何在普瓦捷城

建造女修道院的——弃绝尘世,她欣然加入

作此宣告后,这位一心侍奉基督的拉德贡德夫人,受神的激励和援助,在至高的克洛塔尔王的授命下,为自己建造起一座女修道院。如使徒般的比恩提乌(Pientius)主教和阿斯特拉皮乌斯(Astrapius)阁下很快授命由拉德贡德职掌女修道院。神圣女王终于摆脱尘世虚妄的诱惑,喜悦不尽地进入女修道院。她在那里聚积了完善的礼拜用品,让一大群少女与永生的新郎基督结合。阿格尼斯当选为女修道院院长,大家同意拉德贡德将她个人的一切财产交付阿格尼斯,拉德贡德移交了她自己正式放弃的权力。她没有利用权力为自己保留任何东西,这样她便可以像一位轻装的步兵,不受束缚地效法基督。她摆脱尘世的负累越彻底,她为自己在天国所做的准备越完善。很快,在发愿时她便开始笃行谦恭,广施慈悲,显露圣洁之光,并频频斋戒。她那么彻底地沉浸于对天国新郎的爱当中,以她纯洁的心信奉神,以致她能感觉基督就住在她心里面。

第六节 克洛塔尔王是如何前往图尔,以便他能抵达

普瓦捷接回他的王后的

但是,人类幸福的恶毒的仇敌,那个只要拉德贡德尚在人世便厌弃执行其意旨的家伙,并未停下对她的追逐。她从信使处得知了那件她害怕的事情——即,至高的君王和他的儿子,图尔的杰出的西吉贝尔特①,一同抵达。

———————————

①　克洛塔尔的小儿子西吉贝尔特是奥斯特拉西亚——莱茵河两岸的古法兰克地区——的君王。他的王后是布伦希尔德。拉德贡德与西吉贝尔特关系密切,西吉贝尔特曾帮助拉德贡德将真十字架带到普瓦捷。

第七节　拉德贡德夫人是如何寄信给日耳曼努斯主教
大人的——国王是如何派主教往见圣拉德
贡德请求她的原谅，主教又是怎么做的

当了解到这一消息，神圣的拉德贡德夫人当着一位神圣见证人的面，写了一封正式书信，寄给巴黎城主教日耳曼努斯大人，[①]那时他正与国王待在一起。她派她的代理人普罗库鲁斯（Proculus）秘密将信送了出去，并附上了礼物和印章。当这位被神充满的主教读到这封信后，在圣马丁墓前，当着神圣见证人的面，他流着泪跪倒在国王脚下。他乞求国王依从书信的内容，不再前往普瓦捷城。知道这是神圣王后的陈情书后，在深深的悲哀中，国王彻底悔悟。他重新考虑了他的佞臣们的意见。他认为自己实不足道，意识到他早已配不上那样一位王后。

就在圣马丁教堂的门口，他俯伏在日耳曼努斯大人的脚下，请求他代表自己求得拉德贡德王后的宽恕。他因为听信佞臣冒犯了她，现在乞求她的原谅。后来，神的报应惩罚了那些牵连其中的人——恰如阿里乌斯（Arius）在与人争论天主教信仰的同时，将他的家人送上了死路。那些与王后作对的人的结局亦是如此。于是，因为畏惧神的审判——因为王后在与他共同生活时，顺从神的意旨甚于顺从他的意旨——国王请求日耳曼努斯速去找她。

于是这位大人一到普瓦捷，便前往女修道院。在发表献给圣母马利亚的演说的中途，他扑倒在神圣王后的脚下，代表国王请求她的宽恕。因为脱离了尘世的虎口而心情欢悦，王后于是慷慨地原谅了他，然后准备去行拜神的礼。她现在不管前往何处，都可以无阻碍

---

①　日耳曼努斯于556年担任巴黎主教，他在那里创建了一所修道院。他后来被葬于修道院教堂，后世称之为圣日耳曼德佩教堂（saint-germain-des-prés）。

地、自由地追随她深爱的、以虔敬的精神紧紧跟从的基督。因为一心都扑在这些事情上，所以她开始额外的守夜，让自己当自己身体的狱卒，做到晚上也保持清醒。尽管她仁慈待人，却让自己充当自己的法官；尽管她全心为人，在自己的节食方面却很严苛；尽管她对所有人都慷慨，对自己却吝啬。就她而言，长期斋戒还不够，除非她能征服她自己的身体。

第九节　她的守夜、祈祷和读经——她作为楷模和她的艰苦

她不会强派别人做杂务，除非她自己先做过。每当有神的仆人拜访她，她会细致地询问别人是以何种方式侍奉上帝的。如果她发现有什么新鲜的事情是她不曾做过的，她必会立刻要求自己去做这项工作。而后她会口头说明她的亲身践履，以教导她的会众。

有她在场的时候，当唱诗一结束，她便会继续读经。不管白天还是黑夜，中途她从不停辍，即使在她取些点心以满足身体之需的时候。读经后，带着对我们灵魂的深切关怀，她会说："如果你未能懂得经文的含义，为何不到你灵魂的镜子里仔细地找寻呢？"冒昧地用这种方式提这样的问题，可能会显得少了些尊重，然而因为怀有诚恳的关怀，还有慈母般的深情，她绝不会放弃宣讲经文中包含的拯救灵魂的内容。恰似蜜蜂选择在种种花卉中采蜜，她热情地从那些前来拜访她的人身上搜集精神的小花。这些花朵在她自己和她的信徒身上结出善行的硕果。

甚至在夜间，或是无论何时有一小时打盹机会，她总会要人为她读经。如果读经者本人开始困乏并认为拉德贡德正在少憩，她可能会停止读经。但是拉德贡德的心思全系在基督身上，仿佛她正在说："我身睡卧，我心却醒。"［《雅歌》(5∶2)］她会问："你为什么不读？接着读，不要停！"午夜了，又到起身的时候，她会立刻准备好，即便她早

些时候已经完成一整套的宗教仪式,到那时还未曾合眼。她会欣喜地从床上爬起事奉神。她也许会坦率地说:"半夜我必起来称谢向你。"[《诗篇》(119:62)]她常常好像是睡熟了,可在睡着的时候,她却会唱出《诗篇》的文句。她实在可以说:"愿我口中的言语,心里的意念,在你面前蒙悦。"[《诗篇》(19:14)]

谁曾以她那样炽烈的慈悲心肠普爱世人! 在她之中,那么多的美德熠熠生辉:得体的端庄,简单的智慧,宽宏的严厉,谦虚的博学。所有人都说,她的一生是毫无瑕疵的一生,无可非议的一生,整体上在各方面堪称完美的一生。

第十二节 她的仆从维诺佩甘(Vinoperga)胆敢坐上她的宝座

除去她颂扬基督的奇事外,她还行了些震慑她的信徒的事。维诺佩甘是她的一位仆从,此人不计后果地贸然行事,在王后死后胆敢坐上尊贵王后的铺着软垫的座椅。当她这样做时,上帝判决给这女孩一击,她被烧得那样厉害,以至于所有人都看到她身上冒出滚滚升腾的烟雾。

那女孩当着众人的面大声呼叫,忏悔她犯了罪。她身上着火,是因为她坐上了尊贵王后的座椅。她总共忍受了三天三夜的热痛,高声尖叫,她哭喊着:"拉德贡德夫人,我有罪。我作了恶。请清凉我饱受残酷折磨的四肢。请大发慈悲;您以善行闻名,您悲悯众生,也请您怜悯一下我吧!"

众人见她陷入如是的苦痛,便都帮着她恳求,就像拉德贡德在场一般;她们说只要有人诚心请求,拉德贡德便会在那儿。"仁慈的夫人,宽恕她吧,不要让她陷于那么悲惨的煎熬当中!"至尊的夫人同意了她们的祈祷,抑止了愤怒的热焰。她将这女孩毫发无损地送回了家。自此,对这女孩的惩罚,令所有人谨慎恭敬。

第十四节　拉德贡德夫人想得到的马马斯(Mammas)大人的圣骨

自她进女修道院之时起,东方见证,北方、南方和西方宣称,她通过最虔诚的祈祷收集了不计其数的圣物。她从四面八方找来那些珍贵的宝贝。它们本是储藏在天国,为天国所有,这位虔诚的妇女依靠禀赋和祈祷为自己赢得了它们。在不断冥想中,她通过这些方式全心投入吟唱诗篇和赞美诗。

拉德贡德听到有关马马斯大人①的详尽传闻。马马斯大人是位殉道者,他的神圣肢体被安放在耶路撒冷。拉德贡德听说此事,便贪婪地、如饥似渴地将这消息记在心里。就像一位为水肿病所苦者,她——尽管就着泉水狂饮——却变得越发干渴起来,拉德贡德热切感到沐浴在神的甘露下的渴求。她派可敬的神父雷奥瓦利斯(Reovalis)②——那时他还是位俗人,现在依然健在——来见耶路撒冷的主教,乞要圣马马斯的遗骨。这位神的仆人仁慈地同意满足这项要求。为了显示上帝的意旨,他让他的教区的教徒知晓拉德贡德的祈祷。

第三天,举行完弥撒后,他和所有教徒来到神圣的殉道者的墓前。他公开以这样的方式庄严地大声宣布:"我恳求你,基督的信徒和殉道者,如果神圣的拉德贡德是基督的真正的侍女,你便在众人中显你的威能。允许她虔诚的心承接你的遗骨,那是她所想要的。"

祈祷结束,所有教徒应答"阿门"后,他走进圣墓,口中不停述说

---

①　圣巴西尔和纳西盎的圣格列高利(Gregory of Nazianzus)记述了这位东方圣徒。那是一位牧羊青年,274 年死于奥勒良皇帝(Aurelian)之手,他的遗体葬于恺撒里亚,或许有些遗骸被转送到耶路撒冷。

②　雷奥瓦利斯是普瓦捷的一位医生,也曾在君士坦丁堡研究医学。后来成为一名神父。他的名字也出现在图尔的格列高利的著作《法兰克人史》中,因为他为拉德贡德的小男仆移除了睾丸,这是他在君士坦丁堡学到的一项医疗技术。

着神圣夫人的忠诚。他轻触圣徒身体的各部分,以确定至圣圣徒授权身体的哪部分拿去满足拉德贡德夫人的要求。他触碰右手的每个手指;当触及小指时,在他的手的合意的触碰下,小指自己分开,以便用它去满足神圣女王的期求,完成她的愿望。这位使徒般的人派人按适当的仪式将这手指送给神圣的拉德贡德。自耶路撒冷至普瓦捷,对她的赞颂不绝于耳。

你能设想,在等候那根意外收获的圣骨期间,拉德贡德是以怎样炽烈的热情、怎样虔诚的行为,投入禁食当中吗? 不过,在神圣王后激情四溢地接受这一神圣的礼物,满心欢喜时,她——和她的整个团体一起——整个星期都在忙于以咏唱诗篇和禁食的形式守夜,为她有资格获得那样一件礼物而感谢神。这样看来,神并不拒绝索要物品的信徒。

就好像以一种无人能懂的拐弯抹角的方式在说话,拉德贡德常常会轻柔地说:"一切关心灵魂者,必定非常害怕受所有人的赞美。"尽管如此,无论她如何希望避免受人赞美,美德的赠予者却愈加决心向所有人展现她对他的忠诚。因此,每当有为任何疾病所苦的病患,那人必会前去找她,并恢复健康。

第十六节　她如何派人向皇帝索要圣十字架木头残片

她既已搜集了众位圣徒的遗骨,如果可能的话,她自会期望上帝本人屈尊走下宝座,住到我们中间。即便她的肉眼难以看见他,她的精神知解力也会弥满着热情的祝福,急切地冥思他。不过上帝"他未尝留下一样好处不给那些行动正直的人"[《诗篇》(84:11)]。对于那些用他们的全部心灵、灵魂和精神去找寻他的人,亦复如是。这位圣女就得到了这些美好事物。神向她表明了善意,赐予她灵光。行神圣海伦娜所行之事,这种想法日夜常驻于她的心中。受古训的激励,心怀对上帝的敬畏，因其善工而闻名的海伦娜，一心找寻那块广施恩泽的木头，为了将我们从魔鬼的力役下解救出来，人世的珍宝曾被悬吊于其上。十字架抵达并被高高举起时，海伦娜判明这正是那神圣的十字架，上帝曾被钉于其上受折磨而死。[①] 她双手急握，跪倒在地，敬拜上帝道："你确是基督，上帝之子，降临世间，赎回你所创造的自己的俘虏！"

　　海伦娜在东方成就的事迹，神圣的拉德贡德在高卢完成。因为只要还活在尘世，她就绝不愿独断专行，于是她写信给最优秀的君王西吉贝尔特，这位国家的统治者。为了四海的安宁，还有他的王国的稳定，她请求他的批准，尝试着从查士丁尼大帝那里获取上帝的十字架。[②] 这位君王非常亲切地准允了神圣女王的请求。

　　尽管心中满是虔诚，热切的渴望熊熊燃烧，拉德贡德却没有送给大帝任何礼物，因为她需要那些钱财来帮助上帝的穷人。相反，她一心在众圣徒的陪伴下祈祷，这些圣徒的遗物是她时常光顾的；她遣送信使去到大帝那里。她获得了她祈求的东西：除了保存于东方的许多圣徒的遗物之外，还有饰以金银珠宝的上帝的十字架的圣木。[③] 现在它们共存于一处，而她则引以为殊荣。

　　为了答复这位德高望重的妇女的请求，大帝也派出了他的使节，还带上一本外层装饰有黄金和宝石的福音书。悬系着尘世的救赎的

---

①　据早期东正教的记述，当病患触碰木头便得痊愈之后，十字架可能不属于基督而属于一个窃贼的疑虑便冰释了。

②　这是指查士丁尼二世，拜占庭帝国皇帝，西吉贝尔特那时正在寻求和他的联盟。西吉贝尔特将拉德贡德的请求包含在他自己的谈判中。

③　查士丁尼有五块圣木碎片，置于饰有一种叶状卷纹的蓝色珐琅瓷板的十字架形凹槽当中。这块瓷板宽 5 厘米，长 6 厘米。

圣木，一到普瓦捷城，人类的仇敌，便在一些教徒和那位主教①的伴随下，利用他的仆从行事，为的是让他们拒绝尘世的珍宝。尽管拉德贡德已经承受过种种苦难，他们却不愿将它接纳进这座城市。各人有各自拒绝它的理由，好像要加入犹太人的行列中似的。不过这里不是我们讨论这个问题的地方。他们会明白——上帝知晓他自己的子民！

怀着炽烈的热情和受挫的心，拉德贡德给那位最可敬的君王送去信息：这个城市不愿接纳圣十字架的救赎。在她的信使们尚在从君王那儿归来的途中，她便委托她在图尔创建的男修道院保管上帝的十字架和众位圣徒的遗物。此事是在唱赞美诗的过程中完成的。

由于猜忌，圣十字架所遭受的，恰如上帝自己所承受的，他为了他的忠实的信徒的缘故，反复地被召唤到统治者和法官的面前。他承受了种种蔑视，为的是他的造物不致毁灭。

因为节食、守夜、洒泪如雨，拉德贡德强迫自己承受了多少苦难！这段时期，她的所有会众一直在流泪哀泣，直至上帝俯视到他的侍女的悲惨，才让君王下定决心，他必须为民众带去判决与正义。这位虔诚的君王于是派出他的心腹，杰出的查士丁伯爵（Count Justin），来至图尔城。那位神的使徒般的主教大人优弗罗尼乌斯，被告知要恭敬地将上帝的十字架和那些圣物放置在拉德贡德的女修道院中。

当这份天国的好礼被授予她的圣会时，这位尊敬的女士，和她修道院的所有成员一起，快乐地欢庆。她把她们召集到一起，举行上帝的仪式，因为她内心感到，在她离开她们之后，她们举行这仪式的可能性便微乎其微了。尽管说，只要她与天上的王欢聚，她便可以确保

---

①　根据图尔的格列高利记载，普瓦捷的主教马罗维乌拒绝到场，且疾驰到他的乡间庄园。

她们的获救，这位伟大的养育者、这位仁慈的领路人无论如何也绝不会舍弃她的教众。① 她留给她的女修道院的，是这天国的礼物——在基督的遗物中，它是尘世的赎金——为了会所的荣誉和教众的救赎，她曾到辽远的国度找寻它。

在那里，借助上帝的仁慈和上天的助力，目盲者得见光明，失聪者得闻声音，舌结者重获说话之能，瘸腿者得能行走，魔鬼被击溃。还有什么好说？所有人，不管身体有着怎样的缺陷，只要怀着信心而来，便能因十字架的力量而重获健康。这位德高望重的女士带给这城市的礼物有多伟大，谁又能说得清？一切义人，上帝赐福他们的名。最杰出的君主、最娴静的王后布伦希尔德（她是拉德贡德所深爱的），还有他们圣洁的神父和主教们，都在神的见证下称颂她的女修道院。

第十七节　她派去向大帝致谢的使者，如何在海上遇险

在接受了神圣的礼物后，这位德高望重的妇女，派出我们提到过的那位神父和其他使者，去见大帝。为表谢意，她送给大帝一件普通的法衣。归途中，海浪汹涌，使者们经历了诸如风暴、飓风之类的众多危险，据他们说，这些风暴和飓风，他们之前从未见过。大海上的四十个日日夜夜，他们的船只危难重重。他们的性命陷于绝望，死亡近在眼前，他们屏气凝神，因为大海随时可能将他们吞没。看到自己危在旦夕，他们仰天高声抱怨："拉德贡德夫人，救救您的仆人，不要让我们尚在为您效劳时，便溺身而亡！把我们从死难的险境中解救出去吧，恶浪马上就要将我们活生生吞没了。您一向总是怜悯求助于您的信徒。您也怜悯怜

---

① 这句话的一层隐含的意义是：西吉贝尔特与他兄弟之间的龃龉，可能会威胁到女修道院的安定。

悯我们吧！救救您的仆从，别任由我们死去！"

话音刚落，海浪中腾起一只飞鸽，绕船三匝。当它飞行第三匝时，神圣女王的仆人巴尼赛乌斯（Banisaius）凭圣父、圣子、圣灵的名义——这三位一体的神，一直是这位神圣妇人心中热爱的——伸出她的手从鸽子的尾部拔下三根羽毛。她将羽毛浸入海中，暴风雨便止歇了。仆从们喊着神圣拉德贡德的名，飞鸽便出现了，将她的仆从从死亡之门拉了回来。深邃的水域笼罩上无边的静寂，拉德贡德的仆从放声高喊："你来了，满心虔诚的尊贵女士，让你的俘虏免于溺毙！"因为喊她的名，不仅她自己的仆从，而且所有的人都因他们的拉德贡德女士的仁慈而获救。她从死亡中救出的那些人，将那些羽毛整理好带来这里，虔诚地放在这处圣所。

第二十节 死去的前一年，在一次异象中，
她见到了为她准备的地方

死去的前一年，在一次异象中，她见到了为她准备的地方。一位特别漂亮、衣着华丽、看似年轻的男子朝她走来。与她交谈时，他亲密地挨着她，说着柔情的话，但是她，一心都在德行上，便设法驳斥他的甜言蜜语。他对她说："那么，你为何洋溢着对我的渴念，你为何含着眼泪找寻我，呻吟着恳求我，通过大量的祈祷央告我？你为何因为我的缘故，为了这个总是同你在一起的我，承受那么多的磨难？你是珍贵的宝石，你知道，你就是我头戴的王冠上最好的宝石。"

这无疑是他本人亲临，她满心热诚地将自己交托给他，即便在她的身体还活着的时候，他就让她看到了她即将拥有的荣耀。但她只是非常私密性地把这一异象透露给了她的两位非常忠实的信徒，并恳请她们，只要她还活着，便不要向任何人泄露这件事。

第六章 言语似金穗般流动

一位匿名写信人

马赛的优谢里娅（Eucheria）

（六世纪）

导读

晚期罗马的文化过分地关注文学风格——诗性的影射与修辞学上的惯用语句、描述词、意图明确的隐喻、表意贴切的字眼。由六世纪的女性撰写的两部辞藻华丽的作品（一部充斥着希腊式的机智，另一部则大肆卖弄有关《圣经》的知识），说明两位女作者深以炫耀其辞藻为乐。那位写信的基督徒，假作谦逊状，但她从辞藻中获取的快乐丝毫不亚于那位异教徒——如果优谢里娅是位异教徒的话。基督教的作家们时不时地声称，相比于受过古典文化训练的文法家和修辞学者的说话风格，他们喜好更为质朴的说话风格，喜好他们所谓的"神圣之凡俗"（sermo Humilis），或者说一种朴实无华的风格。但是这位写信人，尽管写给的是另一位显然有着更高地位和受过更高深教育的虔诚的女士，却发现朴实并不能引发她的兴趣。她和讽刺诗人优谢里娅同样大费笔墨地塑造了挥霍者的形象。

法国南部的拉丁修辞学校负责维持不间断的有声有色的语言活动。高卢便因它的讲演术比赛和它在普瓦捷、纳博讷（Narbonne）、图卢兹（Toulouse）和波尔多（Bordeaux）的修辞学教授席位而驰名。奥索尼厄斯（Ausonius）之类的教授还兼任诗人。演说家叙马库斯称自己为加伦河（Garonne）的毕业生。"高卢的雄辩"引起了诸如哲罗姆之类的辞藻爱好者的注意。演讲和写作的技艺从来不只是一种习惯，当时对于文法、修辞和写作技艺的关注，说明了行吟诗人当中方言文学的兴旺发展，解释了十二世纪那些女性行吟诗人（trobairitz）的闪亮出场。

由一位匿名的女基督徒写给另一位女基督徒的"致友人的信"，作为宝多尼维娅《拉德贡德传》的"序言"片断，与《拉德贡德传》一起被装订于同一本手稿中。人们由此推测：基于其文学品味，此信可能是由拉德贡德女修道院的一名修女所撰。深厚的交谊和对学识的尊重赋予了作者以灵感。和宝多尼维娅一样，她夸张地断言自身的微不足道。她对《圣经》的运用是想象性的，事实上可以说是非常富于想象力的，而且她也经常感到有解释它们的必要。俗丽的隐喻随处可见。咽喉是油尽灯枯的烛台；演讲者雄辩之"油"不足，引发这样的对照：蠢笨的生手向智者求教。心灵是本装有铰链的书，其中锁有《圣经》的知识。学识是件色彩斑斓的礼服，或者是木工之子耶稣制作的纺锤，用亮丽的毛线纺织历史。

　　信中的许多象征物，反映出女性的关注点，我们可以看到写信人经常暗指纳妾、妻子的地位、生育能力、受孕、怀胎、分娩，以及体现心智和精神之生命的母爱。写信人不由自主地想起女性的饰物和手工。言语被编织起来。学识成了饰头巾，它的金穗顺着两颊似言语般流动。优谢里娅也以一则编织和刺绣互不协调的隐喻开篇：金线与马鬃缠在一起，精美的紫色丝线绣在粗鄙的毛制品上。

　　优谢里娅嫁给了文法家——马赛的戴纳密乌斯（Dynamius），一位法兰克的贵族。这个戴纳密乌斯可能就是（也可能不是）那个同名的普罗旺斯地方长官，他为格列高利主教收租，按照图尔的格列高利在《法兰克人史》中所说的，他因为暗算主教而失去职位。马赛因其希腊和罗马学校，还有它悠久的文字传统而闻名。一群贵族诗人聚集在戴纳密乌斯周围。他们残存下来的作品微乎其微。现存有一首轻快的带有恶意的讽刺短诗，被认为是万南修·福蒂纳图斯写给优谢里娅的，万南修·福蒂纳图斯告诉我们，优谢里娅是戴纳密乌斯的妻子。福蒂纳图斯亲自与戴纳密乌斯会过面，且与他有过抒情诗和信函的往来。

　　优谢里娅针对一位出身微贱的求婚者所写的讽刺短诗，带有她丈夫的文学圈子得以扬名的特点：精巧、复杂以及矫揉造作地应用隐喻。诗中言道：与这位粗鄙的求婚者配在一起，何异于人为世界和自然世界中那一系列怪诞的不协调，优谢里娅以令人难以容忍的方式将这些不协调列举为一系列的不可思议，一些违反自然秩序的特殊情况。加括号的最后一行，仅出现于五部手稿中的其中一部，或许是后人添加上去的。

1. 匿名者致友人的信

如果你不将我的缄默判定为对具有如此高贵血统的你的冒犯，我便会认为先知的警句是适用于我的，他公然宣称："你若有所知，就可答复别人；否则，就应把手按在口上。"[《便西拉智训》(5：12)]因为，当你信中已包含了《圣经》所有篇章的全部要义，以致我无从置喙时，我还能回应什么，哪里还有我敢于发话的余地？

直到现在，《圣经》的藏宝箱，即是说，你无所不晓的心灵，其装帧扣依然向我锁闭。它理应在内外层都镀上名贵的黄金，因为正是靠了它，上帝亲手写下的话语，才得到极其稳妥的保护。

"基督的奥秘"中的那位新娘，拿下肩膀上的水瓶，以瓶里的水解亚伯拉罕的仆人之渴，配得上先知的证言。[《创世记》(24)]①

正如对待她（利百加）一样，人们理应为你立下荣誉纪念碑，让见证者们的证言奉你为神圣。你用你心灵的水瓶满足了我们——这些亚伯拉罕的仆人（因为所有罪人都是他的仆人）。即是说，你用陶器中的珠宝满足了我们。② 我确然就着你这封书信畅饮，并叫我的骆驼也喝足。也就是说，我承认我所有的罪，因为你认为我身上具有的那些美好事物，我一样也不具备。但显而易见的是，你用你的善工抵销了我的微不足道与无知。无论人们因为你日常的劳作对你倾注了怎样的关注，你都让这份关注完全地为证明我的无辜服务。你觉得我是什么样的人，我就应当成为什么样的人，因为对于信徒而言，一切

---

① 就像《旧约》中众位先知贤惠的妻子一样，井边的利百加（Rebecca）预示了教会，是"基督的奥秘"中的新娘。

② 说话的对象只不过是凡夫俗子，不是像利百加那样的"预示教会者"（a figura ecclesiae）。

皆有可能。但是,因为我无能希求这样的好事,所以我不可能至善至美。

事实上,如今你既有臻于完美的愿望,又取得了完美的功绩,两者都结出了果实。我意识到了先知的话语的价值,他说:"必有童女怀孕生子。"[《以赛亚书》(7:14)]你可以坦白地说:"上帝,我们孕育了你在尘世设法成就的救赎精神,我们予它以生命!"你生产了上帝的话语,你与他的话语一起分娩,因此,为了我们的缘故,你通过你惯常的丰富饱满的方式,生产了对上帝的知识。

让那些不信的人懂得童女怀孕生子的方式。让他们阅读你的大作,因为这里有着纯洁丰饶的童女之果。显然,你的情形与撒拉相同。已嫁过的七个丈夫都死了,即是说,尘世的精神断绝了。但是当天使引着撒拉入了新房,撒拉信奉了基督之后,恶魔便死去了。① 就我而言,尽管我毫无价值,在我履行出于我父之口的誓言之前,我必恳求我的父亲,允许我为我的童女象征哀哭,因为此前我尚未展示任何可见的童女之果。我的父亲戮杀了摩押人和亚扪人,即是说,他消灭了我心中的酗酒与淫乱之族。② 但是,如果我的子宫里,即我的心中,没有上帝的话语,那对我又有什么用呢?我知道,没有学识的童女,只能生活在阴影里,不识光明。有名无实的童女,无论如何难以跨入新郎的华盖。

我携着一只烛台,它是我的咽喉;然而我了无生气,因为我的灯芯已干枯——换言之,空洞的言语之光已黯淡——它未沾上厚腻的

---

① 《多比传》(3:7—17)。撒拉(Sara)的七任订了婚的爱人相继被恶魔阿斯摩太(Asmodeus)夺去生命之后,多比(Tobit)的儿子多比斯(Tobias)与撒拉成婚。最后,天使将阿斯摩太赶走,将他困在埃及。

② 作者将她自己比作耶弗他(Jephtha)的女儿[《士师记》(11:26 及以下)]。耶弗他曾发誓,一旦他打败了敌人,必将他的女儿献上为燔祭。

学识之膏。我知道在这方面我毫无价值；但你至少让我向你恳求，向膏油丰足的你恳求，请你开导我，我应向谁索得它。

但如今，我间或会说约伯对上帝说的话："我是卑贱的！我用什么回答你呢？只好用手捂口。我说了一次，再不回答；说了两次，就不再说。"[《约伯记》(40：4)]我认识到我只是泥土和灰尘，因为我在他人身上看到如许的成就。因此我自我感觉一无所有。但是似乎天使——也就是圣灵——便在你里面说话，就像在圣母马利亚这个榜样里面说话一样，因为你是如此擅长讲演。

我一直守护着，一直坚定地守护着你的心灵圣所的成就，和你的肚腹中的果实的产物（我对你说话，不是将你当成姐妹，而是当成一位应被称为夫人者）。"从埃及召出我的儿子来"[《何西阿书》(11：1)；《马太福音》(2：15)]，你随身携带并将之作为圣物展示，即，你将你的训诲的成果，给予我们这些尚处于尘世黑暗中的人。我毫不犹豫地认为，你是《使徒行传》的作者所描述的四个有预言能力的童女之一[《使徒行传》(21：8)]。你无疑是《诗篇》中的诗人赞颂的那个她。你穿着锦绣的衣服，缀着金穗[《诗篇》(45：13—14)]。因为，你的双颊边低垂的金穗，如果不将它解释为你的卓越准确的语感，又该怎样解释？金穗美丽缤纷，你信中的词句，因为出于律法书、先知和传道者，被其中的箴言渲染得多彩多姿。

显然，你不会无所事事地满足于口腹之欲，因为你的丈夫——他过去常被称为木工之子[《马太福音》(13：55)]——为你打造了学识的木纺锤。你以历史的彩线为原料，用纺锤织出灵性话语之线。

受人尊崇的姐妹，我承认，当先知说，"五谷健壮少男，新酒培育处女"[《撒迦利亚》(9：17)]。我并不懂得这话，是你的话语的力量，令我领会了它。是你，喝下了那用基督的果实酿造的芬芳美酒，即是说，基督是真正的葡萄。在灵性学习的快乐里，你果实累累，灵性学习的甘甜和热忱的汁液，活跃了你最深处的命脉。书念（Shunam-mite）的那位处女，被寻来照料伺候大卫王的身体，你无疑比得上她[《列王纪上》(1：1—4)]。因为履行这份职责后，你获得了领受他的钥匙的报偿，你开，无人能关；你关，无人能开[《以赛亚书》(22：22)；《启示录》(3：7)]。在你的里面便有拨示巴（Bathsheba）之子，即智慧，人们如此热烈地爱戴它，以致假惺惺的兄弟既不敢觊觎，也不敢冒犯你。①

阁下的大作理当受到我的尊崇，因为我将束腰的带子藏在幼发拉底河的磐石穴中。[《耶利米书》(13：1—7)]我知道：我处于众人口中的陡崖之畔，心的顽梗、德性的外壳都已变坏，现如今，没了智慧的护卫，我将不认得失去"丈夫"的自己了。②

但是因为我性情愚钝，爱的苦痛又常引发我的哀伤，所以我的话语受到了阻滞，我心中的哀伤，只允许我说出这一小小的请求，恳请你不时地在我干枯的悟性之根上施以粪肥——即你的话语的生育力[《路加福音》(13：8)]——以便当你以惯常的方式来看我时，你会发现在我里面有你的善工之果。

2. 马赛的优谢里娅：驳求婚者的讽刺诗

我要把闪着金光的金线，与大量刚硬的马鬃一处缠绕。我正思忖将中国丝绸的床单和镶宝石的斯巴达织品，与一块山羊皮搭配。

----

①　大卫王曾在屋顶上见拨示巴沐浴，遂谋杀其夫而娶了她。大卫与她生了以智慧著称的所罗门。"假惺惺的兄弟"可能是指大卫王的几个大儿子之一，企图夺取王位。

②　上帝吩咐先知前往幼发拉底河畔的一处磐石穴中埋葬他的麻布腰带，数日之后，先知掘出腰带，发现腰带已经变坏。上帝于是告诉他，上帝必照样败坏犹大和耶路撒冷的骄傲。作者的意思是：她已经埋葬了她自己的骄傲，并不会把失去故我当作一种损失。

再把高贵的紫红色缝合到一块粗鄙可憎的毛织品上。

把华彩的宝石装在笨重暗晦的底座上。把光彩业已黯淡的明珠置于钢铁制品中,闪着暗哑的微光。同样,把翡翠锁入高卢的青铜制品里面。紫水晶配上了燧石,碧玉与岩石、巨砾相伴。如今甚至要让月亮去选择地狱的混沌!

我们现在还要命令百合与荨麻相连,让绯红色的玫瑰被致死的毒芹扼杀。

如今,我们还希望浩瀚汹涌的大海蔑视它的美味,反而去喜欢低级鱼类。让岩栖的蟾蜍爱上金蛇。同样,让鳟鱼为自己物色蜗牛。让高傲的雌狮与肮脏的狐狸合伙,让猿猴接受锐眼的猞猁。让母鹿与蠢驴为伍,猛虎与野驴结伴。把轻捷的瞪羚嫁与步履迟缓的公牛。

现在,让污秽的曼陀罗去糟蹋玫瑰花蜜,在蜂蜜酒中掺入苦味果。让我们将水晶般的清水与身体的污垢、宜人的喷泉与茅厕的秽物混合。

让展翅的飞燕与致命的兀鹰玩耍,让夜莺与可恶的角鸮一同歌唱。让阴郁的猫头鹰与明眼的鹧鸪并驾。让优雅的鸽子与乌鸦同眠。

让这些畸形的结合自己去倾覆黑暗宿命的法令——而后再让一位粗野的雇农去追求优谢里娅!

[牡鹿、野猪、蛇都不能借助飞奔、尖齿和毒牙逃脱你的讽刺,马约里安(Maiorianus)!]

第七章 蛮妇，圣女

《妻子的哀恸》(*The Wife's Lament*)

《乌尔夫与伊瓦舍》(*Wulf and Eadwacer*)

英格兰和日耳曼的莉娅巴(Leoba)

（全盛期约 732 年）

导读

成书于十世纪的手抄本文集《埃克塞特诗集》(*The Exeter Book*)，可谓是诺曼人入侵英格兰之前古英语诗文的集大成者，其中收入了两首女子爱情诗。虽说该诗集抄写于一千年前，但其中的诗歌却表现了更久远的时代，并以异教传奇之语调为人们吟唱了数百年。诗集反映了基督教尚未扎根前的欧洲大陆上的蛮荒时期。尽管古英语中的挽歌与拉丁基督教之间存在着紧密的联系，比如对飘忽不定的财富占有持怀疑态度、对反复无常的俗世幸福和人身之腐化有着自己的思考，有关尘世之希望与上苍之拯救的零言碎语却未能在这些爱情诗歌中播撒多少慰藉。挽歌中悲观的宿命论往往使之与日耳曼诗歌中女人的哀恸联系起来。譬如，在《沃尔松英雄传》(*Volsungassaga*)中，我们会想到古德龙(Gudrun)①曾趴在西格尔德(Sigurd)②的尸体上放声痛哭以及为受马蹄踩踏的女儿悲痛万分的场景。

虽然女诗人的抒情词句源远流长，但她们在妇女毫无自由的某种文化或某座城池中所表达的感情却是那样的真切，仿佛恰是今日方才流露出的一样。《妻子的哀恸》和《乌尔夫与伊瓦舍》皆以男子间的敌对与宿怨为衬托，而两位女子的孤寂心声则同是对与心爱的情人或丈夫惜别的叹惋，其中女子的独立性已经泯灭。

北方族群被罗马人称为蛮夷，最早在公元前四世纪时引起了希腊作家的注意（其中有位作家将目光投向了被称作"条顿人"的部落）。后来，哥特人、汪达尔人、苏维汇人、勃艮第人及其他一些日耳曼族群携妻带幼、车队成群地开始了越过罗马帝国边界的大迁徙。一世纪时，历史学家塔西佗(Tacitus)从罗马商人及士兵那里广搜资料，并写出了一本篇幅短小的著作，为贪图享乐的罗马人详尽地介绍了生性粗犷的日耳曼人的风俗习惯。

塔西佗对日耳曼妇女守身如玉、奉行一妻一夫制的品行以及坚如磐石的婚姻大加赞赏。他写道，男人们因女人们的预言能力而尊重她们。男人们为婚姻置办妆奁，而女人们则为男人们送来武器。男人们对女人们言听计从。女人们不与男性朋友互通密信，不与他

---

① 尼贝龙根国王之女。
② 北欧神话中的英雄。

们随处进餐。通奸会招致迅即之惩罚：女的会先被扒光衣服、剪去头发，然后被赶出家门。

其实，塔西佗的真正用心是告诉罗马人彪悍的日耳曼人是一个恒久的威胁。然而，他误解了互换礼品的习俗。妆奁乃是采买之价，而赠送武器则象征着新娘的父亲或监护人已经把对她的生杀予夺之权交给了她的丈夫。很显然，塔西佗对日耳曼人是艳羡不已的，但是，事实容不得忽视。蛮夷间的婚姻多是通过劫取或采买完成的，妻子无非是一项动产罢了。古英语里有句谚语："国王要为王后支取财富、购买酒杯和手镯。"住在图林根的蛮族妇女拉德贡德的家遭到了洗劫，尔后她竟辗转成了战利品、供大家拼抢。英格兰妇女巴蒂尔德（Balthild）先是被逮并贩为奴隶，最后引起了国王的注意，从而当上了王后。蛮夷国王、墨洛温的国王都养妻蓄妾。勃艮第人、西哥特人及伦巴第人规定，奸夫必得支付奸妇的赎罪金，即她的身价；同时，法律条文允许丈夫在捉奸成双时将其妻子及奸头双双处死。

据记载，盎格鲁—撒克逊诸王国的国王不像墨洛温王朝的国王那样沉溺于蓄妃养嫔，而且也不会强迫王后幽居起来。对于种种不规之举，教士们可是眼睁睁地关切着的：比德（Bede）教士将矛头直指肯特国王埃德伯尔德（King Eadbald of Kent），对其邪淫作风大加挞伐，并指出这比异教徒的所作所为更可恶。王后确有几分影响力，甚至有几位王后使得君主们皈依了基督教。由于女人要佩戴各种硌人的饰品，故有位王后坚信她所罹患的致命颈部肿瘤正是被硌成的。至今没有任何证据可以证明因通奸而发生的戮杀或摧残，但是愤愤不平的丈夫可以把妻子送回娘家，并索回彩礼；而奸夫除支付这个女人的赎罪金外，还得提供一份彩礼，供蒙辱的丈夫另买妻子。另外，溺杀女婴在当时几近成风。

在盎格鲁人、撒克逊人、朱特人定居英格兰及耶稣基督降临之后出现的古英语文学揭示了女人们在蛮夷社会中的地位。我们可以在《贝奥武甫》这部传世的最伟大的古英语诗歌中看到，女人可以说是无足轻重的：英雄不需要女人的爱，不需要与女人结婚，也不需要女人激励自己。女人出嫁只是为了充当"和平编织者"（freoduzvebbe），以平息争端。舞台上，国王赫罗斯迦（Hrothgar）的女儿费瓦王璐（Freawaru）这个《贝奥武甫》里一笔带过的人物正是扮演了这样的角色；这个王族希望她的婚约及出嫁能够化解一场血海深仇。赫罗斯迦的王后薇尔瑟（Wealhtheow）优雅登场了：佩戴金饰的她出现在大厅里，然后等两位曾对吹对擂得不可开交的暴戾君王达成了口头和解，随后她在这一重要时刻擎起了酒杯。女人有其重要性，但往往只是男人们一些事端的衬托。在《贝奥武甫》中，真诚的情谊只在己方战友或同族男人间日久弥深，比如贝奥武夫与其叔父赫罗斯迦。

　　一些英勇女子被写进了一些以耶稣基督为题材的古英语诗歌中：君士坦丁大帝之母、"真十字架"发现者海伦娜；与恶魔抗争的圣女、殉道士朱莉安娜（Juliana）；杀死巴比伦将军荷罗浮尼（Holofernes）、拯救了同胞们的犹太女英雄犹滴（Judith）。当然，这些女人皆非英国人。比德的《英吉利教会史》（原书以拉丁文撰写，成书于731年，并于约880年译成英文）、《古英格兰殉道史》（成书于850年）及埃尔弗里克（Aelfric，卒于1020年）的《圣人传》对一些坚强而又高尚的王后、公主、女修道院院长及圣女给予了极大关注。然而，本章所要探讨的两首抒情诗确是颇为独特的，因为它们是仅有的被保存下来的古英语爱情诗，也是表露女子心声的独特诗歌。它们与《埃克塞特诗集》中以男人口吻创作的挽歌共同体现了一些主题：孤寂、背井离乡、分处两岸、对逝去幸福["像未曾有过似的"（妻子的哀恸与流浪者）]的惋惜以及无上的顺从智慧。

　　《妻子的哀恸》有颇多诡秘，这一点可以在很多的文学评论中得到印证。这个女人是贵妇还是贵为王后? 她的故事讲的是累世宿仇,或只是一部宏大作品的片段? 诗人的夫君业已渡过大海;他的亲信暗算他,将他驱逐,并将其妻幽闭于蛮荒之地。在黑洞或是土室里,她孑然一人,叹其不幸、思其爱人。

该诗歌以六小部分为架构,从头及尾,层层展开:(1)序(1至5行);(2)诗人概述了夫君、寻夫之路以及夫君亲信对二人的虐待(6至14行);(3)进一步剖析了夫妇间的关系、夫君的乖张本性、伉俪之情以及诗人对于爱情之得失的强烈感情(15至26行);(4)诗人对于自己身陷囹圄的描述(27至41行);(5)对青年的苦难进行了精辟而睿智的概括(42至47a行);(6)诗人想象出一幅爱人孤寂时遭受的磨难(47b至53行)。

本诗的第三部分产生了一个问题:诗中到底有几个人物? 踏着丈夫的足迹,诗人写到自己找到了深爱的男人。诗人的意思难道是她在夫君的身上找到了那位可与之共享欢愉的配偶,即使此时夫君的族人一面囚禁自己一面以莫须有之罪名残酷地驱逐了夫君? 还是诗人与另一男子苟合以至于丈夫的族人对她和情人加以惩罚? 第18行写道:"尔后我终于为自己找到最符合丈夫身份的人了。"虽然苟合之说足可作为一个情节点,但是将心爱之人与丈夫看作是同一个人倒是更具意义。第二部分谈到了一场将伉俪情深的二人拆开的宿怨。

引人注意的一点是通过一大串第一人称代词屈折变化形式而形成的亲昵言语:53行诗句中共出现32次;另外还有5个双重代词,像"我们俩"、"我们都",等等。"longing"(思念)一词或其同源词屡屡出现:第14行、第29行、第41行以及第53行(即本诗最后一行)。另外,值得注意的还有诗中采用的含蓄达意的曲言法(litotes),这种古英语修辞以反语的否定来表示肯定。这种语言力度,再加上反复强烈出现的"I"（我）、"me"（我，宾格）及"mine"（我的），便使得诗歌中的感情宣泄得淋漓尽致。

从第一部分到第三部分，诗歌在时空上来回穿梭：女子忆及人生路上的不幸、昔日与今朝之痛、远近各处的倾轧仇恨、自己与夫君的不眠旅途、夫妇间的床笫之欢及其不复返。这种"回涡式"（backward whorling）的表达恰如涡水之靠岸。

第四部分趋于沉稳，注重视觉描写：女子描述了囚禁她的密林幽堡，一处布满尖利荆棘的小屋或泥洞。古英语原诗中应用了一些准建筑学语汇对此处进行了描绘，如"eordthscraefe"、"eorpsele"、"burgtunas"和"wic"（衍生于"vicus"一词，原指罗马旧时的行政单位，有时距营地有一段距离）。这些含糊之辞令人颇为费解。女子到底是住在土洞、排洞还是棚屋、围场里？或许，她就像圣古斯拉那样住在冢茔里；抑或，她住的地方就像几百年后的《高文爵士与绿衣骑士》（*Sir Gawain and the Green Knight*）里提到的"绿色祈祷室"，或是像一首童谣里提到的那个山里女人的寓所。或许，她的住处只是半掩于土中的栅舍而已。

一份为诠释《妻子的哀恸》这一部分而进行的研究表明，由于缺少几何学词汇，早期的古英语常从自然界中汲取营养以填补建筑学语汇上的缺漏。本诗歌中，"eordthscraefe"可解读为洞、冢、穴；"scraefe"则指常见于盎格鲁—撒克逊英格兰地区的凹陷茅屋或仓室，亦可喻指阴间。"Beorg"可指山冈、丘陵、山脉、石丘、围场，而"wic"则指的是与主村落隔有一段距离的封闭性的村落、农场或劳作地。凡此种种，作为建筑物，皆类于自然构造。在本诗中，诗人描绘了一个与世隔绝、人为建构而又遭遗弃的栖身之处，它半掩于石南丛生的泥土中，暗示着墓葬或是通往冥界的入口——其日用摆设更是透着几分阴沉，分明是对家庭生活的戏谑。

　　本章节中，诗人通过对自己目前的褴夫之痛与别处恋人的肌肤之亲加以比较，抒发了自己对夫妻之欢的渴望之情。纵使自己的出行不尽自由，自己只能在树下及住处附近踱步，她却能任其想象驰骋不羁。

　　肉体及心灵上的极度痛楚既荡涤了诗人昔日的浪荡情愫，又寄托了诗人的痛失情怀，及至第五部分，则转而成为一种沉稳而理性的慰藉。诗人也许是联想到了阿尔弗雷德大帝（King Alfred）对波爱修《哲学的慰藉》（*Consolation of Philosophy*）的（古英语）译介之作《博伊斯》（*Boece*）。诗人一直认为，青年总得承受心灵之痛；同时，像她的爱人那样，他们也得承受一些失意。第六部分，即本诗的尾部，诗人超脱了自己的苦痛，尽显出自己对爱人悲惨遭遇的悲悯情怀。她的囚室写照与爱人的可谓遥相呼应：她的那座囚室被环山包围，被树篱环绕，扎满了刺藤；她爱人的北方牢笼则为冰霜裹挟。他住在霜打雪击的悬崖下，而她则居于栎树下。她那"乐寡欢少的狱垒"（第32行）对应于他所忆及的二人欢乐窝（第52行）。

　　《妻子的哀恸》以描写诗人个人的凄惨遭遇为开头，然后逐渐超越自身的自悲自怜，从而有条不紊地过渡到对备受煎熬的爱人的哀思。于是，随着诗人渐渐克服自己的痛苦而想到爱人的所遭所遇时，第一人称的使用趋于减少：最后12行里仅仅出现了两次，且这两次则都以物主代词的形式出现代指她的爱人——"我的友人"、"我的爱人"（第47、50行）。然而，二人终未团聚，更无真正宽慰之事，于是乎二人只有天南海北遥相望了。

　　比《妻子的哀恸》更令人费解的是隐藏在篇幅较小的《乌尔夫与伊瓦舍》里的故事。最简单最传统的解读是，女诗人和与之育有一子的情人乌尔夫分居二岛；而正是她那复仇心切的丈夫伊瓦舍将二人（第16行，诗人直接向其发起了询问）强行拆开。与伊瓦舍的交媾给她带来一种可恶的快感。此时，乌尔夫处境艰险，而她那凶神恶煞般的族人却与丈夫沆瀣一气，一同追捕乌尔夫，并认为只有捕到乌尔夫才能心满意足。这两个名字"乌尔夫"（狼）与"伊瓦舍"（意为"财富看护者"，蕴含着"看门狗"的意思），加上代指孩子的"狗崽子"一词，形象地体现出了诗中人物所扮演的受猎者与狩猎者的角色。族人对乌尔夫的"追捕"、"消耗"与"吞噬"更趋同于对无助猎物的追搡。

《妻子的哀恸》是以读者或听者为受众对象的，而《乌尔夫与伊瓦舍》除将前 12 行指向受众外，其余部分则直接指向情人与丈夫。或者，还有这么一种可能性：除向乌尔夫激昂陈情外，本诗亦是对丈夫（其名在第 16 行才提到）的一种声讨。

但是，诗人笔下那句莫名其妙的"于我们，这并非那样的"到底是指向谁的呢？又到底是关于谁的呢？是受众？乌尔夫？还是伊瓦舍？这句话的意思到底是"伊瓦舍和我可绝不是那样的"（这也就有几分讽刺意味了：虽说我并不爱他，但我们毕竟性命无虞，我们相安无事）还是"乌尔夫和我可绝不是那样的"（倘若我有能力的话，我会保护他的，我绝不会眼睁睁地看着他被残忍地捕杀）？考虑到这句话作为副歌共出现两次，那么把它先后应用于乌尔夫与伊瓦舍也是有可能的。也许，吟咏者在吟诵本诗时完全可以凭己意解读此句。

《妻子的哀恸》从自身的情况起笔，而《乌尔夫与伊瓦舍》（第 1—6行）则先行讲述了情人的悲惨境遇，其中两次被那句蹩脚的"于我们，这并非那样的"打断，紧接着的即是本诗的中心，详述了诗人自身的状况、爱与痛、对其"看门狗"似的丈夫的性矛盾心理。有的读者会把这种矛盾心理直指情人乌尔夫，我却很难苟同。本诗的最后部分中，第 13—15 行是说与乌尔夫的，而"食物"一词的出现倒是应了乌尔夫受猎者的地位；第 16—17 行则借"连孩子都对其避而远之"对伊瓦舍奚落了一番。

　　末尾两行诗人的含恨屈从显示了她无力维持住自己与情人的二人世界，唯有寄情于诗歌。通观本诗，二人间维系着矛盾的微妙平衡——系于他们的颇带象征性的孩子身上，但却永难再聚。与《妻子的哀恸》相似的是，《乌尔夫与伊瓦舍》区分开了以下二境：爱之罹失、爱之成文（爱之为歌）。两首诗歌采用的体裁，即古英语中的"giedd"，到乔叟笔下时已演变为"yeddynges"，即是一种由修士在洛特琴的伴奏下为获得某种奖项而吟诵的诗歌，到十五世纪时，"yedding"（游吟诗人之歌）成为"romance"（传奇体文学），从而大放异彩。

　　在蛮妇之诗歌被铭记、传诵和分享的同一时期，英格兰修道院里的女人们正专注于耶稣基督及其作品，而这可能意味着她们不得不在异域他乡备尝艰辛，还得面对那些忘恩负义、心怀叵意且不愿放弃符咒邪术及血腥牲祭人祭的异教徒。在当时的日耳曼和弗利西亚（即荷兰），古时的基督圣殿亦是一片狼藉。她们得重建教堂、劝异教徒改宗，布施福音，还得驱撵古神托尔（Thor）①及沃登（Woden）②。尽管危险重重，英国教会依然坚持把传教士派往欧洲大陆。

　　其中一位甘愿赴欧洲大陆的年轻女子便是莉娅巴（Leoba）。她约于700年出生在韦塞克斯（Wessex），双亲为年老的贵族夫妇迪恩和伊布（Dynne and Aebbe），其乳名为斯拉特歌巴（Thrutgeba），后易名为莉娅吉莎（Leobgytha），绰号为莉娅巴，意为"心爱的"。年少时，她便已跟从温伯恩（Wimbourne，意为"酒溪"，因其水清冽甘甜故名）女修道院院长泰塔（Tetta，她曾是韦塞克斯一修女）做了见习修女。在传教士卜尼法斯（Boniface）的请求下，又经过一番书信交往，泰塔终于答应让莉娅巴协助完成他在德国的任务，并监督30个修女。女

---

①　北欧神话中的雷神。
②　日耳曼神话中的主神。

人们安顿在美因茨教区（diocese of Mainz）辖区内弗兰克尼亚（Franconia）的比萧夫斯海姆（Bischofsheim）的第一所修道院内，并逐渐成为日耳曼教区的一支重要力量。

《圣莉娅巴的一生》很可能是由黑森地区（Hesse）富尔达修道院（莉娅巴在此度过晚年）的鲁道夫修士（Rudolf of Fulda）写成于836年。鲁道夫把莉娅巴描述为一个接受过良好教育的书迷。她研究过《旧约》和《新约》以及教父们的著作、会谕、教会成文法，等等。另外，她不仅外貌可人，而且和蔼可亲、心地善良；遇到任何事她都会沉着应对。她与查理曼（Charlemagne）的第一位妻子希尔德加德（Hildegard）关系融洽，希尔德加德常常邀请她来访，且很乐意就各种事情向其征询意见。780年，莉娅巴于美因茨附近的斯楚讷斯海姆（Schonersheim）一家修道院辞世，葬于富尔达的卜尼法斯的墓旁。

为了完成撰写莉娅巴传记的任务，鲁道夫参阅了一位曾与莉娅巴的四位修女姊妹——加莎、特克拉、娜娜（Nana）、伊奥拉巴（Eolaba）——面谈过的年长修士所作的笔记，这为我们认识莉娅巴提供了几乎是第一手的资料。从这些笔记里，鲁道夫撷取了几件有别于圣徒传记的趣闻轶事，它们八成是真事。回溯到泰塔修道院院长主持的时期，我们看到了一桩不大不小的丑闻：因为一位年长修女曾对一帮修女们严加管教，故待她死后她们竟气急败坏地对她的墓乱脚踩踏，还恶言詈骂；由于她们那年轻的脚掌太过狠毒，尸身上平平的一层土愣是向下深陷了足足六英尺。当然了，这些修女们被狠狠地训斥了一顿，还被罚伏地忏悔。另一桩趣闻讲的是，经过一番苦苦找寻，一个修女竟在祈祷室外一只死狐狸的嘴里找到了丢失的教堂门上的钥匙。究竟莉娅巴是否与以上二事有些许瓜葛，我们无法定论。鲁道夫还讲述了一个颇为诡异的梦：一根看不到尽头的紫线从莉娅巴的嘴里蜿蜒而出，像是从她肠子里扯出来的，而莉娅巴则不停地将它揉成团状。

　　还有一些日常之事，但绝非索然无味：一个穷巴巴的跛子先是往溪水里投毒，然后将她的私生子溺死其中，莉娅巴最终说服了她进行忏悔；还有一次，一个妇女得了恶臭痔疮，莉娅巴用自己的勺子给她喂食牛奶，并治好了她的病。

　　在《圣莉娅巴的一生》一书中，鲁道夫对圣教士、殉道士卜尼法斯同样着墨不少，甚至在某种程度上可以说，他似乎像有意把该传记写成双重传记，即使关于卜尼法斯的传记可谓多矣。年长莉娅巴二十五岁的卜尼法斯是一个魅力无限、尽职尽责却生活拮据的人，为协助他完成传教任务，不少男男女女聚集在他的身边，各种信件来往频繁。在发扬信函书写及收集这一古老的文学传统方面，盎格鲁－撒克逊人发挥了举足轻重的作用，这其中有些是属于纯粹实用性的交流，而不计其数的书信则是以友谊、庆贺、劝诫、勉励、慰藉之名写的。五位女教徒写给卜尼法斯的卷帙浩繁的书信流传了下来，她们是埃尔弗雷德（Aelffled）、伊德伯嘉（Eadburga）、伊昂吉斯（Eangyth）、布甲（Bugga）、莉娅巴（Leoba），信中反复出现的一个主题是对书籍的酷爱——八世纪时传教士们一个共有的狂热爱好。

　　卜尼法斯，675 年前后生于克雷迪顿（Crediton）或附近，受洗时取名为温弗斯（Wynfrith），719 年第一次罗马之行后更名为卜尼法斯。起初，他只是一个毛头小子，后来在埃克塞特作了教士，尔后在南安普顿附近的讷斯灵（Nursling）修道；这一时期，卜尼法斯潜心于学习和写作，并对《圣经》进行了注释，后来由于笃信一个人唯有拥有良好的语法感才能真正留意《圣经》的细处，他对成书于英格兰的第一部拉丁语语法书进行了编辑。

　　卜尼法斯在四十一岁时首次离开英格兰，但由于弗利西亚（Frisian）的国王和人民对其存有敌意，他被迫返回。两年后，他再次离开英格兰，而这次则是永远。他的传教活动遍及黑森、巴伐利亚、威斯特伐利亚、图林根和符腾堡。有一则故事讲的是他砍倒了一棵硕大无比的栎树——托尔神的圣物，并以其材建造出一个祈祷室。在他三次罗马之行的第二次时，他被任命为美因茨教区主教。由于既受到异教徒的憎恨及同侪的嫉妒，又时常劳累过度及深感自己的所作所为远远不够，卜尼法斯往往不知疲倦地四处周游；难怪"周游"一词屡屡出现在他的作品里。754年6月5日，当他误入须德海（Zuider Zee）海滨沼泽地时突遭一股海盗袭击，并因此殒命。他拒绝了同侪的帮助，并得以遂了殉道之愿。他曾用以自卫的手抄书遭到了猛烈砍击，之后成了极为珍贵的圣物，现在依然保存在黑森州富尔达的一家图书馆里。

这就是莉娅巴虔诚追随的一个有血有肉的人。那些体现心灵上深情厚谊的宗教性信函的含情脉脉貌似司空见惯之事，而莉娅巴与卜尼法斯间的那份情更是真真切切。莉娅巴的一封存世信件不仅使二人间的师生情谊昭然若揭，而且似乎隐隐中流淌着一股难以名状的暗流，这一点在《圣莉娅巴的一生》中得到了体现。这封信谈及措辞及风格，论到粗俗的文风、枉费的心机以及新手面对韵律的条条框框的苦恼。信件的种种请求是迂回万千的。求知心切的学生寄上一首小诗，不仅为其父母祈求祷告，而且为自己祈求以驱除伤害她的无名的残毒罪孽。她请求恩师切莫将其遗忘，请求他批改自己的文章，请求他回赠样板信件只为保证这位大忙人会回信。另外，为避落下奉承讨好之嫌，她硬是在信的结尾处提到了母亲一般的人物——伊德伯嘉（Eadburga）老师，这位善良的修道院院长倒像是莉娅巴的陪媪。

莉娅巴的信件及其一生与《妻子的哀恸》和《乌尔夫与伊瓦舍》有诸多相似处。她会响应亲人的号召远赴环境恶劣、不友善的国度度其一生，哪怕是渡海流亡异国他乡，哪怕亲人的周围全是一些威胁并最终抓住他的人，哪怕他得时刻漂游而她却得就地恪尽职守。莉娅巴的这封写于约 732 年的信件以爱情、亲情为主题，而且突出了其作为表现亲近的载体作用。信中的文字及力求措辞精当的努力实际上是恳求之举——恳求父母、自己都能得到祈祷，恳求引起注意，对挚爱之友的诗化馈礼。（设若卜尼法斯那本受损的书当时能分担他身上所遭受的砍击，那么文字亦充当了身体的延伸物。）前文的两首诗歌同样在末了时将文字视为比身体亲近这一脆弱纽带更为恒久的东西。不同的是，正是心中炽烈的基督信仰所带来的希望撑起了莉娅巴迸发的感情，这与二蛮妇的寂寥之恸形成了鲜明对比。

　　鲁道夫的《莉娅巴的一生》旨在说明，卜尼法斯回馈了莉娅巴的爱。卜尼法斯希望莉娅巴不要放弃，"劝诫她不要丢弃养她的国土，不要厌倦自己开启的人生"。在他即将不知不觉走向人生尽头之时，卜尼法斯最后一次向她道别，并再次"恳求她不要离开养她的故土"，还将有时被视为他的感召力象征的斗篷兜帽赠予她。这样一件礼物，不仅无可指摘，而且毫不敏感，于是圣徒的传记者记载此事时充满了敬意。也许，对鲁道夫来说，这无非是圣帽的一次传递及一种信任罢了，但其实这兜帽是有几分深意的：此礼物可是一件不仅遮头掩发，而且寄寓思想的私人衣物。另外，卜尼法斯还把莉娅巴交托给修道院的高级修士们，让他们"要对她关怀备至、礼遇有加，还重申了自己的心愿，即死后要把她的遗骨挨着自己的贴放在陵墓里"。

　　尽管卜尼法斯关于莉娅巴的遗骨说得是一清二楚的，但是后来，神经兮兮的僧侣由于太过忧惧，竟不敢打开殉道士（卜尼法斯）的陵墓；所以，当莉娅巴谢世时，僧侣退而求其次，最终"把她的遗骨葬在了殉道士圣卜尼法斯自己建造的圣坛的北面"。她的传记者鲁道夫肯定觉察到了将二人尸骨分别埋葬有违圣人之意，于是他想象出一个二人成对的场景：无名的"西班牙人"倍受痛疾煎熬，有一次"他在精神恍惚中看到一位年高德劭者，只见他身披主教圣带，身边有个身着道服的年轻女子挽着他的手"。富有浪漫情怀的鲁道夫在末尾处再次点出了他们的不可分离性："这二人，虽不同墓，但却合躺一处。"可以说，虽然二人分处二墓，但《圣莉娅巴的一生》却让他们走到了一起。正如那个"西班牙人"看到的那样，借助于鲁道夫的文字，卜尼法斯与莉娅巴在情感与使命的重要层面实现了交融。

1. 妻子的哀恸

我悲恸地讲述自己的故事，
我吟唱着漂泊的自我。我想说说
我长大后经历的种种艰辛——
新伤旧痛——昔时与今日的并无二致。
我时常在自己的痛楚中悲天悯人，(1—5 行)

起初我的夫君逃离他的族人，
纵身越过翻滚的波涛。我在拂晓前的黑夜里又冷又忧，
猜想着我的夫君到底身处何方。
后来我起身寻觅他，想着伺候他——
无助的游走者多么需要我的呵护啊！
他的族人开始阴毒地
玩弄诡计，谋划着将我们拆散，
所以，我们俩——天各一方——
悲惨地度日如年。思念又袭我心。(6—14 行)

我的夫君呼唤我暂且安顿在我的陋室。

我在这个国度里只有很少的挚爱之人，

很少的至诚之友。为此，我心悲恸。

尔后我终于为自己找到最符合丈夫身份的人了，

但他霉运连连、怨怼寡欢；

他很会掩饰自己的情绪、自己的杀戮之心，

佯装得神采奕奕。曾几何时，我们大言不惭道

唯有死亡才能分开我们——

别无其他！回首过往，一切不再；

如今看来，仿佛从未发生过，

我们间曾有的情分、友谊。远远近近，我都得

承受着我所深爱的男人身上的宿怨仇恨。(15—26行)

他们强迫我住在丛林间

一棵栎树下的土舍里。

多么破旧的土穴啊！思念绵绵刺破我心。

峡谷幽暗，群山巍峨，

刺藤扎满了我的土垒，

乐寡欢少的狱垒。在这里时常揪住我心的，

是丈夫的不在！地面上友人成群，

恋人们在床榻上勾勾搭搭，

我却在破晓前孑然独行，

依然在栎树下、土洞旁。

这里我将苦熬夏日，

这里我将悲伤哭泣，

为着我所遭受的种种苦难，因为我绝不会

为我那受伤的心儿找到甜美的归宿——

也不会为此生我所背负的思念找到。（27—41行）

青年们的心绪总会受到搅扰，

心中的思绪总会那般沉重，可却犹显

神采奕奕，纵使心儿忡忡。

烦恼重重。青年必得仰仗自己，

为着得到世间快乐。他定是广袤大地上的亡命之徒，

浪荡在遥远的国度。（42—47a行）

看我那挚爱的朋友，

住在霜打雪击的石崖下——

我那爱人神情沮丧。冷水在他身边流淌

就在他那阴冷的住所。我那位朋友正遭受着

沉重的心痛。他总会时不时想起

无比幸福的家。思念着爱人，

谁能高兴起来呢？（47b—53行）

2. 乌尔夫与伊瓦舍

于我之族人，他只似战利品——

他若遇到他们，他们必会除掉他。

于我们，这并非那样的，（1—3行）

乌尔夫在一岛，我在另一岛——

他那座岛四周尽是沼泽。

那座岛上住着凶残之人。

他若遇到他们，他们必会除掉他。

于我们，这并非那样的，(4—8行)

乌尔夫四处漂游，时遭袭扰，我想念着他。

当暴雨倾盆时，我端坐在这儿，噙着泪。

当强人把我搂抱在怀时，

我的确生出了快感，但，我更觉着恶心。(9—12行)

乌尔夫，我的乌尔夫，思念着你，

让我染病在身，因为你不曾回来。

这是我心哀伤之故，非是无物可食。

你听见了吗，伊瓦舍？乌尔夫把我们那孤苦伶仃的

崽子带到了丛林。

人们总能轻易地将从未结合的东西掰开——

连同我们的故事。(13—19行)

3. 莉娅巴

致品德高尚、上帝眷顾、与我血脉相连的最尊敬的卜尼法斯大主教，莉娅吉莎——承蒙耶稣基督庇荫的微贱信徒——谨祝您身体永远康健。

我祈求您好心记得与我的父亲迪恩(Dynne)在西方故土缔结的厚谊。我的父亲弃世已有八年之久，我祈求您切勿拒绝为其亡灵祈祷。我同样祈求您记得我的母亲伊布(Aebbe)，相信您也清楚地知道，她与您是血亲；她依然在世，只是为病恙所累。我是我父母的独

生女。如果我有幸认您为兄长，我将深以为荣，因为我家中无人像您
那样，赐予我那么多的信赖与希望。

我谨此奉上绵薄之礼，不是为了报答您的厚恩，唯愿您还能记得
起我，不致因您远隔千里而将我彻底遗忘，如此我们便能情深义重水
乳交融。

最挚爱的兄长，我真心真意祈求您赐予我你的皮制盾牌——祷
告，以助我抵挡暗敌的毒镖。我还要恳求您惠允纠正我信中的粗俗
措辞，且不吝赐赠可供我效仿的榜样，以便我能学得你本人的只言片
语，我屏息以盼您的回音。

下面是我根据诗律尽我所能写下的小诗。今有此作，并非因为
我胆敢称才，而是因为我急于实践我对于美文的粗陋认识，并希望得
到您的教诲。我师从伊德伯嘉研习为文之法，她潜心拜阅《圣经》，未
曾中辍。

别了，祝您长寿、快乐，并请为我祈祷！

愿于圣父之土倾泻光亮
令恩照之地耶稣荣光永辉的
万物创造者、全能审判者耶稣上帝
于永恒法则里永享太平。

第
八
章

一
位
母
亲
致
一
位
年
轻
的
战
士

于泽斯的多达(Dhuoda of Uzes)

（全盛期约 843 年）

导读

加洛林王朝时期，在法国南部的于泽斯镇，离塞蒂马尼亚(Septi-
mania)的尼姆(Nimes)不远的地方，住着一位名叫多达的妇女，她给
我们留下了一份写给她儿子威廉的珍贵的书信体文稿。多达看似十
分精通《圣经》，对教会的长老们以及诸如普鲁登修斯(Prudentius)和
万南修·福蒂纳图斯(Venatius Fortunatus)等基督教诗人的作品也

如数家珍。她熟稔文法家多纳图斯(Donatus),对语源学和命理学之类也显得饶有兴致,这类学问肯定是她在塞维利亚的伊西多尔(Isidore of Seville)的作品里见到的。她的《手册》(*the Liber Mannalis*),不仅仅是一部道德、宗教和封建时代的行为指南;而且更多的是一部动人的自传作品。除了记叙自己生活的点点滴滴之外,她还描述了她对她的孩子们——尤其是对十六岁的威廉的渴念与疼爱,那时,威廉顺应他父亲的要求,去到仅仅比他年长两岁的君王——秃头查理的宫廷充当人质。

在加洛林王朝的帝国正分崩离析的那些动荡日子里,查理曼年长的孙子们——洛泰尔(Lothar)、丕平(Pepin)和日耳曼路易(Louis "the German")——的同父异母的兄弟查理正在为保住他的皇位而苦苦斗争。他的母亲朱迪斯皇后(empress Judith)被控巫术崇拜和通奸,这是指控被认为有政治威胁的女性的最常见不过的罪名。事实上,多达的丈夫,塞蒂马尼亚的伯纳德(Bernard)①,便被说成是朱迪斯皇后的情夫之一。不管事实是否如此,伯纳德确是西班牙边境的积极守卫者,在查理的随员中,他似乎是位备受攻击、遭人刻骨痛恨的战士。他有变换效忠对象的毛病,不过,在841年6月22日的那场具有决定性意义的霍亭诺(Fontenay-en-Puisaye)战役之后,他便迅即再次向年轻的查理表他的忠心。为了获取信任,他把自己那时年仅十五岁的儿子威廉送去充当人质。他命令威廉发誓效忠十七岁的查理。

伯纳德希望用这种方法讨好他的新君主,恢复他的一些头衔,还

---

① 伯纳德是查理曼的教子和同族,即图卢兹的威廉伯爵(Count William of Toulouse)的儿子。后来,威廉伯爵在杰洛尼(Gellone)建造修道院,并到那儿隐居,被称为荒野的圣威廉(St. Guilhem du désert)。

有他被剥夺的土地。在担任塞蒂马尼亚的地方长官期间，伯纳德被控与虔诚者路易（Louis the Pious）的继室朱迪斯皇后有染，832 年，他被剥夺了地方长官的头衔。伯纳德此前已经通过他的姐姐热尔贝格（Gerberga）受到了惩罚，热尔贝格是索恩河畔沙隆（Chalon-sur-Saône）女修道院的一名修女：洛泰尔指控她施巫术，将她装入一个酒桶，沉入索恩河里溺死。

正是为了反抗当时残酷的现实，多达的才学横溢才得以发挥。当她告诫她的儿子，要尊敬他的长官和父亲时，我们感觉到了一种虔敬，但这种虔敬是由畏惧、自卫本能、母亲的关切，同样还有对书籍的热爱所促动——伯纳德对待妻子的方式，无疑会加强她与他和解的愿望。824 年 6 月，在位于艾克斯香贝（Aix-en-Chapelle）的路易皇宫嫁给伯纳德之后，多达便被打发到了那个南方小镇，被迫在那里过生活。伯纳德很少去看她，但在抚养两个儿子威廉（生于 826 年 11 月 29 日）和小伯纳德（生于 841 年 3 月 22 日）方面却用功甚勤。他将二子从多达身边带走——那时威廉十四岁，小伯纳德还是尚未接受洗礼的婴儿。远离爱子，又无缘问津宫廷大事，多达必定在这篇文稿的写作中找到了慰藉，其中她的自述，也非仅仅流于惯常的陈词滥调。

她谈到她的婚姻、孩子们的出生、一位女性同伴，以及她的忧虑：她的疾病会妨碍她为小儿子另写一本这样的书。她讲述她如何为支付抵御西班牙人进军的费用而不得不举债。值得注意的是，多达屡屡向她这个卷入男性暴力世界中的孩子强调她作为母亲的角色和权利。有趣的是，在这篇拉丁文的文本中，她将自己的名字和威廉的名字组合在一起，于是人们便能很容易地牢记她的存在。

多达撰写这本手册，为的是方便威廉携带和手持。书用拉丁文写成，不过在九世纪，对于一位出身名门的军事贵族的成员来说，拉丁文写作不足为奇。威廉和他父亲的主子，年轻的秃头查理，受过极好的教育,能说流利的方言拉丁语(lingua romana)、古高地德语和拉丁语。查理的图书馆充斥的主要是关于礼拜仪式的书籍和各种《圣经》类书籍,这反映的不仅仅是他的个人品位。加洛林王朝的贵族的目的,是"通过散播作为信仰之基础的关键本文,提升他们作为基督教君王的王权,巩固基督教的信仰"。

多达的书论及的全是青年威廉的灵性(spirituality),其中包括:热爱上帝的重要性、三位一体的奥秘、收集和阅读书籍、至福、以圣灵七礼(智慧、聪明、谋略、坚忍、知识、虔诚、敬畏)这套精致的数字象征系统武装自己、孝顺和祈祷的价值。鉴于当时的残酷现实,威廉必须面对的问题是建立何种功勋。对于这样一个一心建立功勋的人,以下这些主题看起来极其不相干:"又用平安的福音当作预备走路的鞋穿在脚上。"[《以弗所书》(6:15)]或者是"我因你公义的典章,一天七次赞美你"[《诗篇》(119:164)]。

多达无疑留意到了诸如阿尔昆(Alcuin)这样的教会人士,他们也曾向查理曼提过类似的建议。她也许一直担当着"传福音的妇女"的角色,就像人们建议有德的权威女士去做的那样,为了是让她们的男人改邪归正——尤其是通奸、淫纵、乱伦的邪恶,还有那尚处在漫漫征途和摇摆中的邪恶。

多达郑重表达了对威廉的告诫:应该忠诚于他的主子查理。"绝对不要让对你主上不忠的念头在心里滋生或蔓延。那些这样做的人,必遭谴责与羞辱。但是我认为你和你的战友不致如此。"事实上,多达——有意无意间——还含蓄地提到虔诚者路易国王的三个儿子间势不两立的争吵,以及儿子们的精心算计:攻击他们的父亲,除掉父亲和继母,通过指控查理的母亲与威廉的父亲通奸,以铲除他们的同父异母的兄弟。

多达既叮嘱威廉要敬重父亲,力行孝道,又敦促他要尊敬查理君王的家族，这可能会让威廉陷于一种内心冲突的境地。

威廉的父亲伯纳德官司不断：除了被控与国君的妻子通奸，还被控密谋策划、通敌叛国、背信弃义、变换效忠对象。在一次意图谋杀他以前的君主查理的伏击中，伯纳德试图加入与查理互为对手的兄弟之一丕平而当场被抓，最终因被控叛国而遭当众斩首。年轻的威廉——即对父亲忠心耿耿又把母亲的劝告牢记于心——自然要设法为父亲报仇，但难免也落得个横死收场，二十四岁便英年早逝。

我们应该忆起，多达写作时（她从 841 年 11 月 30 日开始撰写她的著作，至 843 年 2 月完稿）的语言方面的状况。在北部军营中，查理曼的孙子们经反复商讨，正在达成一项盟约，盟约的语言简单朴素，利于士兵们理解：使用方言拉丁语是第一份法文文献的特征；这条盟约被称为《斯特拉斯堡盟书》（842 年 2 月 14 日）。不过在写给她当兵的儿子的书信中，多达使用的却是教父的语言，这种语言能够表达出影射的风格和她的语带双关的设计。书信的本文源出于宗教经典著作，其中大部分源出于《诗篇》，有的源出于《创世记》、《约伯记》、《智慧书》、《新约》（特别是保罗的作品）、教父们（哲罗姆，格列高利，奥古斯丁，阿尔昆），还有基督教诗人。她称她的方法为"融汇法"（contextus），即把众多不同来源的东西糅合在一起。

多达也让威廉接受了贵族道德、军人道德和基督教道德的教育，其中包括：正义和勇敢，护爱寡妇孤儿，救济贫苦，敬畏教会和神职人员，尊重封建权力，教人辨别善恶。或许，她对嗜好阅读之重要性，以及阅读必然提高能力的再三强调更加引人注目。有人可能会想，威廉是否有时间读完她推荐的书目，不过书中以不同形式出现的"诵读吧"（Lege）的训词随处可见。多达开头便表明作者与读者间人身性的联系。她详细阐述了作为能被扣在手中的物件的这本书的有形性，她复述奥古斯丁对袖珍书的定义作为书的开头内容：一本"可被扣于手中"的小指南书。她写道,法则源出于作为母亲的她,而在儿子那里成形,此时,她的语言令作者和读者之间的关系具体化,使这种关系变得像生育子女一样实在。

多达甚至为她的著述活动所付出的艰辛努力赋予了一个她自己发明的词 agonizatio,这个词基于"agon",她在别处用"agon"指称她丈夫的军事斗争。她告诫她的读者儿子,为报答她作为著者所付出的艰辛,他要用同等的勤勉奋力读懂它。书稿中随处可见多达述及阅读活动。她使用了"legere"(阅读),"volvere"(翻阅,或展开,即便此书斯时已成一叠薄片)和"perscrutare"(逐字探查,研究,筛检至细枝末节)这些词,并且就如何阅读一首藏头诗,或是就如何通过研究段落标题以获知接下来的内容提出忠告。阅读同样是种消遣,她指出,就如十五子棋一样。多达关于阅读的比喻尤其可人:"这本书读来就像品尝富于滋养的蜜酿";"像鸽子那样阅读,一边啜饮清澈的净水,一边警惕捕食的老鹰。"

多达称她这本书是面镜子,威廉在其中可以体会到他的救赎,可以看到他母亲的形象。这种说法确实令人讶异。在教父们将《圣经》文句当作苍穹之镜和上帝的真理之镜来阅读的基础上,多达加上了她自己的改动。多达本人通过此书的镜面反映出其虔诚和权威的形象。这一形象回头凝望着读者。孩子将在本文中见到母亲的存在。她以藏头诗的方式将她的名字与威廉的名字编在一起,将母亲/孩子、作者/读者间的关系更加密切地交织起来,也只是再次证实了这一点。藏头诗的开篇写道:"Dhuoda dilecto filio UUilhelmo salutem lege"。("多达致爱子威廉。诵读吧!")在藏头诗的悼文处写道:"Dhuodane"("多达著或纪念多达")。

1.多达的手册——开篇

这本袖珍书分成三部分,通读之后你将能更好地理解整部书。但愿将此书分作可供相互参照的三部分,可使这一分类排序发挥最大效用:行为守则;这一守则的表现形式;手册。行为守则出自我手;守则的表现形式在你;手册出自我手,不过同样也是为了你,由我撰作,归你实施。

"手册"(Manualis)中的"手",可以在多重意义上理解:有时它意指上帝的威能;有时意指圣子的权柄,有时意指圣子本身。上帝的威能,如使徒所言:"所以你们要自我谦卑,服在神大能的手下。"[彼得前书(5:6)]圣子的权柄,如但以理所言:"他的权柄是永远的。"[但以理书(7:14)]当它意指圣子本身时,恰如《诗篇》作者所言:"求你从上伸手救拔我",或换句话说,"从上天遣下圣子"[《诗篇》(144:7)]。

一切诸如此类的章节都可以被理解为神的活动和威能。因为"手"意味着完成了的工作,如圣经中所说的:"耶和华的手在那里降在我身上",[以西结书(3:22)]即是说,"手"意味着引领信徒达于完满的救赎。又,"并且耶和华的手在我身上大有能力"[以西结书(3:14)]。再有,"因为有主(之手)与他同在"[路加福音(1:66)]。

"手册"的"册(-alis)"部分有多层含义。不过,在此我仅根据教父们的说法,释解其中三条。一指"有翼"之物,即"目标",意指范围;二指圆满,即"功德";三指老年,即"终结"①。

或者,"ales"——"双翼"——确实意指曙光的通报者和信使,讲

---

① 多达想象的词源并不总是很清楚。当她将"老年"认作"-alis"的一种含意时,她想到的有可能是日耳曼语的"alt"(年老的)。

述着黑夜终结的故事,歌唱晨曦的光明。那么"Manualis"这个词,除了意指愚昧的终结,意指预见到未来曙光的信使,还能有什么其他含意!

真可谓是"黑夜已深,白昼将近"[《罗马书》(13:12)],即是说,就连耶稣本人也曾明白说过:如果我是白日,你就是小时,跟随我吧[《约翰福音》(8:12;9:4—5;11:9)],如此等等。

而且,这本袖珍书从头至尾,不管是它的形式还是含义,不管是它的节奏、它的韵律中移动的韵脚,还是它的散文中汪洋恣肆的组成部分,所有地方,每一个部分,都表明这一点:此书的一切皆为着你身心的幸福而作。我所渴望的是,这部作品从我手中寄出后,你会欣然攥在你自己手中,捧着它,翻阅它,诵读它并钻研它,而且,你会在最值得去做的行为中实践它的教导。老实说,这本手册形式的袖珍书,由我撰著,归你实施。就像有人说的:"我栽种了,亚波罗(Appolo)浇灌了,唯有上帝叫它生长。"[《哥林多前书》(3:6)]

我的孩子,在此我只能说,在你已经拥有的良好品质的基础上,我——带着对这项事业的满腔热忱——"那美好的仗我已经打过了,当跑的路我已经跑尽了,所信的道我已经守住了。"[《提摩太后书》(4:7)]这些东西如果不是在主那里,那么在谁那里有价值呢?主曾说:"成了。"[《约翰福音》(19:30)]无论我在这本手册中写了些什么,以这章为起始,不管使用的是希伯来语、希腊语,或是拉丁语,我到底还是在这部作品的末尾完成了它,它亦被称为上帝。

2.凭三位一体之名——多达寄给 她儿子威廉的手册,由此开始

我注意到这世上多数妇人都因她们的孩子而欢喜。哎呀,我的

孩子威廉,我却发现我这位名唤多达的妇人,只能与你各自生活,远隔千里。为之我可以说是心神不宁,渴望助你一臂之力,因此,我将这本小册子寄予你,它是以我自己的名义口授而成。它将作为一种典范供你参读。我感到欣喜的是,尽管我不在你的身边,这本小册子却还能陪伴着你。你一旦读懂了它,它便会引导你的精神回到那些你该做的事情上来,为了我的缘故。

为下文题写的警句:

圣主,至上之光的创始者,天空与星辰的造就者,不朽事物的王,上帝!

既已开始这项工作,我要祈求你,大发慈悲,让它得以完满。虽然我愚钝,但我渴求智慧。

明白如何取悦你,如何度过现在与未来的时光——这些事情都要仰赖你的助力。

一体三位的神,你世世代代慷慨赐予你的子民以资财。

一切有功者都将获得上天的赏赐,它由你分配给你的仆人。

我双膝跪倒,向你这位造物主,尽我所能地致以无尽的谢意。

我恳求你屈尊赐予援手,将我升上天国,来到你的身边。

我深信,在那个王国,你的子民将找到永久的安宁。

我深陷污淖,只是个脆弱的流亡者,被拖入了这深渊——

与我在命运中受同等煎熬的,是位虔诚的妇女,她深信你能宽恕她的罪。

你是宇宙的中心,维系着空中运转的天体,将海洋与陆地握在手心。

我要向你引荐我的儿子威廉。请赐予他无限生机活力。

在追求的路途上,在每时每刻,让他爱你胜过一切。

只愿他与你的追随者一起,迈着幸福的匆匆脚步,升上天国。

唯愿他戒备的心,在你之中找到指引。愿他幸福永远。

如果他该遭打击,也不要让他变得充满愤怒;不要让他偏离你。

唯愿他在喜悦中走上幸福之路,以便他闪耀着美德之光高升。

让他牢记你的意旨。你这毫不夸耀的给予者,赐予他智慧吧。

在信和爱中的悟性,以倍增的感恩之心颂扬你的能力——上帝授予了他这一切。

将你丰裕的恩惠加于他身,赐他以身心的平和与安宁。

愿他与他的子孙在这世上繁荣昌盛,他绝不会缺了上天的眷顾,从而也就拥有了这些美好事物。

让他细细领会这本书册,在恰当时机再求教于它,听从圣徒的话,在思想上遵从他们。

让他利用从你那儿得来的智慧,思考他应如何、何时及向谁伸出援手。

愿他为了你的缘故,不懈追求四种美德,遵循它们,成就一切。

令他慷慨、明智、尽职和勇敢,从不偏离克己之途。

我是他的母亲。绝不会有任何人如我这样待他,虽然我微不足道。

怜悯他吧,我每时每刻都在坚定地向你祈祷。

为了他,虽然我竭尽了自己的绵薄之力,悲伤与忧虑仍萦绕我怀。

万物的施予者,我心怀感恩地将他托付给你。

家园在动荡，王国因相互倾轧而分崩离析。唯你永恒。

万物都要仰赖你的神圣意旨，不论好人能否找到恰当的解决方法。

王国、权力与遍布大地的沃土皆属于你。

万物只遵从你，永远的主宰。对我的孩子们发发慈悲吧。

我的两个儿子，他们被带到这世间——我祈求他们能够存活下去，常存爱你之心。

每首诗开头的文字总会表明其意图。读者通过不懈研读以领悟作者的自白。

最终你会迅速懂得我写下的文字。

答应我，这两位男孩的母亲，你会向着赋予生命的上帝祷告，

将这些孩子的父亲升到天国，让我在上帝的天国与他们团聚。

你从字母 D 开始读，到字母 M 结束。这首短诗便告完结。借着基督的恩助，我将着手我已经开始撰写的作品，这部作品乃为我的孩子们所作。

3. 开场白

许多事情在众人看来显而易见，对我而言却并非如此。那些如我一样的人，也是一些昧了心智、缺乏悟性的人。如果我说得更少，我本来就会更显重要。但是"开了哑巴的口，使婴儿的舌伶俐善言"[《智慧书》(10:21)]的他，总在我身边。我，多达，虽然悟性差，默默无闻地生活在一群微不足道的妇人当中，却是你的母亲。这本手册中的话正是向你道说的。

恰如十五子棋游戏与其他的娱乐活动一起,常被认作年轻人合宜的消遣;恰如有些妇人惯于凝视她们自己在镜中的面容——以便洗濯污垢,光彩照人,从而也就以一种世俗的方式取悦于她们的丈夫——我正希望你以这种方式,抛却尘世工作的压力,将你全部的精力——为了我的缘故——投入阅读这本我写给你的小册子中,赋予它以关注及热情,其程度恰如其他人对于她们镜中面容的关注与热情程度,或对于十五子棋游戏的关注与热情程度。

即使你藏书的数量渐增,我还是要请你经常阅读我写的这本小册子。为你的益处着想,愿你在全能上帝的帮助下能够领会它,你会在这一简练的形式中发现你想知道的一切。你也会在其中找到一面镜子,你可以在这面镜子中注视你灵魂的健康状况。当这样做时,你不仅能讨俗世的欢喜,而且能讨那位将你从尘土中造就出来的上帝的欢喜。无论从哪个角度来看,我的儿子威廉,为了让你在尘世过一种有益的生活,所有事情都讨上帝的欢喜,这是必需的。

哦。我的儿子威廉,我最关切的事情,便是把这些良言寄予你。在这些话语中,我警醒的心热切渴望告诉你——在上帝的帮助下——你的出身。所以在这本作为我的渴望的结果而撰著的小册子中,这些事情都将按计划实施。

4. 前言

已故的君王路易,秉承基督的意旨,英明地领导着我们。① 他在位的第十一个年头,824 年 6 月 29 日,我合法地嫁与你的父亲,我的

---

① 虔诚者路易,自 813 年开始与查理曼一同作王,事实上他在 814 年称帝。路易于 840 年 6 月 20 日去世。

夫君伯纳德。路易王在位的第十三个年头，我相信是在上帝的帮助下，我把你，哦，我最深切想望的长子，带到了人世间。

在这个悲惨世界的愈演愈烈的混乱中，在王国的频繁骚动和倾轧中，君王也未能逃脱众人共有的必死命运。事实上，他在还未完成他第28年的统治时便去世了。他去世的第二年，即841年3月22日，你弟弟，继你之后我生下的第二个孩子——因为上帝的仁慈——出生在于泽斯镇。当你弟弟尚在襁褓之中，还未接受洗礼的恩典时，你们两人的父亲大人便让阿基坦的主教埃莱凡图斯（Elefantus），会同他的其他随从，将你弟弟接到了阿基坦。

至今我在这个城镇已滞留了很长一段时间——奉我夫君的指令——见不着你们的面。在我为他的一系列活动感到欣喜之时，因为对你们的渴念，所以我便开始让人将这本小册子誊写出来寄予你，在我浅陋的才智允许的范围内……

我了解到你父亲伯纳德已经把你托付于我们的君上查理手中。我强烈要求你心怀赤诚地恪尽你的职责……

5.追寻上帝：圣教会的小狗与幼犬

我和你，我的儿子，都要追寻上帝。我们在他的意旨里忍耐、生活、行动和存在。至于我，尽管微不足道，似影子般毫无价值，还是会尽我所能追寻他，在我的知识和悟性范围内，不断寻求他的帮助。无论如何，这都是必须做的事情。

有时，在主人桌下的众多幼犬中，某只烦人的小狗也能捡到些碎渣儿吃［《马可福音》（7：28）；《马太福音》（15：27）］。他能让不说话的牲畜开口［《民数记》（22：28）］，根据他向来的宽容仁慈，他也能开我的心窍［《路加福音》（24：45）］，赐予我悟性。他为他的门徒在荒野备筵席,他在他们穷困时赐予足量的小麦,他也会实现我的意愿——一位侍女的意愿——随他的心意。所以我能从他的桌下跃起,即是说,跃到圣教会的较低层次,自远处注视那些幼犬——那些照料圣坛的人。于是从那些灵性智慧的碎屑中,我便能为我自己和为你,哦,我出色的儿子威廉,搜集一些有价值的美妙易懂的合宜字句。因为我知道"是因他的怜悯不至断绝"[《耶利米哀歌》(3:22)]。

6.一份纪念品:书和镜子

哦,我出色的讨人喜欢的儿子,我现在要给你一份纪念品。在你忙于世俗事务时,你要多多搜集书卷,不可怠惰。你应该向书卷里的大师们学习,他们都是些最神圣的博学者,在某种程度上他们比我在此写到的造物主还更伟大和优秀。向上帝祷告,珍惜并爱戴他。如果你这样做,他便会成为你的守护者、你的领路人、你的朋友、你的祖国——"道路、真理、生命"[《约翰福音》(14:6)]。他会赐予你人世间的荣华富贵,他会将你所有的敌人变得心平气和。

我还要再说什么呢? 多达总会在这里劝诫你,我的儿子,不过,终有一日我将离你而去,那时你便可以将这本写满道德箴言的小册子当作对我的纪念。你可以凝视我,恰似凝视镜中的映像,你会看到我正以肉眼和心灵的眼睛在阅读,看到我正在为了你交托给我的事务向上帝祷告。你在此完全可以获知这些事情。我的儿子,将来会有博学的学者们教会你更多的典范、更多杰出有用的人物,但是他们难以同我的地位相比,他们也不会有如我——你的母亲——这般热心待你的心肠,哦,我的长子。

我写给你的这些话——你要诵读、领会并付诸实施。在你的弟弟(我甚至于至今尚不知晓他的名字)接受基督教洗礼的恩典之后,你要迅即赢取他的爱,鼓舞他,爱护他,激励他好上加好。等他到了能说会读的年纪,你要将这本小册子,这本我写的手册给他看,上面有我题写的你的名字。你要监督他的阅读,因为他是你的血肉同胞。我,多达,你们的母亲,将这份纪念品寄予你们二人,仿佛你们已经——在忙于世俗事务之际——打算"提升你们的心灵!依赖统治天国的他!"

唯愿万能的上帝,关于他——尽管我微不足道——我是时时说及的,让你们——和你们的父亲伯纳德,我的夫君——在人世间幸福快乐!唯愿他令你们万事如意。一旦生命的历程终结,唯愿他务必让你们与圣徒一起快乐地跨入天堂。

7.仁慈之树

《圣经》上简要写道:"树倒在何处,就存在何处。"[《传道书》(11:3)]树意谓的是每个人。不管他是善还是恶,事实上人们是凭他的果子认出他的。[《马太福音》(7:17—20)]一棵美丽粗壮的树生出的是茂盛的树叶,结的是适宜的果子。这可以由伟人和极忠诚的人显示出来。有教养的人理应充满圣灵,萌发叶子与果实。他因其甜美的芬芳而卓尔不群。因为他的叶子就是他的言语,他的果实就是他的见地,或者甚至可以说,他的叶子是他的才智,他的果实是他的善行。好树繁盛,但是坏树将被丢进火里。圣经有言:"凡不结好果子的树,就砍下来丢在火里。"[《马太福音》(3:10;7:19)]

真正的树,加上与树相配的蔓,就是我们的主基督。即是说,一切被选中的树从他当中产生,一切被选中的葡萄蔓从他当中萌发;主耶稣,屈尊拣选出了将会结出美丽果子的有用的枝干。他自己说:"我是真正的蔓,你是葡萄蔓。"又说:我从人世间拣选了你,派你去结果子,你的果子将要常存。常在我里面的,我也常在他里面,这人就多结果子[《约翰福音》(15:5,16)],等等。

因此,我的儿子,正是那样一棵树,是我力劝你将自己嫁接上去的,为的是你可以确然无误地忠于他,而且——既然果子意谓善行——你将会结出许多果子。那些看到他并确信他的人被比作移植于溪畔的圣树[《诗篇》(1:3)]。那些深深植根河畔的树木,不怕炎热的侵袭,不愁旱年[《耶利米书》(17:8)]。它们枝繁叶茂,果实累累。

我的儿子,为什么会这样?因为正如使徒所言,"叫你们的爱心有根有基"[《以弗所书》(3:17)]。随着圣灵恩典的来临,任何一个季节,他们都绝不会忘记将他们的果子分发给近邻。

因此你就可以知道哪些树木配结出丰足的果子,听听使徒怎么说,"圣灵所结的果子,就是仁爱、喜乐、平安、宽容、良善、温和、忍耐、纯洁、自制、谦逊、节制、警醒和智慧"[《加拉太书》(5:22—23)]①。以及其他类似美德。既然那些践行此类美德者,理应毫无困难地抵达上帝之国,将那些果子移植到你的身心中来吧,我的儿子,彰显这些果子,不断沉思它们。如此一来,有了这些果子,坚持善工,在苦难祸患来临的那日,你便理应得到真正的树(the True Tree)的保护和扶持。

8.我要求你题写的墓志铭

当我大限已至,你一定要把我的名字登记到死者名册上。我所希求的,也是最强烈要求你做的事——仿佛那一刻已然来临——是将以下的碑铭永久地刻在墓石上,墓石是埋葬我身体的墓室的标志。如此一来,看见这墓志铭的高尚的行人便会为我向上帝祈求,尽管我

---

①　多达在这份列表上多添了几项品质。

只是个微不足道的妇人。

让那些有天将会读到你正在读的这本手册的人，也沉思以下内容，并祈求上帝原谅我，仿佛我已经被装入了墓室。

看这儿，读者，这首墓碑上的小诗：①

＋D＋M＋

多达的尸体，生于尘土，安葬于这块墓穴。

永恒的王啊，接纳她。

她那易腐的十足的污物，生于尘土，如今被装入墓穴深处。

仁慈的王啊，宽恕她。

她的尸身已溃烂。她一无所有，除了墓穴中深沉的阴暗。

哦，上帝，赦免她的罪！

哦，这条路上过往的行人，无论你的年龄与性别，恳求你们为她祈求：

"伟大神圣的上帝，打开她的枷锁！"

带着可怕的伤口，被沉入这洞穴，遍体伤痕，她已走到她的不义生活的尽头。

哦，上帝，宽恕她的罪恶！

为防邪恶的毒蛇侵袭她的灵魂，请祷告：

"仁慈的上帝，帮助她！"

所有经过的人都会读到这些文字。我恳请他们祷告："赐她安息，珍视上帝。"

永恒之光将照耀在众圣徒陪伴的她的身上。

下命令吧，仁慈的上帝，在她的葬仪之后，阿门②会接纳她。

---

① "＋D＋M＋"这些字母代表"Dis manibus"（"在上帝手中"），恰如在其他墓葬遗址那儿看到的。

② 《启示录》(3：14)中称基督为"阿门"。

第九章　圣徒传作者、剧作家、史诗式的史学家

甘德斯海姆的赫罗兹维萨
（Hrotswitha of Gandersheim）

（约 935—1001 年）

导读

　　位于萨克森的甘德斯海姆的本笃会修道院的修女，十世纪的贵妇人赫罗兹维萨，是中世纪最具天资的多产作家之一。她的作品具有一种明显的女性自主意识，并且常常展现出快活机智的特征。赫罗兹维萨深谙拉丁经典，极其严格地遵循她那个时代的各种潮流。尽管她是宗教职业人员，但她并不是神秘主义者。她具有适合讲故

事的活泼外向的天赋。她明白真实的性爱会如何戏剧性地加强一个故事的氛围，并且深知人们谈论和思考性事的方式。

赫罗兹维萨创作的大量著作可分为三种体裁。她的八圣徒传，颂扬了个人在基督教逐渐展开的斗争中的不屈信念；她的戏剧，保证了她作为西方第一位非崇拜仪式性质（nonliturgical）的剧作家的地位；两部叙事诗，确定了她的修道院和家庭的政治的与基督教的目的。本章将为每一种文学类型提供了一个实例。

在奥托大帝（Otto the Great）的宫廷要人中，有着赫罗兹维萨的关系和亲戚。赫罗兹维萨把时间都花在了宫廷，分享着宫廷丰富的智性生活，并利用与参观这个世界性枢纽的访客交谈的机会获益。因为奥托的统治享有受教会大力支持的声名，所以宫廷要接待比如基辅的奥尔加（Olga of Kiev）派来的那些俄国人，他们指望德国的传教士让异教的斯拉夫人转变信仰。在科隆（Cologne）的有教养的布鲁诺（Bruno）的影响下，王宫也欢迎学者与著作家来访，既有国内的，也有国外的——维罗那（Verona）的维杜金德（Widukind）和埃克哈特（Ekkehard），以及克雷莫纳的利乌特普兰德（Liutprand of Cremona）。

布鲁诺是奥托的兄弟，博学且交游广泛。他曾出任总理大臣，后任科隆大主教。他不仅发起了宫廷的文化生活，而且与甘德斯海姆保持着密切的关系。在奥托王朝文化重生的有利影响下，甘德斯海姆被奥托授予了完全的自治权，自身变成了个小公国。

赫罗兹维萨的早期著作——四个男圣徒与四个女圣徒的生平传记——约写于962年（附带说一句，那年奥托威风八面地加冕称帝），那时她还不满三十岁。早期著作包括《马利亚传》（*Mary*）、《基督升天》（*The Ascension of Christ*）、《贡戈尔夫传》（*Gongolf*）、《贝拉基传》（*Pelagius*）、《西奥菲勒斯传》（*Theophilus*）、《巴斯琉传》（*Basilius*）、《狄俄尼索斯传》（*Dionysius*）、《阿格尼斯传》（*Agnes*）。《贝拉基传》述说了一位加利西亚（Galicia）的基督教青年的殉教，这位青年曾拒绝哈里发的同性恋要求。青年贝拉基受到被人强奸的威胁，符合赫罗兹维萨的戏剧和其他圣徒传记中的惯常模式：年轻女子护卫她们的童贞，以及她们的宗教信仰。

因为被处死的青年贝拉基是近期的同代人，所以他的传奇具有报道价值，他的传奇悲怆哀婉，颇能引发今人的兴味。赫罗兹维萨声称，她的叙述基于一位目击者的报道，该目击者乃科尔多瓦（Córdoba）的公民。折磨贝尔基的人并不是罗马人，而是一个撒拉逊异教徒，他与奥托大帝在同一个世界里享有盛名。贝拉基传奇发生的场景是在安达卢西亚人的西班牙，极度伊斯兰化的哈里发统治区。赫罗兹维萨的叙述里编入了一个世纪前发生的事件，那时有一群自愿的牺牲者，被称为科尔多瓦殉道者的人，主动投身于阿拉伯人的剑下。尽管贝拉基不是他们中的一员，他的苦境却与他们相吻合，因为所有死于穆斯林手下的人，以及他们的许多遗物，最后都被安放于西班牙北部的奥维耶多（Oviedo）。

赫罗兹维萨是从一位奥托宫廷的访客那里获悉贝拉基的事情的。她在她的戏剧的前言里说，虽然她依靠古旧书籍获取她的圣徒传记的大部分资料时，但贝拉基的故事是她亲耳听说的："贝拉基之受难地的一位居民，向我讲述了贝拉基殉难过程中的一连串事情。此人断言他曾见过贝拉基这位最美丽的男人，他完全了解事情是如何发生的。"

文件记载下了奥托与摩尔人的科尔多瓦之间的交往。此次交往是由两位当权者——阿卜杜勒·拉赫曼三世（Abd ar-Rahman Ⅲ）和奥托大帝——之间随时会爆发的小危机引发的，二人总是通过他们的特使小心翼翼地表达彼此的蔑视之情。尽管危机被解决了，这次会面却留给我们富于启示性的有关信奉伊斯兰教的西班牙的记录。

奥托大帝和阿卜杜勒·拉赫曼三世这位倭马亚王朝（the Umayyad dynasty）的埃米尔（emir）①和哈里发，就令人焦虑的海权事宜进行了对话。倭马亚王朝的西班牙的商船，连通了安达卢斯（al-Andalus）、北非与叙利亚、埃及。阿拉伯舰队和拜占庭的船队，共同控制着地中海沿岸的海上航路。逗留于意大利和加泰罗尼亚（Catalonia）的海军，也会航经那里。北欧海盗船也潜行于这片水域。倭马亚王朝允许他们的英雄（ghazi）——兼行抢掠和守卫之事的勇士舰队——自由巡弋。

奥托的贸易对象是倭马亚王朝，还是西班牙北部卡斯提尔（Castile）和利昂（Leon）基督教王国，或是北非，至今不得而知。但是他传递消息到科尔多瓦，向阿卜杜勒·拉赫曼三世抱怨海盗行为。此次使命的记录，保存于戈尔泽（Gorze）的约翰的传记中。奥托的大使被扣留于科尔多瓦三年，此人是用现代拉丁语对倭马亚王朝的西班牙进行描述的少数几个人之一。它让我们得以窥见莫扎勒布（Mozarabs）的生活，莫扎勒布系指在西班牙伊斯兰教的统治下力行信仰的基督徒。

日耳曼人与阿拉伯人于951年至956年间曾就海盗事宜有过交涉。双方一开始便因宗教分歧产生了误解。当哈里发最初的答复在奥托宫廷的基督教教士听来似乎不够虔诚时，大帝便扣留了哈里发的使者。奥托大帝于953年派出了他自己的使者，僧侣戈尔泽的约翰，因为那时神职人员仍然履行后来由世俗政权履行的大使的职责。约翰欣然接受了这个有可能殉难的机会，并在他的院长的安慰下镇定下来。当戈尔泽的约翰抵达科尔多瓦时，便收到不准寄发信件的警告，因为他们唯恐信件里面包含有辱哈里发的言辞。如果约翰那

---

① 埃米尔是贵族、酋长或地方长官，尤指阿拉伯和非洲的酋长或地方长官。

样做,他便会将他的使国的全体人员的生命置于危险境地,因为伊斯兰教律法规定不得抨击他们的宗教,违者以死刑论处。

哈里发[他在《戈尔泽的约翰传》中被称为雷克斯(Rex)①]决定派遣一位莫扎勒布主教探望约翰,那时约翰正在科尔多瓦外面徘徊,等待接见。当约翰告诉这位主教,奥托的书信是对哈里发本人的傲慢不敬的合理的驳斥时,这位主教告知其在这种政权下基督徒的生活:

> 你要考虑到我们是在怎样的环境里艰难地工作。我们因为有罪,陷入了这样的局面,受着异教徒的掌控。② 使徒命令我们不得抵抗。仅剩下的一点安慰是:在那样的大灾难中,他们没有禁止我们信奉我们自己的宗教;当他们看到我们勤勉奉行基督教时,他们尊重并理解我们,愈是如此,他们便愈受到他们自己的信仰的吸引,因为犹太人令他们极度惊恐。因此,目前我们应该审慎,既然我们不需要放弃我们宗教的任何东西,我们就应该在所有其他事情上遵从他们,听从他们的命令,只要这些命令不与我们的信仰相冲突。③

莫扎勒布主教与萨克森僧侣之间的此类对话还有很多。最后,当戈尔泽的约翰得到阿卜杜勒·拉赫曼三世的接见时,僧侣与哈里发之间已经达成了某种相互尊重,甚至似乎已经相互欣赏起来。不

---

① 拉丁文,意指帝王,君主。

② 异教的入侵,一般被认为是上帝因为信徒有罪而对信徒实施的惩罚。赫罗兹维萨在《贝拉基传》中运用了这一论点。八世纪前往大陆德国的传教士卜尼法斯(Boniface),把穆斯林711年的占领归于"西班牙的卖淫",并警告英国人,如果他们不去忏悔和改过自新,也会落入同样的命运。同样,匈奴暴君阿提拉(Attila)被称为"上帝之鞭"。

③ 引自 Norman Daniel, *Arabs and Medieval Europe* London: Longman Librarie du Liban, 1975, p. 66。另见, E. P. Colbert, *The Martyrs of Córdoba*, Washington: Catholic UP, 1962, p. 382 页以下。

过此前的几年间，也不停地有其他使者来往穿梭。

这些使者当中，有位住在科尔多瓦，名唤雷卡蒙德（Reccamund）的人。此人是档案馆官员，还是一位精通阿拉伯语的基督徒。哈里发授命雷卡蒙德说服奥托另写一组书信，要求比第一组书信更为恭敬。雷卡蒙德离开科尔多瓦之前，拜访了还在城外消磨时光的戈尔泽的约翰。雷卡蒙德想要对此有所认识：奥托是个什么样的人，这位君主是仁慈的还是喜怒无常的。

滞留日耳曼期间，雷卡蒙德把大量时间花在了戈尔泽。在奥托的宫廷里，雷卡蒙德与来访的利多特普兰特（Liutprand）结成了好友，并建议他撰写当代欧洲及其君王的历史。利多特普兰特听从了雷卡蒙德的建议，出版了其《报答》（*Antapodosis*），并题献给雷卡蒙德。雷卡蒙德一回来复命，哈里发就赐他担任格拉纳达（Granada）的主教之职。阿卜杜勒·拉赫曼后来又一次授命雷卡蒙德担任拜占庭和耶路撒冷的大使。961年，雷卡蒙德一回到西班牙，便将一部"日历"敬献给才登上皇位的新的哈里发——阿哈卡木二世（al-Hakam II）。

这部"日历"，先用阿拉伯文撰写，后被译成拉丁语，主要讨论天文学和农学的主题。"日历"中还包含了一系列莫扎勒布（雷卡蒙德称他们为"拉丁人"或"基督徒"）举行的礼拜宴餐。相比于一个世纪前的历史纪录，雷卡蒙德提到了更多的西班牙教会和修道院的名字。最为重要的是，雷德蒙德还提到了死于九世纪中期的科尔多瓦殉道士运动中的若干人等。被添加于列表中的贝拉基，置于6月26日的条目下，于925年在科尔多瓦遭杀害。游历甚广且耳目灵通的雷卡蒙德，很可能一直担任赫罗兹维萨的证人和消息提供者。

站在政治史和文化史的角度，兼任埃米尔和哈里发的阿卜杜勒·拉赫曼三世（912—916），享有杰出统治者的声名。他实施中央集权,建立船厂和海军。平息暴乱(在某种程度上是北部加利西亚附近的基督教暴徒)之后,他安定了王国。他的统治推进了艺术与建筑的繁荣,历史的纪录也靠他得以妥善保存。他资助科学、植物学和药物学,翻译希腊文论著,譬如底奥斯考里德斯(Dioscorides)的论著。图书馆和医学院也开始兴盛起来。哲学、诗歌和音乐蓬勃发展。阿卜杜勒·拉赫曼三世用宫殿、桥梁、澡堂、喷泉、有柱廊的花园和清真寺装饰科尔多瓦。他进一步装饰了大清真寺,增添了最早的尖塔。929年,他在有"安达卢斯的中心"(the navel of al-Andalus)之称的科尔多瓦城外,建造了被称为马迪纳特-艾尔扎哈(Madinat al-Zahra)的宏伟宫殿建筑群。

同一时期,正值贝拉基死后四年之时,他接受了埃米尔(信徒的指挥者)和艾奈塞尔(al-Nasir)或称哈里发(神的宗教的捍卫者)这样的政治与宗教头衔。作为地中海的一个政权,科尔多瓦的伊斯兰教国王掌管的领域从西班牙的大部延伸至北非。

奴隶贸易在倭马亚王朝的西班牙找到了现成的市场,因为,此地总是有着对被称为马穆鲁克(Mameluke)①的卫士和士兵的需求。这些马穆鲁克往往是些外国人和基督教教徒,被委托去守卫宗教仪式、营房和马厩。赫罗兹维萨相当聪明地勾勒了招募英俊的贝拉基担任宫廷守卫的计划。

十七世纪阿拉伯历史学家奥马卡利(al-Makkari)的著作,记载了阿卜杜勒·拉赫曼三世的个人资料。没有奥马卡利的著作,早期阿拉伯的资料便难以留存。倭马亚人尽管为伊斯兰教辩护,却普遍"有母亲、妻子和西班牙本地出身的婢女",许多人高官显爵,还有许多人以前是基督徒。在阿卜杜勒·拉赫曼的再次征服之前,西班牙北部

---

①　伊斯兰教国家中的奴隶。

西哥特（Visigothic）出身的基督教小国坚持了三个世纪不肯妥协，后来西班牙北部的统治者们还是心甘情愿地商定了一些通婚事宜。阿卜杜勒·拉赫曼的祖母是潘普洛纳（Pamplona）的公主，阿卜杜勒·拉赫曼被描绘成蓝眼睛浅红发的人，为了看上去更具阿拉伯人的特色，他把头发染成了黑色。

　　哈里发显然更像那些拜占庭的皇帝，喜欢用机械奇观令访问者大感惊愕。在马迪纳特—艾尔扎哈宫殿的接见室里，他摆置着一个装满水银的大理石巨碗，设计极其精巧，一次轻微的触碰便能令其不停摇晃。通过接见室高处的窗户这一设置好的通道引导过来的光束，受迅速晃动的水银反射，在大厅四周闪烁着雷电般的光芒。这一装置意图令那些被接见者，尤其是那些技术相对不发达的民族的使节印象深刻、心生畏惧、不知所措。

　　任凭阿卜杜勒·拉赫曼三世取得了怎样的成就，在赫罗兹维萨这位基督徒眼中，他只能是个像匈奴王阿提拉（Attila）、彼拉多和希律王（Herod）那样的大声咆哮的异教暴徒。不管赫罗兹维萨对阿卜杜勒·拉赫曼三世有着怎样的了解，她总是用他的邪恶作为她描述的素材。阿卜杜勒·拉赫曼三世逝于 961 年，赫罗兹维萨记述的是 962 年后的圣徒，所以他与她的记述不相干。贝拉基本人于 925 年被处死。如果大约生于 935 年的赫罗兹维萨是在十世纪五十年代有使者访问奥托宫廷的场合下了解了贝拉基的命运，那时她有可能是十五至十八岁之间的年纪。对于了解最近的、与她本人年纪相当的英俊青年的殉道事件而言，这是个敏感的年龄段。殉道者的遗骸于 967 年被运送至利昂，那时赫罗兹维萨有可能三十二岁。不迟于 985 年，那时赫罗兹维萨应该有五十多岁的年纪，遗骸被移葬于奥维耶多。

　　叙述贝拉基的殉道事件时，赫罗兹维萨加上了一些有关历史的和科尔多瓦的情形的背景材料，这些材料十分准确，肯定是来自给她提供消息的人。她所言说的东西,反映了一个世纪前基督教—伊斯兰教的关系状态。

　　基督教教徒与伊斯兰教教徒之间显然存在以各种形式爆发出来的冲突。拆除教堂和禁止修建新教堂肯定是令人恼怒的。赫罗兹维萨的《贝拉基传》,表明她清楚地知道西班牙的教堂是多么容易受到攻击,正如她看上去深信自己知道科尔多瓦监狱的内情一样。据说,科尔多瓦的大清真寺原来修建于圣文森特执事(the deacon St. Vincent)的基督教堂遗址上。这位最杰出的西班牙殉道士于 304 年死于戴克里先治下的巴伦西亚(Valencia)。最初,他的教堂为基督教教徒和伊斯兰教教徒共享。在阿卜杜勒·拉赫曼一世(Abdar-Rahman Ⅰ)统治期间,伊斯兰教教徒最后买下了这幢建筑并进行了改建,而基督教教徒则获得了一幢城外的横跨瓜达尔基维尔河(Guadalquivir River)的教堂。①

　　建筑物在基督教教徒与伊斯兰教教徒之间扮演着重要的角色。大清真寺的柱廊用战利品,重复利用来自坍塌的教堂、罗马的澡堂和民用房屋的石头建成。有些基督徒不满于摩尔式的设计对基督教堂的影响,这些基督教堂和修道院一样,开始模仿可在倭马亚王朝的科尔多瓦见到的拱门和连拱饰。基督教教徒讨厌宣礼员(muezzins)从尖塔上发出的呼唤大家做祈祷的喊声,伊斯兰教教徒一听到基督教塔楼的钟声响起,便发出骇人的诅咒。作为被人看作可与尖塔相匹敌的建筑,教堂塔楼被下令拆毁。这个世纪的晚些时候,孔波斯特拉的圣雅各神殿(the shrine of Saint James of Compostela)遭洗劫并被付之一炬,大钟被抢夺至科尔多瓦,变作了大清真寺的灯座。

---

　　①　八世纪阿拉伯史学家的这一陈述可能是杜撰的,然而,赫罗兹维萨得到的肯定就是这种说法。

赫罗兹维萨的《贝拉基传》里面利用的科尔多瓦的殉道者的情节，实际上发生于 850 年至 859 年间，此时正值阿卜杜勒·拉赫曼一世和阿卜杜勒·拉赫曼二世统治期间。这些事件的主要消息源头是欧洛吉乌斯（Eulogius），此人乃科尔多瓦的一位神父，后来担任托莱多（Toledo）的指定主教，最后像其他殉道士一样以身首异处收场。赫罗兹维萨手中持有雷卡蒙德带到法兰克福的欧洛吉乌斯的作品，或者是部分作品，这并非是不可思议的。

欧洛吉乌斯曾想前去罗马却无法辞去职务。于是他于 848 年趁访寻一位教友之机，尝试往北穿越比利牛斯山。但欧洛吉乌斯得知一位加洛林的战士与匪帮勾结拦住了去路，这位战士我们已经遇到过——正是多达的儿子威廉！[1]

既已受阻，欧洛吉乌斯现在只好前往信奉基督教的潘普洛纳。在那个旧时的西哥特小王国，他至少发现了四个重要的修道院，并选择了诗学著作和教会领袖的著作随身带走，这些书籍是南部的基督徒社团无法获得的。他发掘出的那些本文可能是从阿基坦传到西班牙的。为了在科尔多瓦复兴拉丁诗的格律，欧洛吉乌斯带回了奥古斯丁的《上帝之城》（*City of God*）、维吉尔的《埃涅阿斯》（*Aeneid*）、尤维纳利斯的和贺拉斯的《讽刺诗集》（*Satires*）。他还获得一本伊斯兰教创始人的传记。基于这本传记，他开始将穆罕默德当作伪先知进行猛烈抨击。苦恼于拉丁基督教文化的衰退，他似乎渴望重新点燃大众对于已然消逝的信奉基督教的西班牙之盛况的意识，"有着首屈一指的神圣的基督教信仰仪式，有着高贵的最值得尊敬的主教，有

---

[1]　见第八章。威廉此时已与阿卜杜勒·拉赫曼二世达成协议，反抗他的前任主子秃头查理，无疑，这是因为查理处决了他的父亲——塞蒂马尼亚的伯纳德——而向查理展开的复仇。

着光华四射的最为美丽的教会建筑"。

那样一种对在伊斯兰教统治下惨遭毁坏的日耳曼基督教国家的怀念，必定被非常直接地传达给了赫罗兹维萨。而且，许多西班牙的基督教教徒，已经丢弃了基督教信仰，转而信仰伊斯兰教，一来为了逃避课税，因为伊斯兰教教徒免税，二来为了获取其他特权——经济的、政治的、文化的，甚至是携带武器的权利。伊斯兰教教徒在语言上的统治是那么强大，以至于《圣经》和早期教会会议成果都被译成了阿拉伯语。参与阿拉伯文化与语言可获奖励，而伊斯兰教则是阿拉伯文化的不可分割的部分。在许多基督教教徒看来，基督教教徒、伊斯兰教教徒和犹太人已经危险地变得友好起来。整个问题变成了十九世纪中期科尔多瓦的一小群基督教教徒深为关切的问题。这群人当中有许多人被亲情和友谊的纽带紧密联系在了一起，他们通过人所共知的可判死刑的罪行——公然谴责穆罕默德和伊斯兰教，处心积虑地寻求出于伊斯兰教当局的殉难机会。"

首位自愿的殉难者是位名叫艾萨克（Isaac）的男子，这名修士原本是位政府工作人员。艾萨克有着贵族背景，受过阿拉伯语的良好训练，退隐前，政治生活上官运亨通。一天，他回到科尔多瓦便开始怒骂一位地方卡迪（qadi），或称法官。震惊之下，这位卡迪动手打了他。艾萨克那时一口咬定他没有醉酒，只是受到了神灵的启示，并说他情愿为他的宗教性的攻击赴死，而后事情一件接着一件，他于851年6月3日被斩首；他的尸身被倒挂着钉在十字架上焚烧，而后被扔进了瓜达尔基维尔河。赫罗兹维萨的记述中出现了斩首和抛尸入河的习俗。像欧洛吉乌斯一样，赫罗兹维萨描述了在尸身上系上河中的岩石，防止尸身漂浮到水面上的作法。欧洛吉乌斯的观察资料和记录保存，标志着情绪感染的开始，因为一位殉道者会从别的殉道者那里感染这种热情。后来成为欧洛吉乌斯的密友，当时还只是他的同学的保罗·阿尔瓦（Paul Alvar），最后为欧洛吉乌斯撰写传记。

853 年至 856 年间，共计有十七名殉道者献身，其中还有两名年轻女孩阿洛蒂雅（Alodia）和努尼拉（Nunila）。尽管多数殉道者在科尔多瓦死去，但他们却未必都是科尔多瓦市民。有些人那时还是学生，许多人则来自城外的修道院。秘密的基督教教徒和那些从伊斯兰教转而信仰基督教的人，在施洗约翰这个原型当中找到了自愿殉难的合理性。他们可能想过兴建一所殉道士教堂，就像敬献给予303—312 年戴克里先统治之下的遇难者的那些教堂一样。或许他们相信，阻止基督教团体陷入伊斯兰教是可能的，所以他们竭尽全力地反驳伊斯兰教律法。当大量的男男女女自愿牺牲自己，公然反抗伊斯兰教，情愿被指控为背教和渎神而出庭受审时，那些插曲便开始汇取聚成一次运动。它蔓延到了西班牙其他地区。

不过有些正统基督徒反对这些狂热分子的做法。塞维利亚的雷卡弗莱德（Reccafred）主教，可能是在 852 年的科尔多瓦会议上，谴责了这些顽固任性的殉道者。当他下令收监欧洛吉乌斯时，欧洛吉乌斯与阿尔瓦都只好提笔为殉道者辩护。欧洛吉乌斯给他们中的某些人以心灵的劝慰，鼓舞他们，向他们发表"殉难劝勉"。他对雷卡弗莱德生出分外的恼怒，认为雷卡弗莱德是个粗心大意的牧羊人，委弃他的羊群任人宰杀。科尔多瓦殉道者的传记已然成形。在欧洛吉乌斯的《圣徒传》中，最为突出的是科尔多瓦的弗罗拉（Flora）和马利亚（Maria）。

在马利亚的信奉伊斯兰教的母亲去世后，她的信奉基督教的父亲，便让她寄居在位于卡特克拉拉（Cuteclara）的女修道院。她的兄弟那时正在圣菲利克斯（St. Felix）修道院。兄弟死去的时候，她经历了一场危机，这危机推进了她的进一步的行动，当然马利亚也可能是受到她的女修道院院长阿尔忒弥亚（Artemia）的影响，此人的爱子几年前被处死。马利亚在一个教堂里遇见了同为殉道士的姐妹弗罗拉，那时弗罗拉正在祈祷，她们结下了共同赴死的友谊。

弗罗拉出生于科尔多瓦，有着一位信奉伊斯兰教的父亲和一位信奉基督教的母亲。在母亲的帮助下，她秘密受洗并研习信仰。在她成了孤儿后，她的兄弟便向卡迪告发了她。她受控背教，并遭到逮捕，被判处受鞭刑，直至满身血污。当局遣返她，将她置于她兄弟的监护之下，并告知她的兄弟劝她放弃基督教信仰。弗罗拉于是逃往奥萨利亚（Ossaria）的姐姐家。由于科尔多瓦官方严厉对待基督徒和所有窝藏他们的人。弗罗拉的亲戚们惧怕报复行为，不得不将弗罗拉赶出他们的家门。

弗罗拉和马利亚一起来到卡迪面前，公然抨击伊斯兰教，并同遭监禁。另外一位名叫萨比戈托（Sabigotho）的秘密基督徒前来探监。萨比戈托与她们共度了那个夜晚，不仅安慰她们，而且表示她也打算赴死。弗罗拉和马利亚受到威胁，如果她们不放弃信仰，便会被送去妓院，但而是，两人却于851年11月24日惨遭杀害。萨比戈托在一次异象中见到她们身披新的荣光，并收到她们的承诺：她将死去并加入她们中间，不过她将在一位异国修士的陪同下死去。当来自耶路撒冷之外的康第纽斯——这位了不起的平民修士——第一次行至科尔多瓦，而后出现在塔巴诺斯（Tabanos）修道院（第一位殉道者艾萨克便来自这里）时，那里的女修道院院长将他的到来认作一个迹象。她派他去见萨比戈托（萨比戈托和丈夫奥勒留在一起，奥勒留出生时是位伊斯兰教教徒，不过现在是位秘密的基督徒），三人想一同殉难。后来又有一对伉俪——菲利克斯和利洛萨——加入其中，他们变卖了所有资产，抱着相同想法而来。这五人于852年7月27日去世。这种趋势持续到殉道者数目上升至约五十人为止。

欧洛吉乌斯随同其他教士一起，于851年11月被抓回来，或许是因为地方法官们认为,他们可以通过这种方式制止正在逐步升级的狂热。不久一切都无拘无束了。在《圣徒传》中,欧洛吉乌斯把他的出狱归功于已故圣徒弗罗拉和马利亚的代祷。他深情地回忆起弗罗拉遭鞭打后他去探望她的情形,他勇敢地用手触摸她的脖颈,"因为我认为我不应该亲吻那些伤口。离开你身边后,我长时间地想着那些伤口长吁短叹"。

当年冬季和 852 年的春季风平浪静。852 年的 9 月,埃米尔阿卜杜勒·拉赫曼二世突然病倒,口不能言,不久就死了,正巧那时有更多数量的基督徒尸体被火葬。这似乎是个令人满意的迹象。欧洛吉乌斯以"乞求基督保佑"结束了他的《圣徒传》。但是当另外五位殉道者遇难后[范迪拉(Fandila)、阿纳斯塔西乌斯(Anastasius)、菲利克斯(Felix)、迪格娜(Digna)和贝尼奥都斯(Benildus)于 853 年 6 月殉难],他为自己的失态和多嘴而致歉,并不得不开始第三卷的写作。其中他特别注意到一位西班牙女性的殉难,此人乃科尔多瓦的科伦巴(Columba),在塔巴诺斯的亲戚组织的团体中做修女。伊斯兰教教徒解散这个团体时,科伦巴明目张胆地公然反抗摩尔式法官席上的法官。她被砍头处死(853 年 9 月 17 日),尸身被抛入瓜达尔基维尔河。

在 859 年去世之前,欧洛吉乌斯得了机会与两位来自巴黎的圣物寻找者——乌苏阿德(Usuard)和奥迪拉德(Odilard)见面。这两人于 858 年春季来此,原本希望发现萨拉戈萨的圣文森特(St. Vincent of Saragossa)的遗骨,不过这一圣物太过重要,所以西班牙不会任由其流失。两位找寻圣物的修士并未成功,尽管只要他们放出话去,他们需要殉道者的遗骸,便总会有些异教徒自告奋勇地叫卖基督徒的尸身。有关摩尔人撒迦利亚(Zacharias)心甘情愿地向孔克镇(Conques)的一位修士兜售文森特的圣物的传闻,佐证了赫洛兹维萨关于非基督徒的渔民的资料：他们能迅速地计算出售一具遭斩首的尸身能挣多少钱。

继乌苏阿德和奥迪拉德的搜寻之后，科尔多瓦的殉道者的消息便流传开来。两人于是继续深入西班牙南部，他们读到的东西和欧洛吉乌斯对他的熟识者的叙述，激发了他们的兴趣。两位修士找到了奥勒留（Aurelius）和乔吉乌斯（Georgius）的尸身，以及萨比戈托（Sabigotho）的头颅，他们兴高采烈地将这些东西随身带回了巴黎。

欧洛吉乌斯最后于 859 年冬季遭逮捕，当局那时指控他袒护和怂恿了叛教者莱奥克里肖（Leocritia）这位皈依了基督教的阿拉伯女孩。欧洛吉乌斯得到一个为自己辩解、免遭处死并能继续坚持信仰的机会，但他最后肯定感到，他不能总是逃避看来是不可避免的事情。于是他选择了死亡，在 859 年遭斩首。莱奥克里肖四天后也被斩首。两人的尸身都停放在奥维耶多大教堂（Oviedo Cathedral）。

有关科尔多瓦殉道士的通报，迟迟才传到奥托的宫廷，通报无疑激发了崭露头角的作家赫罗兹维萨的兴趣。这些殉道者的遭遇，构成了反映贝拉基与性相关的悲剧的适当背景。勇于反抗的年轻女性守护她们的童贞，将成为赫罗兹维萨的戏剧的主题之一。贝拉基挥舞着拳头对付科尔多瓦的哈里发这位同性恋者之媚眼的传闻，可以写成一篇好故事，作为那些专写谈吐机智的女圣徒的故事的补充。

对待同性恋的态度各式各样。按照约翰·博斯韦尔（John Boswell）的说法，在阿拉伯世界里同性恋广为大众认可。在表达男性之爱的情爱词方面，诗性语言比比皆是。"一位男性对另一位男性说着色情的话，这是阿拉伯爱情诗里受广泛认可的传统……各种形式的同性恋关系，从性交易到理想化的爱，都很稀松平常。"尽管赫罗兹维萨所持观点是反对统治者"因鸡奸之罪而堕落"的，但是博斯韦尔指出，贝拉基在故事的求爱场景中作出的反击，更多地和对伊斯兰教一基督教联盟的厌恶相关，而非和对同性爱的谴责相关。

持另一种观点的是犹太人的《塔木德经》（*Talmudic*）的注释家们，他们试图解释鸡奸，提出这样一种见解：亚当和夏娃在伊甸园中曾经"允许自己被毒蛇刺入"。在赫罗兹维萨的君主奥托一世的统治下，罗马于 966 年颁布的法令激烈反对同性恋。它规定对于某些同性恋行为——或许是"一个男子被另一个男子强奸"——处以勒杀和火刑。在西班牙，《西哥特法典》（*The Visigothic Code*）包含这样的限制：

> 我们将力图废止这一可怖的恶行，借着这一恶行，男人们便不惧怕以龌龊的放荡玷污男人。这一恶行违反神圣戒律，恰如它与贞洁背道而驰……我们根据这部律法规定：如果有任何人，无论是谁，无论他的年纪或种族，不管他是神职人员还是俗人，在有法律效力的证据的情况下，都应该被判犯有鸡奸罪行，根据国王或任何法官的命令，他不仅要受宫刑，而且要受宗教法令规定的犯下那种罪行应受的处罚。

有趣的是，在赫罗兹维萨的《贝拉基传》中甚至根本就没提到，当这位国王最初将这位少年作为人质拉回到科尔多瓦时曾经注意过他。只是在探监之后，国王的采购顾问，出于对这位年轻人的怜悯之情，对阿卜杜勒·拉赫曼三世夸赞过贝拉基的美貌。

河流的形象是诗中的一个中心意象，科尔多瓦便建于这条河流之上，尽管它还未被命名为瓜达尔基维尔河。诗歌以诗人祈求灵感的清新之露开始，这一做法尽管传统，却开启了贯穿全篇的液体意象的洪流。洗礼之水、鲜血的喷涌、海浪的翻腾、第一位水葬的异教徒、尸身借助渔民自河中复活，它们构成一张无所不在的富于暗示的意象之网。自始至终，诗人都让我们想起罪恶的水滴、智慧的流动之河、先王的受洗和在鲜血中得洁净的殉道者。在被带到哈里发面前之前，贝拉基进行了沐浴。他的第一次"葬礼"把他交托给了河中翻腾的波浪，但是波浪并未洗净他的鲜血。渔民认识他，因为他曾经受洗。在火的考验中，如波涛般的火焰据说取代了河水。从瓜达尔基维尔河开始，不断累积的意象，在这位少年殉道士的血流中得到了最终的呼应。

在她的戏剧中，赫罗兹维萨也详细描述了基督教的英雄和殉道士。这些展现出受过某些古典文化影响的故事，标志着欧洲非崇拜仪式性质的戏剧的开端。我们没有理由假定这些戏剧未曾在宫廷上演或朗诵。

这些戏剧有：《加利卡努斯》(*Gallicanus*)；《德路丝亚娜和卡里马修*》(*Drusiana and Calimachus*)；《亚伯拉罕的侄女玛丽》(*Mary the Niece of Abraham*)；《泰伊斯的皈依》(*The Conversion of Thais*)；《圣处女信、望、爱的殉道》(*The Martyrdom of the Holy Virgins Faith，Hope，and Charity*)；《圣处女阿格珮、基约尼雅和依蕾娜的殉道》(*The Martyrdom of the Holy Virgins Agape，Chionia，and Irene*)。

最后一部戏剧中的三位处女，为了拒绝地方长官淫荡的求爱，欣然赴死。这部戏剧有它的历史基础，指向的是 303 年或 304 年戴克里先统治下罗马的萨洛尼卡行省。她们的节日是 4 月 3 日。纪实性的生平传记夸大了最初的记录。三姐妹的希腊名字意味着爱、纯洁和安宁，她们因为拒绝进食敬献给诸神的食物，被带到马其顿(Macedonia)的地方长官杜其修斯(Dulcitius)面前。她们说，她们的想法来自主耶稣基督。因为她们一如既往的顽固，阿格珮和基约尼雅被活活烧死。依蕾娜因为藏有一些遭禁的基督教书籍被捕，当众受到鞭笞，并被送往妓院，不过她在妓院里并未受到骚扰。因为再次拒绝顺从，她被判死刑。书籍与经文被当众烧毁。

　　赫罗兹维萨的人物刻画活泼生动，她在主要的喜剧场景中加入了大量的"厨子幽默"。"厨子幽默"是一种受早期拉丁作家喜爱的玩笑，这些作家将厨子等同于最卑贱的奴隶，因此认为它们是适于嘲弄的对象。在罗马戏剧中，赫罗兹维萨仿效的一位剧作家特伦斯（Terrence）的《宦官》（*The Eunuch*）当中便出现了一个这样的例子。在赫罗兹维萨的处理下，地方长官沦为厨子的形象。

　　三位殉道者的传说的吸引力，并不局限于赫罗兹维萨的戏剧。她之前的那个世纪正是科尔多瓦殉道士们死难之时，三姐妹的传说便出现在《古英格兰殉道史》4 月 3 日篇中。

　　赫罗兹维萨在完成八部圣徒传和七部戏剧后，便于 965 年转向了两部拉丁史诗的写作，史诗的意图在于赞美奥托王室和赫罗兹维萨在甘德斯海姆的修道院。这些作品因为强调了妇女的作用，所以具有相当大的重要性和吸引力。两部作品都是基于史实的家族史诗，主题上相互关联。《奥托的功绩》（*The Deeds of Otto*）赞美了奥托大帝的功勋，在他的保护下，赫罗兹维萨的势力强大的修道院繁荣兴旺，而且的确也出现了基督教人道主义的复兴。

　　奥托王室自 919 年至 1024 年间的这段统治时期，成为巨大的文化和政治动乱时期。帝国在查理大帝后裔中的威信遭到削弱。帝国那时也曾有过复兴，它的中心位于萨克森的荒凉偏远之地。随着赶走了匈奴人的"捕鸟者"（the Fowler）萨克森公爵亨利在战场上的节节胜利，被上帝选中的统治权得以复兴，并被亨利的人民授予了亨利。当亨利的儿子奥托一世于 962 年在亚琛（Aachen）威风八面地加冕受膏时，他再次引入了加洛林王朝的加冕礼宴会这一罗马的庆祝形式，并让弗兰克尼（Franconia）、士瓦本（Swabia）、巴伐利亚（Bavaria）和洛林（Lorraine）的公爵侍候在侧。

其后奥托宫廷发展成为一个世界性的中心，汇聚了罗马基督徒致力于上帝和帝国的荣耀而展现出的显赫功绩与创造能力。奥托修建了教堂和图书馆，尽管维杜金德（Widukind）说奥托本人直到他的第一任王后伊迪丝（Edith）死后才学会阅读。奥托促进了图书的搜集、制作和装饰，也促进了绘画和装饰艺术。

赫罗兹维萨所著《甘德斯海姆修道院的创立》（*Primordia Coenobii Gandershemensis*），纪念了她的修道院的创立，并追溯了修道院的历史。这是她的最后一部著作，写于 963 年至 973 年之间。尽管《甘德斯海姆修道院的创立》紧接在《奥托的功绩》之后，它事实上记载的是奥托家族祖先的所作所为，因为修道院建于 852 年，远在奥托出生之前。《甘德斯海姆修道院的创立》因此获得了一种优先权，位居神圣权威之首。

在赫罗兹维萨恳求奥托的侄女热尔贝格二世（Gerberga Ⅱ）担任她的女修道院院长、导师和灵感的源泉之后，在《奥托的功绩》中可分辨出两种叙事。该书从奥托的家庭开始，讲述奥托与英格兰的伊迪丝的第一次婚姻及伊迪丝之死、奥托本人的即位、奥托王国的动乱——密谋、叛乱和奥托大获全胜的意大利战役。该书的三分之二处，叙事发生了转向，从奥托转向了意大利多才多艺的美女阿德尔海德（Adelheid），她以前是勃艮第的公主。阿德尔海德后来成为奥托的第二任妻子。

阿德尔海德那时和她的小女儿艾玛（Emma）一起住在伦巴底（Lombardy）的帕维亚（Pavia），艾玛最后变成了法兰克的王后。阿德尔海德是洛泰尔的遗孀，她自己完全可以登上意大利的王位。赫罗兹维萨作品的这一叙事部分为我们讲述了一个最富吸引力的英雄传奇。阿德尔海德家族中一位有势力的成员，伊夫雷亚的贝伦加尔（Berengar of Ivrea）——原本是奥托宫廷的一位侯爵——侵占了王位，并试图通过逼迫阿德尔海德与他的儿子成婚以加强他霸占王位的正当性。遭到阿德尔海德的抵制后，贝伦加尔便将她幽禁在一座山寨（mountain stronghold）①之中，仅有一位女佣和一位神父相伴，他自己则窃占了王位和珠宝。就像赫罗兹维萨所说的，在女仆的帮助下，阿德尔海德和她的同谋挖出离开监牢的通路，由地道逃出生天。

阿德尔海德在夜幕的笼罩下飞跑，白天则匿身于山洞、森林和犁沟之中。贝伦加尔带领士兵追踪阿德尔海德来到一块玉米地，用长矛左右扫打着，不过阿德尔海德设法在玉米叶子的掩护下逃脱。听闻阿德尔海德遭受的磨难和她的足智多谋的胆略之后，奥托便武力侵入意大利，决心娶她为妻，让她成为他君临天下的可敬的伴侣。随着阿德尔海德加冕称皇后，赫罗兹维萨的史诗也达到最高潮，在最后的三十四行，赫罗兹维萨简单迅捷地勾勒了后来的战事，她对这些战事隐忍不言，顺从她的女人的本性谨慎地保持缄默。

将阿德尔海德的英勇功绩安插到《奥托的功绩》中，赋予了这位皇后以最高的重要性。故此，奥托的伟大功绩因为涉及两位重要女性——请热尔贝格出任院长和阿德尔海德的加冕——而受到限制。

作为《奥托的功绩》的姐妹篇，赫罗兹维萨的《甘德斯海姆修道院的创立》也赞颂了奥托家族创立修道院并前往保护圣物的行为。不过《甘德斯海姆修道院的创立》尤其尊崇奥托的女性亲属和之后掌管女修道院的女性。赫罗兹维萨以这种方式将这个家族的大部分荣耀转移到一连串女性的赞助人、有远见者、圣徒和做工者身上。在维吉尔史诗将一个国家的创立当作其主题的地方，赫罗兹维萨则运用史诗的惯用手法叙述一个女性团体的建立，这一团体的权力超越了一

---

①　意指在山中的据点。

切世俗机构的权力,甚至超越了创生出这种权力的皇室权力。

不是去征服异族的人和土地,创始者们追逐的是森林的农牧神和林地动物。他们砍伐树木,采集石料。赫罗兹维萨在粉饰主教的作用时,总会强调女性的参与情况。一般情况下,丈夫和跋扈的起诉者会被便利地杀死或者只是简单地死去,以便女人们可以自由支配她们的财富和可利用的时间,为甘德斯海姆修道院的繁荣服务。阿迪亚(Adea)、奥达(Oda)和她的三个在她之后接连担任女修道院院长的女儿——哈素莫达(Hathumoda)、热尔贝格一世(Gerberga Ⅰ)和克莉丝汀(Christine)——负责修道院的神灵感应、善行和资金筹措。①

874年至896年间的女修道院院长热尔贝格一世,虽然和一位贵族订了婚,迫不得已穿着她庄严的金光闪闪的礼服同他会了面,背地里却献身于基督。这位失望的未婚夫狂怒地凭着她的雪颈和他的利剑起誓,他会从战役中安全回返,逼迫她毁坏她的神圣誓约。然而他受到上天的惩罚,在战斗中丧生。赫罗兹维萨暗示是神力认可了奥达变成一名孀妇。奥达本人活到了高龄。"或许,"赫罗兹维萨这样记述第一位创始人,"上帝在柳达夫(Liudulf)还未经历中年生活的激昂时,便将他从这个世界带走,是为了他的妻子——杰出的奥达女士的心神,能够专注于上帝。"

---

① 加于这一家族的女性——阿迪亚、奥达、哈素莫达、热尔贝格一世、克莉丝汀、伊迪丝和阿德尔海德——身上的神圣品格,很大程度上应归功于赫罗兹维萨对于她们的美德、功绩和声誉的论述。

1.圣贝拉基——最可宝贵的受难者,在我们自己的时代被冠以"科尔多瓦的殉道者"——殉难记

可称颂的贝拉基,基督的最英勇的殉道士,统治到永远的王的勇士,请用温和仁慈的眼光看着我——可怜的微不足道的赫罗兹维萨——以诚挚的意愿顺从你、在她的心中珍爱着你的侍女。请仁慈地倾听我的诗文。惠允我贫乏的理解力之昏暗的洞穴,可以因来自天国的甘露而重新振作,以便我能用我的笔墨,描绘你令人惊叹的美德和声名远播的胜利。

在世界的西域闪耀着一颗炫目的珠宝,一座为其在战争中的残暴而感到特别骄傲的宏伟城市。西班牙的公民在这座城市安家,它的英名是科尔多瓦。这座城市以其乐事不断和财富众多而著称,并因屡屡得胜而闻名,七条智慧之河①流淌其中。从前,这座城市忠诚地服从于法定的基督,并派遣它的孩子们穿着白色的洗礼服来到主的跟前。(1—20行)

突然间,战争的力量改变了神圣信仰的既成法律,传播了渎神教义之谬见,损坏了人们的信仰。背信弃义、难以控驭的萨拉逊族,向这座城市中信仰坚定的居民开战。这些撒拉逊人为了他们自身的利益,暴虐地毁灭了这个辉煌的王国。他们谋杀了已然受洗的仁慈的君王。长期以来他令人称颂地行使着王权,时常用正义的统治融合他的人民。如今,敌人的利剑杀死了他,可怕的屠戮令人们俯首听命。

---

① 赫罗兹维萨并未指出这座城市建基于其上的、在圣徒殉难中扮演了角色的瓜达尔基维尔河。七条智慧之河指七艺:语法、修辞、逻辑、几何、算术、天文和音乐。

那位野蛮种族的军事指控官①,战争的筹划者和生活方式猥亵的恶人,最终声称对整个帝国的命运享有支配权。他将他的盟军驻扎于惨遭荼毒的乡村。他的心怀恶意的群氓则充斥于这个举哀的城市,还有一件可悲的事情要说——他用他的粗俗仪式玷污了可敬的纯净信仰之母。他让异教徒混入合法居民当中,以便异教徒可以说服他们抛弃他们先辈的传统。基督教的神龛一旦被亵渎,异教徒便可通过与基督徒结交而令他们堕落。(21—42 行)

不过众人在牧羊人基督慈爱的指引下,很快便开始恼怒地唾弃这位邪恶暴君的命令。他们说,他们宁愿忠于自己的律法而被处死,也不愿愚笨地活着,受新奇却无价值的仪式的束缚。

这位君主发现这点后,意识到既然他花费了长期艰苦的战斗才占领了这个城市,那么在这个富庶的城市,他便不可能将死刑强加于所有人头上,却不让自己蒙受损失。故此他改变了较早时候的法令,通过并发布了一项新法,认可那些希求侍奉上帝者和延续他们先辈传统者合法,不必担心遭受处罚。不过他们必须小心地遵守一个先决条件:科尔多瓦的市民不得再行亵渎君主和任何掌握王权者敬拜的金像。胆敢亵渎的市民必将授首于利剑之下,承受最严酷的死刑。(42—60 行)

此项法令一经实施,这座笃信的城市——那样频繁地遭受许许多多罪恶的侵袭——自然变得安宁了,表面看上去风平浪静。但是有些基督徒,被基督的爱之火点燃,受到殉难的渴望的驱策。他们直言不讳地藐视那些大理石塑像;而那些王公在向这些塑像恳求时,需

---

① 此处指阿卜杜勒·拉赫曼三世,赫罗兹维萨在下面 74 行说出了他的名字。

佩戴皇冠,拜倒在它们之前,并以赛巴薰香(Sabaean incense)敬拜。[①]
君王旋即判处这些基督徒死刑。但是这些基督徒的灵魂,在他们的
血中洁净,升上了天堂。[②]

　　岁月流逝,科尔多瓦也有了改变,但是这座城市长期以来仍在异
教君王的统治之下。在我们自己的时代,有位皇家血统的王子,继承
他先辈的王座是他的运命。但他却连他的先辈也不如,受了肉体欲
望的玷污。他因其统治的声名显赫而自命不凡,他的名字就是阿卜
杜勒·拉赫曼。(61—74 行)

　　斟酌了前面已经提到的有关他们的宗教的争论之后,这位君王
声称要像他的先辈那样对待基督徒。为了忠诚于他的父亲,他并未
废除那位作恶者和虚伪的掠夺者在战胜信奉基督教的君王之后颁布
的非正义的法令。相反,阿卜杜勒·拉赫曼在心中反复思量之后,便
以坚定的决心将这项法令付诸实施。他常常让无辜的鲜血漫浸了地
面,折磨那些善人圣洁的身体,因为他们渴望创作甜美的圣歌献给基
督,并表达他们对于他的荒唐的偶像的谴责。此外,这位该遭天谴的
人在他的王宫如此傲慢无礼,收集了本应为他自己准备的刑罚,以致
他胆敢认为自己是王中之王,所有人都必须顺从他的权势,没有国家
会野性勃发,以致胆敢向他的军队发动军事攻击。(75—90 行)

　　当阿卜杜勒·拉赫曼正因放任的傲慢而自我膨胀时,他听说了
住在加利西亚之地的一处偏僻之所的一群人。这是个以战争为荣的

---

　　① 没药或乳香(Myrrh or frankincense)是与阿拉伯的塞巴人联系在一起的香料,塞巴这
块土地以生产和出口没药闻名,在奥维德的《没药的故事》[《变形记》(10:480)]中曾被提到
过。维吉尔在《维纳斯神庙》(Venus's temple)[《埃涅阿斯》(I.416)]中描述过塞巴薰香燃烧的
情形。四世纪基督教作家普鲁登修斯(Prudentius)的《十二时咏》(Cathemerinon 12)的"日常
事务"(The Daily Round),在献给圣婴的礼物中,便包含了塞巴薰香的馥郁馨香。
　　② 这些人是九世纪阿卜杜勒·拉赫曼三世和穆罕默德一世(Muhammed Ⅰ)统治下
的科尔多瓦的殉道者。

国度,崇拜基督,抵抗偶像崇拜。这些人试图违反他的法令,拒绝服从那些堕落的主子。当这位君王发现了这一点,便邪火中烧。在他心中还带有那条毒蛇的古老的怒气,他狡计百出,花了不少时间,仔细考虑这件令他丢脸的事,反复思量如何对付这些敌人。

最后,就像当时发生过的那样,这位君王确实公开透露了他的计划,并致辞这座富庶城市高明的领导者们,从恶毒的咽喉里咆哮着说出这些话:

> 列王都要服从我们的王权,一切深海环绕的国家都在我们的法令控制之下,这已不是什么秘密了。但我不知道低下的加利西亚人吃了怎样的熊心豹子胆,竟敢蔑视我们的盟约,对我们过往的友爱毫不领情。因此,我们所能做的,就只有以军事力量和武器进攻这些加利西亚人,猛击这些反叛的敌人直到——用我们的投掷物令他们永远臣服——他们将不得不(尽管不情不愿)俯首听命于我们的盟约!(91—113 行)

他夸下这些海口,并为他的军事行动提供辩护。他命令他的人民聚拢战争武器,齐集于各式各样的军队旗帜之下,以便可以随他出征消灭具有忠诚信仰的加利西亚人。阿卜杜勒·拉赫曼在饰有宝石的头盔下露出他的脸,铁质的盔甲包裹着他那放荡的身躯。当他装束华丽地抵达这座城市,便立即向这里的人们发动了攻击。赢得那场胜利是他的命运,他擒获了十二名贵族,还有这座城市的君王。他用铁链缚牢这些俘虏进行鞭打。

这些被打败的基督徒,经历了一场激烈的战斗,失却了他们的贵族,只好向他们的敌人投降,屈从于那位邪恶君王恶毒的奴役之下。过去的盟约被恢复。被皮带绑缚的十二位贵族,连同他们的战友——被打败的加利西亚人的王——一起被拉着游街。贵族们很快便被松了绑，因为他们付出了巨大的代价，用自己的财富交纳了赎金。但是阿卜杜勒·拉赫曼将加利西亚人的君王的赎金量加了倍，超出了这位被俘君王的金库所能支付的数量。他设法将他自己家中的贵重物品作为赎金支付时，恰好距离要求的金额还有少量的差距。阿卜杜勒·拉赫曼看到了这一点，便在心中酝酿出了一个计谋。他说除非这位君王付清指定的全额赎金，否则他是不会将这位受人爱戴的君王交还给他的人民的。阿卜杜勒·拉赫曼想要的不是那些缺额的黄金，他只想将这位被打败的君王置于死地。

这位君王有位独子。他出身高贵，外表的每个方面都惊人地优雅。他的名字就是贝拉基。他身体外形健美，慎思明辨，闪耀着庄重的光彩。他才刚度过他的少年时代，如今正步入成年。当他得知阿卜杜勒·拉赫曼对待他父亲的冷酷无情时，他向他那饱受折磨的父亲如此恳求道：

> 我亲爱的父亲，请听我开言。以开放的心态相信我说的话，因为我清楚地知道，随着年龄的增长，你的生命也渐渐失去了活力。你的肌肉完全失却了往日的力量。再轻微的劳累也会让你难以忍受。不过对我而言，我强壮的臂膀力量十足。我能够忍受一位严酷的主子一段相当的时期。所以我柔声地祈祷，力劝和恳求你把我——你深爱的儿子——送去给那位君王做人质，直到你能付足赎金。不要让你白发的晚年在镣铐的束缚下日渐消逝。（143—161行）

但是老人家用严厉的口吻制止了他："不要再说这些话，我最亲爱的孩子，别说了！别让你的悲伤促致我这白头人陷入死地。我的生命完全依赖你的安然无恙。没有了你，亲爱的儿子，我一天也活不下去。你是我全部的骄傲，是你家族的伟大荣光。另外，你是我们这些被征服者的唯一希望。出于这个原因,我必须离开我亲爱的国家,作为一个囚犯前往得意扬扬的西班牙,而不是将你戴上镣铐交出去,你可是我晚年的希望啊!"

贝拉基不再允许他的父亲继续用这种方式说话。他用深情的话语慰解他亲爱的父亲的心,用软语迫使他屈服于他的劝诱。这位受人尊崇的老人最终同意了这些请求。在交付他自己的赎金时,他也把他不幸的儿子交了出去。君王阿卜杜勒·拉赫曼于是命令将贝拉基随他一起带走。他兴高采烈地回到他自己的国家,因为他是作为一位凯旋的英雄再次进入这个国家的。

无人会以为,这位君王能在那次华丽的盛况当中获胜,是他的功绩。毋宁说,这是那位隐秘的审判者的公正的判决。或者,这样做可以让信奉基督教的国家,因为真正地受到一次重重的鞭击,所以会为所有人受控犯下的罪恶而哭泣,或者之所以如此,是让即将为了护卫基督的法令而遭杀害的贝拉基可以碰巧找到他的赴死之地,为基督倾泻他的血河。他将把他在死亡中神圣化的灵魂委托给上帝。(162—187 行)

这位粗暴的国王回到他那富庶城市的住所后,便庆祝起他征讨正义的基督徒所取得的辉煌胜利来。他命令将贝拉基这位基督的极好的伙伴带上镣铐,投到监牢的极度黑暗中。虽然这位年轻人一直以来都有美食滋养,如今却只剩微薄的口粮了。

科尔多瓦的拱门下,有座污秽的漆黑一片的地牢,是处交托给了遗忘与黑暗的地方。众人传言,这处所在是倒霉的俘虏之大不幸的起因。遵照那位君王专横而邪恶的命令,这儿正是光荣的和平之子贝拉基被关押的地方。一些重要的朝臣急奔此地而来,他们触发了怜悯之情,想来宽慰这位年轻人的心。

当他们看到犯人英俊的容貌,听闻他口中甜美的、饰以华丽辩才之蜜的言语，便渴望将具有如此美貌的年轻人释放出来。他们前去劝告行使王权的君王。他们清楚知道，这座富庶城市的高傲的统治者染有鸡奸的恶习。这位君王爱极面容俊俏的男孩，渴望与他们结下友谊。（188—207 行）

朝臣们将这些事情牢记，心中同情贝拉基的运命，便如此怂恿君王："最有权势的君王，你毫不怜惜地命人惩罚那样一位体面的年轻人，将那样一位柔弱天真的男人质用铁链捆绑，这和你的至尊地位不匹配。如果你打算看一眼他那非凡的美貌，听听他那似蜜的话语——你会多么想要把这么一位年轻人带进你的扈从中，让他担当你的最高等级的卫兵！他的容貌令人目眩，可以让他在你的宫廷效力！"

这席话软化了这位君王，他们的恳求唤醒了他。他下令解除贝拉基身上虬结的沉重铁锁。他的身体在洗浴室中彻底清洗过后，清爽的四肢立时穿上紫色的外衣，脖颈戴上镶满宝石的金属饰物。这样一来，他在那座建筑壮美的大厅完全可以变成一位马穆鲁克。（208—223 行）

这位君王的高傲的官员执行这一命令后，这位殉道士即刻就被领出他那幽暗的洞穴。贝拉基身穿长袍坐在皇宫里。如今置身于宫廷的扈从当中，他的面庞光彩照人，令宫廷卫士和身着长袍的众朝臣相形见绌。所有目光转而凝视他，惊奇于这位年轻人的容貌和他蜜甜的话。这位君王也是第一眼就被他吸引，对这位高贵的年轻人的美貌欲火中烧。最后，受强烈渴望的激发，他下令贝拉基与他一起在御座上落座，以便他可以热情地触摸他。他低头急切地亲吻那令他爱慕的双唇，同时双臂环圈着贝拉基的脖颈。

但是，这位基督的斗士却不会承受这种爱，因它来自一位受到肉体欲望玷污的异教君王。他笑容满面地把他的耳朵转向君王的嘴唇,并就此开了个大大的玩笑,拒绝了君王的亲吻。贝拉基开了口,他的美好的双唇吐出了这席话:"一个人沐浴了基督的浸礼,他就不应当低下他圣洁的脖颈,接受一位野蛮人的拥抱。一位受了圣膏的基督徒,不应该领受肮脏的恶魔的仆人的亲吻。你——有着一颗自由的心——却与那些敬拜毫无知觉的土制神灵的蠢人为伍!让那些匍匐在偶像面前的人做你的朋友吧!"(224—249 行)

不过君王并未被激怒。他试图用温存的话语勾引这位他想得到的年轻人:"哦,你这个任性的孩子!你引以为荣的是,你可以无畏地拒绝我们的统帅殷切的爱慕,你可以公然继续嘲弄我们的神灵!难道即刻就会丢掉你年轻的生命都没有唤醒你?难道你的父母可能从此孤寂凄凉也未能唤醒你?我们一定会折磨那些亵渎我们宗教的人,而后将他们处死。我们会用利剑割断他们的脖颈,除非他们顺从并绝弃他们那些亵渎神明的论证。所以我像一位父亲那样劝告你,当心别因那种任性的态度再说出那些话。心中怀着坚定的爱来到我的身边,以后别再试图违反我们的命令。对我要言听计从。这些你都必须遵守。我心里喜爱你,我决定将你置于我大厅中所有的朝臣之上,我要尊重你到这种程度——仅次于我——你在这个庄严的国度里将位居第二。"

说完这些,他用右手夹紧殉道者的脸。左手则紧抱住那圣洁的脖颈,以便他至少可以补上一个吻。但是这位基督的见证人挫败了这位君王的狡计。他挥舞的拳头迅速击中了君王的脸,他那一击直接搡在君王疯狂的面孔上,鲜血自他的伤口喷涌而出,染污了他的胡须,弄脏了他的衣服。(250—275 行)

于是这位君王怒气冲天,下令将天国君王之子贝拉基的身体,用通常用来发射石块到敌军头上的弹簧发射器(spring-engine),抛掷过防卫墙。如此一来,这位高贵的殉道者便要经受河沙(这条河的巨浪环绕着这座城市奔涌）的猛击。他的全身会被撕裂。像这样被击碎后，他会迅即死去。当贝拉基正向这位君王的心腹们怒吼时，他们执行了命令，并很快发明了一样前所未闻的刑罚。他们将贝拉基发射出去处死，就像用投石器发射投射物，远远高过那座臭名昭著的城市的高高的墙垛。然而，尽管他周围的巨大峭壁接住了他，与这位殉道者可爱的飞奔而来的身躯相撞，这位基督的伙伴的身体却依然完整。

君王下令在河堤的锐岩上撞碎的殉道者肉身，尽管遭受了碰撞，却没有变得残缺不全，这则消息自然飞快地传到君王的耳中。这位君王因为彻底被击败而越发恼怒，即刻下令应该用利剑将贝拉基枭首，以便能够实施最终的判决。最后，那些士兵因为惧怕君王的命令，用剑砍下了这位基督的忠诚见证人的头颅，将他的尸体交托河水保管。（276—298 行）

但是耶稣的斗士贝拉基，永远能够战胜窥伺在侧的死亡的贝拉基，翱翔着穿越繁星璀璨的苍穹中的星群，在天使的圣歌中轻快地被引入天堂。于是，从掌管天庭的真正的最高审判者的右手中，贝拉基因为他饱受折磨的死亡，接过了发光的棕榈叶；通过他的值得称颂的死亡，贝拉基赢得了它。他理应获取炽热之爱的优胜奖，因为他以自己的受缚为代价换取了他父亲的生命。他舍弃了自己的国家和他的被击败的人民。言语无法用一些虔敬的字眼去描述微微闪烁着天堂之光的桂冠，戴上桂冠的贝拉基光芒四射，因为他很好地保住了童贞。他加入能够进入天国居所的人群，将赞美诗献给耶稣，直到永远。阿门。（299—312 行）

士兵遵从君王的命令，将尸体的宝贵躯壳交托给河水保管后，他们还把遗骸固定在巨石中间，以便神圣尸身不能获得应有的埋葬。但是绝不允许他自己的圣徒意外失却他们光荣的头部，哪怕最细微的毛发的基督,不会容许他的忠实的殉道者葬身河中。他适时地提供了一处相称的坟地,以保存这位圣徒圣洁的肢体。

碰巧,正当渔人划着橹桨分水前行,用他们多彩的罗网捕捉戏水的鱼群之际,他们瞥见远处河岸上殉道者的尸身,被投进轰鸣的巨浪中。渔人们用在视力方面得到精心锻炼的眼睛,从远处便看了个清楚。他们迅速驶向这具尸身,并将之打捞上来。他们并未认出这位备受珍爱的人儿的好相貌,因为四肢都是血淋淋的深红色,高贵的头颅被波浪冲荡到了远处。但是他们毫不犹豫地知道并相信,不管此人是谁,他一定是为基督的法令而死。这块领地被判死刑者,唯有那些在浸礼仪式中受圣水洗礼的人,他们不停辱骂君王的异教崇拜从不畏缩。

渔人寻回了头颅并把它安回到肩膀上,立即,他们辨认出了贝拉基的鲜明特征。他们的心中满是怜悯,突然悲悼起来:"哦,作为其人民的唯一希望和国家的荣光的他,倒下死去了。他鲜血淋淋,连被埋葬的荣誉也被剥夺。不过,难道我们不知,我们如何能够总是售卖——为了赚取大量的谢克尔(shekels)——这些饱受折磨的圣徒的尸体呢? 他们被割下的头颅表明他们是虔诚的信徒。谁又会怀疑这是一位值得称颂的殉道者,既然他的躯干悲惨地躺在那儿,却少了头颅的装饰?"

他们如此说着,将圣洁的肢体装上他们的小船。他们迅速掉转风帆,划回举世闻名的那座城市的海港。他们在这儿将船拖上岸,而后继续在这座城市森严的卫墙内,秘密地寻出敬奉基督的神圣修道院。他们搬运这位现在到处受到尊崇的殉道士的尸身,是为了将它高价出售。

基督圣会欢欣地吟唱着美妙的赞美诗,欢迎遗骸的到来。他们按照习惯举行了神圣的葬礼,并慷慨地支付给船员非常高昂的价钱,因为购买到了这位圣徒的尸身，他们激动不已。以不菲的价格购买到遗骸之后，他们又选取了一块沃土保存尸身。他们在那个地方非常隆重地重新聚合好肢体后，便将这神圣的遗骸葬入土质的坟冢。星光灿烂的天宫中全能的上帝很快下令，这些遗骸应在坟冢周遭现出光芒四射的神迹。既然神圣灵魂现在在天堂拥有强大的统治力量，人世间的部分也必须以同样的荣耀称王。（336—365 行）

最后，当这座城市的人们注意到，那些患有各种长期疾病的人痊愈了，他们患病的躯体也都复原了，而且不需任何治疗费用，于是他们齐聚到这里。他们尚不确定，这位新圣徒是否真的那样神奇，以致他就是行使这些神迹的人。不过最后这座修道院的主教和众人的领导者，选用了审慎商讨这一良方，感到应该以虔诚的心向至高的王乞求。他可能会以他惯常的仁慈，向所有人展示这些康复背后的原因，也就能让所有的疑虑冰释了。男男女女都立即决定这样做，他们自愿禁食，三天内只吃少量的食物。他们以一颗真正虔诚的心，开口全心吟唱美妙的赞美诗，做神圣的祷告。他们知道他们以狂热的低语倾吐出的祷告，已然说服那位仁慈的天国之王，他会宽容地对他们感到半信半疑的遗骸做一次检验。他们很快命令燃起熊熊的火炉，所有人一起行动，火焰腾腾。（366—385 行）

当火焰在火炉的巨大凹陷处剧烈燃烧时，众人拿起基督的伙伴被割下的头颅，用哀恳的方式轻声说着乞求的话：

> 仁慈的王，星光璀璨的王位上的高贵的主，知道如何用公正的判断辨别所有事物的你呀，请让这位圣徒的功德接受烈火的检验。如果他因为他的美德而得到抬升，如果他的治疗的能力出自他的功德，请不要让火焰沾到他脸上的皮肤，他的头发拿出来时也完好无损。如果碰巧他拥有的功德尚浅，作为一种迹象，

请下令至少让他脸部的表皮受伤,因为按照脆弱的肉体的本性,它是易于毁坏的。

他们说完这些话,便将这颗可称颂的头颅投入火炉深处涌动的、火舌喷吐的火焰中检验。最后,整整过去了一小时,他们终于将这颗头颅从灼烧的火苗中拉了出来。他们将目光投到这颗头颅上,察看滚滚热浪是否灼伤了它。但这头颅现在比纯金还更耀眼,完全不受灼热和火焰的影响。

这些忠诚的人群仰面朝天,向天国凝视。他们吟唱赞美诗,颂扬位于崇高王位上的基督,因为他总是让他的坚定的殉道者在世间的遗骸闪耀神迹的光芒。众人现在将遗骸拼在一起放入一个值得敬畏的陵墓。从今后,他们坚定地相信这位圣徒的受人赞誉的功德,永远因上帝赋予他们的这位保护者而欣喜。(386—413行)

2. 阿德尔海德(选自《奥托的功绩》)

意大利的君王①洛泰尔身染沉疴,撒手人寰。他把意大利王国适宜地交给他在爱情中联姻的最高王后统治。她是英明的君王鲁道夫的女儿,一连串伟大君王的后裔。她出身显赫的父母替她正确地取名为阿德尔海德。

她高贵典雅、美丽动人,且在与她的品质相配的事业上勤勉尽职。她无疑具有出众的天赋,足以令她胜任对她所继承的这个王国

---

① 洛泰尔,伦巴底的君王,普罗旺斯的侯爵,950 年 11 月 22 日去世。他是阿尔勒的休(Hugh)的儿子。在阿德尔海德的母亲贝莎(Bertha)的第一任丈夫,即阿德尔海德的父亲——勃艮第的鲁道夫二世(Rudolph Ⅱ)——去世之后,便与阿德尔海德的母亲贝莎(Bertha)成亲。

的统治，如果这个国家本身没有让她遭受剧烈痛楚的话。洛泰尔（我前面提到过）一死，有个派系的人（过去他们一直行事悖逆）提出——他们受人误导，意图对他们自己的统治者不利——将王国交还贝伦加尔掌管。他们声称的理由是：乌戈王（King Hugo）在他自己的父亲去世时，靠武力从贝伦加尔手中夺走了王国。

现在，贝伦加尔获得了期望的权力，自然得意扬扬。在为他的父亲失去了王国而痛心的同时，他发泄着他阴暗的内心中郁积的所有怨恨。受不可理喻的狂怒的激发，他将他的怒气一股脑儿地发泄到这位无辜者的头上，对阿德尔海德王后施以极端的暴力。而她在她的统治期间从未加害过他。（467—493行）

贝伦加尔不仅将巍峨宫廷的王座据为己有，而且在他打开公库的大门之后，便将他所发现的一切——金子、好多种珠宝玉石，还有她高贵额头上灿烂的王冠——抓在他贪得无厌的手中带走。一件小装饰品他都没有扔弃，他还毫不犹豫地从她那里褫夺了她自己的仆从，以及那些对王权——说来令人伤心——对她本人作为王后的王权效忠的人。最后，他居心叵测地限制她的一切自由，以至她已不能任意地去留。他命她出门时只能带走一位服侍的女仆，并把她委托给一位官员看管，为的是将她置于监视之下。这位顺服于贝伦加尔的官员，对于这位君王的这些非正义的命令是如此言听计从，以至于他将她关押在她本人的房间不允离开半步，并将卫队四处布岗。① 通常，关押罪犯才会使用这种方式！

但是将彼得从希律王的囚禁中解放出来的上帝，在他有此意愿的时候，也会带着温和的爱意将这个女人解放出来。

正当她无疑在为众多忧虑而心中烦闷，自己却又没有希望获取

---

① 阿德尔海德于951年4月20日才被关押在一座山寨中。

可靠的救助时，阿德哈德（Adelhard）主教①则为这可耻的行径而哀叹。他实在不能再容忍王后受到如此屈辱，就暗地里迅速与她传递了消息。他言辞恳切，规劝她尽力逃脱，取道他所在的城市，那里城墙坚固，他的主教地位亦稳如泰山。他下令为她备好一处能够提供最安全防卫措施的寓所，并为她配备与她完全相称的奴仆。

当这些指令传到这位非凡的王后耳中时，因为主教善意的安排，她变得愉悦起来。她急切盼望能够挣脱紧缚她的锁链。然而她却不知如何行事，因为夜里看守倦怠地躺倒陷入酣睡之际，并无通往外间的大门可供她逃脱。（494—529行）

此刻，除去前面提到过的那位服侍她的女仆，以及一位有着值得称颂的美德的神父之外，在此监牢的拱顶下，无人听命于她，无人肯一丝不苟地执行她的命令。王后啜泣不止，神情沮丧，并向他们透露她在悲痛之下反复思量的一切。通过祈祷，他们达成了共同的决定。看来他们可以偷偷地在地下奋力挖掘一条隐蔽的地道，沿着地道逃脱这令人痛苦的囚笼，从而改善他们的境况。

于是在基督的强有力的帮助下，这些事情明显得以更加迅速地完成。因为当三个人按照他们共同的决议挖好地道时，适合他们获取新自由的夜晚便降临了——这个夜晚，睡眠爬过众人的肢体。这位最虔诚的王后，与她仅有的两位同伴一起逃跑，摆脱了卫兵的一切阴谋诡计。她趁夜色用她那纤弱的双足徒步穿越了尽可能远的距离。（530—549行）

但是不久之后，当暗夜的黑幕从中裂开并迅速消逝，天空在阳光的照射下变得金黄时，王后便立即谨慎地藏身于人迹罕至的山洞之

---

①　雷焦（Reggio）的主教。赫罗兹维萨给了他"指挥者"（praesul）——即"爵爷"或"保护人"——的称号。他要阿德尔海德前往的城市推测起来可能是雷焦。

中。她一会儿徘徊于丛林，一会儿又隐匿于成长中的饱满麦穗之间的垄沟里，直至黑夜再次降临；披着它惯常暗影的夜，又为大地笼罩上幽暗的黑影。王后再次不屈不挠地开始她曾经的行程。

最后，当她的看守们找不到她时，便惴惴不安地向负责看守这位女士的官员作了汇报。这位官员惊惶失措、心惊胆战，带着大量的随员开始循迹追捕。在他追捕失败，未能发现这位可称颂的女士去往何地时，便战战兢兢地向君王贝伦加尔和盘托出了一切。这位君王即刻勃然大怒，马上派出他的随从向四面八方到处搜捕。他嘱咐他们不要忽略了最不引人注目的地方，相反，要细查一切可能藏身的地点，以防王后会潜藏于这些地方中的任何一处。

贝伦加尔本人也带着一帮全副武装的男子出发了，仿佛他一心想要战胜一支战斗中的强悍队伍似的。他以这种仓促的步伐穿越他所追捕的女士藏身其中的同一块麦地，此时她正躲在谷物女神刻瑞斯(Ceres)羽翼之下的弯曲的垄沟中。不过当他四处快速走动时，却绕过了女王蜷缩的那个地方。当他试图费力地用他伸出的长矛分开高大的茎秆时，却又没有发现这位女士，她正受着上帝的恩惠的保护。

当他困惑疲倦地回撤时，受尊崇的主教阿德哈德迅速抵达，他的内心充满喜悦，引着他的女主人进入他那座城市的固若金汤的城墙。在这儿，他带着崇高的敬意服侍她，直到她凭借仁慈的基督，接受了比她悲伤地离弃的王国更大的王国作为她的装饰物。（550—587行）

3. 赫罗兹维萨的开场白（选自《甘德斯海姆修道院的创立》）

看呀！我忠实地顺从我心中喷涌的不太大的目标，为你讲述神圣的甘德斯海姆修道院创立之事迹。

拥有强权的萨克森人的领袖带着强烈的敬畏之情建造了它。伟大杰出的柳达夫（Liudulf）和他的儿子奥托完成了前面已经开始的工作。这些事情发生的方式，需要一部适当的史诗，来颂扬我们著名的甘德斯海姆修道院的最早创立之丰迹。（1—9行）

我已经说过，萨克森人的领袖柳达夫，因为怀着敬畏之心修建它而闻名。作为一个由非常杰出的家族血统遗传下来的孩子，他的行为配得上他的世系的高贵。他的举止德行不同凡响，渐渐在萨克森人当中变得卓尔不群。因为他身体强壮，英俊异常，言语睿智，行事稳重，唯有他是他的整个国家的希望和荣光。几乎从童年时起他便在法兰克人的伟大君王路易的军队中服役，路易将他提升到最高的级别。（10—15行）

4. 艾达（Aeda）出现了施洗约翰的异象

柳达夫的妻子是颇具名望的奥达，强大的法兰克人一族的杰出后裔。奥达的父亲是仁慈的君王比隆（Billung）；她母亲是有着高贵的好名声的艾达。

艾达有用她自己和她的一生向她的主祷告的习惯。她的虔诚的举动常年不辍，这位常常能够洞悉天堂的应许的勤勉的王后，获得了经由基督的神圣施洗者约翰的启示而来的知情权：她的子孙在未来几个世纪里的某个时间将拥有执掌王权的荣耀。

有一次，当黎明用它那灼红的光束剪破夜的暗影时，她正挺直地躺在供奉施洗者约翰的圣坛前，用她那不停的祷告叩击天堂的内殿。在她放松她那贯注于祈祷式中的圣洁的思绪之后，她感知到——因为她是面朝下躺在那儿的——一个靠近她站着的人的双足。她有些焦虑不安，心中很想知道，在这个与祈祷密切关联的时刻，胆敢打扰她的独处的人可能会是谁。她稍稍地转了下身子，从地上抬起她的前额，看到一个身上令人惊奇地闪着光彩的年轻人。他穿着一件宽大的绒毛外衣，金光闪耀，似乎是以背上长有驼峰的骆驼的毛发编织而成。在他英俊的、光彩照人的脸上，有些许的须髯，和他的头发是一样的黑色，他的头发则形成一个光彩闪烁的王冠。

　　这位已婚的女士一看到他，便相信他不是凡人。她的心中感到了女人所具有的那种不知所措，因为受到一种巨大的敬畏的驱使，她向前扑倒。

　　但他亲切地对她讲话，抚慰她的不安，他说："不要战栗，不要恐惧，也不要深感不安，不过，一旦你驱散了因强烈的敬畏而来的恐惧——就知道我是谁了。我来带给你一样极大的安慰。因为我是能够用水洗礼基督的约翰。你一直以来时常敬奉我，所以我要将一些消息带给你。你杰出的后裔将为圣洁的童贞女创建一所修道院，为王国求得胜利的和平，只要他虔诚的心坚定不移。你的后裔将在自此之后几个世纪中的某段时间获得强大的统治权，那时，地上的诸王当中，没有君王能与他的权力抗争。"

　　说完之后，他突然背过脸去，升入了高空，给这位仁慈的已婚女士留下了亲切的安慰。对这崇高荣誉的令人敬畏的应许，明确地指向奥达夫人的杰出的后代：她的儿子，高贵的统治者奥托成为极善统治之术的亨利的父亲。（21—70行）

5.位置的指定

　　按照许多有识之士的有充分根据的观点，我们的修道院附近原有一片小树林，森林周围色泽阴暗的小山环绕——这些小山现今依然环绕着我们。在那片树林中有个小畜牧场，替柳达夫照管猪群的人，会躲到小畜牧场里隶属于某个人的围场中。在那里，他们可以让自己疲倦的身躯在寂静的夜里得到憩息，此时他们照管的猪群则向草地奔去。

从前，在举行庄严的圣餐会（Feast of All Saints）的前两天，这些养猪人在这儿看到许多明亮的灯火在黑夜的树林里燃烧。看到这些灯火时，所有的养猪人都陷入麻木眩晕的状态。他们想知道这种奇怪的景象——闪耀的火光用那令人惊异的光辉割开夜间的黑幕——可能会意味着什么。

他们战栗着将这事告知了这座畜牧场的房主，打着手势向他指明沐浴在强光之下的那块地方。他渴望亲眼检验他所听到的事情，于是离开他的房舍的保护，在他们的陪伴下留在户外。第二天晚上，他和他们一起熬夜，不顾睡眠的诱惑，未尝闭上他那眼皮沉重的双眼，直到他们再次看见燃烧的灯火闪耀着红光。他们看到这些灯火现在又有增添，超出了前一天晚上的数量。它们确实就在同一处地方，不过较以前出现得更早些。

太阳神福玻斯（Phoebus）刚从天空中撒下他的第一缕光线，这快乐的消息便已向所有的人公布，美好的吉兆已经变得无人不知了。它自然也瞒不过高贵的柳达夫，不过在众人告知他之前，它就已经传入柳达夫耳中了。在圣餐会即将到来的神圣前夜，柳达夫亲自仔细观察这一景象是否还会另外显露少许上天的预兆，他带着一帮人在同一片森林中通宵值夜。

很快，当黑沉的夜用它的阴云覆盖大地时，树木繁茂的山谷所在的范围内，那座非常著名的修道院即将建成的地方，可见大量的炬火整齐地排成一行。它们用明亮曙光般的强有力的光辉，一并剪破树的暗影和夜的浓黑。那些在场的人立即称颂耶和华，肯定这块地方应该留作宗教供奉之用，致力于对他的祭礼，是他，让这块地方满溢了亮光。

此刻柳达夫公爵正为上天的仁慈而欣喜，并与他亲爱的妻子奥达取得了高度一致，下令将荆棘树木加以修剪砍伐，将山谷彻底整理干净。他设法净化这片满是农牧之神和鬼怪精灵的林地，令它适于举行神圣的祭仪。在获得这项工作所需要的第一笔财富之后，他立即在那红光闪耀的奇景指定的地方建起了华美教堂的墙体。因此，我们的修道院是在这样的情形下、在上帝的惠赐的保护下开始修建的。

6. 大量的建筑石材是如何找到的

在此期间，合适的建筑石材在那些地区却难以找到。因为这个原因，修道院的竣工时日遭到迟延。但是女修道院院长哈素莫达，仍用神圣的热情日夜侍奉上帝，长期过度的辛劳令她疲惫不堪，但她却深信那些信仰上帝的人可以借助信仰虔诚地获取一切。与众多属下一起，她乞求上天能够惠赐援助，以便这项有着很好的开头的工作不会收不了场。很快，她感到她正在觅求的上天的恩泽，马上就会响应她的祈求。

一日正当斋戒且空闲无事之际，她俯卧于圣坛之前。一句柔声的劝告催她起身，只管跟着她看见的那只鸟儿前行。鸟儿已经去到一块巨岩顶上停歇。她欣然接受了这些要求并即刻动身，心中相信救世主命令她的话。一并带上经验老到的石匠，她迅速赶往圣灵指引前去的方向，直至来到这座庄严的修道院开始动工的地方。在那里，她看见白鸽停歇在被指定的石材的最高顶上。

白鸽于是展翅上冲，而后放慢速度在头前引路——与它往日的飞行有异——为的是这位可敬的基督的小侍女，还有她的同伴，能够取直道跟上它的飞行路线。当飞行中的鸽子来到我们现在知道的那块不乏大岩石的地方，便降落下来，以喙啄地，地下便埋藏着大量的石材。眼中所见令这位基督的最值得称颂的童贞女大为信服，于是命令她的同伴清理地面，掘穿土堆。他们这么做了，在上帝仁慈的恩泽下，数量巨大的大岩石被发掘出来。这个采石场可以供应已经开始修建了的修道院的墙体和教堂所需的一切原材料。此后，尊崇主之荣耀的修道院的修建者们愈加卖力，不分昼夜地致力于这项新的任务。（238—279 行）

7. 热尔贝格

热尔贝格订了婚，要嫁与一位高贵的名唤伯纳德的极有权势的人。但她背地里已戴上神圣的面纱献身于基督，因为她满怀着对她天上的配偶的炽烈的爱，由衷蔑视任何一个俗世中的爱人。但她并不希望造成任何政治方面的分裂，所以她不能马上撇开她那金光灿灿的长礼服，依旧穿上昂贵的长袍。

当这位受到基督的新娘摒弃的伯纳德，怀着在她的陪伴下恣意行乐的希望来见她时，却得知她要保持她处女的贞操不受染污的誓言。当热尔贝格因害怕而畏缩，不愿出来迎接伯纳德时，他开始非常担心他所听到的关于她的一切很可能是真实的。他急忙求助于她的母亲奥达女士，用他的恳求劝说她，以便她亲自敦促她的女儿穿戴上富丽的服饰和饰有宝石的饰品，就像新娘惯常穿戴的那样，漂漂亮亮地出来迎接伯纳德。

据猜想，一见到他强烈渴望的心爱的人儿，伯纳德可能用了这些言语责备她："我近来常听见些中伤的流言，说你试图违背我们的协定，说你打算彻底毁弃我们的婚约。但是这婚约却必须履行。现在我奉我主我王的命令，必须急切动身前往参与迫近的战争。现在我没有时间逼迫你撤回你的誓言。但是我发誓，如果我能完好无恙的回转，我的健康状况能够允许，我确定无疑会与你成婚，彻底消灭你那徒劳的誓言！"他就是这样说的。因为心中恼怒，他举起右手，凭着他的剑和她的雪颈立下誓言：只要他运用权势可以办得到，他必将这些言语付诸实现。

然而热尔贝格柔和地答道："我将我自己和我的一生交付基督。我祈祷发生在我身上的一切都要按照基督的意愿。"他们结束了谈话后，伯纳德离开了。很快他便通过自己的命运意识到再自负的人也难与上帝抗争。他以其自负的言谈犯下了大错，因此他在战争中阵亡。神圣的力量击败了他。童贞女热尔贝格即刻与基督的爱成婚，基督是她天上的新郎，因为她一直怀着纯洁的情感热爱他。（319—360 行）

安娜・科穆宁(Anna Comnena)

(1083 年 12 月 1 日—1153 年)

导读

　　五十五岁时,安娜・科穆宁开始着手撰写《阿历克塞传》(*Alexiad*)。作为有关第一次十字军东征史、科穆宁以家族(the Comnenus family)以及拜占庭帝国史最重要的作品之一,这部散文式的史诗巨著为我们了解拜占庭帝国在作者生时的政治与社会状况提供了一面镜子。在她人生的前二十年,安娜居住在俯瞰着金角湾的蒙大恩者修道院(monastery of Kecharitomene),基本上是与宫廷毫无干系或是遭其排挤的。这处收容皇室妇女及修女的宗教性避居之所是其母后伊林妮·杜卡斯（Irene Ducas）——《教义》（*Typikon*）的作者——创建的。在蒙大恩者修道院时，聪慧过人的安娜在其身边聚集了一批有志于复兴亚里士多德学说的学者与哲人；然而，就是这样一个骄矜、坚毅的女人，曾一度认为凭自己的出身与才华本可以过上另一种截然不同的生活。

生在贵胄之家，她的父皇乃是统治着从意大利到亚美尼亚广大地区、以君士坦丁堡为都的东罗马帝国的阿历克塞·科穆宁（Alexius Comnenus）。孩提时就已获赐皇冠的安娜曾畅想着在其父皇殡天时自己会成为东罗马帝国的"巴赛丽莎"（Basilissa）①。然而，她弟弟约翰——即日后的约翰二世的出生却将她的种种希望全都打破了。就在安娜九岁之时，她闻悉弟弟被加冕为"巴赛勒斯"（Basileus）②。十四岁时，她的父皇母后将其赐婚于一个身为史学家的朝臣尼基弗鲁斯·布里恩尼乌斯（Nicephorus Bryennius），并与之育有四个孩子。

安娜一直在为说服父皇立自己为继任者而不懈努力。甚至就在阿历克塞奄奄一息时，三十五岁的安娜及其母后也曾试图说服皇上将皇位传于自己和夫婿，但一切无济于事。后来，在母后（而非夫婿）的协助下，安娜曾密谋处死其弟。

有关发生在科穆宁家族内部那场至关重要的夺位之争，我们可以从皇宫墙壁上某些富丽堂皇的画作里了解一点内情——虽然画作已荡然无存，但对它的描述却保存了下来。

父皇升遐后，新帝约翰敕令创作了标牌大小的镶嵌画、彩绘壁

---

① 即女皇。
② 即皇帝。

画,以纪念父皇的丰功伟绩。一件以镶板或壁画为载体的艺术作品激起了一个人的无限感慨,此人就是对临终前的阿历克塞贴身照料的宫廷御医尼古拉斯·卡里克赖斯(Nicholas Kallikles)。身为诗人的卡里克赖斯以华丽辞藻对此件作品进行了记载,并指出此作描写了一个儿子的丧父之痛。而据当代学者保罗·马哥达利诺(Paul Magdalino)撰写的一篇文章论述,画作中表现的悲痛当是直接源于身为儿子的约翰心中的歉疚感。

安娜的弟弟约翰担心家人密谋害他,于是"便将病榻上的父皇弃之不管,一心想着攫取对皇宫的控制权"。拜占庭历史学家佐纳拉斯(Zonaras)对病榻边的情形这样描述:

> 臣子们几乎全舍阿历克塞而去,结果是可想而知的:无人为其洗礼;身边的侍从们更无衮服,于是皇帝的穿戴装扮一不合礼制、二不合身份。凡此种种,非是旁人所为,正是被其亲指继承大统的皇子一手造成的。

后来,约翰为了弥补孝道上的疏忽而命人赶制画作。围绕威严的父皇大丧发生的丑事更滋生了安娜的叛逆心理,这种叛逆心理淋漓尽致地表现在了她自己的艺术作品里。安娜的《阿历克塞传》与其弟的所为达到了相似的目的,只是前者的观点是从一个被褫夺了继承权的皇女发出的。她抓住每一个机会来凸显她与阿历克塞间的特殊关系;她还详尽地描写了他的最后染病及辞世过程,还重点突出了自己在场时的无限悲戚,最后还以一首挽歌作结。可以说,安娜的这一作品渗透着家族纷争的气息,这种气息笼罩在约翰二世继承皇位这一事件上;此事之后,她度过了三十载的为学独居生涯,《阿历克塞传》方得成书,它可谓是从夺嫡惜败者的角度,对我们在卡里克赖斯诗作中所看到的官方版的《阿历克塞传》的再现。

安娜的《阿历克塞传》在最后一章里记述了皇帝的晏驾及皇女的悲恸心情，而那些佚失的画作则是一种特别的映照。安娜图谋除掉皇弟约翰的诡计败露之后，族人把她逐到蒙大恩者（Kecharitomene）一地，尔后她便潜心于文学创作。谋害之控、遭逐出宫及转意从文，这一脉之事竟无意中雷同了拜占庭帝国另一位显赫一时的女人的人生轨迹，她就是七百年前的优多西娅皇后。

正如安娜自己说的那样，她写此书的目的是歌颂父皇阿历克塞在位时的盖世功名，以使后人勿忘其名。她还说，历史就是为堵住时光之河而修建的大坝，因为这条河会冲淡一切。强大而富庶的科穆宁家族在十一世纪时兴起。阿历克塞的祖父埃萨克·科穆宁（Isaac Comnenus）曾君临天下，后来，由于埃萨克的兄弟拒绝继承皇位，杜卡斯家族（the Ducas family）取而代之。后来，在安娜出生前两年发动的政变中，安娜之父加冕称帝。

阿历克塞是一位精力充沛、雄才大略的统治者，他励精图治，巩固帝国边防，奋力抵御最主要的三股入侵者：北方的西塞亚人（Scythians）[亦称佩切涅格人（Patzinaks）]、东方的穆斯林、西欧的十字军。后来，在威尼斯人的协助下，阿历克塞终将这些侵略者挡在了国门之外。另外，他还得妥善处理帝国内部的倾轧争斗，同时还面临着来自教士、京畿之地的贵族官僚及其他行省封建望族的压力。尽管遭到母后的反对，阿历克塞还是迎娶了杜卡斯家族的一位公主，以期平息两大家族间的对抗。

其实，安娜的《阿历克塞传》只是名义上，或者说，是部分地对阿历克塞进行了记述，因为这本长达十五册的皇皇巨著分明是模仿《荷马史诗》写就的基督教化的拜占庭的历史巨篇。她学识渊博：她谙熟古典文学（包括柏拉图、亚里士多德及荷马的作品）、《圣经》及宗教经文等；她还精通修辞学、哲学、自然科学，尤擅医学。她还了解异教学说。为撰写《阿历克塞传》，安娜整理了很多种素材，其中包括公文、条约、信函以及其夫婿临死时留给她的未定手稿。《阿历克塞传》一书中包含有安娜自己的回忆录及个人观点。有趣的是，尽管安娜很可能会因父皇断除了她继位的希望而存有矛盾情绪，但《阿历克塞传》对其父的记述尽是爱戴、赞誉之词。于其弟，她是默而不提。

安娜在书中提供了不少或强记或杜撰的证人之言及自己、别人的谈话录。尽管书中的年代记录有时稍嫌混乱，但她却保留了其他文献中未曾收录的材料。书中有关于宫廷阴谋与军事斗争、谋略与诈术、抉目、剁肢及当众焚毙等的详细描述。安娜的记叙中到处是一派争斗不休、分崩离析的景象：打砸、撕裂、崩垮……世事瞬息万变，或有支离破碎之势。拜占庭作家常常使用（先哲波爱修偶尔采用）的一个喻体是"风暴"。狂暴的旋风、激狂的波涛拍打着帝国之舟；汪洋苦海之中，无论如何总会涌现出一位卓尔不群的英雄人物来力挽狂澜。

这个英雄人物往往就是阿历克塞。他不辞辛苦，奋力抵挡汹涌恶潮，但有时也会有一些其他风云人物。事实上，安娜的历史观是以英雄人物论为根据的，她笃信紧要关头出现的强势人物常能左右最终结果。安娜笔下的人物，像萨拉丁（Saladin）、"狮心王"理查一世（Richard the Lion-hearted）及布咏的戈弗雷（Godfrey of Bouillon）等等，都描写得栩栩如生。这样的历史观及写法产生了一种戏剧般的效果：文中的历史人物，就像下文列举的两位那样，通常是激烈交锋中的决斗者。

甚至在其逝世后很久，情绪激昂、固执己见而又才华横溢的安娜也能激发作家们的无尽遐想。譬如说，沃尔特·司各特爵士（Sir Walter Scott）就曾在其仿中世纪小说《巴黎的罗伯特伯爵》（*Count Robert of Paris*）里调侃过她的学识，并暗示她可能私下里对诺曼人

博希蒙德(Bohemund the Norman)这个在《阿历克塞传》里分量颇重
的人物十分迷恋。希腊现代诗人君士坦丁·卡瓦菲(Constantine
Cavafy)在一首抒情诗中将安娜的哀婉悱恻归因于对其弟的妒忌及
称帝无望的失意。时人乔治斯·托尼克斯(Georgios Tornikes)，即
安娜祭文的作者，对安娜这样描述道：

> 她那双大大的眼眸⋯⋯闪烁着几分愉悦⋯⋯四外观瞧时，
> 会灵巧地转动，但多是安详的。她双眉如虹，嘴唇弯若一瓣玫
> 瑰，鼻梁向着红唇微曲。她那白皙的皮肤里透着点点的红润，为
> 青春不老的面颊增添不少光泽。她那张脸庞犹如切削般线条感
> 十足⋯⋯她那臂膀，甚或⋯⋯四肢亦显秀美灵动⋯⋯她就像那
> 动听的和音竖琴：美乐配佳人。

在《阿历克塞传》中，安娜把女人刻画成坚强而有威望的人物。
开篇中出现的安娜·达拉塞娜(Anna Dalassena，1025—1105)，即安
娜的祖母，是一位精明能干的女性统治者。安娜对其祖母的描述集
中在这位虔诚的女领袖如何以身作则、如何在埃萨克皇帝建造的圣
特克拉教堂里一如既往地祷告。然而，安娜绝不刻意追求宗教理想
化，如在将其祖母作为卓越的统治者进行大加赞赏时，还指出她和自
己一样有着很强的统治欲。

当其夫约翰·科穆宁拒绝接受埃萨克禅让的帝位时，安娜·达
拉塞娜大为失望。后来，杜卡斯家族接过王冠，达拉塞娜对此愤愤不
平，于是便在1059—1081年间密谋暗算、合纵连横，还积极培植儿子
的野心，最后，在她的极力劝诱下，阿历克塞终登大宝。那时的她已
是育有八个孩子的寡居媪妪，七十五岁时，告别了积极的公众生活
后，她选择遁居在全知基督修女道院(the convent of Pantepoptes)。

据安娜·科穆宁的说法，阿历克塞确想把地位让与其母，还声称

帝国之存亡全系于她的决断。当阿历克塞御驾亲征诺曼人罗伯特·吉斯卡尔德(the Norman Robert Guiscard)时,他发布了他在位时的第一份以紫墨起草并盖有金印的圣旨,宣布将大权转交与母后及其懿旨。在《阿历克塞传》几篇洋洋洒洒的颂辞中,安娜·科穆宁对祖母赞不绝口,这等于是说当时父皇毫不犹豫地将帝国托付给一个女人值得称赞,而这也暗示了安娜对自己未能获得这样的大权的不满。

本章中选摘的另一篇人物传记是关于塔兰托伯爵、安提条克亲王诺曼人博希蒙德一世(约 1050—1111 年 3 月 7 日)(the Norman Bohemund of Taranto, prince of Antioch)的。在杜拉佐(Durazzo)之围(安娜对其进行了描述)一战中,阿历克塞击败了不共戴天的死敌博希蒙德,最后博希蒙德被迫站在阿历克塞面前忏悔其罪行。

帝国的东部面临着来自土库曼与塞尔柱王国(Turkomen and Seljuks)的穆斯林的威胁,于是阿历克塞请求罗马教皇乌尔班二世(Pope Urban II)征募雇佣军以助其重夺圣地。对此,乌尔班的回应略显迟晚,但当他看到在东方宣示权力的机会时,他便于 1095 年 11 月在克莱蒙特(Clermont)主持召开了著名的布道会议,其初衷是借此良机从那些渴望得到土地的法兰西贵族中间拉拢一批敢于担当的冒险家,不料这竟无意间掀起了从西欧向小亚细亚地区大规模迁徙的五次浪潮。

长久以来急欲由法兰西、意大利往东积聚更多财富的诺曼人响应积极。安娜将东征的十字军分为两类:一类是怀着虔诚之心的,另一类是怀着征服之野心的。奥特维尔人(the Hauteville men)便属于后者:待诺曼人占据英格兰之后,奥特维尔人便瓜分了西西里岛,随后进入意大利本土。奥特维尔人的后裔中有个被称为第一次十字军东征中最重要的领袖的人,他叫马克(Marc),绰号"博希蒙德"("Bohemund")。安娜对这个倒有几分魅力的"蛮夷"(依安娜的观点,欧洲大陆的所有居民皆是蛮夷）的描述可谓是爱憎交加，而且还准确地评判了他身上的一些特点，比如狡诈、残忍、魅力及伟大的军事才能。

安娜是在宫廷中第一次看到博希蒙德的，那时她还只是年方十三的小公主。1097 年 5 月，当博希蒙德朝见君士坦丁堡的阿历克塞皇帝时，安娜觉察到了二人间的互相猜忌。博希蒙德接受了皇帝赐予的厚礼，但却拒绝品尝皇帝赏赐的熟食。尽管博希蒙德一再向阿历克塞表达善意，但是，在安娜的笔下，博希蒙德不仅贪得无厌，而且背信弃义。起初，许许多多的诺曼人——约莫三万之众——为了获取财物劫掠无度，而博希蒙德对其部下则是严格约束的。

后来，博希蒙德从君士坦丁堡出发，一路长驱直入，最后抵至安条克，然后建立了自己的王国，之后便着手开疆拓土。后来，他先遭土耳其人囚禁，而后被重金赎回，他回到欧洲筹措钱粮时受到了凯旋英雄般的礼遇，甚至被当作"耶稣在世"。1106 年春，他与法兰西的康斯坦斯公主（Constance of France）在沙特尔（Chartres）成婚，并以这次王室大婚为契机招兵买马，随后还登上了风琴台向广大民众致辞。俟得到教皇的允准，博希蒙德再次发动了对君士坦丁堡的征讨，并设想着建立一个崭新的东方大帝国。他花了一年时间在布林迪西（Brindisi）建造船队，同时还积极整编了纷纷投靠他的兵员。然而，就在被称为君士坦丁堡的门户、位于亚得里亚海沿岸的港市杜拉佐，博希蒙德一败涂地。阿历克塞并没有选择与博希蒙德展开血战，而是让杜拉佐这座受围之城自生自灭，从而以截断他们获得辎重的隘口、使他们活活挨饿来拖垮这些诺曼人。果然，士兵们皆丢盔曳甲、弃城而逃。到 1108 年时，博希蒙德终于在杜拉佐一边陲小镇迪亚波利斯（Deabolis）乞和。那时，安娜二十五岁，她的夫婿，朝臣尼基弗鲁斯·布里恩尼乌斯处理了媾和的初步协议。

安娜详实地记载了博希蒙德投降的相关条约、条款以及博希蒙

德的骄倨傲暴、坚持站在皇帝卧榻前部且拒绝弯下脖颈一事。下文
的若干段落讲述了杜拉佐之围惨败的第一部分，这是对中世纪战争
的精彩描述。在《阿历克塞传》行将结尾时介绍的杜拉佐之围以阿历
克塞大胜西方劲敌告终，称得上是此书的高潮部分。此役之后的章
节是安娜对博希蒙德这位曾强盛一时、败而不馁的恶魔似人物的精
彩介绍。以安娜对历史的戏剧化的看法，博希蒙德代表着终被阿历
克塞皇帝制服的邪恶的诺曼人力量。

1. 安娜·达拉塞娜

　　有人会对我父皇为何把其母拔高到那么至尊的位置、为何把大
权交给她感到不解与诧异。有人会说，交出驾驭帝国的缰绳后，他便
可随着掌驾辇辂的母后驰骋纵横，且自得于"巴赛勒斯"这一虚
衔……

　　父皇将处理朝政大事、遴选公职人员及管理国帑收支的大权交
与其母后，而把对蛮邦的开战权及其可能招致的艰难险阻留给了自
己。读到这里，有人也许会责怪我父皇缘何把帝国的管理大权托于
闺阃。但是，你若对这个女人的能力——她的卓越才干、过人才识、
超群才能——了解一二，你对她的态度将会由抑转扬。

　　而我皇祖母确有经国纬政之才。她对组织、管理之事了如指掌，
所以呢，她不仅能统治好罗马帝国，而且可以说，普天下的任一王国
她都能驾驭自如。实际上，她有着丰富的经验和学识：她对各种国事
知根知底；她知晓每件事情的来龙去脉；她知道事物的兴衰荣枯之
道；她能敏锐地察觉该做什么及如何做到。她不仅睿智非凡，而且口
才亦相当了得；她工于谞言，却从不赘言赘语：她不会霎时间便灵感
尽失，而是常以有的放矢的说辞为始、以更具魄力的姿态作结。

荣登九五至尊之后，她可谓老骥伏枥、壮心不已。当时她心力旺盛、洞察秋毫，而其治国理政的经验也是丰富至极——种种本性、天赋更助其经营帝国之为。

回眸往昔，那时的安娜·达拉塞娜恰逢风华正茂之时，但她却已展露出难得的老成。任何人哪怕仅仅看她一眼，便能透过其眼神觉察到她那份果敢与沉稳。

自臭名昭著的君士坦丁·莫诺马赫（Constantine Monomachos）攫得王权后，他便因荒淫无度而臭名远播，而此一时期的皇宫闺阃则完完全全堕入罪恶的渊薮，这一情况直到我父皇登基才有所改观。安娜·达拉塞娜对深闺之处进行了整顿，并使之重合于礼制，而宫廷之中则愈发井井有条起来。另外，她还为吟唱圣歌划定了具体的时间，还为每日用膳及选拔官员确定了具体数日；而她自己则成了众人竞相模仿的楷模，宫廷则因这个杰出的圣女而竟像极了一座神圣的修道院。可以说，就像太阳亮过繁星那样，她业已超越了古时声名显赫的巾帼英杰们。

而若论及她对可怜之人的恻隐同情、对贫苦之人的慷慨给予，那么任何文字都是苍白无力的。她的住处就是亲人们的"广厦"，之于陌生之人亦是如此。她对神甫、修士更是尊崇有加，且常邀他们共进膳食；用膳时她身边总少不了修士。她的面容表露出了她的真性情，故不仅引得天使侧目入神，更会令恶魔们不寒而栗；至于声色犬马之徒，即受其肉欲支配之辈，单是她的眼神就会使之丧魂落魄。反之，对于那些渴望自新之人，她则显得格外和善可亲。

由于对自控、自重之度拿捏精当，她既不显得轻浮懈怠，又不会过于拘谨做作。以我之见，这正诠释了"威仪"之意：度量与德重二者并举，相得益彰。

安娜·达拉塞娜骨子里就有着自省的天性。她会不断地思忖着

制订新颖的计划,但绝不像某些人嘀咕的那样会劳民伤财,而是时时
为了复兴业已衰败不堪的帝国以及尽可能多地改善民众的福祉。尽
管为国事日夜操劳,但她却未曾荒废过自己修道生活中的各种职分。
她夜夜颂唱圣歌,时常因守夜祷告而疲惫不已;但是,每每黎明时分,
当闻及雄鸡第二声鸣叫时,她都会迅即起身处理国事。

2. 杜拉佐之围

前文谈及的博希蒙德,即敌军的首领,亲率浩浩荡荡的舰队从意
大利杀奔我国领土,同时将整个法兰克大军调遣出来攻打我国的行
省。随后,敌军排成战斗队列向埃丕达目那斯(Epidamnus)①挺进,
以期在第一波攻击中便将其一举拿下。但他们并未得逞,于是博希
蒙德便决定用攻城机和投石弩炮夷平此城,其野心何其毒也!他下
令在朝向矗立有青铜骑兵的东门的地方安营扎寨;待对整片区域进
行了侦察之后,他便下令包围此城。

整个冬天他都在制订攻城计划,并把杜拉佐城所有守备薄弱之
处作了标记。当春天带着笑脸到来时,他率领敌军倾巢出动,他下令
将运送辎重、兵马的船只悉数烧毁,这一步可谓是老谋深算,其目的
是让部下死了回到海上的心。当然此举也是被逼无奈,因为罗马②船
队就遁藏在海中。此刻,博希蒙德脑海里只有围城一事。

刚开始时,他令他的蛮夷之军将此城团团围住,然后从法兰克部
队中调遣出几股特遣队去制造零星冲突。而罗马弓箭手则还以颜

①　杜拉佐的古称,罗马人称之为迪拉其耶目,即今阿尔巴尼亚的都拉斯市。
②　安娜这里所说的"罗马"其实是指她父皇的人马,因为当时阿历克塞依然以罗马帝国的统治者自居。

色，他们或从杜拉佐城楼上或从远处向敌人射箭。概括起来说，当时既有进攻也有反攻。博希蒙德最终占领了贝特罗拉（Petroula）及位于迪亚波利斯河（Deabolis River）远端的麦洛斯（Mylos），杜拉佐城外的一些类似地方也相继沦陷。

当然，总体上看，这些胜利是他凭借卓越的军事才能取得的；另一方面，善于发明的他还造出了一批攻城机，同时还搭建了一些玑瑠状的垒体，其中有的还修有塔楼、配备攻城槌，有的则有用以保护在城墙下挖地道的工兵的护盖。

无论寒冬还是炎夏，博希蒙德都没有闲着，他对城中百姓进行武力威胁或直接动用武力，但他并未真正削弱罗马人的力量。与此同时，粮草给养开始给他带来麻烦，因为一方面他从杜拉佐周边乡野掠夺的东西已经消耗殆尽，另一方面罗马军队一开始便占领了附近所有的山谷、隘道，还几乎掌握了制海权，从而切断了他们的给养补充路线。这就引起了敌军中的大饥荒，从而使得博希蒙德麾下大批无粮草的兵马活活饿死。另外，由于军粮中只有杂粮一种食物，造成了士兵们营养不良，导致了痢疾在蛮军中的大流行。实际上，不计其数的王牌敌军犯了神怒，于是便陆陆续续地倒下。

然而，以上种种考验对拥有统帅之才、威胁着整个地区安危的博希蒙德来说算不了什么。尽管节节失利，他还是坚持尝试各色各样的战略战术；就像一只受了伤的野兽，他孤注一掷，死死盯上围城一事。他先用公羊槌搭建一个龟甲垒体，然后把这个"庞然怪物"扶到城东墙上。哪怕看上一眼，你都会发怵。它是这样建造的：先造一个小的龟甲垒体，在其下安装上轮子，然后在其各个表面（上面、侧面）用缝合在一起的牛皮盖上，正如荷马所说，这种攻城机的顶层及各面由"七头牛的牛皮"构成。最后，将公羊槌挂在里面。

攻城垒体完工后，由几千名配备有长矛的士兵组成的一个兵团便从里面将其推至碉堡，然后朝杜拉佐的城墙径直推去；当垒体与城墙离得够近时，他们便卸下轮子，并用木桩把垒体牢牢地固定在泥土里，这样，垒体内部剧烈的震颤就不会让垒体顶盖倒塌了。之后，几名勇夫分别处在公羊槌的左右两侧，接下来便有节奏地夯击城墙：它第一次用力冲打城墙，就陷入其中，拔出后，再次冲打，继续破坏城墙。

他们用公羊槌如此来来回回重复很多次，目的就是为了凿穿城墙。难怪古时在卡迪兹（Gadeira）发明这种攻城器械的人称之为"公羊槌"，原来是以用头相互顶撞的公羊为喻啊！

然而，城中百姓对这种公羊似的攻击及枉费心机的围城之举冷笑不止，于是还大开城门，"邀请"敌军从门而入——这是对公羊槌造成的破坏嗤之以鼻。"这只'公羊'，"他们笑道，"冲击我们的城墙弄成的口子永不会赶上城门！"

（安娜接着介绍博希蒙德及其部下使用的其他武器装备。诺曼人派的工兵在碉楼下挖地道时遇到了从反方向挖隧道的希腊人，结果希腊人向诺曼人喷了火。诺曼人架设吊桥本想在城墙上修造大碉楼，但最后还是失败了，因为杜拉佐的城楼上铺的全是松软的木板，这些木板无法承受入侵者的重量，另外，阿历克塞还用"希腊火"①分别掷向了博希蒙德的碉楼以及前文所述的龟甲垒体和攻城槌，并将其化为灰烬，结果诺曼大军铩羽而归。）

---

① "希腊火"是一种易燃的混合物，其原料有人造沥青、硫黄、烧炭等，也可能包含有兽脂、硝石、生石灰、天然沥青、石脑油等。在中世纪战争中，这种纵火武器常为拜占庭帝国的希腊人所用。

3. 博希蒙德

可以说，在整个罗马帝国，没有人——不管是希腊人还是蛮夷——像他那样特别。他名震寰宇，哪怕是看他一眼都会令人肃然起敬。细细说来：他身材伟岸，他比其他普通男人要高出近一英尺半；他腰肢纤细，无半点赘肉；他肩膀宽厚、胸肌健硕、胳膊壮实；他通身匀称，既不癯瘦，也不肥胖，可以说，身材与波利柯莱特斯（Polycle-tus）①的标准相当吻合；他双手有力，站立时稳如磐石，且颈项梗直、臂膀匀称；凑近观察，他似有些佝偻，但这绝非脊骨之病所致，因为他呱呱坠地时便已如此了。

他皮肤白皙，面容则是白皙中透着红润；他头发呈黄褐色，且并不像其他蛮夷那般披散在肩上，其实，他对长发不甚热衷，于是便把其发顺着耳畔剪得短短的。他的髭髯是红褐色的还是其他什么颜色的？我不敢妄说，因为剃刀已将其剃去，于是乎两腮滑如云石；不过，看起来，倒似是红褐色的。他那双蓝色眼睛中透着坚毅和威严；他鼻孔呼气自如，且与胸膛搭配得简直是天衣无缝：胸膛中呼出的气，经过鼻孔，简直与大自然浑为一体。

这个战士身上散发着一种独特的魅力，但却因其自身的可怖本性而稍有褪减。在我看来，不论是他的站姿还是眼神，都显得那么坚毅、粗悍；即便是笑，他也笑得特别：换作别人，笑一笑只不过是哼哼中微颤一下罢了，但他的一笑则会令宫闱颤三颤。从里到外，从外到里，他都激荡着血腥与狂热，而这正激发了他的好战性。他本性诡秘、狡黠，且在任何情况下都显得诡计多端。每次说话，他必深思熟

---

① 古希腊阿哥斯雕刻家。

虑而后言,故其答常一语双关、妙不可言。这个在诸多方面皆高人一
等的人只有一个克星,那就是在天命、口才及天赋等方面均胜其一筹
的父皇陛下。

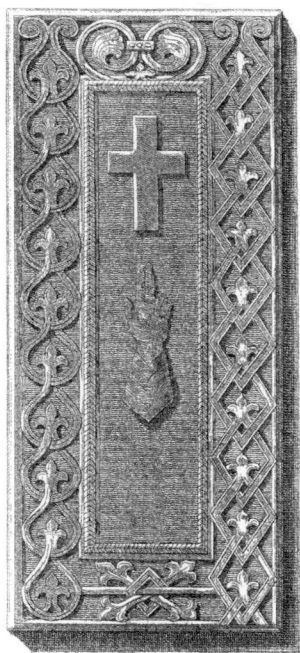

第十一章 情爱与冲突中的女性行吟诗人

蒂伯斯（Tibors）

比尔利斯·德·罗芒斯（Bieris de Romans）

伦巴达（Lombarda）

阿尔穆克·德·卡斯泰尔努和伊瑟·德·卡皮欧（Almuc de Castelnou and Iseut de Capio）

阿莱斯、伊塞尔达和卡伦扎（Alais，Iselda，and Carenza）

蒙彼里埃的戈尔蒙达（Gormonda of Montpel-lier）

阿扎莱斯·德·波尔卡伊拉格斯(Azalais de Porcairagues)

迪亚伯爵夫人(The Countess of Dia)

无名氏

导读

女性行吟诗人(trobairitz)的表达清新、直截、亲密而主观。她们渴望爱情,并不介意自讨苦吃。抒情诗的情节背后,是可以被称为叙事的虚构情节,当这种虚构情节作为"宫廷爱情"成为浪漫文学体裁的一种,最后也就成为一种叙事。

爱人者堕入了爱河。他陷入欲望的苦痛中。被爱者冷然作壁上观。爱人者与被爱者相遇,示爱。一切顺利。一切都不顺利。窥探者、诽谤者、饶舌者秘密活动。有位嫉妒的竞争对手——配偶或是其他亲属——发出不祥的威胁,要拆散这对情侣。误解产生;接下来就是诽谤、分离、背叛。爱人者继续在期望的窘境中因怀念而憔悴,于是寄出抒情诗形式的书信,或是书信体的抒情诗。这封文书倒尽胸中垒块,发出激烈的抱怨和反责。它假定了对抗的立场——爱人者对抗被爱者。作者希望这抒情诗体的书信优雅、美好、讲究,符合诗歌写作的复杂标准。在这种虚构情节的无数变种中,有一种变种是集拢三三两两的诗人就情节进行争论。尤其惹人注目的是,这种夸张热烈的文学活动竟以地方方言进行。

自帝国前期以来,南高卢的修辞学校便颇为兴盛,如今,它们更助长了人们将教科书法则应用于令人愉快的危险爱情游戏的兴趣。当代一名法国学者将行吟诗人的这种文学上的尝试称为"是中世纪,也可能是有史以来最伟大的抒情诗/情诗的冒险"。

随着十二世纪社会、经济、法律和文化的复兴，方言土语开始取代拉丁语，成为一种雄辩的、富于表现力的媒介。法国南部出现了一种文学语言：它既与教士们的新拉丁语的文体形式保有联系，又是包含着日常生活中常见词语的方言混合体。有关天气、植物鸟禽、布帛菽粟、帐幕寝具、接吻"亲热"——*faire-lo*，所谓行房——的词，还有采集自文法、宗教、战争、封建主义、法律和商业工资总额、商业盈亏的运用得巧妙诙谐的词，都（以一种现在被称为奥克语的形式）被纳入了普罗旺斯抒情诗的紧密精致的结构中。

写于十二世纪和十三世纪早期的抒情诗，有二十六首可归于女性作者，二十二首标有女性作者的名字。这些女性据说都是贵族，受过良好教育。她们已经有了高位（paratge），或者是据说如此，所以不必表现出在某些卑下的男性诗人那儿看到的曲意奉承、低声下气的姿态。当女性作者们确实表现出一种充满焦虑的苦闷姿态，那也是因为爱，而不是因为社会差异。

许多女性诗歌附有传记（vidas）和评注（razos）。这些传记和评注间或稀奇古怪，就像男性行吟诗人的诗歌传记和评注一样；但是从这些传记、评注和其他资料可以推论，女性行吟诗人是男性诗人的亲戚、朋友、同行和情人。

尽管至少曾经存在四百位男性行吟诗人，却只有大约二十位女性行吟诗人的名字留存下来，其中十八位与具体的抒情诗相联系。女性行吟诗人可以选择以下诗歌种类：情歌（canso）；对辩（tenso）；争论点指向一位权威人士的理性的争辩（partimen 或 joe parti）；政治的、谩骂的或讽刺的抒情诗（sirventes）；黎明时分爱人临别时的互换之物（alba）；诗人骑士和牧羊女之间情意缱绻的互换之物（pastorela）；通常为死者而作的哀诗（planh）。在晨曲（alba）和牧羊诗（pastorela)中,即使这些诗歌为男性所写,也常可听到女性的呼声。

不过,保存下来的女性行吟诗人的诗歌,除却蒙彼利埃的戈尔蒙达(Gormonda of Montpellier)所著的讽刺诗——"罗马"一词在诗中反复活跃地出现——之外,便只有情歌和对辩了。至于其他诗歌种类,其抒情态度则可能是悲痛的或非难的,论证的,以及面向问题的。

在男性行吟诗人的作品中,夫人(domina)和妇女(femna)间的差别已然存在。如果说夫人是冷漠超然的个体,是冷若冰霜的女王,那么妇女就是清寒的女子。然而女性行吟诗人可以被看作所有可涉及的女性角色的扮演者:"经由诗歌这个万花筒,女性行吟诗人可以同时是妇女、夫人和诗人。"她自我专注于这些角色。只有阿扎莱斯·德·波尔卡伊拉格斯(Azalais de Porcairagues)的情况例外,她能够摒弃通常的做法:描写造物主并进入角色当中。

我们可在西班牙和葡萄牙找到女性抒情诗歌的先例,在《友人歌集》(cantigas de amigo)中,女子为了离人而涕泣涟涟地吟唱。女子的爱的哀叹也出现在《圣经》中,其中既有《雅歌》里妻子的吟唱,也有《马太福音》第25章中愚拙的童女与聪明的童女之间的对话。事实上,在十一世纪的戏剧《未婚夫》(Sponsus)中,童女们被戏剧化了,其中的姐妹们用奥克语方言彼此对谈。圣人们也会把爱歌献给上帝,比如十一世纪奥克语的《圣富瓦之歌》(Chanson de Sainte Foy)中,圣费思(St. Faith)渴望与主同欢笑同欣喜。有趣的是,诗歌自称是适于舞蹈的绝佳小调(canzon),这也是结合了女声的女子舞曲的提示。

在此还有运用想象力创作书信的传统,这一传统源于奥维德的《女杰书简》(Heroides),其中,古代被抛弃的女杰,譬如萨福(Sappho)和狄多(Dido),都曾寄书给心上人。用拉丁诗写作的情书留存了下来,当然,各种类型的书信形式长期以来一直是女子们可资利用的一种体裁,也为她们写作辞藻华丽的装饰品提供了一个机会。行吟诗人们（包括男人和女人）自己的抒情诗，可以被看作是一种戏谑类型的书信，其中有寄给某位使者的称呼语、强词夺理的辩论和结尾诗节（tornado）。

我们只在一篇中世纪本文中发现了"trobairitz"或"trobaress"一词。它并未出现在抒情诗、传记和评注当中，但它的确出现在了十三世纪奥克语的浪漫作品《弗拉曼卡》（Flamenca）中。弗拉曼卡和她的女友们一直在重新排列一位同行佩尔·罗吉耶（Peire Rogier）的抒情诗的词句，以便给弗拉曼卡的情人传递消息。玛格里达（Margarida）串起了一句程序化的情感表达，这种表达韵律铿锵、音调优美、令人透不过气，所蕴含的情感也越来越高亢。

> 唉！——你为何叹息？——我要死了——因何而死？
> 为何而死？女士，那的确太好了，不是吗？（4574—4575）

弗拉曼卡大喊：

> 玛格里达，做得太棒了！
> 你已是一位优秀的女行吟诗人。（4576—4577）

玛格里达对这一恭维表示感激：

> 是的，夫人，你所见过的当中最好的，当然，位列你和爱丽丝（Alis）之后。（4578—4579）

如果这位年轻女子的话搜集自附近的本文，而后按序重组，结果会构成一组紧凑有力的陈述：

> 唉！——你为何叹息？——我要死了！——因何而死——因为爱——为了谁？——为了你——我能做什么呢？——治愈我——怎么治？——施一条计策——你想一条——我已经想好了——哪一条？——你去——哪儿？——去澡堂——什么时候

呢？——韶光易逝——那太好了。

弗拉曼卡注意到玛格里达精通方言，且能展现心中对立的主张，于是继续恭维道：

> 弗拉曼卡对她说："谁教会了你，
>
> 玛格里达，是谁向你展示了——
>
> 凭着你对我的信任——那些逻辑论证？"（5441—5443）

这一有趣的妙语对答表明女人们有意识地将男性的本文吸收转化，以便为己所用，也表明在这种尝试中存在着游戏、分享和竞赛的因素。《弗拉曼卡》表明女性是为了彼此的消遣与欣赏而创作，尽管她们也可能是为了男性朋友和情人而写作。以下节选展现出了各种嬉戏和忧郁心态下的女性行吟诗人。

蒂伯斯（约生于 1130 年）

她是最早的女性行吟诗人之一，我们现在仅仅存有她的抒情诗的一部分。她的传记告诉我们："蒂伯斯女士是普罗旺斯人，来自布莱卡兹（Blacatz）的城堡，这座城堡名叫塞拉农（Séranon）。她彬彬有礼、受过良好教育、仁慈宽厚、极其博学，知道如何创作诗歌。她坠入了爱河，反过来也受到多情的迷恋。她受到这个国家所有杰出男士的高度仰慕，受到所有高贵女性的深深景仰，她们唯她马首是瞻。她写下这些诗句送与她的情人。"

蒂伯斯的塞拉农城堡位于滨海阿尔卑斯省（Alpes-Maritimes）格拉斯区（Grasse）圣奥邦乡（Saint-Auban）。她和孔泰斯·德·普罗恩萨（Comtessa de Proensa）是仅有的两位众所周知与普罗旺斯有关的女性行吟诗人。几位她们的同代人谈到她时说：一般认为她是奥兰治的兰博（Raimbaut d'Orange）的姐妹。埃斯潘阿的吉罗（Guiraut d'Espanha）把她比作他熟识的一位美丽女子。而且据说她曾担任对辩诗(partimen)①的裁判。

不幸的是，她的诗歌残缺不全。不过，残篇断简却也给了我们足够的信息，因为这位女性行吟诗人已经在这首抒情诗中留下了她个人风格的印记。她直言道出她的渴望。她避免通常从源头讲起的开头方式，表明了重要的是令人心灵悸动的"时节"和"时刻"。她机智地从反面肯定她的爱，并利用"首语重复"达到感人的效果，在一连串的诗行的开头，她一再重复使用一个词或短语："这儿也不曾有过——"尽管句子可能没有完成，它却是自足的，说出了它需要说出的一切。

比尔利斯·德·罗芒斯（十三世纪早期）

这无疑是首最为令人费解的诗歌，一首一个女人向另一个女人温言恳求救助(socors)的情歌。尽管也有几首抗辩诗特写女子之间友善地争论某一问题，然而这首抒情诗在行吟诗作品中却属独一无二。问题在于：它是不是一首有关女同性恋之爱的诗歌？有人通过相对较认真的探究断定，这首诗歌不过是女性之间款款深情的一种表达。还有人则简明扼要地认为存在一系列的可能——这首抒情诗是挪揄的、破坏性的、煽动性的、认真的，甚或可能是逗乐的。但是我们没有理由排除同性恋这种解释。

作为这首诗歌的注释，我们可以引用近期撰写的一篇文章中对于女性的性别特征的颇具洞察力的评论：

> 有一种女子，智识狡黠凌驾旁人之上。她们的本性中存有如此充沛的阳刚之气，以至于她们的动作和腔调中，亦蕴有某种与男子形似之物。她们也喜好充任伙伴中的主动方。这种女人

---

① 一名诗人以问题的形式提出一个两难问题，另外两名诗人各自代表一种答案进行争辩。在当时的诗歌竞赛中，对辩诗尤为流行。

惯于征服任她施为的男子。当她的欲望被挑起时，便尽挑逗之能事，当她欲望全无时，强之行云雨之欢亦不可得。对于男子的欲望而言，她便身处一种尴尬的境地，从而引她走向女同性恋。多数有还此种特质的女性，都是那些雅致的女子，那些能写惯诵的女子——隶属有教养的女性之列。①

碧翠丝（Beatrice）熟练掌握了一切惯常的赞美的话和索要慰藉的恭顺辞令。在列数她的朋友马利亚的恩遇之后，作为一位情人和诗人，她把表达自己爱慕之意的诗歌献给她，同时还不忘加上她的颂扬褒奖之辞。

伦巴达（十三世纪）

在图卢兹的许多文档中，包括在 1206 年 6 月的特许状中，出现过伦巴达这位女性的名字。里面提到的女子或许是，也或许不是此处提到的诗人。十二世纪在图卢兹有几位有教养的上层社会妇女，但她们却未曾入过学或进过大学。在图卢兹的十三位行吟诗人和"逗乐者"（joculatores）当中，伦巴达是在一篇传记中被记述下的八人之一：

伦巴达夫人是图卢兹的一位女士，高贵美丽，品味高雅，学识渊博。她熟知如何写作诗歌，并曾就恋爱的主题创作出漂亮的诗节。另外，阿马尼亚克伯爵的兄弟贝尔纳特·阿尔诺（Bernart Arnaut）也曾谈及她的善良和优点。他去往图卢兹拜访她。他与她亲密无间地住在一起，他爱她，是她的非常亲密的朋友。他以此为题创作了后面的诗节，并将之送到她家中。而后他不

① Danielle Jacquart and Claude Thomasset, *Sexualiy and Medicne in the Middle ages*, Princeton UP, 1988, p. 124.

辞而别，骑马飞奔回到他自己的庄园。

伦巴达仅有的得以留存下来的抒情诗，便包含在与贝尔纳特的诗歌往来中。传记中的阿马尼亚克的贝尔纳特·阿尔诺，是阿马尼亚克伯爵的兄弟，并于 1219 年承袭了伯爵头衔。

下面译出的抒情诗中，贝尔纳特吟出了两个诗节，一个献给他挚爱的伦巴达，第二个送给他的情敌若当（Jordan）。贝纳尔特将伦巴达的名字打趣为两重含义：钱币和地产。"Lombard"一词在古法语中有当铺老板、钱商、生意人或银行家之意。作为一位花费奢靡、博闻饱学的交际花，她在此便成了个有货待售或以货易货的女"伦巴达"。贝纳尔特利用其心上人的名字的双关含义，表达出他可以为了她的缘故而成为一名"放债人"的意愿，暗示他愿意为了获得她的爱而在她身上倾注丰厚的礼物。为了替第二个诗节中地产这个隐喻做准备，他宣称自己更喜欢这个地方的女子，而不是德国或吉斯卡尔（Giscard）的女子。但是尽管迷人的伦巴达让她的爱在他眼前悬荡，她却若即若离，害他苦等。

或许她在镜前梳妆打扮得太久，她冷淡无情的美丽外表，贝纳尔特却无缘亲近——如果他能够得到她，那姣好的面容、迷人的微笑也许会带给他欢愉。

继续他在第一个诗节开始的关于做交易的隐喻，贝纳尔特寄言他的情敌若当，向他提出一项地产交易。如今伦巴达的名字指的是这块地区。贝纳尔特将这块地区连同这些土地上的女人，一股脑儿地算作一整笔可以用来交易的土地和领地的买卖。贝纳尔特对若当说："我要把这五块贵重的土地捆做一堆，和你进行一场交易／女士们就折作三块一组的土地，只要其中有伦巴底（Lombardy）／伦巴达。"

贝纳尔特重又转向伦巴达，唤她的昵称（senhal）——"卓越之镜"

(Miral-de-Pres)。在以爱情为主题的抒情诗中，复杂的、经常是相互矛盾的镜子形象暗示着想象中的完美、超然的存在、美化、迷幻、自我专注和疏远。在将镜子的形象解释为易碎之物后，贝纳尔特力劝他的情人不要为了这个低劣的情敌而断绝他们的爱。

伦巴达使用真正的"对辩"形式逐条反驳了贝纳尔特诗歌中的各种主张。如果我们变换一下她的措辞，伦巴达的回击可能是这样的：

"我的双关语说得并不亚于你，贝纳尔特；就我自己而言，如果我愿意，我可以将你的两个名字都变成女人的名字。还有，我要多多感谢你（哈！），将我和那两位我认为在美貌和才华方面都远逊于我的女士放在一起。既然你提到了这两位，你就供认了你肯定喜欢其中一个甚于另一个。别再使用这些精巧的语言伎俩，告诉我你更喜欢哪一个。"

"你称我为'镜子'，但是我的镜子至少展现出了我自己的形象。你使用的镜子——取字词之文法上的双关含义（比如将'Lombarda'当作'Lombard'）——只是字词上的伶俐的技巧表演，反射不出真实的形象，反射不出有意义的映像。这令我十分烦闷。"

"现在你注意，我也知道如何玩这些文字游戏——看我将 descorda，acord，desacorda，record，acord，s'acorda 用作文字游戏玩得多么富于奇幻色彩！不过既然你令我想起我的名字的意义以及它与财富珍宝的联系，我就不再不自在了；事实上，我心里十分快乐舒畅。"

"真正重要的，不是这一切机巧的态度，而是你的真心本身。你的真心在哪里？你抱怨我让你苦等，你欣赏不到我的美丽。别管地域如何广大；在任何住所，不管大的小的，房屋还是茅棚，我都看不到你的真心，因为你从不曾流露真情。"

阿尔穆克·德·卡斯泰尔努和伊瑟·德·卡皮欧（十三世纪晚期）

在伊索尔德（Isolt）/伊瑟（Iseut）女士与他的友人阿尔莫伊斯（Almois）/阿尔穆克（Almul）女士之间的"对辩"中，争辩的对象是第三人，居伊·德·图尔农（Gui de Tournon）。居伊曾是阿尔莫伊斯的情人，行为举止失当。一个人替他辩护，另一人指责他。两人都在估量判定这位男性犯过者。实际上，两位女士都是作为律师在陈述。其中气氛类似法院，语言却有种宗教的风格。发现居伊·德·图尔农犯下冤屈阿尔莫伊斯的过错后，伊索尔协恳求阿尔莫伊斯原谅居伊。这首抒情诗中——它运用了祷告、圣礼、悔悟、慈悲、皈依的语言——伊索尔德在激愤的、有无上权力的，不过最终依然宽容的阿尔莫伊斯面前充当调解人。阿尔莫伊斯"转向"一种宽容判断的意愿，将她和她的情人再次置于一个世俗的肉体的层面上。

阿莱斯、伊塞尔达和卡伦扎

这一"姐妹"三人的"对辩"，并未下放身段去讨论任何一位特定的男情人。相反，它主张单身生活的妙处，只同基督成婚，或者与一位象征性的男子成婚，他有着"最高的学识"；或者它也可能建议与一位真实的丈夫走进婚姻，只要丈夫放任她行事，不坚持要求行使他的夫权。纯洁的婚姻生活、免却抚养孩子的烦恼、拥有继续存在下去的精神后代的喜悦，可以追溯到《新约》的伪经，例如《多马行传》（the Acts of Thomas）第 12 章。有关怀胎时女性身体的粗鄙细节描写及身体遭受的不堪的烦恼，在同时代论述童贞的论文，比如中古英语文章《神圣的童贞》（Hoy Maidenhood）中可以找到同样的痕迹。有关知识、学问、智慧的观点遍布全篇。文中似由一种避世退隐的精神气质统领，不论这种气质是天主教的还是纯洁派（Cathar）的，或至少是一个有教养的女性团体的。阿莱斯和伊塞尔达征询了为她们提供保护的姐姐卡伦扎的意见,卡伦扎请求她二人在到达某个未提及却甚合意的地方时要记得她。对此诗的一种诠释认为诗中只有两位说话人:"阿莱斯·伊塞尔达"和"卡伦扎"。

蒙彼利埃的戈尔蒙达(约1225—1229)

戈尔蒙达是大家知道的唯一一位创作了一首讽刺诗歌的女性。讽刺诗是一种极流行的形式,用于记录用方言进行的政治的而非爱情主题的争论。她的诗作构成了双人讽刺诗的一半;即是说,她撰写诗节以补足对手的诗节,于是形成了匹配的一对。戈尔蒙达的二十三个诗节中的每一个,都直接反驳她的对手的相应的论点,而她所使用的是和对手同样的结构和押韵格式,并把他的关键词收归己用。

她抨击的诗人,是一位爽直坦率的、声名卓著的图卢兹的纯洁派行吟诗人,名唤吉杨斯·菲盖拉(Guillems Figueira),是"酒鬼、裁缝、一个裁缝的儿子"。他的传记称他在一次战斗中几乎瞎了一只眼睛,因为他与娼妓和客栈经营者结交,所以不被贵族阶层和上流社会接受。通常南方的诗人们都会在其方言著作中夸耀他们引人争议的政治观,菲盖拉的包含长篇累牍攻击罗马内容的有名的讽刺诗传遍了图卢兹。

十二世纪,图卢兹是个富裕独立的国家,它的成长中的经济依靠制衣业、葡萄酿酒业、抵押贷款以及其他高利贷行业得以繁荣发展。它是"某种意大利城市共和国",有着巨大的配有石厅和私人小教堂的高耸云霄的房屋,另外还有附加的和租用出去的商店和工场。它也是个纯洁派受到伯爵雷蒙德七世(Count Raymond VII)优待和保护的场所。

1209年,教家英诺森三世(Pope Innocent III)鼓动阿尔比十字军(the Albigensian Crusade)反对阿尔比派(Albi)和法国南部其他地方的纯洁派，同时赢得了法国北部贵族的热切支持，因为这让贵族看到了将卡佩王朝的势力扩展至全国的机会。最后这场十字军战争导致图卢兹和普罗旺斯整个地区的严重破坏。图卢兹伯爵雷蒙德七世抵御十字军进攻，直到他于 1229 年 4 月 11 日被迫投降。在图卢兹，十字军成功地摧毁了欧洲最为先进辉煌的地方性文化之一。这一改变，把一个开放灵活的自治社会，一种个人主义者的经济，一种强调抄写文化和叙事诗歌的民间教育体系，带向了一个更加压抑的和形式化的系统，复兴了君主的和教会的控制。

相比之下，戈尔蒙达的蒙彼利埃城则坚定地忠诚于罗马天主教。作为学术的中心，它拥有一所以医学研究而闻名的学校。蒙彼利埃一直以来都与罗马教廷保持着密切的往来。它变成了天主教对付纯洁派的前哨，当南方的异教徒对抗十字军时，十字军战士并未损及蒙彼利埃。

作为一名保守的正统天主教教徒，戈尔蒙达间接地痛斥辱骂菲盖拉。在菲盖拉正面谴责罗马的地方，她表达出对罗马的同情与支持，转弯抹角地恶言恣意谩骂他（不点名）和图卢兹，认为图卢兹是异教的温床，尽管纯洁派是唯一在那儿繁荣的教派。这首双人讽刺诗相当于一次向城市的宣战：菲盖拉对罗马，戈尔蒙达对图卢兹。

诗歌一开篇，菲盖拉便表示他乐于声讨罗马的那些流氓，戈尔蒙达则在相应的地方表达了她的不满，称她从菲盖拉所谈的内容中得不到丝毫乐趣。在第四个诗节，菲盖拉控诉罗马啃啮着犯罪者的灵与肉，戈尔蒙达在对等的诗节则指出他们的灵与肉都充满了罪恶。在第五个诗节，两人为杜姆亚特（Damietta）落到了穆斯林手中找到了不同的理由。两人都在第六个诗节提到了国王之死。菲盖拉在第七诗节中抱怨罗马仍未击败萨拉逊人，戈尔蒙达在此处则声称异教徒比萨拉逊人更加恶劣。在第十个诗节，菲盖拉表达了对于教王长途跋涉对付图卢兹的愤怒，而戈尔蒙达则断言图卢兹人是骗子。在第十一个诗节，两人各自对雷蒙德伯爵做了个大致介绍。在第二十个诗节，菲盖拉希望"那个光彩的神"降灾祸于罗马，而戈尔蒙达则希望同样的厄运降到异教徒身上。

将两首抒情诗放在一处阅读，自然能够使人更加全面地品鉴这场论争，但是下面选译的诗节只是作为对这位女性行吟诗人的介绍。因为戈尔蒙达谈到了法国国王路易八世（Louis VIII）于 1226 年之死，她又希望图卢兹遭陷，而图卢兹直到 1229 年才放弃所有抵抗，显然她的创作时间在这两个日期之间。

阿扎莱斯·德·波尔卡伊拉格斯

根据她的传记，阿扎莱斯女士来自蒙彼利埃地区，是位高贵的、有教养的女士。她与蒙彼利埃的吉杨爵士（Sir Guillem）的兄弟——居伊·格拉雅特（Guy Guerrejat）相恋。这位女士知晓如何撰写诗歌，为他创作了许多精美的诗歌。

被认为由她创作的诗歌仅有一首留存了下来；它以六首诗歌之合集的形式出现。阿扎莱斯出生的小镇可能是现代的波尔蒂拉格内斯（Portiragnes），在贝济耶（Béziers）东南部约十二英里靠近海岸的地方。

阿扎莱斯的抒情诗和传记提到了她同时代的一些人和地方。我们可以聚拢一下她所提及的她个人熟识的人和事。她的传记说她写了许多敬献给居伊·格拉雅特——"这位勇士"——的诗歌。居伊继承了贝济耶和蒙彼利埃之间的两座城堡，这样一来，他的存身之处便在波尔卡伊拉格斯（Porcairagues）附近。他死于 1177 年，并于那年葬于阿格德（Agde）教区的瓦尔马格纳（Valmagne）修道院，一个距波尔卡伊拉格斯不远的地方。

阿扎莱斯诗歌中提到的最引人注意的地方，是奥兰治附近的一座城市，因其与历史上有重要影响的征服者——奥兰治的威廉（William of Orange）——有着诗意的关联而享有盛誉。阿扎莱斯提到这座城市中当时的一位"绅士"，一般认为她指的是行吟诗人奥兰治的兰博（Raimbaut，约生于 1140 年）。兰博在这个地区持有大量的地产，是居伊·格拉雅特的堂兄弟。在她的抒情诗中，阿扎莱斯甚至可能暗示两人争夺她的感情。

最后，她的情歌的第七个诗节中，阿扎莱斯向著名的伯爵夫人——纳博讷的埃芒加达（Ermengarda of Narbonne，1143—1192）——大献殷勤；在《爱的艺术》（*Art of Love*）中，安德烈·卡佩拉鲁斯（Andreas Capellanus）将三种爱情观归于埃芒加达。

作为仅有的一位以自然的序曲为开篇的女性行吟诗人，阿扎莱斯和男性行吟诗人的做法几乎一样，将严冬的荒凉和这个季节的酷寒（第一和第二诗节）与她自己的悲伤联系起来。她在第二诗节中介绍了这座城市和奥兰治的行吟诗人，并在第六诗节中再次提到了他们。她因奥兰治的动荡而遭受到的伤害可能意味着兰博的悲痛，因为她爱的不是兰博，而是居伊，这破坏了她的完美幸福。第三诗节至第五诗节看来是这首爱情抒情诗的核心部分，而第六诗节则是哀诗形式的告别辞，是悼念死者或逝者的挽歌。阿扎莱斯似乎要做临终遗嘱，安排好她所热爱和珍惜的奥兰治城的方方面面的事情。我们应该认为这首诗歌真是对于奥兰治的兰博之死的哀悼吗？

在一首爱情抒情诗里，第五诗节的测试或考验或鉴定（assag），通常表示某种对于忠诚或情人彼此付出的情感的检验。这种含义通常是与性相关的，如果有必要，甚至可能意味着对性方面的事情的抵抗力。这同一个词应用于一场战争，所以在此变为"战争的考验"。阿扎莱斯将这个词用于她自己与那位作为她诗歌中的爱的对象的男人的私人关系。在第六诗节,通过回忆奥兰治城过去遭受的战争以及记录在凯旋门上的战争标记,阿扎莱斯表示爱的检验和战争的印记已经刻在了诗人的身体上。

迪亚伯爵夫人

迪亚伯爵夫人(Comtessa de Dia)留给我们的四首诗歌,是激昂精美的作品,似乎先是寻求感情的冒险,后又灵巧地逃脱。我们没有理由称她"贝阿特丽斯"(Beatriz)。在她的传记中,这位伯爵夫人据说嫁给了普瓦图(Poitow)的一位纪尧姆(Guillaume),而不是嫁给了行吟诗人纪尧姆伯爵九世(Guillaume Ⅸ)。她可能是十二世纪维恩的王储(dauphin of Viennois)——基格五世(Gigue Ⅴ)的女儿。传记中也讲到她对奥兰治的兰博的爱,兰博指的可能是十二世纪那位著名的行吟诗人,或者是这位行吟诗人的侄孙兰博六世。如果传记里指的是小兰博,伯爵夫人则属于后代的女性作家之列,她们可能受到更多诗歌文本的影响,她们的作品因此可能更多地来源于理论和幻想,而非个人经历。

不管她写作的情境如何,这位伯爵夫人的诗歌是直截了当和追求感官刺激的,在以卖弄语言为乐的同时,探查多种多样的心境情绪。

在第一首抒情诗《有了喜悦和青春,我一无所求》(*Ab joi et ab joven m'apais*)中,诗人孤芳自赏地陶醉于她的幸福中。她是一位沾沾自喜于自身优点的夫人(domna)。甚至在她赞美她的情人时,她也是将他的优点与自己的优点做比较。这首诗的每一行中都出现了一个关键字,这个关键字在下一行中又被映射出来或作为双关语出现,这些重复将情人联系在了一起或强化了情人的特质。在结尾诗节里(tornada),这位女子以堂皇的措辞,请求这位男子的保护,恰似一名农奴请求一位领主保护。

与这首抒情诗的满怀希望的机智诙谐成对照，第二首诗歌《我必须吟唱我宁愿不去吟唱的事情》(*A chanter m'er de so q'ieu no volria*)，探索的是另一种全然不同的心境情绪。诗人充满愤恨地向一位"评委"听众抱怨她的情人。然后，尽管不忘为自身辩解，她却开始对他进行直接攻击。不过，当她声称在这场爱的游戏里，她更加勇敢，超越了她那勇敢的情人时，她那因受伤而引发的愤怒还是让位于她的骄傲。诗歌接着运用战争方面的措辞，将爱情看作一种战争形式，其中一方总会试图降服另一方。在《有了喜悦和青春，我一无所求》中，诗人请求她的情人充当她的保护性的领主；在此她则恼怒于他的傲慢的权力。

她主张，男子的勇气在于对她摆架子耍威风，她的勇气则在于她的坚定不移的爱。她甚至超过《武功歌》(*chanson de geste*)世界里气概豪迈的西格英(Seguin)，尽管他在最后慷慨就死。当诗人引入了"另一个女人"，诗歌的这种面对面的对抗性的情形就变成了一种三角关系，从而也就在诗人的苦痛中加上了妒忌。但是诗人并不气馁，她声称比这两个男子和任何其他女子都要坚强。这首诗歌的乐曲留存了下来，我们很容易就能得到。

第三首抒情诗《我承受着巨大的苦痛》(*Estat ai en greu cossirier*)给人的最初印象，是种容易遭受谴责的淫荡。诗中描绘了三个时间段：过去，诗人没有屈从于男子的性要求，即使据她说她是有这样的机会的；现在的失落感；对未来在性方面和操纵力方面都能把持所有权的渴望。不过，淫荡仅仅是通过表达渴望的动词传达的。一切都是想象的；没有任何实在的事情发生。

这首诗歌通过诗人先是横陈于床榻、后又愿让一个合适的枕头做她情人的意象，刻意塑造一种强烈的、戏谑性的悬念。"包裹得严严实实"在下一个诗节的反义词"一丝不挂"中发出回响。对弗鲁瓦和布朗歇弗洛(Floris and Blancheflor)的提及,提醒人们注意到:大众化传奇中的情侣被发现时往往一起躺在床上。文学上的暗示敞开了抒情诗的高度理性空间的狭隘边界,通向了传奇的属于世俗世界的冒险,将床和一丝不挂的情侣的意象保留在读者脑海中。诗人尽管断言自己的铁石心肠,此时此刻,她却情愿像布朗歇弗洛那样放弃一切,包括她的生命。

但是在第三个诗节中包含着一项出人意料的内容。她不再谈论牺牲——诗人突然期盼一段她能施加其影响力的时间。她漫不经心地思量着这个危险的念头:将她的情人摆在丈夫的位置上,让他当一回男主人。他们的偷偷摸摸的激情所具有的销魂的特性将会终结,于是她也将作为夫人以及情歌中的女主人行使支配权。然后她提出了她最后的令人惊愕的蛮横要求:他必须在一切事情上充当她的奴仆,无论是不是她的丈夫。然而,毕竟他仍然是份遥远的私情(an amour lointain)。

在第四首抒情诗《完全的喜乐带给我愉悦》(*Fin joi me don' alegranssa*)中,诗人面向恶毒的流言蜚语,掷出了快乐的、肆无忌惮的挑战。

置于迪亚伯爵夫人名下的最后一个选段《朋友,我饱受折磨》(*Amics en gran cossirer*),是首有时候会被局部地归于她名下的对辩诗。其中一个女子和一个男子再次在爱的战场上进行抗辩,每人讲一个部分。谁将因为遭受了更大的苦痛而获奖?或许是这位女士,因为她的情人最后许诺不再考虑另一位女子。

匿名者所著舞曲

下文收入的舞曲(balada)是行吟诗人创作的最早的抒情诗之

一，尽管作者匿名但却可被归于一位女性作者。它基本上是首"抱怨丈夫曲"(chanson de mal mariée)，将他与一位情人做相形见绌的比较。它的副歌通常由舞者合唱，但在它结尾的诗节中，它向所有地方的博学的妇女团体发出广泛的呼吁，请她们将这首舞曲永远流传下去。

1. 蒂伯斯

亲爱的朋友，我可以实在地告诉你
(Bels dous amies, ben vos puosc en ver dir)

亲爱的朋友，我可以实在地告诉你，

我对你的渴念未尝稍歇

自从你允许我把你当作我温柔的情人来怜爱。

无时无刻我不在期盼——

亲爱的朋友——凝视你。

我从未有过片刻的后悔。

当你愤怒地离去，没有一次，

在你回转之前，我感到过一丝喜悦。

我从未——

2. 比尔利斯·德·罗芒斯

马利亚夫人，你的品格和美德
(Na Maria, pretz e fina valors)

马利亚夫人，你的品格和美德，

你的欢愉、悟性和精致的美丽，

你的热情的款待，你的卓越和美誉，

你优雅的谈吐和令人迷醉的伴陪，

你和善的脸庞和亲切的欢快，

你轻柔的凝视和多情的风姿——

所有这一切都是你的，没有任何矫饰。

所有这一切，将我怠惰的心，吸引到你的身边。

为此我恳求你——如果真爱令你欢悦——

我的喜悦和蜜甜的谦恭又能够从你那儿引出我急需的救助，

那么求你给我，可爱的女子啊，如果你乐意，

我期望的和引为至乐的礼物。

我的爱恋和热望都系在你身上，

我所有的快乐都源自于你，

从你那儿——那么多次——我也尝到了苦痛的渴念。

因为你的美丽和品格令你

超越了一切的女子，以致无人比你更加出众，

我恳求你——拜托了！它也会带给你美誉，

别爱那些将来会背叛你的追求者。

荣耀的女士，被品格、欢欣和雅致的言谈

提升了的女子，我的诗句走向你。

因为在你那里，有着快乐和幸福，

还有人们能够要求于一位女士的一切长处。

3.伦巴达

我愿为了伦巴达女士而成为一名放债人
(Lombards volgr'eu eser per na Lonbarda)

贝尔纳特写道:

> 我愿为了伦巴达女士而成为一名放债人,
> 因为亚拉曼达可不能令我如此心仪——吉斯卡尔
> 也不能。
> 她动人的双眼那么甜蜜地凝视着我,
> 她似乎给了我她的爱。但她已经让我虚度了
> 太长的光阴!
> 她的娇美的容貌,
> 我的欢愉,
> 那么雅致的微笑——她如此悉心地守护着它们
> 以致无人可以得到。
>
> 若当阁下,如果我将德国、法国、普瓦捷、诺曼底和布列塔尼
> 都留给你,
> 你必须替我留下——不准反诉——
> 伦巴第、利沃诺(Livorno)和洛马尼亚(Lomagna)。
> 如果你帮了我,
> 我会竭力帮你找到一位称心如意的女士!
>
> 卓越之镜,

你可以自我安慰说，

你不会为了某个卑劣的家伙

而粉碎你心中怀有的对我的爱！

伦巴达回复道：

我要用贝尔纳达女士之名取代贝尔纳特，

用阿尔诺达女士之名取代阿尔诺。

我还要多谢阁下，因为将我的名字和那样的两位女士并列

倒是称了我的心。

我希望你告诉我，

你更喜欢她们中的哪一个——

不要要些偷偷摸摸的欺骗伎俩——

你在凝视的倒是哪面镜子。

因为显示不出影像的镜子给我和谐的内心带来了如许的混杂，

以致它发出的是不谐调的刺耳噪声。

然而当我记录下我的名字记录的东西，

我的所有思绪一起发出的是甜美的和音。

但是至于你的心——

你把它放在了哪里？

房舍、茅屋，

我都未曾见它，因为是你让它变成了哑巴。

4.阿尔穆克·德·卡斯泰尔努和
伊瑟·德·卡皮欧

阿尔莫伊斯女士，如果你愿意的话
(Dompna n'Almucs, si'us plages)

阿尔莫伊斯女士，如果你愿意的话，
我非常高兴以这种方式向你祈求：
抛开你的愤怒和憎恶，
向那个唉声叹气、焦思欲死的人儿
显露你的仁慈。他懊悔痛惜，
至为谦恭地寻求你的原谅。
如果你愿他诸事顺遂，请为他行圣礼，
以免他遭受更多的挫败。

伊索尔德女士，如果我知道
他真心悔过，为了他对我
犯下的极大欺骗，
对我而言，向他显露我柔情的仁慈
便是恰当的。但是这并不适合我——
既然他并未禁止他的恶行，
也没有为他的过错而自责——
向他显露我对他的放任恣纵。
不过，如果你能令他悔悟，
你倒可以让我相信他的好意。

5.阿莱斯、伊塞尔达和卡伦扎

卡伦扎女士,身形优雅可爱的你呀
(Na Carenza al bel cors avinen)

阿莱斯:

> 卡伦扎女士,身形优雅可爱的你呀,
>
> 给我们两姐妹一点建议吧。
>
> 既然你清楚地知道如何筛选出最好的,
>
> 就按照你自己的智慧给我们建议吧。
>
> 我应该在我们的熟人中挑一位丈夫吗?
>
> 或者还是继续做个童贞女? 那可是我的意愿,
>
> 因为我不想要孩子,成婚对我而言似乎太过令人沮丧了。

伊塞尔达:

> 卡伦扎女士,我倒是愿意嫁个丈夫,
>
> 但是我想生孩子是件极大的苦行。
>
> 你的乳房会直垂到地上,
>
> 你的腹部会累赘恼人。

卡伦扎:

> 阿莱斯女士和伊塞尔达女士,你们受过良好的教育,
>
> 有很好的声名和娇美的容貌,正当妙龄又青春靓丽,
>
> 你们有智识、热情和优良的品质——
>
> 在我熟识的女士中首屈一指。
>
> 为此我建议你们,为了得良种,
>
> 选"知识之王"(Coronat de Scienza)做你们的丈夫。

从他那儿，你们将获显赫的后代。

那些和他成婚的人还保留着童贞之身。

阿莱斯女士和伊塞尔达女士，你们要记得我，

这是你们得到庇护的保证。

你们到达时，要向显赫的上帝祈求，

当我启程时，他会在你们旁边为我保留一个位置。

6.蒙彼利埃的戈尔蒙达

我只有隐忍而已，这委实令我悲伤
(Greu m'es a durar)

当我听闻有人说出并四处传播那样不忠的言辞，而我只有隐忍而已，这委实令我伤心悲痛。这样的言辞既不会令我欢喜，也不会令我满意。因为没有人会喜欢这样一个人，他竟鄙弃一切的仁善由以发生和出现的源头——那就是救赎和信仰。因此我要阐明和澄清那沉沉地压在我心头的东西。（第一诗节）

如果我向一位虚伪的、被教坏了的人开战，无人会感到惊异，此人运用他的力量，压制一切仁善、得体的举动，驱逐和搁置它们。他信口雌黄，对地球上一切善良灵魂的领袖和向导——罗马——口吐恶戾之言。（第二诗节）

在罗马，一切善物皆已完美无瑕。任凭谁否认这一点，他不是神志不清，便是自我欺骗。他将被包上裹尸布，夺去尊严。愿上帝听到我的祈祷，让那些对罗马的信仰摇唇鼓舌之徒，不分老幼，自（正义的）天平上跌落。（第三诗节）

　　罗马,我认为所有那些粗俗的人都是愚人,他们无知畏缩,灵与肉充满了把他们拉进陷阱的卑鄙罪恶。那里为他们准备好了恶毒残酷的火刑。他们永难逃脱他们一身的罪恶。(第四诗节)

　　罗马,一个匪类对你大肆攻击,这令我十分不悦。你与有德者皆能和睦相处,所有人都赞美你。至于这些愚人——他们的愚蠢令他们丢了杜姆亚特①。但是你的智慧,能令所有起来攻击你的人和不善自我管理的人,无任何转圜余地地遭受不幸与悲痛。(第五诗节)

　　罗马,我确定无疑地知道和相信,你会引领所有法兰西人走向真正的救赎——是的——还有其他愿意赐我们以援手的人。但是因为梅林(Merlin)在他的预言里说,好国王路易将在蒙邦谢(Monpensier)死于大肚子病,②这些事情便变得一清二楚了。(第六诗节)

　　这些可耻的异教徒,他们比撒拉逊人更恶劣,更加坏了心肠。一切支持他们对土地的所有权的人,都要落入诅咒的烈焰。至于那些已被你镇压的阿维尼翁来的人,罗马,它对我有好处。他们的不公的税法取得了巨大收益。(第七诗节)

　　罗马,你用理性慷慨地纠正了诸多过错,打开了正义的大门,尽管理性的钥匙是伪造的。因为你用强有力的威信推翻了愚蠢的藐视。愿天使米迦勒(Michael)引领每个沿着你的道路行走的人,防止他堕入地狱。(第八诗节)

　　无论冬夏,人们都应——不得违背罗马——诵读《圣经》,不得改变其中的任何东西。当他读到耶稣所遭受的轻视时,让他冥想自己

――――――――――

　　① 杜姆亚特,位于尼罗河三角洲,是第五次十字军东征(1218—1221)的目标。在十字军战士围困杜姆亚特达十七个月之后,他们不得不将之弃与伊斯兰教教徒。戈尔蒙达谴责罗马的敌人,或许是因为她不想指责游手好闲的腓特烈二世(Frederic II)。

　　② 路易在围攻阿维尼翁时,染上了流行于全军的痢疾,死在奥弗涅(Auvergne)的蒙邦谢。这里似乎是使用了"pansa"(大肚子,或腹部)这个字的双关意义以及蒙邦谢中的"pensier"部分。

是一位虔诚的基督徒的情形。如果他对此毫不关注，那他便是个十足的蠢笨自负之徒。（第九诗节）

罗马呀，这位说着可疑的律法和粗俗愚蠢言辞的不忠之人似乎来自图卢兹，在那里，欺诈当然从来不会让人蒙羞。不过那位高贵的伯爵，必定会在两年内舍弃那些欺诈和可疑的信仰，并为所造成的损害做出赔偿。（第十诗节）

罗马呀，愿那伟大的王，正义之主，降大不幸于虚伪的图卢兹人。因为他们完全违背了他的诫命——人人都行欺瞒之事——整个世界一片混乱。如果雷蒙德伯爵继续倚仗他们，在我看来情形可不妙。（第十一诗节）

罗马呀，向你发怨言并筑起城堡要塞的他，即刻就会被战胜，他的力量不堪一击。因为他既不能自己向上猛冲，也不能攀上那么高的山峰，以致上帝也不记得他的傲慢和邪恶。这样一来，他就得失却他的土地，遭受双重的毁灭。（第十二诗节）

罗马呀，我希望你和法兰西——你们这些真正不以恶行为乐者——的至高权力，将促致这群倨傲者和异端垮台。这些虚伪诡诈的异端并不惧怕禁戒，他们也不相信神迹——他们的重罪和邪恶的思想太多了！（第十四诗节）

罗马呀，唯愿宽恕抹大拉的、我们也希望他赐予巨大恩惠的显赫上帝，会将死亡降临到那些传播那么多错误言辞的狂热的傻瓜身上，将死亡降临到他、他珍爱的人，还有他的祸心之上——以同样的方式让他遭受和异端之死同等的痛苦。（第二十诗节）

7.阿扎莱斯·德·波尔卡伊拉格斯

我们已进入了严寒的天气
(Ar em al freg temps vengut)

我们已进入了严寒的天气

到处是寒冰、冷雪和污泥，

小鸟也都噤声，

一只也没了歌唱的心思。

树篱的枝丫干巴巴的，

脱落了花和叶。

那儿没了夜莺的啼鸣——

它的歌声曾在这年的五月时节将我唤醒。

我的心难以驾驭，

我不得不远离了所有人，

我知道我的失

远大于我的得。

如果我支吾地说出真心话，

来自奥兰治的争吵将令我饱受煎熬。

那便是我心烦意乱的缘由——

我已然失却了我本有的平静。

这位女士爱得不明智，

如果她试图恳求一位有权势的人，

他的职位可比封臣要高。
如果她那么做，那么她就是个傻瓜。
他们在沃莱（Velay）说，
钱财可无助于事情的进展，
被有钱人看中的女士，
最后必被说长道短。

我有位英勇过人的朋友——
无人比得上他。
他并未用一片假心待我，
因为他将他的爱给了我。
我对你说，反过来我也爱他，
如果有谁说我不爱——
但愿上帝给他送去灾难！
我可是安全得很！

亲爱的朋友，我心甘情愿
受你的约束，
满带着殷勤和恭顺，
只要你别让人说我的闲话。
我们不久就要经受战争的考验，
我会听凭你的支配。
你已庄严宣誓
不会令我走入歧途。

我把博勒加德城堡（Beauregard Castle），

另外还有奥兰治城——

科罗黎也宫（Glorieta Palace）和古堡，

普罗旺斯的君主，

和所有祝福我的人，

以及带有战争印记的凯旋门，

都托付给上帝照顾。

我已经失去了我一生的至爱，

我的忧伤没有尽头。

内心欢悦的信使——

你寄身于纳博讷，带去

我的诗歌，还有诗尾，

给那位在喜悦和青春导引下的女士。

8.迪亚伯爵夫人

有了喜悦和青春，我一无所求
（Ab joi et ab joven m'apais）

有了喜悦和青春，我一无所求；

喜悦和青春滋养了我。

我的朋友是最英勇的男子，

我同样英勇且迷人。

我一心待他，

他必定也是真心待我。

我爱他，从不曾三心二意，

我也从未存心走上歧路。

我心极是快慰，因我知晓他是最可尊敬的——
这位最想得到我的男子。
愿上帝给那位令我们初次聚首的人，
带去极大的喜乐。
如果有人给他带去流言蜚语，
要让他只信我的话。
人们往往会收集笤帚枝，
但最后落得被同一把笤帚清扫。

一位因真正的价值而感到快乐的女士，
应该将她的喜乐
置于一位杰出的
英勇的骑士身上。
一旦她了解他的英勇，
让她勇于公然地爱恋她。
当一位女士公然爱恋时，
优秀的、高尚的人们
只会说她是高尚的。

我已选择一位英勇、高贵的男子，
英勇本身也因他而更加强大和尊贵。
慷慨、灵巧、有见识的人，
他拥有的是才智和学问；
我恳求他相信我；

别让任何人令他相信，

我曾舍弃他，

除非我在他身上找到舍弃我的迹象。

弗鲁瓦，你的英勇，

为英勇剽悍者所熟知。

这也是我现在恳求你的原因——

如果你愿意——将你的爱授予我。

我必须吟唱我宁愿不去吟唱的事情

（A chantar m'er de so q'ieu no volria）

我必须吟唱我宁愿不去吟唱的事情。

作为密友，对这位男子，我有太多的怨意。

我爱他甚于一切。

同情和好意对他一文不值。

我的美貌、优点和机智亦然。

我仿佛毫无魅力者所理应承受的那样，

深陷困境、遭受背叛。

但我心甚慰——我未曾伤害过你，

亲爱的朋友，因为我的任何过错。

我爱恋你，胜过西格英热爱勇气。

令我欣悦的是，我在爱意上胜过你——

因为你，我最亲爱的朋友，是最英勇的男子。

你待我的言辞与神情显着傲慢自负，

待其他人倒是显着温和亲切。

我茫然不解于你面对我时的傲慢神态；
我有足够的理由伤心悲痛。
另有意中人将你从我身边夺走，这何其不公。
不管她怎么说——尽管她对你欣然接纳——
请你记得我们当初的爱。
但愿我们的分离
错不在我。

你心中驻留的过人英勇，和
你那惊人的自负，都令我不快。
听说远近的所有女子，
没有不愿和你亲近的——如果她打算
跌入爱河的话。
但是你，我亲爱的朋友，是如此睿智，所以
你理应识得最可靠的女子。
你要记得我们临别时互换的诗句。

我的美德、我的高位，总应该
有些价值，
最重要的是我的美貌、我的忠诚的心。
所以我送给你——至你的大宅——
这首充当我信使的诗词。
我想知道，我最好最亲密的高贵的朋友，
对我，你为何显得如此蛮横、如此粗野。
我不知道这是傲慢，还是恶意。

信使呀，我希望你另外告诉他：

那种傲慢的自负可是令许多男子蒙受了损失！

我承受着巨大的苦痛

（Estat ai en greu cossirier）

我承受着巨大的苦痛，

为了我曾经拥有的一位高贵的骑士，

我想让所有人知道，每时每刻

我都爱他——无以复加！

如今我明白我遭到了背叛，

因为我未向他交出我的爱。

我因此饱受创伤，

在床上，在包裹得严严实实时。

我多么渴望，将我的骑士拥在我

赤裸的怀抱，只要一个晚上！

他会感到狂野的喜悦，

哪怕只是让我做他的枕头。

我对他的爱恋

更胜过过去的布朗歇弗洛对弗鲁瓦。

我把我的心、我的爱、

我的灵魂、我的眼、我的生命，

都交给了他。

美丽、雅致、可爱的朋友，

什么时候我才能将你置于我的支配之下？

如果我能有一晚与你同眠，

给你一个爱的热吻，

你便能确信，我极其渴望给你一个丈夫的位置，

只要你承诺

做我希望你做的一切事情！

完全的喜乐带给我愉悦

(Fin joi me don' alegranssa)

完全的喜乐带给我愉悦！

这正是我吟唱得更加欢快的缘由，

我没有了思想的重负，

也不考虑那些卑鄙虚伪的诽谤者。

因为我知道他们试图伤害我。

他们的恶毒言辞吓不倒我——

倒是令我生活得加倍快乐！

我不喜欢那些

言语恶毒、喜欢说长道短的人，

因为你难以保全你的荣誉

如果你与他们打交道的话。

在各种意义上说，他们都是

铺展开的一片阴云，

直至太阳失去它的光彩。

那便是我不喜欢不义之徒的原因。

而你们，这些言语尖刻的妒忌者们，

绝想不到我正踌躇犹豫，

也绝想不到那样的喜悦和青春不能带给我快乐：

让你们的悲伤将你们毁灭！

朋友，我饱受折磨

(Amics en gran cossirer)

为了你，

我饱受折磨，处于极度的苦痛当中。

我蒙受的苦痛，

我相信你几乎未曾有过感受。

那么，你为何要扮演情人的角色，

既然你把所有的不幸全部留给了我？

因为我们两个并未承担相同的责任。

女士，爱的主管就是这样，

当他捆缚两位爱侣，

二人都会以他们自己的方式

体味各自的苦痛和欢乐。

我想——我不是个大言者——

内心的愁苦只是我一人独尝。

朋友，如果你感到了

伤害我的四分之一的苦痛，

你才能较好地体味我的情感重负。

但你几乎不曾顾念我蒙受的损害，

当我难以逃避时，

我所承受的幸福和悲惨

在你而言却无关痛痒。

女士，因为那些造谣中伤者
夺去了我的理智和活力，
他们残酷地对付我们，
我就要离开你——不是出于我的本意——
而是因为我不在你的身边。他们的喧嚷
给予我们那么致命的打击
以致我们难以共尝一天的快乐。

朋友，我可感受不到对你的感激，
你让这些恶行阻止你和我相会——当我渴望你的时候。
如果你打算卫护我的美名
超过我自己的向往，
我会认为你比医院骑士团的圣约翰骑士
还更热心忠诚。

女士，我强烈地恐惧，
我会失去我的财富，你会失去舞台，
这些中伤者的流言蜚语
会令我们的爱变质。
按照圣马提雅尔（St. Martial）的说法，
这便是我必须比你更为警醒的原因，
因为对我而言，你是最可宝贵的事物。

朋友，在爱这个问题上，

你太过草率，

以至于我认为你已

不再是原来的那位骑士。

我感到我必须说出来，

你看似在想着另外某个人，

因为我的悲伤对你毫无意义。

女士，让我再也逮不到雀鹰，

或是能带着隼狩猎，

如果——既然你是给我整全欢乐的第一人——

我曾想望别的女子。

我可不是那么一个说谎的人，

只不过那些心怀妒忌的不义之人

让我看上去像是那样的人，诬蔑我。

朋友，我能对你如此信任，

以致我能相信你总是忠贞不渝的吗？

女士，从此以后我都会对你忠诚，

我再也不会想望别的女子。

9. 匿名者的舞曲

我虽秀美动人却悲惨莫名

(Coindeta sui, si cum n'ai greu cossire)

我虽秀美动人却悲惨莫名，

因为嫁了个我不想要或者说不心仪的丈夫。

我要告诉你我为什么做了别人的情人：
　　　　（我虽秀美动人却悲惨莫名）
我清新、年轻，有着曼妙的身姿，
　　　　（我虽秀美动人却悲惨莫名）
理应拥有一位叫我快乐的丈夫，
某个我可以与之玩耍、欢笑的人儿。
　　　　（我虽秀美动人却悲惨莫名，
　　　　因为嫁了个我不想要或者说不心仪的丈夫。）

天晓得，我一点也不爱他。
　　　　（我虽秀美动人却悲惨莫名）
完全不想与他同床。
　　　　（我虽秀美动人却悲惨莫名）
看着他我满心羞愧。
我希望他尽快死去。
　　　　（我虽秀美动人却悲惨莫名，
　　　　因为嫁了个我不想要或者说不心仪的丈夫。）

请让我讲一件事：
　　　　（我虽秀美动人却悲惨莫名）
我的这位朋友在爱情上补偿了我，
　　　　（我虽秀美动人却悲惨莫名）
我沉湎于我最珍视、最蜜甜的希望中；
当他不在我的眼前，无法凝视他，

我便会啜泣叹息。

　　　　（我虽秀美动人却悲惨莫名，

　　　　因为嫁了个我不想要或者说不心仪的丈夫。）

再让我说另一件事情：

　　　　（我虽秀美动人却悲惨莫名）

因为我的朋友已经爱了我许久，

　　　　（我虽秀美动人却悲惨莫名）

我沉浸于对我心上人的爱恋和我最珍视的希望中。

　　　　（我虽秀美动人却悲惨莫名，

　　　　因为嫁了个我不想要或者说不心仪的丈夫。）

和着这个曲调，我制作了一首优美的舞曲，

　　　　（我虽秀美动人却悲惨莫名）

我请求五湖四海的所有人都来吟唱它，

　　　　（我虽秀美动人却悲惨莫名）

让所有博学的女士也都来吟唱，

吟唱我所爱恋和渴望的朋友。

　　　　（我虽秀美动人却悲惨莫名，

　　　　因为嫁了个我不想要或者说不心仪的丈夫。）

法兰西的玛丽（Marie de France）

（十二世纪）

导读

　　玛丽是第一位伟大的受过良好教育的法国女作家，她出身高贵。十二世纪晚期，她在英国生活和写作，那时盛行使用的语言还是盎格鲁—诺曼语（Anglo-Norman）。这一时期现今被看作学术与文学运动的复兴期，随之而起的是日益增长的个体意识。玛丽与盎格鲁—

诺曼朝廷有所往来,她的作品显然受命于该朝廷。她把一部书题献给英王亨利二世,另一部题献给威廉(William)伯爵,也可能是威廉元帅,此人是彭布罗克郡(Pembroke)的伯爵,号称"骑士团的精英"。

作者的确切身份扑朔迷离。有人断言她是阿基坦的埃莉诺(Eleanor of Aquitaine)之女,香槟的玛丽(Marie de Champagne)。她也可能是国王斯蒂芬(King Stephen)的女儿,布伦城(Boulogne)的玛丽,一开始曾担任拉姆齐(Ramsey)的女修道院院长,最后嫁给了弗兰德斯(Flanders)的马迪欧(Matieu)。还有一种观点认为,她是香槟地区的亨利一世(Henry I of Champagne)的妻子,或者是沙夫茨伯里(Shaftesbury)的女修道院院长、国王亨利二世同父异母的姐妹,因此也就是金雀花王朝的杰弗里(Geoffrey)的私生女。她也有可能是默朗(Meulan)伯爵沃尔伦二世(Waleran II)的女儿。关于玛丽的身份,众说纷纭。

不同于匿名写作的惯例,为了确告作者的身份,玛丽在她的三部书中都署了名——在籁歌《纪戈马》(*Guigemar*)的开篇、在《圣帕特里克的炼狱》(*St. Patrick's Purgatory*)的结束部分、在《寓言集》(*Fables*)的尾声部分,她分别写道:"上帝,听听玛丽所说的","我,玛丽,把炼狱篇写进了传奇故事中","为了被人记住,我自报家门:吾名玛丽,吾国法兰西。或许个别教士会冒称我的作品是他们的,我不愿他们因此而沽名钓誉!"三部作品分别隶属于不同的文学流派:《籁歌集》由十二个言辞犀利的简短爱情故事组成;《伊索寓言》(*Isopet*)是102个以伊索寓言为基础的寓言集,讲述了有关动物、事件、人物的简短而具惩戒性的故事;《圣帕特里克的炼狱》移译自一部描述地狱和天堂旅程的拉丁作品,早于但丁的《神曲》(*Commedia*),作者是英国萨尔垂(Saltrey)的西多会修士亨利,作品描述骑士欧文(Owein)以圣帕特里克(St. Patrick)的游历为榜样进行的危难重重的道德历险。

尽管十二世纪大量的文学作品在讲述爱情时，会述及爱情在神圣和世俗两方面的种种表现，玛丽却从一种世俗的、贵族的、主要是女性的视角，来讲述爱情，这一点表明玛丽本人受到法国北部和普罗旺斯的抒情诗当中的恋爱崇拜的影响。在某些男性行吟诗人可能会把女性描绘成威严的、高不可攀的形象的地方，玛丽像那些女性行吟诗人一样，探察在爱情重压下的女性情感的脆弱和敏感。她的女主人公的表达，虽少了些润饰，却也与行吟诗人笔下女性的表达类似。

对于玛丽笔下的女性而言，爱情是种突如其来、无可置疑的情感，她们也毫不犹豫地沉溺于其中。它或许是不法之爱，其结果也可能无法预料。这些女主角依然激情洋溢、无怨无悔，对那些唠叨不休的道德家亦不管不顾。她们并不顾忌她们的行为是否过分。她们放下羞怯，抛却高雅恋爱所要求的费时的骑士仪式，拥抱她们热望的男子。那位文雅的年轻女子，爱上了英俊的米伦（Milun），她派人将他找来，告诉他自己想要什么。他欣然满足她的需要。俩人一次次在她屋外的果园幽会。"米伦时时前来，频频与她欢爱，女孩终至受孕。"

玛丽笔下的女子受着爱情的质朴与强力的指引，她们毫不踌躇地依从自己的内心与身体。在此重要的不是墨守陈成的行为，而是个人及浪漫关系。只要关涉到爱，玛丽便将所有的规章条例丢弃一旁。她笔下的情侣都是陷入切身困境的个体。

在其作品中，玛丽背离当时时髦的流派：武功歌（*chanson de geste*）、战争史诗，还有描述军备、男性的刚勇、男爵间的争吵、为了历史与荣誉而对某个军阀进行歌颂（或反抗）的戏剧。玛丽笔下的主人公，不是男性英雄人物或冒险的恶棍，倒往往是倒霉的、无不动产的雇佣军人，他们与军人职业中实实在在的危险和苦难作斗争，在无休无止的袭击与马上比武中艰难过活。玛丽批判富于侵略性的男性武力世界中的种种思想，发现女性的不幸正源于其中。她不去歌颂勇武的英雄行径，而是把才华投注到对史诗和传奇中男男女女的细微心理差别的探索。

作为一名作家，玛丽不仅在附近的圈子里，而且在国外声名远播，她的《籁歌集》在国外被译成拉丁语、意大利语、德语、古斯堪的纳维亚语及英语。她明白自身的影响，亦熟知她的诽谤者。在她第一首籁歌的开始，就在署名的后边，玛丽对于那些讥诮她的成功的人发表机智的评论：

> 当生活在某个地方的某位男性或女性声名卓著时，妒忌他们禀赋的人们常会散布可恶的流言来贬损他们。他们开始表现得像怀恨伤人的恶狗和卑鄙的懦夫。

> 我从未因此而打算放弃。如果那些唠叨鬼和诽谤者意图于我不利，那是他们的权利。让他们吹毛求疵去吧！（《纪戈马》，7—17行）

有那么一位愤愤不平的对手，不满于玛丽对大众的吸引力，借恭维之名巧妙挖苦了玛丽一番。作家丹尼斯·皮拉姆斯（Denis Piramus），奇迹剧与圣徒传记的专家，阿基坦的埃莉诺和亨利二世宫廷的常客，抱怨说：读者，尤其是女性读者，欣赏"玛丽夫人"的《籁歌集》。这位评论家认为，《籁歌集》"尽管构思精巧，但在内容上显然不真实。不过宫廷的读者喜欢它们"。丹尼斯继续谈道：高贵的人们喜欢轻松的故事。因为那些故事"排解内心的哀愁、烦闷与厌倦，它们令人忘却愤怒、消除讨厌的念头"。

《籁歌集》确实悦人心怀。其中充斥着奇迹及超现实的因素：诸如魔法药水、变成动物的人、来自另一个世界的访客、把青年运往他命中注定的情人处的稀奇古怪的甲板船。不过《籁歌集》还提供了更多的内容；它同样因其对人类心理的兴味而引人注目：玛丽先行引介她描摹的绝妙人儿，然后让他们陷身于棘手的境况中，这些境况逼迫他们暴露出其深层的愚不可及的本性。她现实主义地探究了成年的发端期，以及不同的爱所制造的难题与窘境。她以其独有的朴素及简约，含蓄地描写了青春期的性、敏感、欲望、妒忌、婚姻之爱、私通及牺牲等问题，留待读者做最后的评判。

《籁歌集》通常以一种象征性事物为中心议题，譬如下面译出的小诗中的夜莺。心有旁属的妻子编造出夜莺来做她夜不归宿的借口。最重要的是，恰如她将她情人构想成的那样，夜莺就是她情人本人。他正是她不伴夫君身畔的理由。

鸟禽常见于玛丽的故事中。夜莺也演变为寓意丰富的形象。一只真实的夜莺真的在月夜现身，此亦不可谓不奇。它的歌唱、凄惨的死灭、费钱的防腐处理，为受赞美的荒谬无望的情爱提供了丰裕浓缩的注解。同时，当丈夫戮杀夜莺，还将它血淋淋的尸身扔向他妻子的时候，夜莺还起到了逼真地展现丈夫之残暴的作用。从把爱当作一种宗教热情的角度来看，无辜鸟儿的鲜血染污了妇人的长袍，此中男女都可谓是爱的殉道士。可是从传奇文学的角度看，女裙的染污既是强烈的视觉意象，又是极度的侮辱，如克莱提恩(Chretien)的《珀西瓦尔》(*Perceval*)和罗伯特·比科特(Robert Biket)的《号角之歌》(*Lay of the Horn*)，其中蠢笨的谄媚者把果酒溅洒或泼倒在女衣上。在《夜莺》(*Laustic*)中，血污的长袍构成一幕充满性意味的景象。

在丈夫暴怒并通过猛摔阳具状的鸟儿以转移性方面的狂躁之后，在悲伤的平静中，情人们受压制的情感，随同包裹在绣花刺字的冰绡中的、用防腐药物保存的小小尸体一起被埋葬。那位情夫通过把鸟儿放入镶满宝石的箱子以示对鸟儿的尊重。鸟儿的尸体、冰绡连同箱子一同构成一套神圣的人造品,恰似圣徒的尸体入殓圣骨匣。

照字面看,金银花(Chevrefoil)意谓"山羊叶",金银花藤由于共生的缘故缠绕着榛树枝条,《金银花》这首籁歌通过这一强烈的中心意象,表现情人身处的困境。玛丽的这首籁歌,文字尤其简练,因为她可以指望她的读者通晓崔斯坦(Tristan)和伊索尔德(Isolt)的故事,他们两位是故事中私通的悲情恋人。

在这一著名三角恋的一些版本中,高贵的竖琴师崔斯坦,把金发的爱尔兰公主伊索尔德,荐给他的叔父康沃尔国王马克(Mark of Cornwall)当新娘。崔斯坦护送伊索尔德返航至康沃尔。在船上,崔斯坦和伊索尔德无意中饮下了决定他们命运的春药,那是伊索尔德的母亲为新郎和新娘预备下的。激情使然,崔斯坦和伊索尔德成了海上恋人,他们意识到他们从此刻开始要永远拴在一起了。

伊索尔德终究还是要嫁给马克,她谋取到她的女仆布兰甘尼(Brangane)的帮助,以欺骗她的新丈夫。花烛之夜,布兰甘尼出于对伊索尔德的忠诚与马克发生了关系,她为保护伊索尔德献出了自己的贞操。尽管心怀敌意的朝臣说着闲话,并设法诱陷这对情侣,他们却依然如故地秘密幽会。末了,马克放逐了两人。在获准返回宫廷之前,崔斯坦和伊索尔德一度住在茫茫荒野中。当初在他们的麻烦越来越多时,崔斯坦也曾独自离开宫廷,试图在别处开始他的生活。然而,爱又迫使他们彼此寻觅,就像他们在玛丽籁歌的简洁构思中所做的那样。

玛丽为她的男主人公取名崔斯坦,却简单地称呼崔斯坦的情人为"王后"。被逐出宫廷后,当崔斯坦得知王室一干人等将会经过,便企望能够见到王后。籁歌中粗略提到国王的惹人生厌的男爵,以及布兰甘尼的忠诚,但对春药却只字未提。或许玛丽认为把情欲归因于春药,会使这种浪漫关系缺少感情因素的影响。尽管玛丽和读者都知道，崔斯坦与伊索尔德注定相拥着死去，不会各自过活，玛丽却让伊索尔德表达与事实相反但令人鼓舞的与宫廷和解的希望。这首籁歌的中心在于一次短暂的邂逅，悲喜交陈而深切激烈。就像在《夜莺》中，转瞬即逝的情感在人造品——在此是一块雕刻过的粗陋木片中找到了永恒的表现形式。

在诸多传奇文学中，崔斯坦享有诗人、竖琴演奏家、语言学家、作家种种声名。甚至他在斯特拉斯堡的戈特弗里德（Gottfried von Strassburg）的《崔斯坦》中的狩猎才能也表明他是一名复杂语词的大师。就在同部传奇作品中，他的骑士授职仪式中的服装也令人联想到诗歌与文艺。尽管他还是一名高贵的斗士，不过作为一位英雄，他的表现却与叙事诗中只知好战的骑士不同。他是当时广大文学界的缩影，是诗人骑士。

在玛丽的这首籁歌中，崔斯坦失却了笔和羊皮纸这些文明资源，深感孤独。诗人崔斯坦用手头的材料制造了象征彼此相爱的物件。他先写上自己的名字，然后费力地用刀尖在木头上刮着，诗人的辛劳得到恰当呈现，他洋洋洒洒地说明自己是如何消磨时光及心怀希冀的，最后，他偶得一句巧妙对称的简练题词："你不能没有我，我也不能没有你。"

精通文学常常意谓精于书写爱情及爱的知识。当崔斯坦把自然当中存在的事物——缠绕交错的植物——变成能够讲话的人造品时，更加证明了他是一位高效率的诗人。但为了让植物能够开口讲话，必须将它们从其适宜的栖息地移走，并让它们为其被剥夺的状态哀叹。

玛丽表现出一种对书信的炽烈情感，她常常将书信编入故事中充当故事的主旨。像中世纪期间的女性一样，玛丽的女主角也收发信件，就像她们在《金银花》、《米伦》和《两个恋人》（Les Deus Amanz）中所做的那样。玛丽尽管是为盎格鲁—诺曼语的读者写作，

她却喜欢用英法双语来解释标题及词句。在以下译出的两首籁歌中,值得注意的是这种观念:故事的生机在于遣词造句。绣在冰绡上的文字包裹着夜莺的尸体与情侣们死灭的希望。在《金银花》中,玛丽时常提醒她的听者回想故事的讲、述与写。在结尾处,崔斯坦最终以一首新籁歌的形式表现了这一事件与纯金盒子,而玛丽则进一步创作了这首籁歌,完成了对情侣的焦虑的最后的提炼,玛丽的《金银花》以多种方式表达了诗人对爱情描写的钟爱。

按惯例,籁歌都会吸收口头演唱的风格。在《夜莺》中,玛丽两处提及法国布列塔尼(Breton)的歌手、竖琴演奏者与作家。她与其他人一样,认为正是这些巡回的演出者,把他们简练的咏叹记叙体由法国的布列塔尼带到了英格兰。"籁"(Lai)这个词,就像"德国民谣歌曲"(lied)这个词一样,表示的是一种音乐作品,它是一种和着伴奏的咏叹曲。因为法国布列塔尼人被认为是在许多世纪之前撒克逊人入侵时期从英格兰迁往法国的,所以这些叙述体的籁歌似乎保存了古代大不列颠与凯尔特的传说;年深日久,这些传说吸取了法国的特色和配乐。因为"法国布列塔尼籁歌"往往依赖于口头表演来维持,所以现今已无存世。不过现存三十六首自称为籁歌的诗文,具备籁歌的特征。在其他几首籁歌中,玛丽告诉我们,她曾听闻过这些咏叹曲,她的作品是这些咏叹曲的书面版本。

中世纪的叙述体中普遍存在的闲话漫谈的习气,在玛丽的作品中却未见分毫的展示。她往往直奔事件的中心;她将籁歌发展为与短篇小说而不是与长篇小说相当的流派,后者与中世纪的传奇文学类似。她的诗文紧凑且不加渲染,所以甚至可说是紧张热烈的,并且还有某种率性讥诮的特点,这一特点令她的诗文免于堕入多愁善感当中。《籁歌集》尽管简练,不过却提供了丰富的舞台细节;事件似乎是在未加详细说明的模糊而神秘的场地进行。

　　虽然《籁歌集》留下种种不确定的弦外之音让读者去揣摩，《伊索寓言》中更形简短的小寓言却给出了通常具有讽喻意味的道德结论。诸多迹象表明，占据玛丽心神的，是当时的封建主义、骑士精神及对荣誉与权力的追求——简言之，贵族式的关注。《伊索寓言》中有些小寓言也为人性的不完美而哀叹。较之于《籁歌集》，本章结尾翻译的小寓言，表露的是一种更为残酷世俗的爱情观。

　　虽然第一则寓言是关于骑士与名妇，后两则是有关农夫与农妇的，不过二者却都展示了忠贞之转瞬即逝的本质与成人性欲过度的现实。第一则是篇古爱尔兰传说，在佩特罗尼乌斯(Petronius)的《萨蒂里孔》(Satyricon)中有一类似的故事，后以《以弗所寡妇》之名闻世，这则传说自认为阐清了世道常情，但与第二则一样，它实际上不过是拣出了女性中的荡妇罢了。第二与第三则寓言讲述的是其他故事(声誉较著的要数乔叟的《商人的故事》)中司空见惯的情节，被捉奸的妇人往往利用狡黠却牵强的回答替自己开脱。不过，即便这些狡黠的妇人与《夜莺》中的名妇亦有几分相似：在受到质问时，她立刻以夜莺做借口。对玛丽作品的全面考察，将揭示玛丽的那些表面上看似不同的作品在主旨与主题上的相关性。

1. 夜莺，又名劳希蒂克(Laüstic)

　　我将要为你讲述一个冒险故事，布列塔尼的歌手们已经为此创作了一首短诗。短诗被取名为"劳希蒂克"；我相信那便是他们在他们的国家里对这首短诗的称呼。在法语里它的名字是"罗西那"(Rossignol)，在通俗英文里是"夜莺"(Nightingale)。

　　在布列塔尼乡村的圣马洛(Saint-Malo)有座名城。那时有两位骑士住在那儿的两座壁垒森严的房子里。正是这两位贵族的美德，给了这座城市好声名。其中一位娶了个举止端庄、彬彬有礼的优雅女士为妻。看她如何得体地按照习俗风情打扮自己，使自身的优点更显突出，这可真是美妙。另一位年轻人是位下级勋位的爵士，尚未婚配，因他英勇的壮举、他的正义高尚以及待人接物时行为举止可敬可佩而在同侪中享有盛誉。他参加各种马上比武大会，挥金如土。对于他有的东西，他总是慷慨大方。

他爱上了邻家的妻子。他的要求如此热切，又不断向她恳求，而且他还是如此优秀的一位男子，以至于她对他的爱，渐渐超出了对世间一切的爱。这是因为她听闻到不少有关他的善行，而且因为他住得离她很近。他们谨慎小心地彼此相爱，细心掩饰他们的举动，以防被人发觉、打扰或疑心。

他们所以能掩人耳目，是因为他们彼此住得很近。他们的住宅有着众多的房屋和地下室，住宅之间挨得很近。除了一堵黑石筑就的高墙，再无障碍物或其他事物将他们分开。这位女士站在卧室的窗口便可与她站在另一边的朋友谈笑，他也能同她谈笑。他们可以用投掷的方式交换爱情的信物。没有什么能破坏他们的欢愉；两人尽情享受他们的幸福，即便他们不能凑在一起满足他们的欲望。因为她丈夫周游全国时，这位女士受到严密的监视。他们仅有的慰藉就是夜以继日地谈笑。无人能阻止他们去到窗边彼此凝视。

他们相恋了许久，直至夏日来临，树林与原野又变得绿油油的，果园茂密繁盛。小鸟在开着花的树梢甜美地歌唱。所有渴望爱情的人，眼里都只有爱，无暇顾及其余，这不足为奇。我将不加掩饰地和你们谈谈这位骑士：他已经彻底屈服于他的感情，这位女士亦然，这在他们言谈举止上都表露无遗。

夜间，月光倾泻而下，丈夫也进入了梦乡，她常从他身畔溜走；周身裹上宽大的外衣，她来到窗边，因为她知道她的朋友也会在他的窗边。这便是他们的生活方式，大半夜的时间都只是相互凝视。他们从相见中也能获得快乐，尽管他们得不到更大的幸福。她时常伫立窗前，夜间频繁地从床上爬起，以致她的丈夫忍不住发起了脾气，屡次要求知道她时常这样起床的原因以及她去了哪里。"我的丈夫，"这位女士答道，"没有听过夜莺歌唱的人，就没有体验过世上的快乐。这就是为什么我要站在窗边的原因。夜间倾听它那甜美的声音，对我而言是一种极大的快乐。它给了我那么多愉悦，我如此强烈地渴望听到它的声音，以至于我难以成眠。"

她的丈夫听完她的话，带着愤怒的蔑视嘲笑她。他想到了一个诱捕夜莺的点子。他命令家仆做好陷阱、网子和圈套，安在果园里。榛子树上、栗子树上，处处悬挂着网子或被涂上了粘鸟胶。最终他们捕获了这只夜莺。他们将这只活夜莺交给了主人。主人看到它时万分高兴。他来到妻子的房间。"太太，你在哪里？快来，我们谈一谈。我已用粘鸟胶抓住了这只夜莺——你彻夜不眠的根由。现在你能在安宁中沉睡了，因为它再也不会烦扰你。"

听到她的丈夫这样说话，她变得焦虑苦恼起来。她向他索要夜莺，但他一时任性将夜莺杀死。他双手恶毒地拧断了夜莺的脖子。他把死夜莺扔向妻子，以至于她长袍的前胸处染上了血污。而后他出了房间。

妻子捧着这具小小的尸体柔声啜泣。她咒骂那些险恶地设下陷阱与圈套抓住夜莺的人，因为他们扼杀了一种巨大的快乐。"唉，"她讪讪地说，"我多么悲惨呀！我将不能夜间起床，站到惯常与我朋友会面的窗边。我可以肯定一件事——他会认为我已背离了我的爱。我必须要做点什么。我要让人将这夜莺送去给他，他就会知道发生了什么。"

她用一块金线镌字的刺绣缎子包裹了小鸟的尸身。她叫来她的一位仆人,委托他给她的朋友捎个信。他代表他的女主人赶到骑士家,向骑士行礼致敬,传达了这个信息,并把这只夜莺交给了他。当信使将这一切连说带比画时,骑士仔细地倾听着,这次经历让他心中充满了悲痛。但他既不迟疑,也不渴望复仇。他让人做了个小小的盒子,不是用铁或钢,而是用纯金打造,并镶上宝石。这个盒子有一个严丝合缝的盖子。那只夜莺就被放在里面。而后他将盒子封了口,常常随身带着。

冒险成了一个故事的主题,因为这种冒险隐瞒不了太长时间。布列塔尼人为此做了一首叙事诗,他们唤之为"劳希蒂克"。

2. 金银花,又名舍韦尔弗(Chevrefoil)

我非常高兴并真正希望能够向你们讲述他们称之为"舍韦尔弗"的籁歌的真实故事,还有它为何而写以及它是如何发生的。许多人已经告诉了我这个故事,并作了详细描述,我也发现有人把它写了下来。这是一个关于崔斯坦与王后的爱情故事。他们的爱情如此热烈,以致他们饱受痛苦,并因这份爱在同一天双双死去。

因为崔斯坦对王后的爱,马克国王对他的侄子崔斯坦既恼怒又怨恨,把他驱赶出境。崔斯坦回到了他自己的祖国,来到他在南威尔士(South Wales)的故乡。他在那儿待了一年,因有杀身和毁灭之虞而不得回转。

请不要感到惊奇。所有陷入最忠诚的爱恋的人,如果不能拥有他所想望的,都会悲戚伤痛、郁郁寡欢。崔斯坦伤心悲痛,变得情绪低落,因此他离开自己的祖国,径直前往王后居留的康沃尔。他独自一人隐匿于密林中,因为他不想任何人看见他。晚间投宿时他才现身,与农夫和穷人同住。他向他们打探国王的行迹。他们告诉他,听说男爵们被召往廷塔杰尔（Tingtagel），国王想在那儿举行受觐礼。所有人都会出席圣灵降临节。到时那儿将有欢庆宴饮之事，王后届时也会驾临。

崔斯坦闻言欣喜若狂。王后要前往廷塔杰尔，他必然会看到她经过。国王启程的那天，崔斯坦回到路旁的密林，他知道王家队伍必会取道此地。

他把榛树枝劈成两半，从四面将榛树枝削成方形。准备好木材后，他用小刀将他的名字刻在上面。若王后见之（因为此事之前发生过一次，她那时心领神会），便会知晓榛树枝出自她的心上人。

他所写的内容概括讲来，大致是告诉她，他已在那儿等候多时，他之所以等候淹留，是希图知晓如何才能见到她，因为没有她他活不下去。

对他们两个而言，就像缠绕榛树盘旋向上的金银花，两人已经完全交错生长在一处了。它们只能共生，如果有人想要拆散它们，榛树转眼便会萎绝，金银花也是。"亲爱的朋友，我们又何尝不是如此：你不能没有我，我也不能没有你。"（Bele amie, si est de nus—ne vus sanz mei, ne mei sanz vus!）

王后骑马顺着这条道路前来。她瞥了一眼山坡，注意到了小树枝，看到了它是什么。她认出了所有的字句。她命令那些护送她、与她并辔而行的骑士停止前行。她想要下马休息。他们遵从她的命令，而她则将她的侍从远远抛下。她把她的极其忠诚的女仆布兰甘尼唤到身边。

道路不远处的密林中，她发现了她至爱的男子。他们共享着巨大的欢乐。他说话时感到异常轻松，她也说出了她的心愿。她告知他如何与国王和解，以及国王因为别人对崔斯坦的指控而将他驱逐出境后是怎样不快乐。接着她必须要走了，与她的爱人分别。只是离别的时刻来临，两人都禁不住洒泪悲泣。崔斯坦回到威尔士等待叔叔的诏令。

因为他在见到他的心上人时与她共享的喜悦，因为他所写下的词章（王后说他应该如此）和他记下这些字句的愿望，作为一位优秀的竖琴演奏家的崔斯坦，创作了一首新的籁歌。我将为你作简要说明：英国人称之为"戈特里芙"（Goteleaf），法国人称之为"舍韦尔弗"（Chevrefoil）。我已告诉了你们我为你们讲述的籁歌的真相。

3. 寡妇与骑士

有则故事讲述的是位已经过世并下葬了的男子。他的妻子在他墓前日夜沉痛哀悼。现如今附近有个强盗因犯下的罪行而被绞死。身为强盗同族者的一位骑士砍断了绳子并将尸体掩埋。发布于这个地区的公告声称，任何取下强盗尸体者，与其同罪。如若发现，将施以绞刑。

骑士不知要做些什么来拯救自己，因为众所周知，他是被绞死者的亲戚。他径直去了墓地，那位令人尊敬的妻子正在那儿为她的丈夫哀哭不已。这位骑士亲切地与之交谈，劝其节哀顺变；事实上，如果她能爱上骑士，骑士将欣喜万分。这位令人尊敬的妻子极其欣喜地注视着他，说她愿意如骑士之所愿去做。

这位骑士于是解释了他因为从绞刑台上取下了强盗的尸身而陷入的困境。如果她不能给他一些援助，他将被迫离开这个国家。这位令人尊敬的妻子答道："让我们从坟墓中挖出我的丈夫，如果他被挂在另外那个人该在的地方，绝不会有人发觉。活着的人必须要由死人来拯救，因为我们只能向活人寻求安慰。"

这则故事的寓意令我们清楚地看到死人可以从活人身上指望多少。这个世界如此不讲信义，只醉心于享乐。

4.看到别的男子与他妻子在一起的农夫

有这样一则故事，说的是一个农夫偷偷躲在自己的小屋内，暗中监视另一位男子，他看到此人和他自己的妻子正在他的床榻上行乐。

"啊！"他说道，"我看到了什么？"

于是他的妻子答道，"公正的先生，可爱的朋友，你看到了什么？"

"另一个男人，我是这么认为的！他拥你在床，正紧抱着你！"

妻子非常生气地反驳道："我当然知道，那个人无疑就是你这个老蠢货。你坚信谎言，好像它就是事实一般！"

"我亲眼所见，"他说，"我不得不相信。"

她回答道："如果你认为你所看见的一切都是真的，那你就疯了。"

她拉着他的手，带他走到盛满水的水盆前，让他往盆里看。然后开始问他在盆中看到了什么。他对她说他看到了自己的影像。

"同样，"她说，"你并未穿着你这身衣服置身于那个水盆中。你所看到的是假象。你不应该相信你的眼睛，它总是说谎。"

农夫说道："我真后悔！每个人都最好相信和确信他的妻子叫他去看的东西，而不是他那欺诈的眼睛看到的东西。这些东西可能会骗他，引他误入歧途。"

由这则故事我们懂得，对许多人而言，常识和机灵比拥有财富和亲戚更加有益。

5.看到妻子与她的情人在一起的农夫

我要告诉你一个农夫的故事，他看到自己的妻子与她的情人走向密林。他尾随着他们,但是他们逃脱了,藏身于灌木丛中。农夫怒气冲冲地回到家里。此后他开始不断地折磨和辱骂他的妻子。妻子问他为什么这样对她说话。丈夫回答说他看到她那好色的朋友与她一同进了密林,羞辱玷污了她。

"丈夫,"她说,"为了上帝的爱,请告诉我真相。你真的看到有个男子陪着我?什么都不要隐瞒!"

"我看到他,"他说,"进了树林。"

"天啊,"她说,"我完蛋了!我明天就要死了,甚至今天就会死。就在我的祖母和母亲去世之前,她们也遭受了那样的事情——我自己亲眼看见。其他人也清楚地看到了。两个年轻人将她们带走,没有任何人跟着她们。如今我知道我快要死了。丈夫,派人把我所有的亲戚都叫来,因为我们得分割一下财产。在这个世上,我再不能待在这儿。我得带上分得的财产,隐居到女修道院。"

农夫听了这席话,大声乞求她的原谅:"由它去,我亲爱的朋友!别这样离开我。我说的我之所见,都是在撒谎。"

"等等,"她说,"我可得考虑一下我的灵魂的安宁,尤其是你编了这样一个离奇的故事,令我蒙受如此巨大的羞辱。你会不断提到这件事,说我道德败坏。你绝对必须起誓,想法子让我们的亲戚相信,你没有看见任何男子和我在一起。你必须凭你的信仰发誓,你再不会就这个话题说一个字,或者用这件事来责骂我。"

"非常乐意,夫人。"他勉强同意。他们一起去了小教堂,他对着妻子希望他发誓的所有事物和许多别的事物发了誓。

因为这则故事,男人谴责女人狡猾。你可以看出她们多么虚伪——她们比魔鬼还更诡诈。

马蒂尔达(Matilda)，英格兰人的王后

(1080—1118 年)

导读

　　当我还是个年轻姑娘，尚在惧怕你所熟悉的我的姨妈克里斯蒂娜(Christina)的棍棒时，为了防止我陷入诺曼人的汹涌肆虐的、在那时候随时可能威胁到任何女人的荣誉的欲望中，我的姨妈过去常常在我头上蒙上黑色的小头巾。当我随随便便脱去它时，为了让我长记性，她常会给我一顿好打，极其可怕地痛骂

我,还会把我当作做了什么丢脸的事情一般地对待我。她在场时,我确实都戴着那方头巾,因它而烦躁不安却又心怀恐惧;不过,只要能逃出她的视线,我便扯下它,将它扔在地上践踏。那种方式尽管愚蠢,我过去却常常用它来发泄在我心中沸腾的对它的愤怒和憎恨。在那种情况下,也唯有那种情况下,我才会戴上头巾……当我的父亲偶然看到我戴着头巾时,他将头巾一把扯下,在将它撕成碎片时,他祈求上帝去憎恶那个为我戴上头巾的人。

当伊迪丝(Edith)公主在担忧她不会被允许走出威尔顿(Wilton)修道院嫁与新国王亨利一世(Henry Ⅰ)时,就是这样烦躁不安地急欲挣脱束缚。

这个女孩十三岁时便成了孤儿,她最早的名字是伊迪丝,后来在大婚的加冕仪式上更名为马蒂尔达。她的祖先来自英格兰、苏格兰和匈牙利,富于圣洁的王室血统。马蒂尔达的母亲是出生在匈牙利的苏格兰的圣玛格丽特(St. Margaret),于 1245 年 4 月 21 日被封为圣徒。她的父亲正是那位苏格兰国王马尔科姆·坎莫尔(Malcolm Canmore),在篡位者马克白(Macbeth)被杀时夺回他的王权。她的伟大的叔祖,忏悔者爱德华,是正在发展的圣徒传所记述的对象。在做了王后之后,她于 1102 年打开他的墓冢视察,并与威斯敏斯特(Westminster)的修士合作,协助推进这一崇拜仪式。她的叔父是埃德加·阿瑟林(Edgar Atheling),阿尔弗雷德大帝(Alfred the Great)的后代,英格兰王位的继承人,但那时诺曼的征服者们破灭了他的期望。黑斯廷斯战役(the Battle of Hastings)后,他被提名领导盎格鲁-撒克逊人反抗诺曼人,却被迫向征服者威廉屈服。

亨利一世是这位征服者加冕后仅有的一位在英格兰土地上出生

的儿子，通过与他成婚，马蒂尔达会极大地加强亨利本来会是摇摇欲坠的对王权的控制，同时也恢复她自己的家族对英格兰的世袭权利。

亨利的兄长，诺曼底公爵罗伯特·柯索斯（Robert Curthose），那时还活着并加入了十字军。罗伯特自然认为他自己是下任的国王。不过当威廉·鲁弗斯（William Rufus）在 1100 年 8 月 2 日的一次狩猎事故中丧生时，亨利便疾驰至威斯敏斯特占取了财宝和王位。他于 1100 年 8 月 5 日加冕。亨利迎娶苏格兰公主的计划很可能有着强烈的政治动机。因为他最初对英国人胸怀敌意，所以他不大可能会认为这桩婚姻有太大的吸引力。但在面对诺曼人贵族时，与苏格兰国王之女的联姻会赋予他所需的保护。

亨利不失时机地向这位二十岁的苏格兰公主求婚，这意味着要把这位公主费力地弄出威尔顿女修道院。她在她的姨妈克里斯蒂娜——罗姆塞和威尔顿女修道院院长的监护下，已在这个女修道院住了七个年头。马蒂尔达正是在威尔顿接受了优秀的教育。在诺曼人对英格兰实行军事征服期间，就像早些时候一样，威尔顿是出身高贵的英国女孩的避难所。作为一所号称拥有悠久辉煌历史的会馆，威尔顿因促进文学研究而闻名。作品未曾得以流传下来的诗人穆里尔（Muriel），曾是威尔顿的一名修女。后赴翁热（Angers）隐居的另一名威尔顿修女伊芙（Eve），是圣徒传作者哥瑟琳（Goscelin）为她撰写的《慰问书》（*Liber confortatorias*）的领受者。哥瑟琳一度曾是威尔顿修女们的专职神父，为我们提供了有关这所修道院的很好的信息来源，比如，他描绘了圣邓斯坦（St. Dunstan）对这所修道院的新教堂的贡献。经威尔顿女修道院院长布里特吉瓦（Brihtgyva）授权，哥瑟琳写出了《圣伊迪丝传》，伊迪丝是马蒂尔达的伟大的叔祖母。《忏悔者圣爱德华生平》（*Life of St. Edward the confessor*）的匿名著者也曾褒扬伊迪丝，据这位匿名著者称，在贫困面前，由于（如著者所言女性往往较男性更加感觉无助,于是他讲述了伊迪丝是如何慷慨解囊资助威尔顿的。这位爱德华的传记作者在一首颂歌中作为一名即将成为一位母亲的新妇致辞威尔顿:"因为你的丰产而受到配偶的爱恋。"因此,马蒂尔达可以说是威尔顿的女儿,是一连串与威尔顿有着关联的知识渊博的女子的后裔。

马蒂尔达显露了她的文学才能,却不喜爱女修道院的生活。(这可能是她后来选择不将她的女儿送往修女那里接受教育的原因。)马蒂尔达恳求年老的安瑟尔谟(Anselm)将她从女修道院中释放出来,安瑟尔谟于 1100 年 9 月 23 日被亨利从流放地召回。马蒂尔达坚称她是被迫戴上那方头巾的,正如伊德梅尔(Eadmer)在上述那段述说的那样。

因为担心恶魔煽动急躁的马蒂尔达抛弃了这个利于世界的习惯,安瑟尔谟避免直接答复她的恳求。他已经经受住了相似的一次与一位年轻女子的斗争,这位女子也被安置于威尔顿女修道院,同样戴着头巾以逃避诺曼人军人式的野蛮。此女名叫冈西尔达(Gunhil-da),是盎格鲁—撒克逊的末代国王葛温森(Godwinson)的女儿。冈西尔达是他的最后一位闻名的后裔,她的故事依然令人捉摸不透却十分诱人。

冈西尔达激发了一位贵族与她成婚的渴望,这位贵族是马蒂尔达的父亲最初为马蒂尔达挑选的对象。此人是艾伦·鲁弗斯伯爵(Count Alan Rufus),里士满(Richmond)的领主,圣玛丽的约克(St. Mary's York)的创建者,二十五年中王家特许状的最经常的见证人之一,北英格兰最伟大的人。他比少女马蒂尔达年长约四十岁,不过那样的婚姻是出于政治上的缘由却不是婚姻上的和谐而定下的计划。或许她的姨妈克里斯蒂娜真正想要防范的邪恶的诺曼人正是鲁弗斯伯爵。然而鲁弗斯或许是在一次对马蒂尔达的拜访中看见了三十岁的冈西尔达。他爱上了冈西尔达，挑选了她而不是苏格兰的公主，这位公主本是一个更加有利的选择。为了结婚，鲁弗斯将冈西尔达迁出了女修道院。但在举行婚礼之前，这位准新郎却去世了，去世日期可能是 1093 年 8 月 4 日。

一直强烈反对冈西尔达离开威尔顿的安瑟尔谟，给她写了封措辞严厉、语意幸灾乐祸的书信，其中他刻意插入古典的"人生无常"（ubi sunt）的比喻——"他们现在在哪里？"

> 你爱恋艾伦·鲁弗斯伯爵，他也爱你。他现在在哪里？你心爱的恋人遭遇了什么？如今去往他现在躺卧的地方与他同眠吧；让他的蛆虫涌入你的胸膛；拥抱他的尸身；亲吻他那肌肉已然脱落的光秃秃的牙齿。他不再在意你对他的爱，尽管他生前对此心醉神迷；你渴求的肉体如今正在腐烂。

七年之后，当这个选择婚姻或修道院的棘手问题发生在马蒂尔达的身上时，安瑟尔谟最初的反应同样是愤怒痛恨，不过不久便退回到一种更加慎重的立场。他不情愿地将这个问题移交给主教们，承认坎特伯雷的大主教兰费朗克（Lanfranc）的观点获胜：如果一位女子能够证明她只是为了避开侵略者，不是为了响应神召的缘故，而将女修道院当作庇护所，她便可以自由离开这个女修道院。或许安瑟尔谟不想与亨利国王展开新的辩论。

安瑟尔谟在兰贝斯区（Lambeth）召集罗彻斯特（Rochester）领地上的主教举行了一次宗教会议，并将这一问题交由教堂官员和其他在教堂事务和国家法方面的博学之士裁决。会议赞同这桩婚姻。安瑟尔谟并未感到有多么的不快。马蒂尔达最终还是得到了他的赐福，并于 1100 年 11 月 11 日在威斯敏斯特成婚并成为王后。教堂门口的人群因为他们的许可而高声欢唱。

同时代的编年史家马姆斯伯里的威廉（William of Malmesbury）说："亨利于 8 月 5 日在伦敦加冕成王……不久，他的拥护者们，尤其是那些主教，说服他不再寻花问柳，而去缔结一桩合法婚姻，他在圣马丁节与苏格兰国王马尔科姆的女儿成婚，他早就十分爱慕她。"

如今马蒂尔达——她的诺曼新名字，连同"莫德"和"神圣王后毛德"（Mold the gode Quene）等名号——由伊德梅尔记录中的那位莽撞女孩，变作了一位以圣洁和威权闻名的统治者。1117 年，马蒂尔达创建了圣伊莱斯医院（the Hospital of St. Giles），以照管四十位麻风病患者，这一机构在亨利八世于 1537 年解散修道院之前一直稳定发展。她一年一度赐予每位麻风病人六十先令。她是否亲自照顾他们尚不清楚，但是马姆斯伯里的威廉留下了她苦修的记载：

> 大斋节的时候，她在王家服饰下面穿着麻布，赤足走过教堂的入口。她并不反感为病患濯足；她处理他们腐烂化脓的溃疡，最后，长时间地亲吻他们的双手，并装饰他们的桌子。

马蒂尔达在国王不在时充当他的代表，此事被记录得尤为详尽。尽管她有时也会伴她丈夫出游，并于 1106—1107 年对诺曼底进行了唯一的一次访问，更经常的情况却是：亨利独自待在诺曼底，让她掌管王国。马蒂尔达在御前会议上以皇家法庭的名义亲自发布了两项令状，支持阿宾顿（Abingdon）修道院的院长、御医法里修斯（Faritius）。另一名御医格林鲍尔德（Grimbald）见证了一项令状。两项令状都涉及土地和宅第的使用权。马蒂尔达在埃克塞特（Exeter）、坎特伯雷、诺威奇（Norwich）、爱斯勃雷（Aylesbury）、罗金厄姆（Rockingham）、坎诺克（Cannock）、塞伦塞斯特（Cirencester），还有温莎（Windsor）和威斯敏斯特的特许状上署了名，这些地方会定期举行盛大的御前会议。

　　一般认为，马蒂尔达化解了打算前往威斯敏斯特与亨利争夺继承权的王兄罗伯特·柯索斯的愤怒。获悉马蒂尔达正在分娩，他便改变心意，取道另一路径前往伦敦。她后来利用她的影响说服罗伯特放弃他三千银马克的年薪。马蒂尔达的虔诚、果决与意志力颇似她的母亲，她在诺曼宫廷的弟弟大卫在成长过程中可能受到了她的巨大影响，她鼓励他最终献身于善举。

　　马蒂尔达的三位子女当中，老大于1101年尚在幼年时便夭折。她的儿子威廉（生于1103年）十七岁时死于白船（Whit Shop）失事。她的女儿（生于1102年）与神圣罗马帝国的亨利五世成婚后成为马蒂尔达皇后；丧偶后，又因为她的第二段英国婚姻而变成亨利二世的母亲。所以好王后伊迪丝／马蒂尔达，在十二世纪的《忏悔者爱德华生平》中，因为重新接续了英国如今鼎盛多产的后裔谱系，受到巴金修道院（Barking Abbey）的一位未具名修女的赞美。

　　马蒂尔达受书籍和学问的吸引，变成了一位慷慨的文学资助人。她委托人撰写法语和拉丁语作品。"诗文与歌咏皆闻名于世的成群的学者从四方汇聚；那些因其歌咏的新奇合了王后心意的人自感十分得意。"马姆斯伯里的威廉如是写道，他同时还发出不满的怨言，说她尤其优待外地人。有位贝内戴特（Benedeit）所撰的《圣布伦丹见闻录》（*Voyage of St. Brendan*）的诗歌版，是受她青睐的其中一本。值得注意的是，她还请人撰写她母亲圣玛格丽特的传记，据推测此人可能是学者杜尔哥（Turgot），1087至1109年任达勒姆（Durham）的修道院院长，后来任圣安德鲁斯（St. Andrews）的主教。

　　作者声称非常了解玛格丽特，在《圣玛格丽特传》的前言中，作者承认是受博学的马蒂尔达的委托撰写这本著作，因为马蒂尔达不仅希望听到，而且希望读到关于她母亲的事迹。献辞写道："致高贵卓越的英格兰王后马蒂尔达，应你的邀请，也是奉你的命令，让我为你撰写你母亲的生平事迹。"除却赞颂玛格丽特神圣的宗教热情和善举之外，她的传记作者还指出她对书籍的喜爱，尽管她那军人般的国王丈夫连如何阅读都不知道。但他会轻抚她的书籍，仿佛它们是他妻子本人的替身：

> 不管是她用于祈祷还是用于研读的书籍，尽管不会阅读，他过去却常常拿来把玩检视。当他听她说起其中某本书是她最喜欢的，他对这本书也就怀有更加深切的情感，他会亲吻并时常抚弄它。有时他也会唤来金匠，命令他用黄金和宝石装饰书籍，完工后他会将其带到王后那里，作为他的爱恋的证明。

这本福音书"用珠宝和黄金装饰得十分精美，用四位福音书作者的形象加以点缀，色彩华丽，光耀炫目。书中的大写字母也全闪着金光。她对此书比对其他书籍怀有更加深挚的情感，以致她养成了阅读的习惯。碰巧那位携书者蹚水过河时，让那本随意用包装纸包裹的书籍，落入了河的中央，而此人对所发生的事情却一无所知，泰然地继续他的行程。后来他想取书时，才首次知道书已遗失。人们花了很长时间寻找，却不知其下落。最后终于在河底发现了它的踪迹，书摊开着，书的纸张因为水流的作用不停地翻动，而保护那些金字避免因触碰到书页而磨损的小丝巾，因为水流的冲力被卷走了"。

马蒂尔达对安瑟尔谟的终生不渝的友谊，以及对王国的关切，令她卷入了主教叙任权之争，安瑟尔谟就此问题与先前的君王，即亨利的兄弟威廉·鲁弗斯，曾经进行过斗争。在外流放期间，尽管没有那么引人注目，安瑟尔谟依然与亨利发生冲突。争议在于：由世俗君王授予职位的教士是否应该被逐出教会。安瑟尔谟拒绝支持世俗授权。在安瑟尔谟于 1103 年至 1106 年在外流放期间，马蒂尔达反复恳请他返归，并努力调解他与亨利之间的分歧。在马蒂尔达的信函中，她对安瑟尔谟的情谊显而易见，他的传记作者伊德梅尔也注意到了这一点。当安瑟尔谟返回英格兰时，众人欢欣雀跃，对于王后而言。

> 世俗的关切和此世盛大的荣耀都阻不住她一意去往安瑟尔谟所到的各个地方；当修士和教士们如往常一样出去迎接大主教时，她一马当先。她的深思熟虑保证了他的各处住所备有丰足适用的陈设。

亨利与安瑟尔谟之发生于自1101年至1106年的争端，后来以一种折中方案解决，亨利放弃他授予权戒和牧杖的权利，但坚持要求主教和修道院院长在就职之前向他宣誓效忠。他还控制着提名教会职位候选人的权利。马蒂尔达的信函表明她不管是私下里还是正式场合都卷入了这一事件，还显露了她对安瑟尔谟的健康的关注。

马蒂尔达的信函洋溢着明显的宗教热情。不过，对这些信函还存在另一种看法，认为她的情感经过了精心修饰，拘泥于俗套甚至有点做作，在她的宣告背后是一种巧妙的精明。下面译出的第一封信函，可以看到马蒂尔达在致辞安瑟尔谟时，承认他在英格兰、爱尔兰和奥克尼郡（Orkneys）的要求，但却意味深长地遗漏了约克郡和苏格兰王国。

对于马蒂尔达热情洋溢的关怀和支持，安瑟尔谟的回应显得相当谨慎克制。他曾经以一种更具人身攻击性和发泄性的方式，致信难以捉摸的冈西尔达。或许这位大主教认为，他所执掌的尚不成熟的强大权力，对付冈西尔达，比起对付七年后的英国王后马蒂尔达，更加保险，也更加有信心。

马蒂尔达留给我们六封以女儿口气写就的信函，都是写给坎特伯雷的大主教安瑟尔谟的。写信的目的主要是为了平息安瑟尔谟和她丈夫亨利一世国王之间在叙任权事件上激起的风波。第七封信是为了安瑟尔谟在同一场争论中的利益写给教宗帕斯卡二世（Pascal Ⅱ）的。

几个世纪以来这些信函都带着情感的能量在呐喊，它的精妙的修辞技巧建立在马蒂尔达坚实的拉丁语训练基础之上。它们展示了现实主义的政治意识和作者影响事件进程的决心。

1. 致可敬的神父安瑟尔谟阁下，最重要辖区（坎特伯雷）大主教，北半球爱尔兰所有岛屿（被称为奥克尼郡）的大主教：

蒙上帝恩典，英格兰人的王后、上帝的最温顺的侍女马蒂尔达顿首。愿她在此世的行程幸福地完结之后，马上抵达目的地，那就是基督。

你每日的禁食阻挠了自然的进程，这几乎是没有疑问的；此事我并非不知晓。我更加惊奇的是，在长时间的禁食之后，你恢复正常的饮食，不是因为自然的需要，而是因为某人或你的某个佣人的劝说。我从许多值得信赖的目击者时常的述说中得知这一点。我还获悉你进食量极少，以致你似乎是通过弱化自然的要求而不是打破自然的法则来向自然展开进攻。

为此，许多人——尤其是我——担心如此伟大的一位神父可能会日渐衰弱。因为他的仁慈让我铭感五内，他是上帝的出色斗士，他是战胜人类本性的人。这位神父，这位智慧与忠诚同样出色的上帝的管家，用他那不竭的精力，守护、巩固着王国的安宁和神职的尊严。因了他的赐福，我委身于合法的婚姻；因了他的涂油，我被提升到尘世统治者的高位；因了他的祷告，蒙上帝的恩典，我在天国的荣光中加冕。

着实堪忧的是，他的身躯可能会衰弱，他的视力、听力的窗扉和其他官能会变得迟钝，他实施灵魂教化的嗓音会变得嘶哑，这声音——过去常以沉着文雅的演说，传授为上帝所喜的那些歌咏演说之事——从今而后可能会变得单调得多。于是，距离你较远的人那时候可能就会不知所云，难以从中获益了。

因此，仁慈神圣的神父，不要因为此类不当的禁食而丧失了体力，以防当不了演说家。因为正如西塞罗（Cicero）在他撰写的那部《论老年》（On Old Age）的著作中所说的："演说家的禀赋不仅只是天分，还有肺活量。"一旦失去了体力，你的伟大崇高的名望也会迅速消逝，你对过去的美好回忆和预见未来的能力亦将衰弱。那么多的技艺、那么多的学识、那么多对人类事务的见解，还有对神圣者的清朗的灼见，转瞬间都将烟消云散。

细想一下富饶的上帝所赋予你的丰裕才能吧。细想他委托给了你什么，他会要求什么。为了众人的益处去收获这份利益吧，因为你一旦收获了这份利益，这利益将闪耀得更加美丽，并可能会连同许多的利息一起敬献给上帝。

由此你不要让自己丧失这两样事物。正如对灵魂而言精神饮食是必需的，肉体饮食对灵魂而言也是必需的。因此你必须吃喝，因为蒙上帝的恩惠，你还要继续走完伟大的生活道路。大丰收就是种下、耕作、称重并收集到上帝的谷仓中，以便没有窃贼能够夺走。你看，在这场最大的丰收里，极少有做工者。你为了众人的利益从事这份劳工，为的是替众人带回财富。

你实在应该牢记，你占据了上帝钟爱的使徒约翰的位置，上帝曾想将他复活，以便这位最受钟爱的、在众人之上被选中的童贞男子，可以照顾圣母。你承担了应由母教（Mother Church）承担的照料之责，在耶稣基督里的兄弟姐妹都出自母教的子宫。他们旦夕难保，除非你以伟大的宗教热情赶去救助。用自己的鲜血救赎他们的基督本人，把他们托付给了你。

哦，如此伟大的上帝的牧羊人，你牧养他的羊群，是为了羊群不会倒在路旁受不到照料。让神圣的马丁神父做你的榜样——这位言语难以描摹的人，尽管他预见到他在天国的憩息之地已准备妥当，然而却说他不会拒绝为了众人的需要而劳作。

事实上，我知道你的禁食是受到许多榜样和《圣经》中的箴言的鼓舞和勉励。在勤勉的阅读中你肯定经常看到，禁食之后，乌鸦如何供养以利亚，寡妇如何款待以利沙，天使如何听从哈巴谷的建议给但以理供食，或者摩西如何在禁食后立即能够阅读上帝的手指写就的石板，以及摩西如何按照石板被打碎的方式复原它们。有若干榜样会煽动你像异教徒那样俭省；因为这儿无人不晓你知悉毕达哥拉斯（Pythagoras）、苏格拉底（Socrates）、安提西尼（Antisthenes）和其他哲学家的节制。他们的名单太长，难以一一列举，所以就手边的这篇短文而言，没有必要这样做。

因此，我们必须想到《新约》的仁慈。将禁食神圣化的基督耶稣，当他参加喜筵将水变作酒时，当他驾临西门的宴会时，同样将餐饮神圣化了。在将七魔驱离马利亚后，他首次用灵粮喂她。他没有拒绝撒该（Zacchaeus）的膳食，此人被他从世俗军队的势力下拉回，并召入天国的军团。

请注意，神父，注意提摩太腹部疼痛时，保罗规劝他饮酒，他说："现在不要喝水。"他清楚地表明，提摩太此前只喝水。请仿效格列高利吧，他精神抖擞地不间断地进行其教学和讲道活动时，正是利用饮食的帮助舒缓腹部的虚弱和疲乏。因此，仿效他的作为，以便你能像他那样抵达耶稣基督，这生命的泉源和极高的山峰，如今他早已在不朽的荣光中与耶稣基督共享喜乐,他确实处身于喜乐之中,并将喜乐至永远。

让你的圣洁在上帝中兴盛,不停地用你的祈祷协助我这位用她内心的全部情感热爱你的忠诚仆从。请屈尊接收、阅读、留意、听从信中之所言,此信虽非精巧构思之作,却送去我对你的强烈忠诚的爱。

2.英格兰王后马蒂尔达致安瑟尔谟:

致她最挚爱的神父阁下,坎特伯雷大主教安瑟尔谟,英格兰王后马蒂尔达以她的友爱和忠诚的敬意祝愿他永远身体康健。

圣灵——上帝之爱——必定知晓我内心极其纷乱,阁下离去太久,令人消沉倦怠。愈是有许多人让我确信,你令人期盼的回归之期在即,我便愈加迫切,希望在你久违的陪伴下与你交谈。

我的灵魂无论怎样也享受不到完全的喜乐,最可尊敬的主教大人,它无论怎样也难沉浸在真正的愉悦中,除非我能够幸运地看到你再次站在我的面前,这是一件我以全部的心力渴望的事情。

的确,在失去你的鞭策带给我的温情的帮助期间,我祈求你大发慈悲赐我以亲切的关爱,祈求你屈尊用你美妙的信函安慰我,令我欢喜。

愿万能博爱的上帝让你富足,愿他以你的回归和到来让我振作。阿门。

3.英格兰王后马蒂尔达致最敬爱的神父
安瑟尔谟大主教阁下,并敬颂康健:

预期阁下将如期而至,我沉浸于何等的振奋之中,这带给我何等的喜悦与慰藉！如今你却因病不能成行，让我孤立无援，吞声饮泣，我又是何其不幸！

悲苦凄惨的我，想要打动你对我所怀有的父亲般的情感，我知道这份情感是我可以依靠的。如果我的挂念在你看来不是全然可鄙，请尽可能快地捎来你所愿意的任何形式的信息，以抚慰我因挂念你的健康状况而起的苦痛。

因为我或者会立即因为你的、事实上也是我自己的安康而欣喜，或者——愿上帝慈悲，不要让它发生——我将忍受这一不加分别地袭击我们共同命运的灾祸。

愿上帝最慈爱的全能让你彻底康复。阿门。

4. 马蒂尔达，英格兰王后，以其崇高的信仰和满溢的虔诚之情，致意安瑟尔谟：

将我的悲伤变作喜悦吧，尊敬的大人，仁慈的神父，让幸福将我环绕。看吧，大人，你顺服的侍女已屈膝在你的仁慈之下。她正向你伸直她那哀恳的双手，祈求你通常都会慷慨赐予的恩惠。

来吧，大人，来看看你的仆从。来唷，神父，解除我的渴盼，拭去我的泪水，减轻我的忧伤，赶走我的悲痛。回应我的祈求以满足我的渴望吧。但是——你会说——"我受法律禁止，我的国王强加于我身上的这些拘束之链缚住了我，他的政令我不敢违背。"

那么，神父，对于博学的人民的使徒，上帝挑选的人，当他致力倾覆旧有法律时，你如何看待他这个人？难道他没有在圣堂献祭，以便不去触犯那些行了割礼的信徒？我们可不可以说，尽管他谴责割礼，却亲手为提摩太行了割礼，只是为了与所有人融洽相处？那么他的门徒——仁慈之子，面对死亡却舍身救赎他的仆从时，又怎么会做错了呢？

　　看吧，你的兄弟、你的同伴、你的上帝的子民正要毁灭，正在陷入死亡。但是你既不慷慨相助，亦不施以援手，也不涌身为我们抵挡危险。难道使徒不曾为了他的兄弟甘愿承受基督的咒骂吗？因此，好心的大人，仁慈的神父，缓和你心灵的严苛——恕我直言——软化你心灵的冷酷吧！来探望一下你的同胞，以及身处其中的你的侍女，她以她生命的全部活力渴望你。觅寻一条你可信步行走的路途，充当我们的牧羊人走在我们前头，同时不要冒犯和违背国王陛下的法令。

　　但是如果这些事情不可能同时实现，无论如何就让那位神父快来吧，让他来到他女儿的身边，来到上帝的这位侍女身边，教她应该如何作为。在她离开这个世界之前，让他来到她身边。如果我在见到你之前便撒手人寰，我恐怕——我可是极度不安地说这话——即便在那个充满喜乐的活人之地，我也可能毫无欢悦的机会。

　　你就是我的喜悦，我的希望，我的庇护所。没有了你，我的灵魂就像失了水分的大地，正因如此，我向你大张双臂，以便你能带着狂喜的膏油流经这片大地的干涸的荒漠，用你与生俱来的甜美的甘露滋养它们。

　　然而，如果我的悲泣和我的公开的祈求都打动不了你，我将不顾我的女王的尊严，舍弃我的执政者的职位，我将放下节杖，轻视王权，我将把紫色的亚麻踩于脚下，我将满怀悲痛地来到你的身边。我将拥抱你走过的土地，我将亲吻你的双脚，任何事情都不能让我离开这里，即便是基哈西（Giezi）①前来，除非我所有的热望都能得以实现。愿人类难以理解的上帝的平和，能够占有你的心智，令你内心充满慈悲之情。

---

　　①　基哈西，一位官员，曾试图推开上前拥抱以利沙双腿的书念妇人。

5. 蒙上帝的恩典任英格兰王后的马蒂尔达,（安瑟尔谟）大人最卑微的侍女,向她深情惦记的神父和值得尊敬的大人安瑟尔谟大主教,致以在基督耶稣里的永恒祝福:

对于你不绝的仁慈,我在此致以无尽的谢意。你不在时还屈尊惠赐书信,我铭记于心。实际上,曾经笼罩我的阴霾已被驱散,你的话语的细流恰如晨曦之光将我洗净。我紧抱你寄来的信函,恰如紧抱父亲般的你。我将它贴近胸口;我尽量让它紧靠我的心田。我口中反复诵读这些自你的慈善之甘美的泉源中淌出的话语。我在脑海中不断重温它们,我在心头细细思想它们,此后,我再将它们储藏在心中私密的隐匿之所。

所有这一切我皆铭感于心,唯有一件事关你侄儿的事情令我困惑,此事因你的举荐而起。因为依我看来,我对待你的人应如对待我自己的人一样——即是说,就如对待我自己的亲信一样。当然,你的人在自然是你的,他们只是在接纳的意义上和在情感上是我的。[①]

你的书信带给我的慰藉,令我能够坚强面对这一切的苦难;它激发并继续强化我的希望;当我倒下时它将我扶起,当我踌躇时它激励我,当我悲伤时它令我喜悦,它平息我的愤怒,安抚我的悲泣。它们时常让我产生一些隐秘的想法,这些想法预示父亲将回到他的女儿身边,主人将回到侍女身边,牧羊人将回到羊群身边。我对好心人的祈祷持有的信赖,以及我的君王(亨利国王)——据我推测,在聪敏地做了调查之后——心中生出的善念,都带给我同样的预示。因为他待你的心,比众人以为的要友好得多。在我积极的影响和全力的敦

---

① 马蒂尔达在此声称她不便晋升安瑟尔谟的侄子,以免显出偏袒之情。

促之下,他待你会更加亲切友好。

关于你的归返——这是目下他已经应允的事情,一旦你视情形与时机提出你的请求,他必会以一种更好的方式应允,将来他应允的事情还会更多。不过,即便他可能会比严苛的法官还更固执,我却恳求你要大发慈悲,不再去想那些积怨宿恨——这种怨恨在你而言是少见的。别让你亲切的慈爱绕开他,相反,你要为了他、我、我们共同的子孙以及我们的王国,证明自己是上帝面前的虔诚的调解人。愿阁下永远康健。

6. 致敬爱的坎特伯雷大主教安瑟尔谟神父大人,阁下虔诚的侍女,送去在耶稣基督里的问候:

恰如你时常通过惠赐书信与我分享圣洁之城(the citadel of holiness)一样,你同时也经常以你那常新的喜悦之光,照亮我心灵上阴沉的黑暗。因为即便你不在身边时,可以说,我还是会不时与你谋面,因为我会再三推敲你信中的只言片语,带着十分的喜悦反复阅读我早已熟记于心的你的来信。

如今,我的大人,还有什么比你的来信风格更为优雅,意义更为深邃的呢? 其中兼有弗隆托(Fronto)、西塞罗和费比乌斯(Fabius)的庄重,昆体良(Quintilian)的玄妙。保罗的智慧在其中流淌,哲罗姆的勤勉、格列高利的午夜辛劳、奥古斯丁的诠释——有什么比这些还更伟大? ——合乎福音的美妙雄辩,自你的信中源源而出。因为自你的双唇倾泻出的这份恩典,我的身心在你的仁爱中、在践行你父亲般的教诲中纵情狂喜。

蒙阁下支持,我已委托温顿(Winton)的僧侣尤多夫(Eudolph)担任马姆斯伯里的修道院院长——我相信你过去是识得他的,那时他还是个教堂司事。当然,所有隶属授职和教令之事,将全部保留给你重新裁决，以便全体组成人员和"精神关怀"（the pastoral care）①的授权，都将经由你亲自裁决的过程授任。②

　　愿天上的圣宠的力量，赐予你善意的恩惠以相称的报偿，一直以来你对我的善意的恩惠未曾有过懈怠。至于其余的事情，愿基督保障你的职位，愿为尘世的你赐福的他，以你迅速的回返令我欢喜。阿门。

7. 蒙上帝恩典的英格兰王后马蒂尔达致至高教宗与众生之父帕斯卡。愿他在尘世中执掌宗座要职，日后则在永久和平的喜悦中——与众位义人一起——位处使徒之列：

　　哦，教宗，为了你父亲般的仁慈通过弘扬教义惠赐给我的国王丈夫和我的一切，我在此向尊敬的使徒般的教宗陛下致以最伟大的感谢和颂扬。你已将这些教义委托给使者的活的声音，并包含在你自己的作品中。

　　我并未停止且不会停止正当的、我力所能及之事，并且我会尽心尽意去完成：我会时常出入至圣罗马教会的门庭，我会拥抱教宗圣父走过的足迹，拜倒在他们仁慈的脚下时，我会带着适度的迫切之情祷告。我会坚持不懈，直到我感觉我已上达天听，这或者是因为我顺服的谦卑，或者更多的是因为我的反复恳求。

　　请陛下不会因为我的放肆和敢于这样说话而愤怒。愿智慧的罗马神职人员、民众和元老院不必为此震惊。因为我们的大主教，位处

---

①　指宗教活动中神父或主教给予教民的关心和帮助，特别是精神方面的关心和帮助。

②　考虑到主教叙任权之争，马蒂尔达的任命有特殊意义。在这封仅有的略去其王后身份不提的信中，马蒂尔达授任了一位修道院院长，事后再征求安瑟尔谟的首肯。

你宗座要职之下的安瑟尔谟，确实曾经是受圣灵保护的人。我要说，对于我们和对于英格兰人民而言——那时我们多有福——他曾是我们的布道者，民众最为智慧的安慰者，他们最忠诚的神父。

他取自主耶稣最丰裕的宝库的大量财宝——我们承认他是主耶稣的钥匙持有人——他更加慷慨地在我们中间进行分配。作为主耶稣忠心的侍从和聪明的管家，他慷慨地配上智慧之佐料，为交付给我们的每份食物调味，他以美妙的雄辩令它变得柔和，以他言辞的非凡魅力增添其风味。如此一来，柔弱的羔羊才不乏上帝丰沛的鲜乳，羊群不乏肥美的牧草，牧羊人也不乏最丰足的供养。然而如今一切都已不再，什么也没留下，除却牧羊人——饥肠辘辘——哀叹悲泣，还有渴望着牧草的羊群，渴望乳房的羔羊。

只要那位最伟大的牧羊人安瑟尔谟不在，每个人被剥夺的便不仅仅只是这些事物，而且他们所有人都被剥夺了一切。

在那悲惨的哭泣里，在那蒙羞的忧伤里，在我们王国的耻辱里，在因蒙受巨大损失而生出的愤慨里，我什么都不想——尽管我深感迷茫痛楚——只想飞向神圣彼得的信徒、代理人、教宗处寻求帮助。

阁下，因此我恳求你大发慈悲，以免我们和英格兰王国的民众，因为蒙受一次如此巨大的损失，而陷入一次同样巨大的衰败。因为如果我们将陷入错误，我们的一生和我们的后代又有何用？

因此，在事涉我们的范围内，请阁下细细思量此事，在我的国王丈夫期盼你的善意的这段时期，请屈尊向我们打开你那父亲般的心怀。请允许我们可以为了我们最为挚爱的神父安瑟尔谟大主教的回返而感到欣喜，请允许我们保有对神圣教会的应尽的顺从。① 我已从

---

① 　与不要开除亨利教籍之请求相配，这是一次不顺从的含蓄暗示，亨利登上王位由不足，需要教宗支持产生的影响力。

你最为有益的和令人喜爱的提醒中受教。在我作为一个女人所拥有的力量以及好人们所能提供给我的帮助的范围内，我将竭尽所能，以便我的谦卑能够尽我所能地执行殿下的建议。愿阁下幸福康健。

第十四章 莱茵兰的本笃会通灵者

宾根的希尔德加德（Hildegard of Bingen）

（1098—1179 年）

导读

　　将修道院院长、传教士、预言家、诗人兼于一身的希尔德加德在
其作品中显示了极为出众的才华与个人魅力。她的作品气势夺人、
种类繁多，这在中世纪女性作家的作品中可以说是无与伦比的。她
创作的作品包括戏剧和抒情诗、音乐、神秘论和宇宙论。她甚至将触
角深入科学领域：动物和宝石的知识、医学（无可否认，医学的部分内
容只是民间传说）。除了创作出了三部内容丰富、令人眼花缭乱的讽

喻性异象作品外，她还留下了能够阐明其文意的艺术诠释之法。

希尔德加德的相当一部分作品都包含着一些自传性的内容。另外，她还寄发了一些劝勉类的信函，还与当时的一些社会名流有着大量的，有时甚至是热情洋溢的书信往来，这些社会名流有阿基坦的埃莉诺①，英格兰的亨利二世，明谷的伯纳德（Bornard of Clairvaux），教宗尤金三世（Eugenius III）、阿纳斯塔修斯四世（Anastasius IV）、艾德里安四世（Adrian IV），还有神圣罗马帝国皇帝康拉德三世（Conrad III）与腓特烈·巴巴罗萨（Frederick Barbarossa）②。

在之前的一个世纪里，德意志的皇帝们攫取了大量的权力，国君逐渐成为教宗的"守护者"，动荡不安由此接踵而至。希尔德加德在世之时，教会想得到更多的控制权；当时的教宗格列高利七世（Gregory VII）赢得了不少人的拥护，于是教会开始出现分裂。腓特烈·巴巴罗萨皇帝扶植了一位教宗，而希尔德加德相中的是另一位教宗，于是希尔德加德给腓特烈一世去信，信中大发脾气。"皇帝啊，如果你想活命，就听从此事，"她威胁道，"否则，我的利剑可不饶你。"她的另一封措辞犀利的信是写给美因茨大主教（archbishop of Mainz）的，这封信恰似神谕谶语，因为不久之后，她为他预示的劫数真的到来了：这位大主教遭受罢黜并被流放。

希尔德加德的其他言辞温和的书信，是写给邻近的本笃会灵修士舍瑙的伊丽莎白（Elisabeth of Schonau）的。在她写给让布卢的吉伯特（Guibert of Gembloux）——当时是她的书记——的一封重要的信件中，生动地描述了她的异象过程以及其中出现的"活光之影"的映射。有关她的生平的其他资料来源于同一时期的僧侣戈德弗里德（Gode-

---

① 法王路易七世之妻，后嫁英王亨利二世。
② 即腓特烈一世。

frid)、狄奥多里克（Theodoric）分别为其所写的传记（其中希尔德加德本人还亲写了十几段）。十三世纪时，格列高利九世令人对希尔德加德的生平及奇闻轶事进行了探查，而这随后也增添进了她的传记里。

这个有着"莱茵河的西比尔（女先知）"称号的女人出生在阿尔蔡（Alzey）附近波默舍姆（Bermersheim）的一个贵族家庭。据希尔德加德回忆，五岁时她便开始体验圣光异象了。从八岁时起，她开始住在迪希邦登堡修道院（Disibodenberg），这家修道院由爱尔兰主教圣迪希邦登（St. Disibod）于七世纪创建。虽说到那时已经存在四个多世纪了，但接收女子还只是不久的事。在那里，她的父母希尔伯特（Hildebert）和梅希蒂尔德（Mechthild）把希尔德加德即他们的第十个也是最后一个孩子交由斯庞海姆的优塔院长（anchoress Jutta of Sponheim）监护。修士弗玛（Volmar）是她的另一个老师，后来成了她的朋友、书记。迪希邦登堡修道院属于本笃会，注重祷告和学习、诵读经文及赞美诗以及参加体力劳动。对女人们来说，这意味着看护、纺纱、编织，而希尔德加德的教女们在抄写、解读手稿方面也达到了很深的造诣。尽管希尔德加德自称愚昧，但她肯定学习过拉丁文，只是她并不像十世纪奥托文艺复兴时期的赫罗兹维萨修女那样接受有关奥维德、贺拉斯、泰伦斯、维吉尔的古典教育罢了。

1136 年，三十八岁的希尔德加德不情愿地接替了她所钟爱的优塔担任院长之职。五年后，年近四十三岁的她经历了一次强光异象，异象中一个来自天国的声音令她记下她所看到的一切，她拒不服从，直到后来的一场疾病迫使她记录此后十年间经历的一连串异象。

对很多神秘主义者——如舍瑙的伊丽莎白以及十五世纪英格兰地区的诺里奇的朱利安（Julian of Norwich）——来说，疾病是结出硕果的泉源，是通灵生活的伴生物。希尔德加德形容自己的肉身之痛是"痛彻血脉、肌肉、骨髓"，还说自从出生之日起她便被"卷入了苦痛之网"。体弱多病让这位神秘主义者完成不了日常事务,足以让她与人隔离。如果疾病降临到了这个既不愿写下、也不愿口述其异象的女人身上,只有当她最终同意记录异象时,疾病才得解除。希尔德加德的异象构成了她的第一本书《识道》[全称为《识主之道》(*Scito vias domini*)]的开端部分。教宗尤金曾在 1147 年的特里尔宗教会议(the Synod of Trier)之前读了《识道》的部分章节。而且他还讯问了希尔德加德,想要查明她的异象的真实性。她简明诚实地回答了讯问。自从她获得了教宗的认可后,她的声名便开始传播起来。

第二年,即 1148 年,希尔德加德想要创建自己的修道院,此举将赋予她更大的自主性。但是,她的这一想法却遭到了迪希邦登堡修道院院长库诺(Kuno)的拒绝,这大概是因为他想独占这个声名鹊起的教区的控制权。希尔德加德大为震怒,而且她的态度"坚定如磐石";于是,她严厉斥责了库诺,并把他叫作"亚玛力人"[《出埃及记》(17:8)中记载的在沙漠中与以色列人为敌的流浪部落成员]。希尔德加德的身体每况愈下,令库诺觉得有神灵插手了希尔德加德的事情,于是希尔德加德获准在莱茵河畔邻近宾根的鲁珀斯堡(Rupertsberg)修建独立的修道院。1150 年,希尔德加德携五十名皆是贵族出身的修女搬入新址。

在这一时期,希尔德加德正在弗玛的协助下完成《识道》一书。她还获得了她十分挚爱的书记兼助手理查蒂丝·冯·施塔德(Richardis von Stade)的帮助。后来,当理查蒂丝要被调到另一家女修道院任实权之职时,希尔德加德写了几封信告发理查蒂丝的兄弟哈特维希大主教(archbishop Hartwig),因为正是他为其姊姊谋得升迁。希尔德加德还给教皇尤金写信,但终究还是没能留住理查蒂丝。她受伤极了。几年后,理查蒂丝去世,此时业已顺服上帝旨意的希尔德加德给哈特维希写了一封深表同情的信函。

从 1158 年到 1163 年，希尔德加德在德国各城邑旅行、布道，并开始撰写她的关于异象的第二本书，即《生之功德书》（*Liber vitae meritorum*）。在六十岁到七十二岁之间，尽管沉疴在身，她还是完成了四次布道之旅，而且并没有中断与大众的联系。她曾三访科隆市，并对圣厄休拉（St. Ursula）拉传奇十分着迷，随着疑似圣厄休拉及其同伴的遗骸重现天日，希尔德加德的兴致达至巅峰。仰慕希尔德加德并与她书信往来的舍瑙的伊丽莎白，记下了自己团厄休拉圣女团的异象（参看本书第十五章），以一种在日后成为最具影响力的形式，改编了这一传奇。

从 1163 年到 1173 年，希尔德加德撰写了她的第三本也是最后一本书，即《神之功业书》（*Liber divinorum operum*）。书中，她提出了人的小宇宙，描绘了人与宇宙之间、人与神性基督之间、含体液之肉身与存有得救之能力的包含情感的灵魂之间的相互关系。一种内在的如火之力（ignea vis），以宁静、理性、和谐之法，将宇宙万物统为一体。此作的“一体”与《识道》的混沌纷乱形成了鲜明对比。

在其生命的最后一年，希尔德加德已逾耄耋之年，而她竟卷进了争论之中，原因是她同意把一个据说已被逐出教会的贵族的遗体埋在鲁珀斯堡修道院。她坚持认为死者最后是圣洁的；然而，她的女修道院还是被勒令停止圣事活动。希尔德加德拒绝让步，她向更高的盟会作了申诉，这个禁令终于被解除。据她的传记者所言，她于 1179 年 9 月 17 日在神佑之死中前去与天国新郎相会。据说，当时的天空被光圈和闪亮的红色十字架照得通亮，像是要向她的修女姊妹们展现她曾体验的异象。

希尔德加德的被转化成了神奇，甚至幻化的诗歌、散文作品的异象，以光、火、烟、臭气为其表征。她的宇宙满是几何形状：圆形、正方形和椭圆形。土、气、火、水这些宇宙元素通过太阳和星辰、天空和风、光和影、山脉和洞穴表现出来,社会则以帝王、士兵和猎人为代表。大型建筑物矗立着,其间可见石柱和栏杆、塔楼和神殿、圣坛和十字架。鸟、鱼及其他动物的形象或模仿自然,或怪异离奇。透过云、雾、风或说话或吼叫的则是鲜活的人形:男男女女皆是体格魁伟、手脚粗壮、头大发长。希尔德加德笔下的女性往往仪容尊贵而威严,有着女性味十足的身躯、乳房和子宫。有孕在身的爱克里西亚(Ecclesia)子嗣绵绵不断。充满了万千星辰的"宇宙之蛋"(Cosmic Egg)同样传达了女性生殖力的意思。在希尔德加德的作品中,女性的神性常由母性繁殖能力和生育能力彰显出来,这与其后的德意志神秘主义者马格德堡的梅希蒂尔德等的作品中以圣婚中的婚礼、色情意象来体现女性之神性并不相同。

在一个典型的异象中,一束光会洒向某种重要景观(像高山、大河、深渊),此时,预示末日灾祸的人出场,野兽或某种建筑结构突然出现。启示之后往往是对其意的解释。颜色是极为醒目的。基督教《圣经》与救世主鲜血的红色相联系。白色是殉道者的颜色,也是圣灵之鸽的颜色。对希尔德加德来说,"viriditas",即绿色、绿化,有着特别的含义,它与一切存在中跳动着的神一般旺盛的生命力有关。《神之功业书》有这样一句话:"灵魂是肉身的绿色生命力。"

希尔德加德的异象——炫光的笼罩下的异象,令人生出惊异乃至幻化之感——引发了现代病理学家们的兴趣,他们在希尔德加德罹患的终身疾病中寻找这些异象的根源。可是,她的异象的效力,就像从舍瑙的伊丽莎白到圣女贞德(Joan of Arc)的这些先知的效力一样,并未因科学分析而有所减损。在某种程度上,这位神秘主义者的天赋取决于她肉身的疾患。

选文1—4译自希尔德加德的一些作品,包括她的"庄严宣告"(*Protestificatio*)以及《识道》第一章中的前三个异象选段。《识道》收录了26个异象。第一章的六个异象追溯了从"人类的创造与堕落"到"救世主的允诺"时期的上帝、人类、世界的历史。第二章的七个异象描述了借由基督（即"太阳"）以及基督与教会在十字架下的神秘婚姻而得的救赎。第三章中的十三个异象借助建筑意象，描绘了通过神力、圣德重建的救赎，描绘了世界末日及与撒旦的最后一搏，描绘了教会进入永生之天启。

　　选文 5—7 选自《生之功德书》，该书描写的是宏大宇宙背景下以言语之战为形式的"心灵冲突"（psychomachia）。邪恶与美德化身为宇宙力量，以话语为武器相互对峙；这些言语之战以人性之善胜出而告终，教会则进入了永恒荣光。该书以上帝为中心人物展开。希尔德加德看见一个强大、完美、超众者，他头顶白云，脚踩万丈深渊，希尔德加德目眩神迷。他是万物之道，导引人类走上救赎之路。希尔德加德看到了他那能喷出三种风的云状喇叭，风之上盘旋着三种云彩：一种是发热的，一种是狂暴的，一种是发光的。上帝用喇叭吹出的风让人想起乔叟在《声誉之宫》（*The House of Fame*）里的吹风冒烟的喇叭。随着希尔德加德以言语为形式的心灵冲突的展开，书中开始将永恒的罚与赏戏剧化。最后的部分主要讲述的是天堂的童贞女们，她们心醉神迷，是上帝之羔羊的陪伴。这一场景让人联想起《圣经》之《启示录》以及十四世纪英语作品《珍珠》（*Pewrl*）中的十四万四千名少女。①

---

　　① 《珍珠》是用中古英语西北中部方言写的，成于十四世纪。珍珠是诗人的女儿，两岁时夭折，葬在花园里。诗篇开始时写八月的一个节日，诗人在他女儿的墓旁入睡，梦见来到一个花香鸟语的所在，看见一个白衣珠饰的少女坐在河边，认出是他的女儿。他向她倾诉思念之情，但她婉言责备他不应过于悲哀，因为她已生活在天堂，并劝他服从上帝的意志。接着她说她已成为基督的一个新娘，并引他去看她居住的圣城新耶路撒冷，这里的街道和宫殿光辉夺目。到了夜晚，他看见耶稣身穿珠色长袍，腰里流着血，在长老们膜拜和天使歌咏声中引领一队共十四万四千名胸前捧着珍珠的少女走向上帝的宝座。少女中即有他的女儿。他想过河去新耶路撒冷，却从梦中醒来，仍在花园里女儿墓旁。从此他不再忧伤，接受了上帝的意志。

　　选文 8、9 摘自《简明医药手册》(*Liber Simplicis Medicinae*),亦称《自然史》(*Physica*),是希尔德加德的宝石学的范例。此书与她的《病因与疗法》(*Causae et Curae*)(又称《高级实用医药手册》)同属于希尔德加德在自然科学方面的皇皇巨著《自然奇妙百用之书》(*Liber subtilitatum diversarum naturarum creaturarum*)。《自然史》以九大部分——列举了植物、(风、雨等)自然力、树木、石头、鱼类、鸟类、兽类、爬行动物及各色金属的基本特性及治病功效;在《自然史》的被称为《宝石篇》(*De lapidibus*)的第四册里,希尔德加德以二十六个章节的篇幅介绍了以下宝石:祖母绿、红锆石、缟玛瑙、绿柱石、缠丝玛瑙、蓝宝石、肉红玉髓、黄玉、黄橄榄石、碧玉、葱绿玉髓、蓝玉髓、绿玉髓、红榴石、紫水晶、铬黄玛瑙、钻石、磁石、白榴石、水晶、珍珠(自然是有真有假的)、红玉髓、雪花石膏、白垩及一类"别种宝石"。

　　选文 10 由七首抒情诗歌组成,选自《天启之韵曲》(*Symphonia harwoniae caelestium revelationum*)。前两首主要是向圣母马利亚致敬,第三首颂扬了圣马克西米努斯(St. Maximinus),第四首包括了写给圣厄休拉(希尔德加德对她尤其迷恋)的对唱圣歌与应答圣歌。有一首爱情诗是希尔德加德为她的修道院的教女们写的,基督的贞女新娘们向他吟唱此诗。在举行仪式的场合,修女们获准可以穿婚礼白纱、头巾和冠状头饰,但这却招致了一个希尔德加德的男性批评者的非难。最后的两首诗是绿色生命力的赞美诗,绿色生命力是希尔德加德作品中无所不在的引导性意象之一。

　　除了以上所谈到的一些著作、信函、三部异象专著之外,希尔德加德的作品还包括戏剧《美德祭》(*Ordo Virtutum*)、两本关于她的秘密语言(secret language)的著作《秘名语》(*Lingua ignota*)与《秘名字母》(*Littetrae ignotae*)、一本解读《诗篇》的著作《福音注》(*Expositio Evanpeliorum*)以及为纪念圣鲁伯特(St. Rupert)和圣迪希邦登(St. Disibod)而撰写的两本圣徒传记。

1. 关于源自上帝之真实异象的庄严宣告
（选自《识道》：开场白）

噫！在我的时间进程中的第四十三年，我战战兢兢地体验了一次天国异象，我看到了壮丽的奇观，听见来自天国的声音说道：

"孱弱的凡人哪，你是灰中之灰，你是朽中之朽，把你的所见所闻统统说出来、写下来吧！但是呢，由于你怯于张口、不太会讲述，又不精通写作，所以在你讲或记的时候一定不要按着着人的发音或是人类虚构的才能，也不要遵循人类创作的目的，你要遵照你从上天那里、上帝之奇观中得到的所见所闻！然后，你得提供详细的解释，就像如果一个人懂得了导师的话之后会根据导师言谈的真义开诚布公地揭示之、讲授之。所以，你这个凡人啊，也要讲出你的所见所闻。你要根据奥妙万物的知悉者、明觉者、规定者而不是你自己或旁人的意志来记下来。"

然后，我再一次听到了来自天国的声音："说出这些奇观，根据这种方法记下教导你的这些事——说吧！"

这事发生在上帝之子耶稣基督道成肉身的 1141 年，我当时四十二岁又七个月。天堂在我眼前开启，一股炽烈强光倾泻而出，流经我整个大脑，使我心胸仿佛着了火，却不感烧灼，而是感觉到阳光照射在万物之上的那种温暖惬意。

突然间，我懂得了《诗篇》与福音书的真义所在；我懂得了《旧约》和《新约》这些天主教书籍——不是文字的意义，不是音节划分的意义，也不是词格、时态之类的文法。

说实在话，从少女时代即我十五岁起，直到此刻，我才在自己的身上感知到某种不可思议的玄秘、隐秘、非凡的异象的力量。然而，我除向几位和我一样在主面前发过相同誓言的虔诚教友讲过这些事情外,并未曾再跟其他任何人透露过。其实,直到恩惠之上帝让我展现出这些事之前,我一直在默默地严守着秘密。

但是,我并非在睡梦中或谵妄状态下,或是借助肉身之眼、凡俗之耳,也不是在什么隐匿之地感知到这些异象的,我是在清醒之时体验到这些异象的,当时毫无睡意的我根据上帝的旨意在公共场合意识清晰地环顾四周。不管怎么说,这对耽于肉欲之人来说是很难洞彻的。

揖别了少女时代,走进了不惑之年,我听到了来自天国的声音:

"我是照亮黑暗的活光。我根据自己的喜乐,以大奇迹让我想要得到的凡人惊奇颤抖,我把她放在那些曾在我身上看到很多秘密的古人都够不到的地方。我令她与大地齐平,于是她便不会因心中的傲慢而拔高自己。俗世间不会留下她丝毫的快乐,她也不会从世间的万事万物中得到消遣或娱乐。我去除了她身上的蛮勇,于是她在行事之时便会带有几分的胆怯与忧虑。她所遭受的痛苦痛彻骨髓和筋脉;她的心灵受了束缚;她曾罹受过许多的肉身疾患。她的心中从未完全摆脱焦虑,她对自己所做的每一件事都求全责备。

"我把她内心的罅缝团团围住,于是她的心便不会因骄傲或赞美而洋洋自得,相反,她从骄傲或赞美中感受到的恐惧与痛楚,甚于快乐与放纵。

"为了我的爱,她在自己心中寻思,她要到哪里才能找到一个愿意奔走于拯救之路上的人。后来,她找到了他,并爱上了他[1],她知道他是一个忠诚的人,他与她在属于我的部分使命上有着相似之处。她把他留在了身边,一起努力研习神学,以便我的隐秘的奇迹能为世

---

[1]　即希尔德加德的书记,迪希邦登堡修道院的僧侣弗玛。

人所知。这个男人从未把自己凌驾于她之上；当他靠近她时总会彬彬有礼、极尽殷勤，并在叹声连连中折服于她。

"你这个凡人体验到了这些东西——不是在欺瞒的混乱中，而是在质朴的清晰中，为的是让这些隐藏的东西明白清晰——所以你得写下你的所见所闻！"

虽然我既看见也听见了这些事情，但是很长一段时间内我都拒绝把它们写下来，因为我心中存了狐疑和错误的想法——因为男人们的种种臆断——这狐疑和想法并非出于冥顽不灵，而是出于谦卑之本分。

最后，在上帝的鞭打下，我倒在了病榻上。于是，在一个出身高贵、品行端正的姑娘①的见证下——还有我之前提到的那个我背地里物色到的男子，身患多种疾病的我开始动手写起来了。

在写的过程中，我感觉到书中的表达晦涩深奥，这一点我之前是说过的。所以，尽管病愈后我的确感到浑身充满了力气，这一工作仍可谓步步维艰，历经十载方得完成。我笔下的这些异象体验及文字撰写大抵发生于美因茨教区大主教海因里希（Heinrich）、罗马皇帝康拉德（Conrad）及教宗尤金治下迪希邦登堡修道院院长库诺的时期。

我所说的、写的，依据的不是我内心的虚构，或任何人的虚构，而是仿照我在天国里所看到的，以及通过上帝的神圣秘仪所听到和感知到的。我再次听到天上传来声音说："喊出来吧！就这样写吧！"

---

① 即理查蒂丝·冯·施塔德。

2. 铁色山与发光之"太一"
(选自《识道》：第一卷，第一个异象)

我仿佛看到一座巨大的山脉，有着铁的颜色。山巅之上坐着"太一"，他浑身散射着强光，让我为之目眩。他的两旁各延伸出一道淡淡的影子，仿佛一对尺寸惊人的翅膀。在他面前的山麓，站有一个浑身是眼的形象，因为眼睛太多，我无法辨出人形。

在这形象的前面又有另一个形象，他还是个男童，身穿浅色束腰外衣，脚穿白色鞋子。我看不到他的脸，因为他的头上净是坐在山巅的"太一"散发出的光芒。许许多多的跃动的火花如同瀑布般从山上"太一"的身上倾泻而下，绕着这两个形象极可爱地飞舞着。就在这座山上，仿佛开了许多的小窗户，其中不少男子的脑袋晃动，有的是灰色的，有的是白色的。

看啊！坐在山上的"太一"正声如洪钟地喊着："孱弱的凡人啊，你是尘世之尘、灰中之灰，你要大声喊出、说出进入永生之救赎的路！你这样做，为的是教导那些人，让他们知道是谁通晓《圣经》的内在含义，但那通晓者却不愿讲授之、布道之，因为那些人在维护上帝之公义方面冷漠迟钝。为他们打开神秘的栅栏吧！他们因为羞怯的缘故，把自己藏匿在偏僻、荒瘠之地。所以，你要将你的丰足之泉倾倒出来！你要将那奥妙的学识倾泻，为的是那些因夏娃的罪恶而伺机奚落你的人，被你那恢复精力的洪流吞没。"

"你那敏锐的洞察力不是取自于人类，而是来自天上高处的令人敬畏的法官。在灿烂的亮光中，这束光芒将会在那些发光体中熠熠生辉。起来吧，喊出来，说出来！这些东西是借由神助之强力才显现给你的。他仁慈而强有力地统治着他的造物，那些以甜美之爱、谦卑之态敬畏他、服侍他的人，他会让其充满神圣启示之光，那些在公义之路上不折不挠的人，他将让其尽享永恒的美景！"

3. 撒旦落败，地狱的形成以及亚当和夏娃的堕落
（选自《识道》：第一卷，第二个异象）

然后，我仿佛看到一大堆亮光盈盈的火把，它们腾起火红的闪光，泛起耀亮的光辉。看哪！这儿出现一泓深不可测、宽广无垠的湖泊，湖口就像一眼井，不断地喷出热热的臭烟气，而且还在升腾起一股股令人作呕的雾气，之后雾气会碰到一种带有欺骗性外表的血管样的东西。

在某个亮堂堂的地方，雾气会穿越那个血管样的东西，然后便会被吹到一朵洁白的云彩上——这朵云彩从某个美丽的人形那里飘来，而且里面还有许许多多的星辰。然后，那股令人作呕的雾气把云彩及人形从这处亮堂的地方一并驱散了出去。

当此之时，一圈圈闪亮的光辉笼罩在那个亮堂的地方。世界的那些元素，曾经是静静地结合在一块的，但现在竟成了一片的狼藉，显得有些吓人。

（希尔德加德听到一个对其所见进行解释的声音：）

那"一大堆亮光盈盈的火把"指的是在其神佑生活中的成千上万发光的天上精灵。因为他们是上帝创造的，所以他们与无上的荣光同在。这些精灵不会一心趾高气扬地拔高自己，而是会矢志不渝地坚守着圣爱。

"腾起火红的闪光，泛起耀亮的光辉"一句的意思是说，当撒旦及其追随者企图反抗神圣的造物主但落败之时，那些热爱着上帝的人达成了共识，然后共同守护着圣爱。

　　撒旦及其追随者接受了那些不愿认识上帝的人身上的懈怠与无知。后来发生了什么呢？撒旦落败，而那些与主共守公义的天使般的精灵中间响起了热烈的喝彩声；他们以敏锐的洞察力看到，上帝的地位难以撼动，他的权力也不会发生丝毫的改变，任何武夫都不能颠覆他的统治，于是他们炽烈地爱着他，坚守公义，蔑视任何的不公。

　　而出现在你面前的那个"深不可测、宽广无垠的湖泊"则是地狱。它那宽广无垠的湖面上漂满了罪恶，而那深不可测的深渊则预示着永世受罚，这些你都能看到。"湖口就像一眼井，不断地喷出热热的臭烟气"是说浸没其中的灵魂为其贪欲所吞噬。尽管湖泊展现给它们的都是美好与喜悦，但其实它却通过不当的欺骗把他们引向了痛苦的毁灭。在那里，烈焰的热气夹杂着最恶心的浓烟以及滚烫的致命臭气喷涌而出。那些让人不堪的痛苦是专门留给撒旦及其追随者的，因为他们既不愿与至善为伍，也不愿去认识、了解它。所以说，他们之所以与一切美好的事物失之交臂，不是因为他们不能够认识它们，而是因为他们压根儿就眼高于顶，从而对它们不屑一顾。

　　"（同一个湖的口中）还在升腾起一股股令人作呕的雾气，之后雾气会碰到一种带有欺骗性外表的血管样的东西"。这句话是说，那些诡谲邪恶的欺诈从地狱最深处而来，然后进入了毒蛇的体内。毒蛇体内便有了意图欺骗人类的罪孽。这怎么讲呢？当撒旦在伊甸乐园瞄到人时，他便惴惴不安地大声嚷道："啊，在这真正蒙福的宅邸，这个朝我走来的是谁！"他自知他心中的恶意还没有将其他生灵同化。于是，当他看到亚当和夏娃竟然天真无邪地走在欢乐园里时，他便在精神恍惚的状态下决定通过那条毒蛇来欺骗他们。

　　他为什么要选择那条蛇呢？因为他感觉，与其他动物相比，那条蛇更像自己；自己公然现身不能完成的任务，它通过狡猾地匍匐前行，能帮他偷偷摸摸地完成。所以，当他看到亚当和夏娃的身心都要避开那棵禁树时，他意识到他们受到了神圣的诚命。但通过他们想做的第一件事，他发现他可以轻而易举地击倒他们。

"在某个亮堂堂的地方，雾气会穿越那个血管样的东西，然后便会被吹到一朵洁白的云彩上——这朵云彩从某个美丽的人形那里飘来，而且里面还有许许多多的星辰。"这句话是说，在这个欢乐之地，撒旦利用毒蛇的引诱攻击了夏娃，并导致了她的堕落。夏娃有一颗无邪的心灵，她是由从无邪的亚当身上取下的一根肋骨变成的，后来，她通过她的身体孕育出了无数的人类子嗣，恰如上帝预定好的。

撒旦为什么会选择攻击夏娃呢？因为他知道，与男人的阳刚相比，女人的阴柔更容易被征服；而且，他明白，由于亚当是那么炽烈地爱恋着夏娃，所以一旦他把夏娃征服了，亚当便会服服帖帖地做夏娃让他做的一切事情。于是撒旦便"把云彩及人形从这处亮堂的地方一并驱散了出去"，这是在说，那远古的勾引之徒，通过欺诈之术，把亚当和夏娃赶出了蒙福之所，把他们送进了黑暗与毁灭。

4. 宇宙之蛋

（选自《识道》：第一卷，第三个异象）

之后，我看到了一个庞然大物，圆圆的，色彩偏暗，形状就像一只蛋。它顶部狭窄，中间宽大，下面小巧。它的周边有一团烈火，烈火下有一种影影绰绰的膜状物。烈火中有一个红通通的巨大球体，于是整个庞然大物都被它照得亮亮的。球体的上方并排立着三个小小的火把，这些火把里的火焰正好稳定住了球体，使其不至于倒下。有时候，球体会自行向上，然后许多火焰便倏地扑向它，使得它的火焰愈加旺盛；有时候，它会向下沉降，然后一股强大的冷气会拦住其道，于是亮红的球体便会蓦地收缩火焰。

　　然而,从庞然大物周边的火焰里竟突然袭来一股龙卷风,从火焰之下的膜状物里也同时刮来一股旋风,二风到处翻滚,席卷了整个庞然大物。在那个膜状物里有一束黑色的火焰,吓人极了,我简直不敢再看一眼;这束火裹挟着雷电、风暴以及大大小小的利石将整块膜猛然撕裂。随着雷鸣声越来越大,火、风、气统统陷入混乱之中,而闪电似乎要比轰雷的来势更猛更急;火是首先感受到雷鸣的威力的。膜下面便是最纯净的天空了,其下再没有膜。我看见天空中有一个炫目的白色巨型火球,其上支着两根小小的明亮火把,于是白色火球便稳固了下来,不会偏离它的轨道。在那天空里,到处都是闪亮的球体。而那炫目的白色球体则时不时地释放出光芒,并射进那些球体里。然后,白色球体冲回那个亮红球体,并恢复了它的火势,接着将火焰喷向那些球体。而从那天空中,阵阵龙卷风也会呼啸而来,并盘旋在我之前提到的那个庞然大物的周边。

　　我看见那天空下有一股饱含水分的空气,其下有块白膜。这股空气到处吹拂,于是那个庞然大物便通体湿润起来了。时不时地,她会突然蓄积起来,然后会突然间喷射出一股水流,之后水流会缓缓散开,接着便会下起如轻抚般柔腻的细雨;但此地也会有旋风狂啸而至,吹遍我所谈到的那个庞然大物。

　　就在这些自然力的肆虐之下,我还看到一个巨型沙球;在诸多自然力的作用下,它才不会随意滚滑。但是,有时候,当这些自然力交替着与我所谈及的那些狂风发生相互碰撞的时候,沙球便会随着力的作用稍稍滚动。

　　在北方与东方之间,我看到了一处貌似巍峨高山的东西。朝北的方向多是茫茫黑夜,朝东的方向多是暖暖光明,光明无法蔓延到阴影区,阴影也无法蔓延到光明区。

5.上帝用喇叭吹出的三种风
（选自《生之功德书》：第一个异象，第一部分）

我看见一个非常高的人，他上能摸到上天之云端，下能触到无底之深渊。他的肩膀之上越过云端直抵那最澄澈的苍穹。肩膀之下、股部之上，既在一些云层之下，又穿过另一朵白云；股部之下、膝部之上，矗立于地面大气之中；膝部之下、小腿之上，则陷入地里；小腿之下、脚底之上，便在深渊之水中了。他面朝东方，于是便把东方和南方都尽收眼底。他的脸上闪耀着亮亮的光彩，所以我并不能完全看清他。

他的嘴里噙着一朵喇叭状的白云，总是传出急促的嘈杂声。当他吹响喇叭时，有三种风从中而出，每种风之上都有一朵云彩，于是便有了三种不同的云：发热之云、狂暴之云和发光之云。这些风托着这些云。那种上面托着发热之云的风依然在那个人的面前，另外两种风则托着云已经吹到他的胸部，然后便散开了出去。他面前的风依然在那里，一直在从东方往南方吹着。

发热之云中的是一个活生生的火热群体，他们一心一志，统一于一个生命。他们面前铺陈着一块到处是翅膀的薄板，它会根据上帝的指令飞来飞去；当上帝的指令把这块由上帝之智慧写有其秘义的薄板抬起时，那个群体便满腔热情地端详着它。等他们端详完那些文字之后，上帝之力便奖赏了他们，于是他们一起就像那只硕大无比的喇叭那样齐声鸣奏起来。

那种上面托着狂暴之云的风携着云层由南方向东方吹着，云的长、宽像是围成了一个开放的城市广场，其面积是如此之大，凡人的智慧无法把握。云的上面端坐着受神佑护的攘攘人群，他们皆有生命之灵性，其人数不可胜数。他们发出的声音宛若众河之奔流，他们说道："我们根据创生出这些风的太一的喜好选取我们的居所。我们什么时候才能得到呢？（这样问是）因为如果我们有了自己的云彩，那么我们就会比现在快乐得多。"

待在发热之云里的众人像在唱赞美诗似的回答道："当上帝握住喇叭时，他会向地球吹出雷电和烈火。他会伸手去触摸太阳之中的火，于是整个地球便会动起来；上帝将会显现其伟大的神迹。然后，喇叭里便会有地球上的所有族群以及各种门类的语言的呐喊声，还有所有名字被刻进喇叭之中的人的呐喊声，你们在此也就有了安居之所。"

那种上面悬浮着发光之云的风，与那发光之云一起，从东方向北方散去。但是，厚厚的、可怕的阴影正在从西方席卷而来，向发光之云的方向挪移着。可它们是不会越过发光之云的。

发光之云中出现了一个太阳（耶稣基督）和一个月亮（教会），太阳里有一头雄狮，月亮里有一只带角山羊。太阳在天空之上照耀，透过天空，照在地球之上和地下；它继续东升，复又西落。随着太阳的移动，雄狮亦步亦趋，所到之处劫掠无度；当太阳归来时，雄狮亦一同归来，并高兴地大声吼叫。那个里面有一只带角山羊的月亮也随着太阳起起落落。然后，一股风吹至，并说道："一个女人会生下一个孩子，而那只带角山羊将会与北方厮战。"

阴影之中有一群不可胜数的迷失灵魂，当他们听到来自南方的歌声时，转身便走，因为他们不想与其为伴。这些迷失灵魂的头头名曰"骗子"，他们跟着他干些坏勾当，受到耶稣的打击，于是一蹶不振。他们凄声凄语地喊着："愿灾祸降临到那些背离生命、与我们共赴死亡的有害、可怕的行径上！"

然后，我看到一朵来自北方的云彩，它正向那些阴影飘去。这朵云没有丝毫的快乐与喜悦，因为连太阳都不愿触到它或移向它。它里面全是邪恶魂灵，他们在云上游移不定，盘算着为我设下陷阱。这些魂灵因那个人的缘故，羞得满脸通红。我听到他们中的那条老蛇说道："我会命我的大力士们做好攻占堡垒的准备，而我则会拼尽全身力气抵抗我的敌人。"

然后，众人中只见他从嘴里吐出涎沫，其中满是污秽与罪恶，接着他滑稽地把它们吹了起来，说道："哈哈！那些因为行了光明之举便被称作太阳的，我会将它们驱赶进悲惨可怖的黑夜暗影中。"他又吐出一口恶心的雾气，像浓烟一般笼罩了整个地球，然后我听到里面响起了一声雷鸣般的吼叫："没有人再会崇拜另外一个上帝了，除非他能亲眼看见并认识他。如果一个人去珍视自己无法辨识的事物，那到底会有何意义呢？"在那朵云里，我看到了形状各异、五花八门的罪孽。

6. 尘世之爱与天国之爱
（选自《生之功德书》：第一个异象，第一部分）

尘世之爱的话：

第一个东西有着人的外形以及埃塞俄比亚人的黝黑。他赤裸裸地站立，用手臂和双腿夹住树枝之下的树干。树上长出了各种各样的鲜花，他正在用手攒集那些花儿，口中说道：

"我拥有着尘世上的每一个王国以及它们的鲜花和彩饰。既然我有着这么多的绿意，那我怎么还会凋零呢？既然我正值青春正茂之时，那我为何要像是生活在垂暮之年呢？我为什么要把我那美丽的双眸引向失明无光呢？如果那样的话，我会惭愧不已的。只要能够拥有尘世的美丽，那么我就会紧抓不放。虽然我对其他种类生命的故事早有耳闻，但我却一无所知。"

在他说话的时候，我提到的那棵树竟从根部渐渐地枯萎了，最后陷入了我谈到的那个茫茫黑夜之中，而那个东西竟也一同死去了。

天国之爱的回答：

然后，从那朵我之前提到的狂暴之云中，我听到一个声音这样回答那个东西：

"你愚蠢至极，因为你竟想要在灰烬中过活。你不去追求那种在华美之年永不凋萎、在迟暮之年永不死去的生活。另外，光照不到你，你只存在于漆黑雾气之中。你卷裹在人类的任性之中，就像困在了蠕虫之中。你似乎只是为了须臾的那一瞬活着，之后你便像一无是处的东西那样凋萎了。你将堕入毁灭之湖，在那里，你身边尽是想要抱住你的手，而这些就是你以及你们的本性所称呼的'鲜花'。"

"但是，我乃天上的祥和之柱，我眷顾着生命之中的所有快乐。我不会藐视生命，但是，就像我会藐视你一样，我会将有害物悉数踩于脚下。我乃一面众德之镜，其中每一种忠诚都将清清楚楚地注视自己。而你呢，却追寻着一条夜幕之下的路途，你的双手只会造成死亡。"

7. 童贞女的天国之乐

（选自《生之功德书》：第六卷，第六部分）

在同样的光明中，我仿佛透过镜子看着那空气，它较最澄澈的净水还更纯净，发出的光辉较艳阳还更夺目。空气中的风蕴藏着天国、尘世里的植物、鲜花的所有绿色生命力，充满着绿色的气息，就像夏日拥有芳草、野花的馥郁香气。

　　我仿佛在通过镜子注视着那空气：空气中，那些生灵们都穿着闪闪发光、貌若镶金的袍服；她们身上长长的饰带镶嵌着最名贵的宝石，从胸前一直拖到脚下。她们身上还散发出如同香料般的浓郁香气。另外，她们的腰间还缠着丝带，那丝带好像是嵌饰了金箔、宝石以及难以名状的珠宝。

　　她们的头上都戴有黄金冠冕，冠冕上缠绕着蔷薇、百合以及缀着名贵宝石的茎秆。当上帝的羔羊向她们呼唤时，从上帝奥秘中而来的甜美之风轻轻地拂动那些茎秆，于是所有的弦歌、弦乐、琴乐以及羔羊之声便从中袅袅而起。其实，除了戴着冠冕的人之外并无旁人在吟唱；其他人都在仔细聆听，并陶醉其中，就像是一个人因观赏到从未见过的太阳光辉而沉醉。

　　她们脚上穿的拖鞋透亮透亮的，沐浴在光亮中，看起来就像她们穿的是一汪活泉。有时，她们迈步向前，好像行走于黄金的轮子上，然后，她们便会手拿七弦竖琴，信手弹奏。她们懂得而且在说着一种无人能懂或能说的语言。我无法看到她们的其他饰品，想必还会更加繁多。

　　尽管生活在这个尘世的臭皮囊中，她们却坚守对造物主的信念，行了许多的义工，于是，她们便能够沉浸在神圣的宁和之乐中。另外，在她们的纯真心灵之中，她们已经摆脱了那些只存在于瞬息之间肉体之欢的浮华，依靠圣律上升到对上面的真实的、火热的太阳的爱，她们已经拥有了那空气，它较最澄澈的净水还更纯净，发出的光辉较艳阳还更夺目。

　　当她们倾泻出许多善德的馨香时，她们便已经通过其童贞的"绿色生命力"以及其身心的"鲜花绽放"向上帝及凡人证明了自己的至为甜美的欲求——她们已经被圣灵点燃了激情——因此她们感受到了那种气息：它蕴藏着天国、尘世里的植物、鲜花的所有绿色生命力，充满着绿色的气息，就像夏日那样拥有植物、野花的馥郁香气。

8.《宝石篇》序
（选自《自然史》）

所有的石头皆含有火与水。不过魔鬼痛恨宝石。他憎恶并轻视它，因为他心中还记着，在他从上帝赐予的荣光里跌落之前，宝石的丽姿曾在他之中闪耀；还因为宝石从火中来，而他正是在火中遭到了惩罚。他被上帝的旨意击败了，然后便坠入了死亡之火。他正是那样被圣灵之火征服，而人类也被圣灵的第一口气息从他的利爪下夺了回来。

宝石、玉石产于东方以及太阳光格外炙热的地方，因为那些地方的山脉会因太阳的热量而拥有像火一般的极高温度，那些地方的河流会因太阳的极高光热而奔腾不息。有时候，洪流会从那些河水里奔泻而出，然后渐渐漫涨，接着便向上流到那些灼热的高山上；当那些因太阳的光热而变得滚烫的山脉与洪流相遇时，山脉便会在水、火碰触或洪流溅出水沫的地方"嘶嘶"作响，就像火红的铁块或火热的石头上面浇上水那样。在那里，水沫会立若牛莠，并在三四天内硬化成石头。

待洪水退去、河水又退回到河床之时，在零星几处附着在山脉上的水沫便会根据白日的时数、白日时间内的温度而变得彻底干燥。随着白日时间内的温度的变化，宝石便会获得各自的颜色与品性。随着水沫的干燥，它们便会硬化成宝石。然后从不同的地方，它们会像鱼的鳞片那样渐渐地剥离开，随后沉入沙中。

待到洪水再涨之时，洪流便会把许许多多的石头冲走，并把它们带到其他国家，以后便有人找到了它们。我刚刚提到的那些山脉——如此质地、数量的宝石就在这里如此产生——亮晶晶有若昼光。

所以，宝石产于火水，于是宝石便自然而然包含火水。由于宝石有着很多优良品性及巨大功效，所以使用它们可以带来许许多多的益处，这些益处是指对人类大有裨益、为人称道的效果——而不是腐化、奸淫、通奸、仇恨、谋杀以及其他类似的能够导致罪恶、对人类有害的恶果。因为宝石的本性便是招致有价值的、有功用的，防止邪恶的、歹毒的，就像善德必能摧垮罪恶，罪恶无法不利于善德一样。

然而，有些宝石并非产于那些山脉里，也不是如此这般产生的。它们产生于某些有害的东西。在上帝应允之后，根据其本性，这些宝石中便能产生出善与恶。上帝似乎便是用宝石美化至高天使的，而他，路西弗，通过神之镜看到它们闪闪发光，心中便知晓了。他知道上帝想要创造出许多神奇的东西。然后，他的魂灵变得自大起来，因为他体内宝石闪烁出的美丽光芒直刺向了上帝。他以为自己的能力与上帝不相上下，甚至高出上帝，因此之故，他的光辉最后也就湮灭了。

正如上帝拯救了亚当，为他安排了更好的命运，上帝对那些宝石的美善与良德同样是不离不弃的，他想让它们满带荣光与荣耀存于斯世，并作医病之用。

9. 祖母绿

（选自《自然史》）

祖母绿形成于清晨日出之时，那时候的太阳正蓄势待发，即将起程踏上征途；因了这最伟大的生命力，地球上绿意盎然，草木葱郁。空气依然料峭，旭日已然温热。植物们就像吸食母乳的小羊羔一样卖力地吮吸着绿色的生命力。气温在缓缓升高,已足以"烹熟"白日的绿色生命力,使植物们得到滋养,它们便能丰裕多产,结出累累果实。

正因为如此,祖母绿才在人类的各种弱点与疾病前显得那么强大无比。太阳孕育了它,而构成它的所有物质都来自于空气之中的绿色生命力。

因而,不管是谁,如果他心脏、肚子或体侧有了病恙,就让他拿着一块祖母绿,让他身上的肉变暖,患者也就病愈了。而如果患者已经病入膏肓,疾患不可遏止,就让他把一块祖母绿含在口中,这样祖母绿便会被唾液浸润;然后,让他不时地咽下被石头暖化的唾液,接着再吐出来,那么这些疾病就基本上不会再突然发作了。

如果一个人癫痫病发作,病倒了,那么在他还躺着的时候,把一块祖母绿放到他的口中,不消片刻,病人的精神便会恢复。当病人被搀扶起来,祖母绿被从其口中取出时,让他一边凝视祖母绿,一边说:"就如主的圣灵充满了这尘世,愿他的恩典也能充满我的身体,保佑它不再有恙。"让病人坚持在早晨连续这样做九天,疾患就会痊愈了。但是,病人应该坚持用同一块祖母绿,并在每天早晨盯着它,还要说着上面的话。病人终会康复的。

如果有人患了头痛之病,就把祖母绿放在他的嘴前,让呼吸之气温暖它、浸润它,然后患者要用这湿润之气擦抹太阳穴和额头;随后,把祖母绿放在患者口中,让他含一小会,那么他会感觉舒服不少。

如果有人多痰、多涎,那就应当先温一杯好酒,在一个小器皿上盖一块亚麻布,把祖母绿放在布上,把温好的酒淋过亚麻布。如此这般重复几次,就像在制备碱液一般。让病人每间隔一段时间就进用这酒与豆粉的合剂,还要让他饮用这样制备的酒。这样,病人的大脑便得到了净化,而痰与涎也就自然少了。

如果有人被蠕虫啮咬,那么就在患处贴放一块亚麻布,亚麻布上再放上祖母绿,然后就像湿敷药物一样再在祖母绿上缠上另一块布。这样做的目的是为了让石头变得温暖起来。把祖母绿这样放个三天,那么蠕虫便会死去。

10. 抒情诗(选自《天启之韵曲》)

啊,你是那最悦人的枝条

(Otu, suavissima virga)

啊,你是那最悦人的枝条,
从耶西的嫩枝上抽出那嫩叶,
上帝凝视着最动人的姑娘——
像那雄鹰用眼神紧盯艳阳,
啊,那是多么神奇的事啊!
此时圣父正向着圣母之光
阔步行进;他是多么渴望
他的道能化入她的肉身。

此时此刻,圣母的心灵已经
被上帝的神奇奥妙照得通亮,
一朵明亮的花儿
从圣母的身上奇迹般地升起——
和那圣神一道!

赞美圣父圣子
以及那圣灵吧!

只是刚刚开始——

和那圣神一道！

啊，那最闪亮的宝石
（O splendidissima gemma）

啊，那最闪亮的宝石

以及太阳的宁静光辉，

来自圣父内心的泉水

已经将你灌注。

他赖以创造尘世原质

的他的独一的道，

——被夏娃扰乱——

圣父把圣道锻造成人，

为了你们。

因此，你们才是闪亮的，

然后，圣道借此吸进

所有的圣德——

就像它从原质中造出万事万物。

鸽子从花格纱窗向外看着
（Columba aspexit per cancellos）

鸽子隔着花格纱窗向外看着：

在她的眼前，凤仙的芳香水气

从光亮的马克西米努斯（Maximinus）

身上流出来。

太阳的热喷薄而出，
在阴影里熠熠发光；
从其中产出了宝石，
最纯洁的圣殿就是由
它们在善良的心中堆砌的。

他屹立着，一座巍然高楼
用黎巴嫩（Lebanon）之树和松柏建成，
用红玉髓和红锆石装饰；
他是一座鬼斧神工的城市。

他，矫健的牡鹿，奔向清泉，
那里有着最纯净的水，
流经过最有效力的石头，
有着沁人心脾的芬芳。

哦，药膏、颜料的创造者们，
居于圣王花园的葱绿中，
你们起身把公羊中的圣祭
做得那么完美无可挑剔。

你们中间这位巧匠那么耀眼，
他是圣殿的墙垒，
他多想有着雄鹰的翅膀，
如此，他便能在"圣堂"（Ecclesia）充满荣光的丰饶里
亲吻"圣智"，他的乳母。

马克西米努斯啊,你就是山脉、峡谷:

你就像万仞高楼般高耸其间,

在那里,带角山羊与大象欢跳着,

在那里,圣智高高兴兴地逗留着。

你在圣礼上是那么的香甜、浓郁:

在那光辉之中,你登上圣坛,

就像一缕香料散出的浓烟,

到达那圣柱的荣耀之巅。

在那里,你为人们祈求,

他们到了明光之镜——

天堂里有着他们的荣耀。

对唱圣歌:绯红的鲜血
(Antiphon: O rubor sanguinis)

啊,绯红的鲜血,

你从那与神接壤的高处流淌而来,

你是一朵鲜花,

即使是那冰冷毒蛇的袭扰,

也不曾把你枯萎。

应答圣歌:涓流淌滴的蜂巢
(Responsory: Favus distillans)

那涓流淌滴的蜂巢啊,

就是圣女厄休拉;

她多么渴望紧紧抱着上帝之羔羊啊！
她的舌头下尽是蜂蜜、牛奶——
因为她在一群童贞女之中，
为自己攒集了能结出果实的果园
以及那花中之花。

于是，在无上高贵的晨曦中，
快慰吧，天国之女，
因为她在一群童贞女之中，
为自己攒集了能结出果实的果园
以及那花中之花。

荣誉归于圣父圣子
以及那圣灵！
因为她在一群童贞女之中，
为自己攒集了能结出果实的果园
以及那花中之花。

最甜美的爱人
(O dulcissime amator)

最甜美的爱人啊，
最甜美、温存的爱啊，
请帮助我们守护贞洁吧。

我们从那尘土中来，啊呀！
生在亚当的罪恶中：

抗拒品尝苹果的渴望，
是多么艰难的事啊！
使我们兴起，救世主耶稣！

我们热烈渴望跟随你啊！
但对于像我们这般卑贱的人，
效仿完美、无邪的天使之王，
是多么困难的事啊！

但我们信任你，
因为你甚至想着
从破败之物里
还原宝石。

现在我们来拜访你，我们的丈夫和安慰者，
你在十字架上把我们救赎。
通过你的鲜血这份婚约，
我们与你连接在了一起。
我们与尘世凡人断绝了关系，
从而选择了你，上帝之子。

最美丽的身姿啊，
渴念的喜乐散发的最甜美的馥香啊，
我们总在哀伤的放逐中
为你叹息！
我们何时能见到你

与你在一起？
但我们居于斯世，
而你却居于吾心；
我们在心中拥着你，
仿佛我们就在一起。
你，最勇猛的雄狮，
从天堂里怒吼而出，
降至那贞女之室。
你已经毁灭了死亡，
并在金城重造生命。

在那城里赐予我们伴侣吧，
让我们居住在你的心中吧！
最甜美的丈夫啊，
是你从撒旦的爪下
把我们拯救出来；
是他引诱了我们的第一位母亲！

上帝之指的绿色生命力
(O viriditas digiti Dei)

上帝之指的绿色生命力啊，
上帝通过你栽培，
你就像一根立柱，
闪耀着庄严的光辉。
你在完成上帝嘱托之时，
满是无限荣光。

山脉之巅啊，

你将因上帝的漠然

而永远屹立不倒。

亘古之时，你便

独自为我们防卫着。

没有任何的武力，

能够拖垮你。

你满是无限荣光。

荣誉归于圣父圣子

以及那圣灵！

你满是无限荣光！

至尊的绿色生命力

(O nobilissima viriditas)

至尊的绿色生命力啊，

你扎根于太阳之中，

纯洁的白色宁静谧之中。

你在轮子中照亮了

尘世美德难容之物。

你被神圣的扈从紧紧搂抱。

你犹如清晨般红润，

你犹如太阳的热焰般灼烧。

舍瑙的伊丽莎白(Elisabeth of Schönau)

(1128/9—1164/5 年)

导读

舍瑙的伊丽莎白,住在莱茵兰(Rhineland),是宾根的希尔德加德的同代人,年纪略小于希尔德加德。伊丽莎白是位才华横溢却又饱受摧残的本笃会神秘主义者。希尔德加德至少接受过伊丽莎白的一次拜访和三封信函。两位女士都是受命传播她们的天启圣言的通灵者。有生之日,她们作为两位上帝赋予了"预言之灵"(the spirit of prophecy)的女士,其名字总是关联在一起。不过伊丽莎白一直以来却饱受讥诮,她因为那些质疑她体验了非凡的、耗损其精力的异象的人,曾向希尔德加德做自我辩解。她还介绍了自己随身携带一本小册子以便随时记录异象的方法。

年方十二时,伊丽莎白这位小女孩便进了距科隆与莱茵河不远的特里尔(Trier)教区的舍瑙的本笃会男女修道院。这座修道院由劳伦伯格(Laurenberg)伯爵创建不久(1114 年创建),伊丽莎白的家族与劳伦伯格家族亦有些关联。中世纪的人物生平传记中似乎并未写到伊丽莎白,尽管我们可以推断伊丽莎白在教会中有着贵族的背景和亲属。她有位叔祖是明斯特(Munster)的主教,在奥古斯丁派的圣安德纳赫修道院(monastery of St. Andernach),有几位修女是她的亲戚。我们对她的了解,来自于搜集自她的异象的自传部分和她的信函,以及她的兄弟埃格伯特(Ekbert)在她的著作的引言中和埃格伯特写给他们的亲属通报伊丽莎白死讯的信函中的证言。

在她的父母将她送入舍瑙修道院六年之后,伊丽莎白做了修女。因为陷溺于严重的抑郁症和精神危机,伊丽莎白甚至曾萌生过轻生之念,故此,伊丽莎白说她的心灵笼罩着阴郁、悲伤和沮丧。她时常生病。在下面译出的致希尔德加德的信中,伊丽莎白描述了她的专属天使(her personal angel)因为她没有传达她的异象,如何以鞭打作为对她的惩罚,以致她不得不卧床三日之久。

她于 1152 年开始体验一连串陷入出神状态的异象,这些异象一直持续到她三十六岁去世为止。尽管她在晚年之后得到广泛认同,追封她为圣者的历程却从未完成。伊丽莎白十一岁时在女修道院有了第一次异象。恍惚中她口不能言;她有了窒息和麻痹的感觉,或者是失去了知觉。正是伊丽莎白的兄弟埃格伯特(逝于 1184 年),这位应伊丽莎白的恳求当了舍瑙的僧侣,而后又当上修道院院长的人,写

下了伊丽莎白的体验，传播这些体验，并终止了那些讥诮。埃克伯特
放弃了可能的辉煌前程，充当他姊姊的誊写员和代言人，只可能意味
着他极度信任伊丽莎白，认为她是上天恩典之通道。在他姊姊的种
种异象的序言中，他声称他尊她为上帝的侍女（ancilla Dei）。关于他
们的合作，他明确谈到天使所讲的语言。埃克伯特写道：

> 所有打算阅读此书字句者，都要毫无疑虑地知晓这一点。
> 上帝之使者的有些言辞——据说是传达给上帝的侍女伊丽莎白
> 的——他全然以拉丁语透露；另一方面，有些言辞则全然以德语
> 透露。不过，还有一些言辞，他往往将拉丁语与德语字掺杂于一
> 处道出。

以下便是埃克伯特处理语言问题的方式：

> 当使者的言辞是拉丁语时，我便不作改动，如果是德语，我
> 便尽我所能，将之清楚地译成拉丁语。我并未擅自添加任何我
> 自己的东西。我寻求的既不是众人的赞许，亦不是尘世的收益。
> 凡事在其面前都展露无遗的上帝，作我的见证。

埃克伯特记述了其姊姊的种种出神状态，此种状态通常在礼拜
日或其他斋日出现。

> 发生于心脏部位的某种混乱攫住了她，她变得极度焦虑不
> 安。最后她犹如毫无生气般地躺倒下来，以致有时在她身上感
> 受不到呼吸或生命运动。但在长时间的人事不知，在她的精神
> 逐渐复原之后，她会突然用拉丁语说出一些极其神圣的词句，她
> 从来不曾向别人学习过拉丁语，她也不会独自想出这些拉丁词
> 句，因为她既不博学，也无——或极少——拉丁语口语技能。

伊丽莎白于 1152 年五旬节时体验到她的第一次异象，而她的种

种异象一直持续到 1157 年 9 月 23 日。值得注意的是,希尔德加德的《识道》(*Scivias*)于 1151 年完稿。1156 年伊丽莎白拜访希尔德加德,受到希尔德加德的显著影响,尽管伊丽莎白的视域要窄些。伊丽莎白的《神道书》(*Liber Viarum Dei*)与希尔德加德的处女作的标题近似,而且在异象的内容方面亦有相似之处,例如,睹见高山之巅耸立一位沐浴在明光之中的神祇。

伊丽莎白的意象主要得自流行神学,不过有些意象乃得自祷告文和《圣经》,与希尔德加德的令人震撼的宇宙论、宏大的比喻及威严的"布莱克恩"(Blakean)现身有别。在某些出神状态中,伊丽莎白在她的天使的陪同下来到一个山顶或一片如茵的草地,她会在那里遇到一群青年男女或德高望重者。据《异象》(*Vision*)第二卷记载,天使携伊丽莎白来至一片绿草地上,她在那里遇到三名年轻女子,其中一名女子的名字与伊丽莎白自己的名字——"利比斯塔"(Libista)——相仿。她们恳求伊丽莎白和她的会众为她们祝祷。在此出现一种反向的圣徒代祷(saintly intercession):那些炼狱中的死魂灵需要尘世的补赎来还其自由。下面译出了伊丽莎白与这三位天堂中的年轻女子会面的异象。这些天堂的朋友,与代祷者和天堂中陪伴圣厄休拉的为数众多的庞大圣女队伍中向伊丽莎白现身的三位年轻圣女之间,颇有几分相似之处。

伊丽莎白经历过圣徒的异象,她与圣母马利亚交谈,遭受魔鬼、动物的化身、穿着神职人员服装的小男孩的袭落。伊丽莎白对耶稣的虔诚导致她经历了阴性面(feminine aspect)耶稣的异象,阴性面耶稣这一概念极大地促成了中世纪后期信仰中女性化耶稣的形象。她还看到一位访见并亲近她的专属天使。不过即便是这位天使的来访,至少在起初的时候,也引起了她的不安。她的修士兄弟让她质疑这位天使的可信度,伊丽莎白惶恐不安地遵行了他的唆使。根据她的叙述，天使被激怒了，告诉她指示她的修道院的僧侣和修女向他和他的兄弟供奉弥撒。此事完成后，天使才平息了怒火，同意继续访见伊丽莎白。

这些异象抓住了伊丽莎白周围人的想象力，使她变成了当地的名人。她的讲道词和末日警告吸引了不少的人。主教和圣职人员就各种问题向她请教，人们要求她向她的天使和同她交谈的其他存在物咨询。正如数量惊人的手稿显示，她的声名传到了这个国家的西部，传到了法国和英格兰。

在她二十七岁时，即她成为修女十五年之后，伊丽莎白就圣母升天问题与圣母马利亚进行交谈。从这些持续三年之久的异象中，伊丽莎白确定圣母升天的日期为她死后四十日。她的这部分异象作为独立诗篇被译成盎格鲁－诺曼语和古法语，在其中，她被命名为以撒比奥（Ysabeau）。

除其他作品外，伊丽莎白还留下了二十二封书信。其中两封书信确定了科隆殉道士的另外一些圣物，其他书信则是对主教、女修道院院长和男修道院院长的忠告。有三封是写给希尔德加德的书信，我们在此译出其中一封。它显示出伊丽莎白对她的异象的深切焦虑。

到目前为止伊丽莎白最受欢迎的、也是让她深孚众望的一部著作，是《科隆圣女团启示录》(the Revelations of the Sacred Band of Virgins of Cologne)。1106 年，在奉亨利四世皇帝的命令扩展科隆墙以加固城防时，挖掘者们来到城郊，进入了热雷翁（Gereon）、屈尼贝尔（Cunibert）、塞维林（Severin）和厄休拉这些圣徒的教堂区。墙外的一块罗马墓地中发现的大量尸骨，似乎证实了圣厄休拉和一万一千名童贞女的传说。

自十世纪起，这一动人的传说便以标注年份为 922 年的诞辰布道（Sermo in Natali）的形式，以及两种通常被称为巴西欧Ⅰ（Passio Ⅰ）和巴西欧Ⅱ（Passio II）的拉丁传说的形式流传。早先还有块碑碣，碑文记载一位名叫克勒马提乌斯（Clematius）的男子重建了供奉众贞女的大教堂。殉教史和礼拜式公告列举了少数圣贞女之名，并将她们的祝典标为 10 月 21 日。

有关这些航海贞女的传说是这样的：美丽虔诚的英格兰公主厄休拉经历到天使的异象，异象预示了上帝对她的生活和她的殉难的安排。为了躲避与一位异教王子的婚姻，厄休拉说服她的父亲——英格兰国王狄欧诺特斯（Deonotus）——为她组建由十一艘船舶组成的船队，她和她挑选出来的一万一千名少女要进行为期三年的航行，以礼敬她们的童贞。较这两种传说日期更早的布道文表明，这些女子离开英格兰，是为了躲避当时对基督徒的疯狂迫害。在这一传奇的成熟形式中，厄休拉按照她的天使的指示，假装答应她的父亲所希望的婚姻。

船队建成后，厄休拉和她的侍女们仿佛进行海军演习般的进行操练。在设法将船逐渐滑入大海之前，她们操纵她们的船舶，进行了复杂的演习，以取悦岸上的观众。在耶和华送来的疾风的推送下，她们来到迪尔（Tiel）的市镇，并在那儿置办器物。这些青年女子即将抵达科隆。天使再次访见厄休拉。他预言这些女子将在回返这座城市时殉难。

这些女子因为即将到来的殉难而欣喜，她们动身去往巴塞尔（Basel）。弃船登岸后，她们参观了罗马的一些神圣处所并完成了她们的罗马朝圣之行。而后她们登船沿莱茵河顺流而下直抵科隆。因为遭遇到匈奴的未开化部落，除厄休拉之外的所有女子都被残杀，恰若羔羊面对恶狼一般。厄休拉不屑把与匈奴王子联姻当作救命之道。这位蛮子下令让他的弓箭手开弓放箭。

于是厄休拉，那支最是光芒四射的军队的统领者，被一箭贯穿，像颗天上的珍珠，倒在她高贵的追随者们的尸体堆上。她自身的庄严的紫红色鲜血净化了她，仿佛让她又一次受了洗。与她所有凯旋的士兵一起，她头戴桂冠升上了天庭。

一位名唤寇朵拉（Cordula）的年轻女子，面对死亡时踌躇怯懦，在她同伴倒下时，潜踪匿迹，藏身于空船壳之中。然而在悔恨的折磨下，寇朵拉改变了心意，第二天便自愿被戮杀。

天降幻象，死去的贞女将重组反抗战线追击他们；惊恐之下，残暴的匈奴人乱了阵脚，四散逃命。科隆市民自各个城门涌入。他们欣悦地埋葬了圣女，她们的圣体从此将护卫他们的城市。

科隆城外发现尸体的伊丽莎白的同时代人，尤其是修道院院长多伊茨的盖拉赫（Gerlach of Deutz），急于表明这是传说中的一万一千名圣女的尸骨。当然，有件令人担忧的事实是：其中许多是男性尸体。因为伊丽莎白作为一位灵修士声名卓著，三具尸体和一些镌刻了名字的碑石被带到伊丽莎白那里，作为激发她的出神状态的方法。

在祝祷之下获得的一连串异象中，伊丽莎白断定了三名圣女的名字：阿宾娜（Albina），阿宾娜的姊姊爱美兰霞（Emerentiana），以及她们的十岁的同伴阿德里亚努斯（Adrianus）王子。另有一名殉道贞女圣维雷娜（St. Verena）时常现身于伊丽莎白面前，她告知伊丽莎白，圣厄休拉和她的同伴们已经挑选了伊丽莎白接受特别的恩宠，并允诺她在来世跻身她们这些神圣贞女之列。源出于这种体验的富于想象力的《启示录》，令人想起文学上的对于另一个世界的想象：自最早的基督徒裴百秋的异象，至但丁的《神曲》、《玫瑰传奇》（*The Romance of the Rose*）、乔叟的《百鸟会议》（*Parlement of Foules*）和中古英语作品《珍珠》。

伊丽莎白的《启示录》成文于156年至1157年间,首次启示发生于10月28日,使徒西门(Simon)和犹大(Jude)的祝典之日。

众所周知,伊丽莎白并未费心去复述这一传奇。她一心忙着和维雷娜对话,双方的谈话生动、亲昵、轻快。伊丽莎白不仅仅是洗耳恭听而已;她了解较早版本的传说的相关信息,手头还拥有碑刻。她只是了解到了男子们——巴塞尔的潘塔鲁斯主教(Pantalus of Basel)、拉文纳的辛普里丘主教(Simplicius of Ravenna)和罗马的希里亚克教宗(Cyriac of Rome)——如何碰巧加入了这些女子的朝圣之行。

此外,《启示录》还引入了亲属关系(kinship)的概念。殉难者们和她们的男护卫原来属于同一个大家族,他们间的亲戚关系显露于一系列的小型叙事当中。一位年轻的军士向伊丽莎白透露:他从西西里的前王后、他的姑妈革剌斯玛(Gerasma)那儿获取了勇气。日耳曼人的“亲属关系”的观念,或“家族”(Sippe)的观念,使得拥有特别恩典的个体能够加入庞大神圣的团体当中。厄休拉和她的侍女们加入了一个贯穿东西无所不包的神秘团体。妇女团体也吸收男性亲属做它的信徒,女性成员们领着外甥、兄弟、儿子,至少还有一名未婚夫,另有兵士、俗人、高级神职人员和一位教宗加入了这一团体。

这些和善的圣徒被证明是平易近人的。她们迫切想要解答种种疑虑。她们是友善的女教员,择选一位聪颖谦恭的学生成为灵修士,将她们的教导带到世间。

在证实这一传奇并确保其广为流传方面,伊丽莎白对于厄休拉传奇的贡献之大无可估量。扩展版的传奇获得世人公认,并成为弗津的雅各(Jacob de Voragine)的《黄金传奇》译本的依据。陪同的男性,包括希里亚克教宗,成为此次殉难之行中坚定的参与者。

1136年,即伊丽莎白口述《启示录》之前的二十年,英格兰蒙茅斯的杰弗里（Geoffrey of Monmouth）曾以粗俗的言语描述了这位英国公主的海难事件，但未道出她的名字。大约在 1200 年，莱亚蒙（Layamon）的《布鲁图》（Brut）描绘了厄休拉公主和她的侍女在海上遭遇的强奸、奴役和戮杀。莱亚蒙的《布鲁图》是种加入了作者的盎格鲁—撒克逊式冷峻的叙述。不管是杰弗里还是莱亚门，都未曾提到厄休拉的圣徒地位，他们只是将这些女子的命运当作英格兰遭受异教维京人掠夺之令人怜悯的一部分。十三世纪晚期的《南英格兰圣徒传》(*The South English Legendary*)，将殉难者们的生与死转换为近似于宫廷小说的故事。这些贞女不是在船上操练航海技术，而是在船上尝试时尚的法国特雷斯卡（tresca）这种新舞步。在殉难这一高潮时刻，厄休拉的未婚夫甘愿与她共死，以便二人能在天堂成婚。

在厄休拉生平的重塑中，伊丽莎白的遗赠贯穿于厄休拉传奇的各种英国版本，因为她指定的几个名字都保留在了《南英格兰圣徒传》和十五世纪玻肯汉姆（Bokenham）的《圣女传》(*Legendys of Hooly Wummen*)之中。那些异象被证明是极其流行的。六十九部中世纪手稿留存了下来，《科隆贞女团启示录》促致了圣厄休拉生平事迹画集的出版。传奇和画集自德国传播至意大利，再至法兰西。然而，正如伊丽莎白在《启示录》的开篇指出的那样，那些骸骨被发现之前，这些祭仪一直处于遭人忽视的境地，十四世纪也记载下了相似的抱怨。在埃尔斯伯特·施塔格尔（Elsbet Stagel）所撰《颠沛书》中，在来自艾尔茨的艾达（Ida von Sulz）修女的回忆中谈到自己对一万一千名贞女怀着深深的敬爱。地方长官命令她们不得像往常那样举行贞女们的宗教仪式。礼敬贞女们的宗教节日来临，艾达正与其他人一起在弥撒仪式上辅祭，她看见圣女厄休拉和她所有的贞女出现在唱诗区，她们全部都美丽动人，衣饰精美。当弥撒开始却无人颂扬她们时，这些贞女倨傲地转身离去。此后他们再也不曾遗漏这些贞女的宗教仪式。

1. 伊丽莎白致宾根的希尔德加德的信函

致宾根的基督新娘们所敬爱的院长希尔德加德女士，卑微的修女伊丽莎白，用她全部的爱送去衷心的祝福。

愿至高者的恩宠和慰藉令你充满喜乐！因为在我急难时你一直友善仁慈地对待我，恰如我从我的圣灵的言辞中所了解到的那样——你热切地提醒我的圣灵慰抚我。

你曾经言道，我的事情你尽数知晓。我承认，因为近来众人对我有着许多荒诞不经的言论，说了我许多不尽不实的事情，是故我的心头笼罩着某种不安的阴云。不过对于普通民众的言论我倒能轻易忍受，如果不是因为这件事实——那些穿着宗教服饰到处游荡者也讥笑我内在的上帝的恩典，他们无惧于对那些自己一无所知的事情轻率地作出判断——的话。我听闻在他们的促动下，甚至有些冒我之名的信函在流传。他们散布谣言，说我预言了审判日，我当然从来不曾擅自揣测，因为审判日的来临可不是凡人的理解力所能领会的。

不过我要向你表明这一谣传的详情，以便你能判定我在这件事情上是否做了或说了什么放肆的事情。恰如你从旁人那儿听闻的，耶和华赐予了我极大的恩惠，远超我所应得的，或者说远超我无论在哪方面所应受的——以致到了这样一种程度，他甚至常常屈尊向我显露一些天国的秘密。他还多次通过他的使者向我指出在这个时代会有怎样的事情降临到他的子民身上，除非他们苦修赎罪。他命我将这事显明给世人看。但是，为了避免显出傲慢之态，为了不被看作新奇事物的提出者，我尽我所能地一心隐瞒所有这一切。

于是，某个礼拜日，当我按我惯常的方式陷入出神状态时，上帝的使者现身于我的身旁，他说："你为何要将金子埋在土里？这是借你之口传达给世人的上帝之道，不是让你将它隐瞒，而是让你告知众人知晓，以便众人称颂赞美我们的上帝，令上帝的子民获得救赎。"他说完这席话之后，将鞭子高高举起，极其粗暴地鞭打了我五下，仿佛怒气冲冲的样子。因为那次的鞭打，我全身疲惫不堪达三日之久。此后，他将一根手指放在我的唇上，说："申初之前你都要保持静默；而后你再透露上帝在你身上成就的这些事情！"

我因此在申初之前保持静默。而后我向院长示意，请她将我藏在床上的一本小本子拿来。小本子里记载了上帝向我透露的一部分事情。当我把这小本子交到那位前来访见我的院长大人手中时，我的口中不自禁地说出这样的话："不是为我们，上帝，不是为我们，而是为你的名带去荣光！"

此后，在我另外向他透露了其他一些我不愿付诸笔端的事情，即有关上帝短时间内便将大施报应——如我从天使那儿获知的——于世人身上的事情，我无比诚挚地恳求他隐瞒这一预言。可是他却命我全心祈祷，命我恳求上帝让我知晓：上帝是否想让我所说的那些事情悄无声息地不为人知。

此时正值基督降临节，第一个守夜的夜晚，圣巴巴拉（St. Barbara）的祝典（12月4日）之时，在我俯伏在地一段时间，由于那个缘故不断祷告之际，我陷入了出神状态。上帝的使者站在我的身旁，说："向列国大声哭喊哀叹，因为整个世界都已回复到黑暗当中。你要说：'启程吧！那位从泥土中创生你的他，在召唤你。'而后他会说，'天国近了，你们应当悔改！'"[《马太福音》（3：2）；《路加福音》（21：31）]

在这一预言的震撼之下，院长大人在教会官员和宗教人士面前传播了这一消息。他们中有几个人心怀敬意地接受了这一讯息。但有些人却不是；他们说着待我友善的天使的乖谬话，说他是位欺诈的精灵，被变作了光明天使的形象。因此，这位修道院院长强逼我服从，命令我说，一旦天使在我面前现身，我要恳求他以上帝的名义发誓向我袒露，他是否真是上帝的使者。不过我想这是胆大妄为之举，所以怀着极大的恐惧接受了这一命令。

因此有天当我正在出神状态时，他像他惯常所做的那样站在我眼前。我哆嗦着对他说：“我恳求你凭着圣父、圣子、圣灵之名发誓，你将确实地告诉我，你是否真是上帝的使者，我在出神状态中看到的这些异象以及我从你口中听到的言辞是否都是真实的！”他回答说，“你一定知晓我是真正的上帝的使者，你也一定知晓：你所看到的异象都是真实的，你从我的口中听到的事情是可靠的。如果上帝不能与人类重新和谐共处，这些事情肯定会发生。我便是在你之中长时间劳作的那一个。”

在此之后，那个主显节的前夜，我正在祷告，我的主再次出现在我面前。只是他远远站着，脸扭过一旁。我因此也了解到他的不悦，便满心惧怕地对他说：“我的主，如果因为我恳求你立誓而冒犯了你，别将此事归咎于我，求你。转过脸来，我求求你，待我宽容些。因为我只是遵照吩咐行动，我不敢违背我的院长的命令。”

在说着此类话语时，我泪如泉涌，他转过身来对我说：“因为你对我缺乏信心，你对我和我的兄弟已显出鄙弃之意。因此你肯定知道你再也不能与我见面了，你也不会听到我的声音，除非耶和华和我们都平息了怒火。”我说：“我的主！我要怎么做才有可能让你们平息怒火呢？”他说：“你要告诉你的院长，他必须庄严地举行一次纪念我和我的兄弟的神圣宗教仪式。”

在院长大人和其余的修士举行了不止一次而是多次的纪念这些

神圣天使的庄严的弥撒仪式之后，在修女们与此同时诵读《诗篇》中的篇章礼敬他们之后，我的主以平和的姿态再次出现在我的面前，他对我说："我知道，就你所做的事情而言，你都是满怀着敬爱和顺从去行事的，你因此赢得了原宥，从此之后，我会较以前更加频繁地访见你。"

此后，当院长大人打算去往某个地方——应住在那儿的圣职人员的邀请——为的是在众人当中宣扬上帝的警告（或许他们会忏悔，上帝也就可能不再恼怒于他们）之时，他先行与我们所有人一起向上帝祷告，为的是上帝能够屈尊启示他的侍女，这条已向部分人显露的讯息，是否应该更大范围地散播。

于是，当他正在举行神圣的秘仪，而我们正在无比热切地祷告之际，我四肢的关节突然变得松弛起来，我神志恍惚地进入一种出神的状态。你瞧！耶和华的使者就站在我的眼前。我对他说："我的主，我记得你曾告诉我——你的侍女——的话，你说上帝之道借我之口传达给世人，不是为了将上帝之道隐瞒，而是要让它为众人知晓，为的是上帝的荣耀，为的是上帝的子民的救赎。如今请让我知晓，关于你向我说的警告的话，我该如何行事。这警告是否已经被足够地透露，抑或还需将它继续宣扬？"

而他表情严峻地凝视着我说："不要试探上帝，因为那些试探他的人将要毁灭。你要对那位修道院院长言讲：'不要害怕，将你已经开始的事情坚持下去。'那些听到你的训诫并铭记在心的人是真正蒙福的，他们不会对你心生反感。而且你还要劝告他，让他不得改变他迄今为止一直在使用的布道形式。因为我一直是他的布道形式的顾问。告诉他，绝不要留心那些人的话，他们恶意质疑在你身上成就的这些事情。让他注意这句话：'因为出于神的话，没有一句不带能力的。'[《路加福音》(1:37)]"

　　受这则讯息的鼓舞，这位院长于是前往他打算去到的地方，力劝那些等待他到访的人悔改。他预言上帝的盛怒将会降临到他们所有人身上，除非他们努力通过富于成效的苦修加以阻止。不过，因为他受人诋毁，所以他并未在任何劝诫中详述即将降临这个世界的是怎样的祸患。所以结果是：许多听到劝诫的人在整个大斋期中都胆战心惊地跪拜忏悔，潜心坚持施舍和祷告。

　　那时，有人——我不知道他受怎样的热情驱使——以院长大人的名义致信科隆城，院长本人却不知情——上帝知道！所有人都听到了信中谈到的一些可怕的凶兆。因此，尽管有些无知的人将我们当成笑柄，智者们却（正如我们听闻的）心怀敬意地重视这训诫，并不鄙弃用苦修的成果去敬拜上帝。

　　此外，恰逢复活节前第四个圣日，在身体的剧烈骚动中，我陷入了一种出神状态，上帝的使者现身在我面前。我对他说："主啊，你对我说的消息会有怎样的结果呢？"他答道："如果我预言的那些事情在我向你指定的那天没有发生，你不要萎靡或不安。因为上帝在众人的赎罪举动下已经做出了让步。"

　　此后，在第六个圣日巳初左右，在剧烈的痛楚中，我陷入了出神状态。他再次站在我的身边对我说："上帝已然看到了他的子民的苦楚，他不会再对他们发泄他的盛怒。"我对他讲："我的主，所有那些在宣告这一讯息时在场的人，不是要将我当作笑柄吗？"他说：，"你要欣然坚毅地忍受因这件事情而降临在你身上的一切。热切地求助于他，他——尽管他是整个世界的造物主——也忍受过世人的嘲讽。如今正是上帝首次考验你的忍耐力。"

　　你看，我的女士，我已向你解释了整个事件的经过，以便你也能了解我和我们的院长的无辜，以便你能向众人解释清楚。而且我还要恳求你将我纳入为你祈祷者的行列，恳求你——在耶和华的灵建议你的范围内——给我一些安慰的话语当作补偿。

2. 论耶稣的阴性面

在圣诞前夕举行庆典期间，大约是神圣舍身（the divine sacrifice）的时辰，我陷入了出神状态，看见天上有样像是太阳的物事，光芒夺目。太阳的中心是位贞女的影像，她的外形格外美丽，望之令人心醉。她端坐于王座之上，长发披肩，头戴华丽无比的金冠，右手持握一只金杯。她正从那个太阳中显露出来，太阳四面八方围绕着她。贞女本人也散发出一种极绚丽的光辉，乍看之下就要充满我们的居所。一段时间之后，这光辉渐渐展开，似乎就要充满整个地球。

毗邻那个太阳的地方如今出现了一块巨大的暗云，漆黑无比，望之令人惊怖。我的目光凝注那块暗云时，看见它突然开始疾行，遮蔽了太阳。接着我反复看见暗云一会儿遮暗了世界，一会儿太阳复将世界照亮。每当暗云靠近太阳，阻隔了射向地球的光线，这位太阳里坐在王座上的贞女，看上去便似泪流满面，好像因为世界的昏黑满是悲伤。我那一整天以及接下来的一整夜都不间断地看到这一异象，因为我在祈祷时一直是清醒的。

圣诞日那天，正在举行庄严的弥撒仪式之时，我问现身于我面前的上帝的神圣使者，我看到的是何种异象，它有怎样的含义。他回复了我对于那位贞女的疑问，因为我特别想知道她是谁。他说："你见到的那位贞女是主耶稣的神圣人性。贞女在其中登上王位的那个太阳是上帝，上帝把救世主的人性完全包含其中并将它照亮。那块间或阻隔太阳射向地球的光明的暗云，是世间盛行的邪恶。全能上帝本应通过主耶稣的居间的人性照管人类，正是这块暗云阻挡了全能上帝的仁慈。那块黑云将他的愤怒之昏暗带到了世间。

"你见到那位贞女哭泣这件事,就像你所了解的,即在第一代毁灭之前,上帝因为人类众多的罪恶而内心沉痛,说:'我后悔造了人。'

"因为恰如在那个时候,这些日子亦是如此,人类的罪恶已经不成比例地增长到最高的量级。人类并未意识到,上帝通过其独生子的道成肉身,为他们成就的是些怎样伟大的事情——他们用不堪的行径让这位独生子蒙羞,他们卑劣地将他救赎的恩惠踩在脚下。他们也不对他这一切的辛劳给予相应的感谢,因为他们的那么多的罪孽,他已被他所付出的辛劳累到精疲力竭。这便是在威严的上帝眼前尖锐地控诉他们的理由。如今人子在激怒他的这一代人身上已感受不到任何喜乐,对于那些不知向他的仁慈感恩之人更是心生懊悔。

"这便是疾声抗议那块黑云的贞女的恸哭。你见到黑云远离时大地偶尔受阳光照耀这件事的含义是:因为上帝丰溢的仁慈,因为他在世间依然保有蒙福的后裔,天上的上帝并未全然终止照管世人。

"戴在贞女头上的金冠,是基督因其对义人的仁慈而得的天国的荣耀。她右手中的圣杯是活水的泉源,上帝将这活水赐予世人,教诲和振作那些求助于他的人的心灵,说:'人若渴了,可以到我这里来喝',"从他的腹中要流淌出活水的江河来'[参看《约翰福音》(7:37—38)]。"

但在此后的第三天,正当按照惯例举行弥撒仪式的时候,上帝的选民、福音传道者圣约翰出现在我面前,和她一同现身的还有天堂美丽的女王(耶稣之母)。我向他探询,就如别人建议我的那样,我说:"我的主,为什么救世主耶和华的人性以贞女的形象而不是以一位男子的形象出现在我眼前?"

他答复我说:"上帝想要这样做是为了这个缘故——为了这则异象同时更适于将圣母公之于世。因为她确实也是一位在太阳中登上王位的贞女,因为至高无上的上帝陛下一心赞美她,甚于赞美人世间所有在她之上者,还因为上帝正是通过她才降下凡尘,在世间的昏黑中羁留。

"你见到的贞女头上的金冠,表示就肉体而言,这位美丽的贞女乃王族所生,凭她的王权统治天上地下。黄金圣杯中的饮品是圣灵最甘甜、最慷慨的恩惠,落到她头上的,比落到上帝的任何圣徒头上的都要丰足。每当因为她的干预,上帝将他神圣教会中的那份同样的恩惠赐予他的信徒时,她本人便将这份饮品赐予他者。

"贞女的哀泣是那同一位最慈悲的母亲的不停歇的说情,她总是为了上帝的子民的罪恶向她的儿子哀泣着求情。我告诉你的这些话是真的,因为如果不是借由她的不停的恳求来抑制上帝的怒火,全世界早已因为其大量存在的邪恶而陷入了毁灭的境地。"

3. 炼狱中三位需要伊丽莎白帮助的可爱女子

上帝的使者将我带上高空,我顷刻间便来到一片青翠美丽的草地。那儿有三位可爱的女子在溪边漫步。她们的衣着略嫌脏污。她们赤着足,足部鲜红。当我内心疑惑,想知道她们会是什么人、她们几个人在那儿做什么时,她们对我说:

"不要惊讶。我们是些承受戒律的魂灵——其中一位自童年时起,一位自青年时起,第三位则自年纪更大的时候起。因为人们相信我们活着时颇有功绩,死后人们给予我们的帮助便不如我们需要的那么多,这帮助来自信徒的祝祷。因此,尽管我们本可在一年之内便获自由——如果我们得到了我们需要的帮助的话——现在你看,我们困在这儿已有三十年了!诚然,我们并未经受任何惩罚,除了那三条随时准备啮咬我们的恶狗让我们感到的极度恐惧之外。但是如果你愿意恳求你的修道院院长,为了我们的灵魂和所有其他虔诚的死者的灵魂供奉神圣的祭品，我们希望我们能够更快得救，能够早登已为我们备下的喜乐。"

我将这些事情告知我的姐妹们，她们便虔诚地聚集起来，一道为那些死去的灵魂苦修。她们还相互分发《诗篇》，为了那些灵魂的救赎，努力向上帝祷告。

我还敦促我们的院长大人在次日赶来，那时我们刚诵完圣祷文，他热心地为这些虔诚的死者祈祷。就在弥撒仪式的同一时刻，我再次被带到我提到过的那片草地，上述的那些女子再次出现。她们正逆着溪流的方向急赶。我朝着她们走去。我想了解她们从哪里来，她们姓甚名谁。其中一个代表三人答道：

"将我们的来历讲述给你，可要花去很长的时间，我还是简短说说吧。我们来自萨克森。我名叫阿德尔海德（Adelheid），我旁边是梅希蒂尔德（Mechthild）——我肉身的和精神上的姐姐——还有这位是利比斯塔，她是我们精神上的姐姐。"

我看到她们不愿逗留，所以也不想再耽搁她们。但是为了我自己和我们全体的会众，我只有诚挚地求取她们的恩惠。我恳请她们在位居圣徒之列后不要忘记我们。她们慷慨地作出允诺之后，便又更加匆忙地赶路。她们赶路时，有位上帝的使者以一位英俊的青年男子的形象现身于他们中间。他领着她们，急急地走在她们前头。

她们来到一个巨大的会堂前，在此我看到不停地有蒙福者的灵魂受到欢迎，此时三位可敬的男子从那会堂走来。每位手中捧着一座金香炉，他们向着每位年轻女子焚香。因为焚香的缘故，这些年轻女子的脸和她们的长袍瞬间变得比冰雪还要洁白。她们在狂喜中被带入那个会堂。

异象结束时，我精力大耗，身体违和。

4. 科隆圣女团启示录

　　我，伊丽莎白，上帝在舍瑙的侍女的仆人，将上帝降恩向我显露的有关不列颠女王圣厄休拉诸贞女之事，向对于神圣事物怀有虔诚之情的你们公开。古代的这群贞女奉基督之名于科隆城郊区殉难。

　　有些声名卓著者不许我对这些事情默不作声。尽管我极力抗拒，他们却不断恳求、逼迫我详查这件事情。我诚然知晓，那些对于我蒙上帝恩典持有异议的人，也会因此抓住这个机会摇唇鼓舌攻击我。但是我会心甘情愿地忍受。因为我希望我也会获得一些回报，如果我能通过我的努力为那么多的殉难者增光——作为上帝屈尊开口向我显露她们事迹的结果。

　　许多世纪以来，殉道者们默默无闻地躺在科隆墙旁，人类和驮兽的脚下，上帝开始动念怜悯他所珍爱的殉道者，于是有些住在这个地方的人来到她们的殉难地，打开了安放这些圣体的众多墓穴。这些圣体从此地移开后，众人便遵从上帝的命令，马上将它们转运至附近的圣地。着手于这些事情的时候，正是上帝道成肉身的第 1156 年。腓特烈皇帝执掌罗马帝国的大权，阿诺德二世（Arnold Ⅱ）主管科隆的主教大教堂。

　　就在那时候，那同一个所在，人们在众位殉道者中发现了一名重要的殉道者。她的墓碑上刻着如下铭文："圣维雷娜，贞女和殉道者。"这位殉难的贞女由多伊茨的院长大人盖拉赫（Gerlach）——此人满怀着狂热虔诚的宗教热情，收集并礼敬那些圣女的遗体——交给我们尊敬的修道院院长黑尔德林（Hildelin）之后，经由黑尔德林之手，从那儿带到我们的住处。

　　那些修道院的修士们，打算在教堂入口附近迎接她。他们正在等候她的时候，住在礼拜堂里的我——在听闻任何有关她到来的讯息之前——从上帝那儿收到以下有关其神圣性的迹象：我进入了一种出神状态，看见圣骨被运来的那条路上，有个像是最明亮的白焰的球状物。一位极美丽的天使在前头引路。他一手捧着冒烟的香炉，另一只手则拿着一支燃烧的蜡烛。他们一起沿着一条平缓的路线穿过空间直达教堂内部。

第二天，正当为她举办庄严的弥撒仪式之际，我陷入了出神状态。同一位贞女站在我面前，天堂的光辉笼罩着她，胜利的棕榈叶在她头部和身上形成奇妙亮丽的装饰。我于是上前与她攀谈，询问她的名字是否确实有如我们所了解的。同样，我还打听了与她的遗体一起带来的，却没有确切名姓的那位殉难者的名字，她回应说，"我的名字恰如你们所听闻的。不过，只要稍有差池，我的名字几乎肯定会被写错，不过我约束了那位执笔人。同我前来的是恺撒略（Caesarius），当我们进到这地方时，和平也和我们一同进来了。"

另一天，正为那位殉难者举行圣事之际，他本人在大荣耀里出现在我面前。当我询问他在俗世的职务是什么，因为什么原因与那些贞女一同蒙难，他说："在俗世里我是名士兵，如今我隶属于她的这位神圣贞女，她的姑姑是我的母亲。我十分敬爱贞女，所以我随她一起离开故土。她确实赋予了我殉难的勇气，当我看到她在蒙受苦难时多么泰然自若，我便也与她一同受苦。长时间里我们的尸骨分隔两处，如今上帝准允了我们的请求，让我们的尸骨合于一处。"

他的这席话让我陷入极大的疑惑，因为我像所有读过不列颠贞女史的人所相信的那样认为，神圣贞女团的朝圣之旅中没有男性随从人员。重要的是，我发现了其他一些相反的证据，进一步有力地反驳了这一观点。

就在上面提到的两位殉难者被发现的同时，贞女墓中还发现了许多神圣主教和其他大人物的遗体。有些人的墓穴里，立下的墓碑上镌刻有他们的职位。由此可以得知他们曾经担任的职务，以及他们来自哪里。我提到过的来自多伊茨城的修道院院长，给我送来其中最突出、最惹人注目的墓碑，希望上帝降恩向我显露有关它们的一些情况。他想经由我确定，我们是否应该相信它们。诚然，他对于那些发现这些圣体的人心存疑惑，生怕他们可能为了获取利益，欺诈性地刻下了这些铭文。

在当下这篇讲道文的各个章节里，我始终留意将这些碑文的种类以及我所得的有关这些碑文的启示，呈现于读者的眼前。我们由此可以知晓那个贞女团——圣父派遣那些高职位者护送以示荣耀——如何理应荣光无限地接受基督的信徒的陪同。

有段时间，我心中一直默想着我前面已陈述过的这些事情，我渴望收到上帝的启示（这也正是别人要求于我的）。恰逢神圣使徒西门和犹大的祝典（1156 年 10 月 28 日）来临。他们的弥撒仪式正在举行之际，一阵心痛攫住了我，上帝的秘密首次向我显露后，这常常是我所要经受的。在被折磨了相当长一段时间之后，我进入了一种出神状态，于是变得平静下来。我按照平时的习惯，在内心里注视上天，我看到了我提过的殉道者。他们正从光明之所前来，我惯于在这光明之所看到种种圣徒的异象，它离下界可是有段长长的距离。上帝派来的我的忠诚的守护天使走在他们前面。此刻我正在恍惚状态，我向他们说："我的主，如今，尽管我并未为你们举行祭仪，你们仍以这种方式屈尊访见我，真是难为了你们。"

神圣维雷娜对此答复道："我们感到你内心对我们的慷慨相邀，因此我们前来访你。"于是我询问道："我的女士，在你们殉难的墓穴，我们发现主教们的遗体也葬于其中，这意味着什么呢？我们应该相信在那儿发现的宝石上的题刻吗？石碑的镌刻者又是何人？"

她对我说："上帝很久以前便选你出来做这件事情：他可以让有关我们的至今不为人知的事情，经由你显露出来。故此，对于有人要求你详查这些事情让你疲惫不堪，你不要心生不快。而且，你还必须做到这一点：终你一生，在每年我们的殉难日的前夜，你都要禁绝面包和水。或者，如果你不能做到，你需举行弥撒仪式自我救赎，以便上帝能够屈尊向你显露他打算公布的有关我们的事情，以便有朝一日你得以加入我们的行列。"

此后她又满面春风地开腔说出下面的话："当我们首次开始在我们的故国聚集，我们的圣名便开始流传，许多人从世界各地汇聚来看我们。按照上帝的法令，有些英国主教也加入了我们的行列。他们陪伴我们横跨海洋，随同我们一起直至罗马。那段旅程中，巴塞尔主教，神圣的潘塔鲁斯，也加入了我们的行列，他领着我们直至罗马，成为我们殉难的同伴。其铭文如下：'圣潘塔鲁斯，巴塞尔主教，带领这些神圣贞女来到罗马，受到罗马的热情接待。他自罗马折回，前来科隆，在科隆和神圣贞女们一同殉难。'"

听完之后，我对她的话表示异议："在她们的故事里我们特别读到，当神圣的厄休拉按照她的习惯与她的贞女伙伴们在海上玩耍时，当贞女们驾驶的船舶比往常出海更远时，突然一阵大风将所有船只吹离了那片海域，她们便再也未曾回去。按照这样的记述，她们的确可能是在没有男性随行人员的陪同下出行的。"

对此她答复如下："神圣的厄休拉的父亲，不列颠的苏格兰国王，一位名唤莫鲁斯（Maurus）的信徒，清楚他女儿的愿望，他知道上帝为她安排的是什么，恰如她本人知道一样。他将此事透露给了他认作密友的一些人。在他们的建议下，他预先做了谨慎的安排，他最疼爱的女儿，动身时应有男性随行人员，她本人和她的贞女团都同样需要他们的帮助。"

　　有则著名的铭文最是醒目，铭文如此写道："圣希里亚克，罗马教宗，满怀喜悦地接待了这些神圣贞女，在同她们一起返回科隆时殉难。"此旁发现的另一则铭文写道："圣文森特，高级宗教官员。"当我询问神圣维雷娜这些事情时，她说："我们进入罗马城的时候，一位名唤希里亚克的神职人员负责罗马教会。他允许我们进城，因为他睿智高尚，且待所有人都和蔼可亲，所以被提升到教宗的职位，他已经统领罗马教会达整一年零十一周。他是第十九位罗马教宗。

　　"当他听说我们已然抵达，他和他所有的神职人员，都心中欢喜，我们受到他们的盛情款待。他在我们当中无疑有很多血亲。我们到达那儿之后的第二天晚上，上帝给他启示：如果他放弃教宗之位，与我们一同出发，他将同我们一起收获殉难的棕榈枝。他未曾将这一启示向他人透露，而是为我们中许多不曾在基督里重生的修女举行了圣洗礼。在他找到了合适时机后，他便向众人公开了他的愿望。

　　"他在全体神职人员面前，在所有人的抗议声，尤其是那些红衣主教的抗议声中，辞去了他的圣职，红衣主教们认定此举极度疯狂，可以说，他们以为他走上了歧途，似女流之辈一般愚蠢。红衣主教们并不知道激励着他的神的劝谏。出于对我们之童贞的爱，他已经下定了决心，因为他本人也是——打婴儿时起——便守护着自己纯洁的童子之身。结果，从那时候起，我们便失去了我们先前享有的罗马教会的一切善待，原来那些称赞我们的人都成了我们的陌生人。不过，我们的那位值得尊敬的神父，神圣的希里亚克本人，直到另一位名叫安特鲁斯（Anterus）的罗马主教在他的提议下接任他的教宗之职后，才离开这座城市。"

　　此后，我查看了罗马教宗的名册，却找不到圣希里亚克的名字，于是在神圣的维雷娜向我现身的某天，我再次向她问询。我问，希里亚克为何没有像其他罗马高级神职人员一样登记在册。她说这是那帮神职人员愤怒之下的结果，因为希里亚克不愿完成他在这一要职上的任期。

有一天，我向她问询一位名唤雅各（Jacob）的人的情况，他的名字被人发现写在他的墓碑上，此外没有任何附加信息。在我看来，对于我的问题，某种程度上她是满意的。她高兴地答复我说："那时候，有位杰出的神父，过着受人尊敬的生活，此人便是雅各大主教，他从我们的国家出发，去到国外的安条克。他在那里升到了主教的高位，职掌那个教会长达七年。当他听闻神圣的希里亚克，他的同胞，在罗马升到了罗马教宗的职位，便去拜访他。我们抵达之前他已经离开了那座城市。我们知道这一情况后，火速派出一名信使召他回转。他在距离罗马大约两天行程的一个城堡中被找到。当他听说我们的到来，便立即返回到我们这里，成为我们的一名旅伴，并在科隆和我们一起殉难。而且，他本人在我们的修会中也有几名侄女。在神圣教宗希里亚克的劝勉下（而且他本人也是个聪明人），他花了很大气力记住了我们这些修女的名字。我们被害之后，他将大部分人的名字刻写在了那些碑石上，并用碑石盖住我们的尸骸。不过就在他完工之前，那些恶人在他干活时将他抓获，并和我们一样被宰杀。因此我们中有些人的名字可在碑文中找到，其他人的名字却找不到。而且，就在他殉难时（此刻他已经做好被杀的打算），他向凶手们只提了这一个要求——推迟他的殉难时间，够他将他的名字刻写在石碑上足矣。这一要求获得了批准。"

我还询问了他殉难的日期，因为从这一解释看来，他本人在贞女们受害的同一天遇难的说法不可信。对此她是这样回答的："我们殉难后的第三天，他在那位杀戮神圣寇朵拉的暴君手中殉难。"

她接着又对一位碑文上刻着"圣莫里苏斯（Maurisus）主教"的殉难者作了说明。她说："神圣的莫里苏斯主教也是我们还在罗马时与我们结交的。此人在拉维卡那（Lavicana）做了两年的主教，尽管他的原居地也是我们国家。他是王公一脉的某位伯爵之子，芭比拉（Babila）和朱莉安娜（Juliana）这两位贞女的叔父。他与两位贞女葬在一起。而且，他是位过着极圣洁的生活的人，他的讲道有着巨大的力量。他最大的愿望就是：教外人士——不管是犹太人还是异邦人——走近他后，在他以神圣洗礼之水为其沐浴之前，都不会离开他的身边。所以他的名字'拉维卡那的'（of Lavicana）与他的职位完全吻合。随他一同参与到我们当中的，有神圣的克劳狄乌斯（Claudius），一位自任为副主祭的斯波莱托人（Spoletan），以及他的兄弟弗卡图斯（Focatus），一位尚未服过兵役的年轻的平信徒。这两人对我们的主教们矢志不渝；他们勤勉地服侍主教，与他们一同殉难。"

她之所以说这些，是因为我在看到他们的碑文后，也向她问询这些人的情况。她还主动地说："所有与我们一同出行的主教，他们的住处都离我们很远，不过每逢礼拜日，他们通常会来到我们中间，用神圣的讲道和圣餐仪式激励我们。"

我一度渴望打探到这两位主教的情况，我所收到的他们的碑文如下："圣弗伊兰纳斯（St. Foilanus），卢卡（Lucca）的主教，由罗马教会送来，在此地被击倒，遭利刃屠戮，与这些贞女一同埋葬。"还有："圣辛普里丘（St. Simplicius），拉文纳的主教。"恰逢有天我们正在纪念神圣的贞女——我们的圣母马利亚之际，圣维雷娜女士像往常那样向我露出亲切的面容。在她向我说了几句话后，我便向她打听这些主教的情况，她说："这两人那时出发去往科隆；从科隆回来的路上，他们遇上了这帮圣女，加入了那里的主教和神职人员的队伍。在与他们再次返回科隆后，这两人赢得了和他们一同殉难的荣誉。"

有人请求我查考一块令人肃然起敬的墓冢，碑文上写道："地下躺着以瑟里乌斯（Etherius），他度过了二十五年虔诚的岁月。此后安详地离世。"下面用大写字母写着："REX"。字母 R 很大,它的写法可以让人在里面分辨出两个字母,即字母 P 和字母 R。E 和 X 两个字母写在这一图形的左边,右边则刻有大写字母 A。紧挨着这块墓碑的一块石碑上刻写着这样的碑文:"德米提雅(Demetria)王后"。我于是向神圣的维雷娜询问这些事,同时还询问了一个紧邻的小女孩的事情,她的碑文写着:"少女弗洛伦蒂娜(Florentina)"。她对所有这些事情一一作答,她说:"以瑟里乌斯(Etherius)王是圣厄休拉王后的未婚夫。德米提雅是以瑟里乌斯的母亲,弗洛伦蒂娜则是以瑟里乌斯的妹妹。"

她自己还说,"我还要把写在以瑟里乌斯王碑铭中的字母 A 的含义解释给你听。取同一字母 A 三次,而后往其中加入 X、P 和 R 这三个字母,你将得到"AXPARA"这个词。这是一位女公爵的名字,人们发现她一直住在附近的一个地方。她是以瑟里乌斯的一位姑母的女儿,靠着爱的关联与他紧密联结。镌刻者将她的名字与以瑟里乌斯的名字相互缠绕,希望表达的正是这层含意。这件事情无须再做进一步的解释,因为最终所有这些事情都将由你澄清。"

正当我对这些事情暗自惊奇,并认为按照历史上的一致意见,圣厄休拉的未婚夫也一同殉难,此事全然难以置信。有天,时常寻访我的耶和华的使者在我面前现身。我问询他说:"主啊,那位据我们所知已与圣厄休拉订婚的年轻人也和她一同殉难,但是按照书面记载,厄休拉却是以出逃的方式避免了与以瑟里乌斯的婚姻,这是怎么回事呢?"他说:"当这帮圣贞女夜间从罗马回转,正值她们六天的行程结束,那时尚停留于英国的以瑟里乌斯王,在异象中接到上帝的劝告,激励他的母亲德米提雅成为基督徒。因为他的父亲阿格里皮鲁斯(Agrippinus),在他本人接受圣洗恩典的第一年辞世。同时他还受到启示,他将要离开他的祖国,去迎接他的已从罗马回转的未婚妻，他将要和她一同殉难，并将从上帝处接过永不凋谢的花冠。

"他立即服从了这一圣诫，并促成他的母亲——这位接受他的规劝的母亲——在基督中重生。携上她和他的同为基督徒的妹妹弗洛伦蒂娜，他赶去同他最神圣的未婚妻会面。他成了她殉难中的和上天荣耀中的同伴。"

我还问询这位使者："主啊，这则碑文为何说他度过了二十五年虔诚的岁月？因为我们从历史中得知，在开始和神圣的厄休拉议婚时，他尚未接受基督教信仰，婚前三年他才不得不受天主教信仰的教导。"使者答道："尽管事实如此，但在他接受基督教信仰之前，他一直过着如此节制和无可指摘的生活，合乎他那时的生活环境，以至于在撰写其碑文的作者看来，他所有的岁月都可以被恰当地称为虔诚的。"

此后，我们神圣的女士有天对我说话，我由以得知一位神职人员的情况，他的碑文写着"圣克雷孟（St. Clemens），主教与殉道者"。她告知我说，我刚才谈到的王在离开他的国土时带上了克雷孟。

同样，当我打听某位碑文上写着"圣马尔库卢斯（St. Marculus），希腊主教"的人的情况，我从使者那儿收到这样的答复："在唤作君士坦丁堡的城里有位名叫多罗雪（Dorotheus）的王，他原本来自西西里。他的妻子的名字是菲尔曼蒂娜（Firmindina），他们有位独生女名唤康斯坦莎（Constantia）。碰巧父母双双辞世，女儿依然是处子之身，没有丈夫的慰藉。于是，她的至亲便将她许配给了一位年轻人——另一位王的儿子。不过他在迎娶她之前身亡。康斯坦莎欣喜于她的暂时解脱，这样她便可以将她无瑕的贞洁奉献给上帝，她祈祷和恳求上帝再也不要让她受另一个男子的束缚。

于是她来到神职人员圣马尔库卢斯的面前，此人是前已提及的城市的主教，有关他的情况你已知晓，从亲属关系看，此人是她的叔父。康斯坦莎就保护她的童贞的问题寻求他的建议，并极诚挚地恳求他在这件事上充当她的帮手。正当他为此事烦心之际，有天晚上，上帝通过异象向他显示：圣厄休拉和她的贞女们即将抵达罗马。上帝告知他，他应该带上康斯坦莎女王并和她一起迅速赶往那个地方。他信赖上帝的启示。带上这位因为上帝的缘故摒弃了她的王国和世间种种俗事的女王，他来到罗马，尽管他接受的启示中提到的那些贞女尚未抵达。主教和女王来到罗马之后不久，便加入了贞女们的队伍。和贞女们一起抵达科隆后，主教和女王随即便为了基督殉难。而且，康斯坦莎就是你的兄弟近期带到这个地方的那位女子。"

我问："主啊，带到这个地方来的女子，按照他们的说法，碑文上的名字是'菲尔曼蒂娜'。你怎么又说她的名字是康斯坦莎？"他说："古时候许多人习惯于以他们父母的名字作称呼，以至于他们甚至有两个或三个名字作他们的称呼。故此她被赋予她母亲菲尔曼蒂娜的名。如此一来，其结果是：为她刻写碑文时，便写下了菲尔曼蒂娜的名，而她本人的康斯坦莎的名字，则因仓促间被弃置不顾。同样的事情也发生在其他许多人身上——同样的情境下他们的名字被弃置不顾，却为他们刻写上了不是他们本名的其他名字。"

我还看到了下面这种铭文："圣葛刺斯玛（St. Gerasma），带领众圣女的人。"许多人央求我打探她的情况，是出于这样的原因：她似乎是位杰出人物，配得上充当一支人数如此众多的队伍的领导者。然而尽管我时常具备问询这一问题的机会和意愿，这个问题却未曾出过口，因为它总是会从我的记忆中溜走，以至于我暗自惊奇：为什么会发生这样的事。

最后的结果是：想要我问询有关她的那些问题的那个人，给我们送来了和我刚才谈到的众位圣女一起的三具珍贵的圣体。连续九天的祷告式过去了三天，正是圣使徒安德烈（Andrew）的祝典，他本人在弥撒的静默阶段出现在我面前。与他一起的是一位极有光彩的殉道者和两位贞女。我知道她们便是我们收到其圣体的那些人。于是我向圣安德烈打听她们的姓名，因为我完全不知道她们的情况。他对我说："问她们自己吧，她们会告诉你。"当我向她们询问时，一位贞女答道，"我曾被唤作阿宾娜（Albina），和我站在一起的被唤作爱美兰霞（Emerentiana）。我们是肉体上的姐妹，一位名唤奥雷利安纳斯（Aurelianus）的伯爵的女儿。和我们一同前来的这位殉道者被唤作阿德里亚努斯（Adrianus），他是位王子。十岁时，他为了基督的缘故殉难。"

我说："女士，我们如何辨别你们的圣体，哪具属于哪个名字？"她称道："我的是最高的，我姊姊的是最矮的；阿德里亚努斯则是中间身高的。"我并未冒昧地继续询问她。不过关于前述的殉道者的名字，上帝让这两位见证人告诉我他的名字是怎么来的，他的名字是什么，以及他曾是一位王子。这些情况在前一晚已经通过异象向那位将圣体带来的教士透露了。

此后，正当我反复默想着那同一位殉道者，渴望了解有关他的更多确切信息之时，有天晚上，在一次梦中的异象中，我仿佛看到有人给我一本写着金字的书籍。其中我读到有关他和他的出身的冗长的记载，以及他如何与他的四位姊姊离开他的国度，如何与她们一同殉难。我在里面读到的他那些姊姊的名字，是芭比拉、朱莉安娜、奥雷利娅（Aurea）和维多利亚（Victoria）。不过，尽管我认为我反复细察了那次异象中的一切，我依然难以确切地按照事情发生的次序记住它们。

几天后，圣尼古拉斯的庆典（12 月 6 日）来临，正当为他举行弥撒仪式之际，他像往常一般和善地出现在我的面前。我已经提到的那三位殉道者再次与他一同现身。因此，我请求他向我透露一些有关阿德里亚努斯的更为确切的消息，同时我想到还可以打听我已提及的圣革剌斯玛的情况。他非常和善地答道："你所问及的圣革剌斯玛，是西西里的王后。她是亚伦（Aaron）的真正的虔诚后裔，充满了耶和华的灵。她说服丈夫昆提阿鲁斯（Quintianus）国王改变信仰。虽然他最初是位极其残忍的统治者，她却令这头狼，可以说，变作了最温驯的羊羔。这位丈夫从英国将她娶来，在那里，她是圣莫里苏斯主教和神圣女王厄休拉的母亲达莉亚（Daria）的姊姊①。她育有三个儿子和六个女儿。其中最小的孩子便是殉难者圣阿德里亚努斯，也就是你打听的这一位。阿德里亚努斯的哥哥就是希腊之王多罗雪，被带来你这里的圣康斯坦莎的父亲。

"那时，正当圣厄休拉与她父亲秘密商议她的神圣意图之际，她的父亲对于此事感到十分不安。他给圣革剌斯玛寄函，向她表明他女儿的愿望，并将他们收到的上天的启示向她透露。他希望听到她的建议，因为他知道她是位才智不凡的女性。而那位女性，受神力的感召，知晓这话乃由神发布，于是携上她的四个女儿芭比拉、朱莉安娜、维多利亚和奥雷娅及幼子阿德里亚努斯一同踏上旅途。出于对姊姊们的爱，阿德里亚努斯自愿投身于这次朝圣之行。革剌斯玛将王国留与她的一个儿子和两个女儿掌管，扬帆远航直至不列颠。于是这群圣女在她的建议下集合和组织起来。以她的忠告为指导，在她们朝圣的路线上，她是她们所有人的领导者。最后她和她们一同殉难。"

圣尼古拉斯讲述完这些后，他察觉到我对于这一安排暗自惊奇不已，他说："你完全有理由感到惊奇，因为所有这些事情都出于天命

---

① 十二世纪的英国年代史编者马姆斯伯里的威廉记载，达莉亚、厄休拉和其他两位贞女同伴的遗骸安放在格拉斯顿堡（Glastonbury）。

的不可思议的安排。"他接着进一步说："上帝送到你这儿来的殉道者非常珍贵。因为这个原因，你们要表明你们的虔诚，向他们奉献敬意和仪式，因为他们的到来是大恩的开始。"

有次当圣维雷娜出现在我的面前时，我问她（正如某位修士向我建议的），谁应为那群圣女的殉难承担责任。因为我记得上述有关希里亚克主教的故事，我注意到当然不是像有些人认为的那样，是匈奴王阿提拉犯下迫害她们的罪行。阿提拉实施的迫害隔了许多年之后才发生。对于那样的疑问她作了如下回答：

"我们在罗马的那个时候，就在罗马那个地方，有两位名叫马克西姆斯（Maximus）和阿弗利加努斯（Africanus）的不义之王。当他们发现我们人数众多，还有许多人群集到我们身边与我们结盟时，便开始激烈地反对我们。他们惧怕基督教将会因为我们而获得众多的皈依者，变得强大起来。因此，当他们探察出了我们行经的路线，便迅速遣使到他们的一个名叫朱利叶斯（Julius）的亲戚那里，此人那时是匈奴国王。他们煽动他带领他的军队迫害我们，置我们于死地。他即刻间便满足了他们的愿望，带着一群武装暴徒出发，在我们抵达科隆时袭击了我们，我们在那里遭到屠杀。"

不过，当我询问她有关神圣厄休拉的圣体时她所说的话，我们也不能置之不理，她说："她的圣体近期之前一直在其原来的葬地，从来不曾移动；她确实就在保存她的碑文的地方。"她补充说："我们的祷告获得了上帝的准允；于是我们的身体近来得以被人发现。因为被不管不顾地弃置一旁，因为没有了以我们的名义给予上帝的极大赞美，我们发出呻吟之声，这是他不愿听到的。无论如何，最后审判日之前，我们整个队伍必将为人知晓。"

我收到了上帝启示的这些道，这些道不是作为对我的义举，而是通过诸圣女和基督的殉道者们的美德而实施的。我在圣徒们的各个节日里，如上帝之愿，获得了这些启示的道。这些文字于一年出头的期间内完成。碰巧在所有这些讲述即将完成之际，这一万一千名圣女殉难的节日（10 月 21 日）来临。

在我参加这一圣仪期间，读完福音经课之后，我像惯常那样陷入出神状态。一片光亮区域之中的一幕景象，不停在我的心灵之眼前面闪现：为数众多的一群贞女，仪表非凡，头戴好似纯金的王冠。她们的手中拿着棕榈枝之类的东西，闪闪发光。她们的衣装现出亮白之色，在太阳光的照耀下如白雪一般光芒闪动。她们的前额上是鲜血的红色，见证她们在其神圣的祭坛上抛洒的鲜血。而且，与她们一起，还出现了许多带着同样标志的光彩照人的男子。

我产生了一种继续向她们询问一些事情的渴望。但是因为她们人数如此众多，我不知道向谁发问才好。她们当中有两个相貌十分高贵的人马上从这群人中走上前来。她们远远地站在其他人前面，径直地凝视着我。我明白她们的所作所为都是因为我，于是我向她们说道："我祈求，我的女士们，你们可以屈尊告诉我，你们是谁，你们叫什么名字。"

她们其中一人说道："我是厄休拉，和我站在一起的，是我的姊妹维雷娜，我的一位叔父的女儿，我的这位叔父是位伟大的国君。"我对着那位与我交谈的女子说："最神圣的女士，我恳求你现在屈尊完成这段历史，恳求你决心就埋葬你的方式问题为我释疑。因为通过神的恩典，关于你的诸多事情都已向我这位不足道的罪人披露。在那次大迫害的时候，将你们神圣的尸骨如此细心安放并为你们提供那么体面的葬礼的男子，他们是谁呢？"

对此，她如此答复我："那时科隆有位充满圣灵的、名叫阿奎里鲁斯（Aquilinus）的神圣主教，他是在神圣的马特努斯（Maternus）之后引领那里的教会的第四人。当我们打算自罗马回返，并且回转之事都已准备妥当之时，此人看见了我们的整支队伍（因为这是上帝向他显露的），他知道我们即将承受的殉难的全过程。他还听到有个声音对他说，他应准备埋葬我们的尸身，他应加紧采办我们的葬礼所需的一切。正当阿奎里鲁斯为这些事情而焦虑苦恼之际，有两位主教前来找他，对于他们的事情你已经有所听闻，即，他们来自卢卡和拉文纳。两位主教向阿奎里鲁斯讲述，上帝如何通过异象向他们显露这件事情，不过他们至今依然不能确定此事发生的方式和情境。不过据阿奎里鲁斯的碑文所言，阿奎里鲁斯受罗马教会派遣，在我们抵达之前，他就收到了罗马教会领袖关于其行程的指示。此外，当那两位主教本人从前面提到的科隆主教那里听到科隆主教所看到的关于我们的异象时，他们便又重新回到他们来时的路上并遇见了我们，于是便一直留在我们队伍中间直到最后一刻。"

当她说完这些事情后，我如此插言道："我想知道，我的女士，你们的敌人对你们具体提出了什么控告，以置你们于死地。我尤其想要知道你本人的事情。你以怎样的方式结束了你的生命？"

她答复道："杀死我们的那位不义的暴君以威胁和诱骗的手段要求我们与天国的配偶——主耶稣基督——断绝关系，让我们接受他和他的部下的信仰。我们去到那里可不是为了那个目的，于是我们坚决拒绝依从他的无礼要求。我们情愿去死，也不会与我们的配偶分离。为此，他们将他们的恼怒倾泻到我们身上。我本人因一箭射中心脏而死。

"于是，当我们所有人倒在血泊之中，那位可敬的主教便按照他所受的指示对我们行那伟大的虔敬之举，以极大的专注和庄严完成埋葬我们的任务。耶和华的威严和这位主教及那些同主教一起劳作的人同在，上帝的使者指导他们，埋葬我们的工作很快被完成。我们则立即请求上帝酬谢他的辛劳。此后不久他便离弃了尘世，上帝因为他给予我们的尊崇,赐予了他一份特别的回报。此后没过几天,我们的葬礼完成之后,来了一位可敬的克勒马提乌斯,他运来了直至那时一直留在某个地方的几具尸身。他以极大的尊崇埋葬了他们,恰如他本人事先在上帝的威严之下所受的训示那样。"

我立刻提问道:"女士,就是那位据说建造了你的教堂的克勒马提乌斯吗?"她答道:"根本不是;事实是,那建造了教堂的人是在很长时间之后才来的。"当她做完这些解释后又说:"愿上帝以他亲手做的事情为酬谢,报答那些令人重新记起我等之殉难的人!"

如今,愿上帝向那些被隐去的事情的见证者,以及那些他想要向其显露被隐去的事情的人,显露那些被隐去的事情;上帝既不喜欢大人物的高位,亦不鄙视小人物的谦卑。致仁慈宽容的上帝,让荣耀、赞颂和感恩永在。阿门。

马格德堡的梅希蒂尔德（Mechthild of Magdeburg）

（约 1212—1282 年）

拿撒勒的比阿特里斯（Beatrijs of Nazareth）

（1200—1268 年）

导读

从十三世纪早期开始，德国、荷兰地区的神秘主义便在女空想家们中间盛行起来，她们对圣爱及圣婚的情色意象笃信不已，这些心醉神迷的作家中声名颇高的有下萨克森人梅希蒂尔德与在布拉班特公国（duchy of Brabant）度过一生的比阿特里斯。

有关梅希蒂尔德的简略生平,我们可以从其著作里自传性的片断及其年龄较小的同侪——海尔弗塔(Helfta)的修女的回忆录中有所了解。她出生在马格德堡教区一个家境殷实的贵族家庭,十二岁时第一次接到圣灵的"问候"——"含情脉脉的一瞥";二十三岁时,为了拉近与上帝间的距离,她揖别了家人,在马格德堡成了一名贝居安女修会修女(beguine)①,开始了默默无闻的生活。

贝居安女修会分布在城市里的妇女团体遍及法国、德国、荷兰、比利时以及意大利的部分地区,它不要求作宗教宣誓,没有制度或具体的教规,且在最初时无须获得教会的授权。阿克里主教雅克·德·维特里(Jacques de Vitry,卒于 1240 年)将贝居安女修会修女认定为弗兰德斯(Flanders)、布拉班特两地的笃信宗教的妇女;他曾这样写道:"她们完全沉浸在对上帝的迷恋中,但后来她们看起来只是屈服于其欲念之下,长久以来,除了极少数情况,她们很少离开床榻半步……她们静静地安歇在上帝的旁边;她们的身材变了形,但其心灵却因得到了慰藉而强大起来。"

贝居安女修会的修女,因其女保护人圣白加(Saint Begga)而得名。圣白加是圣女尼韦尔的格特鲁德(Gertrude of Nivelles)的姐姐,二者皆是加洛林王朝的王室成员;圣白加是矮子丕平(Pepin the Short)的生母,孀居的她在比利时那慕尔附近的阿登高地(Andennes near Namur)创建了一家修道院,她死后就葬于此。

这一"宗教妇女运动"(mulieres sanctae)分别于 1216 年、1233 年两次获得教宗的庇佑与认可。实际上,贝居安女修会修女并没有完全脱离世俗世界:虽然有人会住在砌有围墙的小区域里,但她们并不总是聚居在一起;她们可以保留自己的房舍,还可做买卖。她们是虔

---

① 十二世纪以来荷兰等国的一种半世俗女修道会的成员。

诚的女子，那时候还未出现收容所、养老院等慈善机构，于是贝居安女修会修女便将精力付诸祷告和慈善事业。这一"宗教妇女运动"——参与者包括修女、女隐士、贞女及贝居安女修会修女——在约 1180 年至 1270 年间颇为活跃。然而，由于过于显眼，且无正式归属，她们时常被指行流浪行乞之丑事，还被控信奉异教邪说。1273年，图尔奈的吉尔伯特主教（Gilbert Bishop of Tournai）向罗马教宗格列高利十世（Pope Gregory X）呈上了一份报告：

> 我们中间有一群被称作贝居安女修会修女的女子，她们不露痕迹地发展壮大，沉迷于新奇事物。对于《圣经》中连圣文研习专家都无法破解的奥秘，她们却利用法语中的俚词熟语加以解读，甚至还在秘密集会上、修道院里及公共广场上肆无忌惮地大声朗读。

这些女子当然招来了一些人的不快与反感。譬如，十三世纪的法国讽刺作家吕特波夫（Rutebeuf）在其《说说贝居安女修会修女》一书中语带戾气地写道，不可轻信贝居安女修会修女，"睡时，她神魂颠倒；梦中，她幻象重重"。乃至最后有人谴责贝居安女修会修女为"不良分子"；比如，十六世纪的一本英语著述中有这样的说法："年轻的荡妇、贝居安女修会修女、天主教修女以及一帮下流胚……"而事实上，这些女人往往过着相对清贫、敛心默祷、自食其力的生活，虔诚地追求使徒时代的理想。罗杰·德·甘克（Roger De Ganck）列出了她们信守的三个主要原则：俭省、贞洁、自知。

究竟梅希蒂尔德是独自生活还是住在群体之间，我们不得而知。但有一点是肯定的：她因直言不讳地把教士们贬斥为好色之徒、贪婪之辈而招致了他们的敌意。为了免遭迫害，她逃难到位于萨克森的埃斯勒本（Eisleben）附近的海尔弗塔女修道院，此后与修女们朝夕相处，直至十二年后撒手人寰。海尔弗塔女修道院可以说是修女们虔诚修道、潜心为学的绝佳之地。海尔弗塔的声名显赫的女子有赫克本的格特鲁德（Gertrude of Hackeborn）、赫克本的梅希蒂尔德及海尔弗塔的大格特鲁德（Gertrude the Great of Helfta），后两位还留下了卷帙浩繁的神秘主义著作。由于不被修道会接纳，所以这些身着灰袍的修女并非正式的西多会修女（Cistercian），但她们却谨遵十一世纪的西多教规；此教规强调劳作、祷告、学习以及维持个人的内心修行与群体的长远福祉间的平衡的重要性。

蒂嫩的比阿特里斯（Beatrijs van Tienen）更为人知的称谓是拿撒勒的比阿特里斯（Beatrijs of Nazareth），因为她在拿撒勒的宗教所度过了她的后半生，并担任了拿撒勒圣母会堂的西多女修道院的院长。该女修道院在比利时安特卫普南部的利尔（Lierr）附近。

比阿特里斯主要的生平事迹可从她本人的玄奥之作《爱的七式》（*The Seven Manners of Minne*）、与她有过接触的修女们的回忆录以及（罗伯特·甘克）根据她本人的方言日记撰写的拉丁语传记《比阿特里斯传》（*Vita Beatricis*）中搜集。比阿特里斯的那本私人日记业已下落不明。① 比阿特里斯于 1200 年出生在蒂嫩，她在六个孩子中排行末位；五岁时，她便能凭记忆背诵《诗篇》；七岁时，她人生中第一个老师——她的母亲——逝世。后来，她的父亲巴托洛缪（Bartholomew）把她送到位于佐特莱乌（Zoutleeuw）或里奥（Leau）的贝居安女修会接受道德教育，但是她继续在镇上一家混合制学校接受通识教育。最后，巴托洛缪把她送往布罗门代尔（Bloemendaal）或弗洛里瓦

---

① 《比阿特里斯传》的作者揣测，此日记的失踪绝非偶然。康布雷教区（拿撒勒在此辖区）对贝居安女修会修女作品的搜查（以及一位女修士因"异教邪说"遭到处决）可能促使有人故意将此日记毁灭了。

尔（Florival），这是一家西多会修道院，而他自己则在里面担任总管或收税官之职。

约莫十六岁时，比阿特里斯立誓信教，随后被修道院院长派遣到拉米（La Ramee），这是一家西多会女修道院，在那里她受训誊写以祷告诗书为主的手稿。在拉米，她同一位与自己年龄相仿的女修士结下了深厚的友谊，那就是与尼韦尔的贝居安女修会修女一样接受过隐秘生活训练的尼韦尔的艾达。这一时期，比阿特里斯自身的灵性得到了很大发展。

与此同时，比阿特里斯的家人也分别入教。她的父亲和哥哥维克波特（Wikbert）在布罗门代尔修道院成了俗人修士，两位姐姐克莉丝汀（Christine）和西比尔（Sybille）亦先后入会。后来，这一大家子全被派到马格登代尔（Maagdendaal），一处由布罗门代尔修道院设立的机构，就在比阿特里斯的出生地蒂嫩这座距勒芬城（Leuven）不远的小镇附近。就在马格登代尔，二十五岁的比阿特里斯被尊奉为童贞女。马格登代尔修道院在拿撒勒建造另一处机构时，比阿特里斯就已经领命为新会众誊写唱诗班的诗书了。1236 年 5 月，比阿特里斯、克莉丝汀和西比尔转移到拿撒勒。刚开始时，比阿特里斯的任务只是照顾那些新手；自第二年始，她便一直担任女修道院院长之职，直到 1268 年因一场折磨了她八九个月的痼疾而与世长辞。晚年时，她撰写出了《爱的七式》，书中，她将一切之事网罗在一个动态主题之下：爱。

梅希蒂尔德与比阿特里斯的作品创造性地将艳情文学的两大重要传统融合在了一起：《雅歌》中圣婚的意象与世俗化的"宫廷恋歌"（Minnesang），后者是德国中世纪宫廷爱情诗歌的主体，繁盛了三百年之久。哪怕只是对这两种传统匆匆一瞥，我们便能看出梅希蒂尔德与比阿特里斯二人的借用之处及个别的偏离之处。

《旧约》之《雅歌》(亦称《所罗门之歌》、《颂歌》)其实就是祝婚诗、婚歌，其中包含着抒情的、戏剧的及叙事的成分。其字里行间的撩人意象，催生了五花八门的对基督教的诠释。三世纪时，亚历山大(今属埃及)的神职人员奥利金(Origen)撰写了一部对后世影响深远的解经之作。他写道，《雅歌》的吟唱是"模仿新娘归于新郎，新郎正是怀着炽烈圣爱的上帝之道。事实上，不管她是按他自身的形象，还是以教会的形象被造的魂灵，他都深深地爱着她"。

明谷的伯纳德和圣蒂埃里的威廉进一步发展了对于这一内涵丰富且有艳情色彩的文字之寓意式解读(allegorical reading)。最后，新郎(未婚夫)既是基督又是圣父，而新娘(未婚妻)这一形象则可意味自我、魂灵、教会、圣母马利亚、养育子女的母亲以及女先知等。

神学著述方兴未艾之时，世俗化的"宫廷恋歌"文学也正如火如荼。法国南部的行吟诗人对"宫廷爱情"的文学幻想，转移到了十二世纪的德国，"爱"(Minne)由此成型。有时这一概念被人格化为"爱神"(Lady Minne)——一个强悍的女性形象，与维纳斯女神(Venus)一样咄咄逼人、桀骜不驯。"爱神"要求别人对其言听计从、竭诚奉献、忠心耿耿，她将凯旋的旌旗植入人心，她在那里称王，让人苦乐无常。

有人认为，"Minne"一词源于拉丁语中的"mens"("心思")或希腊语中的"memini"("记忆")。在中古英语中，"minnen"一词意为"思考"、"记忆"。

作为情人和主角，诗人在诗中竭力赞美一位女士。随着爱的诗篇的进展，男人会极力向女人献殷勤，向她作"为爱奉献"(Frauendienst，"为女士效劳")的承诺。她也许看上去遥不可及，但"占有"是宫廷交易的一部分："奉献"换"慰藉"。在诗人的抒情诗中，情人所希冀的仁慈的补偿是两性交合及其快感。诗中常会使用宗教语言来表达情色欲念：情人的苦恼是"殉道士"的苦恼，他之所爱是"天使"，她是"天堂"。与她发生性关系令她的爱人获得"救赎"；诗人根据神圣的"上升之路"描述他们的结合。

他固然爱她，不过诗人一心刻画的，依然是他受爱神的驱策而生出的刻骨相思与愁苦心境。爱神的安排导致他深陷欲海而不能自拔，导致一种秘密的性的狂喜，令他得到精神和肉体的升华。爱情抒情诗里，有着忧伤、无能为力的观念，情人恐怕自己下的功夫不够，生怕被爱人遗弃。

在宫廷恋歌呈现出的精心设计的系统中，情绪大起大落，宫廷恋歌的目标，就是通过与心爱之人的结合满足自己的欲念。诗中，悲不自胜的"为爱奉献者"形容自己备受折磨却能唯命是从，形容自己时而神魂颠倒、时而伤心欲绝、时而不胜悲恸、时而卑躬屈节，还形容自己会因一丁点的补偿而感激不尽。他为了施与自己的和未施与自己的爱黯然销魂。女人则既善良又无情，她蛮横得可爱，她似能生杀予夺。离开她宛如背井离乡，靠近她恰似一次探寻或朝圣。诗人就在这可怜的不幸与纯粹的极乐之间游走。他乞求怜悯与青睐；他所渴盼的快乐是纯粹的快乐、欣喜若狂以及伴随"相亲相合"而来的"心情高涨"。诗人这个"爱人"声言自己是忠贞不渝的。

对"什么是爱"（"what is Minne"）的理论探讨最初见于传奇文学——如斯特拉斯堡的戈特弗里德的《崔斯坦》和埃申巴赫的沃尔夫勒姆（Wolfram von Eschenbach）的《帕西发尔与蒂图雷尔》（*Parzival and Titurel*）——以及抒情诗本身。在这一文学传统的鼎盛时期，一位著名的诗人在其抒情诗的开篇这样写道："有谁能告诉我——什么是爱？"这个问题是戏谑性的，因为许多的诗歌都已处理了这个问题。十三世纪的一位诗人弗格尔瓦伊德的沃尔特（Walther von der Vogelweide），在他那讨人欢心的简单抒情诗里给出了一个简单的回答："有乐同享"；尽管他知道别的错综复杂的答案可能更高级。同样，这个问题在神秘主义作品中也居于核心的地位。十三世纪的贝居安女修会修女、布拉班特的哈德维希（Hadewijch of Brabant），在其《异象集》中问道："什么是爱？谁是爱神呢？"对此，亮明身份的上帝给出了一个相当庄重的回答。

德国的神秘主义作家梅希蒂尔德和荷兰的神秘主义作家比阿特里斯使用了"宫廷恋歌"中的语言与意象，借以咏唱灵魂对上帝的心醉神迷的情色之欲。有趣的是，男神学家把上帝和灵魂之间的爱用言辞表达为挚爱（amor）、心爱（dilecto）与博爱（caritas），且三者有时可以调换位置，有时则有着特别的语义色彩。而不谙拉丁语的女性神秘主义者则采用方言，仰仗普通名词"minne"与动词"minnen"进行创作，故得以从情色词汇中获取最直接的含义和意象系统。她们也不只是借用"宫廷恋歌"中最雅致的惯例，她们的抒情诗还会回溯到最早期的女性诗歌中汲取营养。寂寞的女子往往扮演着殷殷恳求的角色，恳求爱人回到自己的身边。这种体裁常被称作"trutliet"（"情人的歌"），源于"min trut"（"我亲爱的"）。可以看出，蛮妇之歌（本书第七章）与较为复杂的女行吟诗人之歌（第十一章）都属于这种体裁。女性诗人笔下的诗歌往往是不具名的，而男性诗人则乐于以女性口吻写诗。"来自吉任伯格的男子"（Der von Kiirenberc）在其"猎鹰之歌"里塑造了一个女性形象：一名女子驯养了一只猎鹰，而且还试着用黄金镣铐把它硬留在自己身边，但它最后还是飞走了。该诗歌以简练的语言讲述了一名很难被"爱"驯服的不安分的男子。

在贝居安女修会修女及其他修女的作品中，《雅歌》与"宫廷恋歌"的手法相伴相随，且常常相互交织。它们的融合完美地体现在了梅希蒂尔德那句"我因对他的爱成疾！"中，这行字译自《雅歌》（2：5），钟情者将自己描绘成"因爱成疾者"。梅希蒂尔德与比阿特里斯都灵活自如地从"宫廷恋歌"和《雅歌》里借用了艳情的手法及语汇。因为渴望与上天赐予的心上人喜结连理，他们显出了绝妙的胆识和充沛的活力。

四十三岁时，梅希蒂尔德开始撰写《上帝之流光》(*The Flowing Light of Godhead*)。该书的七个分册分别代表了其个人经历的各个阶段。她在修道院之外完成了前六部分，其中包含她的异象集、沉思录、对话录、抒情诗及寓言等；其实，这些都是由哈雷(Halle)的多明我会的海因里希(Heinrich)(他极可能是梅希蒂尔德的告解神父)搜集整理成册的。后来，在海尔弗塔，由于年老多病、双目失明，梅希蒂尔德向她的同伴修女口述了此书的第七部分。

梅希蒂尔德声称自己不懂拉丁语，故只得使用低地德语的方言(Low German vernacular)写作，后来哈雷的海因里希将书的前六册改作了"更为流畅的"拉丁语版。十四世纪时，多亏诺德林根(Nordlingen)的海因里希将此著作译为高地德语诗，在巴塞尔(Basel)的那些追随海因里希的神秘主义者当中，蔓延起了对梅希蒂尔德的狂热崇拜。此书的拉丁语、高地德语版本仍然存世，不过梅希蒂尔德的原作却佚失不见了。

除了采用天上的爱的拥抱的诗歌意象，梅希蒂尔德还从中世纪宇宙元素中获得了灵感。空气、火、水让她得到了"神"的异象，如在灵魂的"嘘气"(the soul's breath)与上天的"炼火"(heaven's purifying fire)的交融或"流光"中。液性尤其成了神一般的性质，焦渴的灵魂渴望圣偶之圣水(露水、雨水、血液、蜂蜜、牛奶、美酒)。

梅希蒂尔德著作中那戏剧性的对话里出现的主要人物是上帝、他的信使爱神(宫廷恋歌)以及梅希蒂尔德自身的魂灵。魂灵是阴性的，这位孤苦伶仃、追求真爱的姑娘无所顾忌地坦承她的欲念，绝不被动等待。经由魂灵，这位神秘主义者夹杂着内心苦痛的狂喜诉诸恋歌语言中的辩证因素——爱之甜美中大量掺杂着苦涩（始于行吟诗人的抒情诗）。上帝的信使可能是爱神，她是天宫中位高权重的高贵夫人，此次奉命恳求魂灵作上帝的高贵的新娘；而在另一个场合，爱神则以在花园（或果园）里的一个英俊小伙子的形象出现，他是一个持矛比武的骑士、一位舞者或一名酒伴。

本章选文一中，经过一番寒暄、讨价还价之后，爱神为上帝诱劝魂灵的态度不再轻柔文雅，而是像女猎人追捕猎物般凶神恶煞。在世俗的诗歌和传奇文学中，爱神也会以这一面貌出现。在爱之狩猎（hunt of Love）中，一连串露骨的情色意象陆续出现，她的魂灵与神圣之爱神完成了一次狂喜的结合。诗人从现实的性爱中跳脱出来，以与身体感触相关的言辞直截了当地道出了棍棒之下"就范"的超绝之乐。"爱之狩猎"这一出自古希腊、拉丁语汇的意象在奥维德的《爱的艺术》中得到了全面拓展，之后成为中世纪文学中悠久、深厚的传统。与梅希蒂尔德同一时期的德国教外人士，如霍恩费尔斯的伯卡特（Burkart von Hohenvels）、埃申巴赫的沃尔夫勒姆，斯特拉斯堡的戈特弗里德等，都曾述及"爱之狩猎"（Minnejagd）。

对于梅希蒂尔德来说，正是因为自己作为猎物而遭捕获、棒击、绑缚、残杀，才保证了自己能在某个复活节欣喜复活，完成与神圣新郎的结合。对话中出现的"狩猎"意象随着行吟诗人的吟唱诗中的信函、印章、封邑等意象的变化而变化。

选文二讲述了魂灵抵达天宫以及她与上帝间情意绵绵的谈话等事。选文三则承袭了《雅歌》之风，主要描述了圣母马利亚接受上帝之爱为上帝的配偶，魂灵成为新娘前的准备以及她为爱而跳的神圣的婚礼舞蹈。

选文四中，爱神是一个魅惑力十足的年轻男子，激情四射地渴念着梅希蒂尔德的魂灵。诗人道出了在天国酒窖里她是多么渴望获得神性。对话开始时，梅希蒂尔德的魂灵便已因上帝而醉了。后来，圣爱之酒窖便成为神秘主义作品中的一个常用典故，而之前则是奥古斯丁和明谷的伯纳德笔下较为含蓄的概念，如"清醒的陶醉"（sober inebriation），圣伯纳德说，这与饮酒导致的谵妄失态大不相同。关于尼维尔的艾达（拿撒勒的比阿特里斯的年轻老师），她的传记作者这样写道："她常被爱人带到酒窖，然后便会接到一个斟满陈酒的酒杯，这酒可是他用圣爱精心酿制的。之后，她遂酒醉忘神。"

然而，在梅希蒂尔德的情色导向的意象中，爱神被刻画成了男伴，他邀魂灵莫停杯，并表露了自身对她的欲念。沉醉的魂灵则迫不及待、无怨无悔，坦言自己心甘情愿。爱神的蜜语甜言终必得到回报。其后，酒肆浪子的戏剧性场景让位于《雅歌》中的情形：先是醉醺醺的新娘沉溺于新郎的爱抚中，但是后来她却潦倒街头，到处寻找新郎，为人所不齿。或许她已然迷失了，耳畔不歇地响着新郎的温存低语。

拿撒勒的比阿特里斯的著作中也有尽兴酣饮的意象，但其侧重点略有不同。比阿特里斯在其自传性著述《圣诞沉思录》中采用了这样一个比喻："耶稣就像溪流、潮水或大河，我们从他那儿痛饮。"

比阿特里斯写道：

> 她看到，全能永恒的天父的身上流出一条大河，大河又到处地分流成许许多多的溪水、细流，那些敢于走近并酌饮其水的人将得永生。有的就着大河酌饮，有的就着小溪酌饮，有的就着细流酌饮。比阿特里斯蒙恩看到这一切，并获准随意取饮。

在爱的第六式中，比阿特里斯表达了一种极乐，就像盈满的容器，稍碰之下便会溢出。

比阿特里斯的作品中始终贯穿着"为爱奉献"（ *minne dienst* ）的

概念。书名《爱的七式》（*Seven Manners of Minne*）巧妙地采用了半谐音、押头韵等手法；此书有条不紊地描述了一步步通往至乐的步骤：（1）欲念萌生，抛却任性的冲动；（2）魂灵以年轻侍女的形象出现，她侍候着圣主，不是为了报酬，而是爱慕之心使然；（3）感觉焦虑绝望，唯恐魂灵的努力会付之东流；（4）初尝沉没、消融的销魂滋味，魂灵此刻恰似满盈之器，随时有溢流之虞；（5）过度兴奋的身体滚烫，体温攀升似患疾，精神近于癫狂；（6）终获宁和之乐，魂灵宛若谨慎的主妇条理分明，宛若深流中的鱼儿自在游乐，宛若长空中的鸟儿高高翱翔；（7）甜蜜地沉浸在爱里，爱的圣力将魂灵把玩于苦乐之间，而此时遗世独立的魂灵则渴望着与新郎的圣婚。

马格德堡的梅希蒂尔德（选自《上帝之流光》）

1. 爱神向天后问候，梅希蒂尔德的魂灵，爱之追寻

爱神、魂灵间的对话：

梅希蒂尔德的魂灵来到爱神的面前，然后语意深长地问候道："上帝向您致意，爱神。"

爱神：上帝酬谢您，尊敬的天后娘娘。

魂灵：爱神，您太客气了。

爱神：天后娘娘，对于您的问候我深感荣幸。

魂灵：爱神，您花费了那么多时间，终于说服了圣灵，让他立即纵身投入圣母马利亚恭顺的处子之体。

爱神：天后娘娘，这全是为了您的荣耀与快乐。

魂灵：爱神，您已经褫夺了我在世上获得的一切。

爱神：天后娘娘，您只是做了一次有福的交易。

魂灵：爱神，您褫夺了我的童年。

爱神：天后娘娘，我却为此给了您天上的自由。

魂灵：爱神，您褫夺了我整个的青春年华。

爱神：天后娘娘，我却为此给了您众多的圣德。

魂灵：爱神，您褫夺了我的亲朋好友。

爱神：哎呀，天后娘娘，这不过是毫无价值的哀叹！

魂灵：爱神，您从我身边将整个世界都褫夺去了，世俗的荣耀，还有人世间的一切富贵。

爱神：天后娘娘，一个钟头内，我会用您想从圣灵那儿得到的一切，补偿您在俗世的损失。

魂灵：爱神，您这般搅扰我，令我诸病缠身。

爱神：天后娘娘，我给了您不少的大智慧。

魂灵：爱神，您挥霍了我的血和肉。

爱神：天后娘娘，但是您却因此开悟，与上帝一起复活。

魂灵：爱神，你就是一个女强盗！我要你偿还！

爱神：天后娘娘，就把我拿去吧！

魂灵：爱神，如今您已百倍偿还了我在人世间的损失。

爱神：天后娘娘，如今您已拥有了上帝和他的王国！

魂灵的婢女和爱神的毒打：

神圣基督之德即是魂灵的婢女。魂灵在甜蜜的哀伤中向爱神哭诉衷肠。

梅希蒂尔德的魂灵说：

啊，亲爱的女神，

你偷偷地做我的侍女很久了，

现在告诉我我身上会发生什么？

你猎捕并抓到了我，还把我绑得这么紧，

把我伤得这么重，

我是不会痊愈了。

你用棍棒抽打我。

告诉我，我最终是否会康复？

我会不会被你亲手杀害？

要不是认识你，我会过得比这好。

爱神的回答：

我猎取你是为了得到快乐；

我抓你是为了满足欲念；

我把你绑得紧紧的是为了获得乐趣；

当我把你伤害时，你和我便合为了一体。

当我用棒打你时，我便会让你沉醉入迷。

是我把全能的神从天国中驱离，

还夺去了他的俗世生命，

然后又把他光荣地交给了他的父亲。

你这个龌龊的臭虫怎敢说要从我身边逃脱呢？

梅希蒂尔德的魂灵：

告诉我，我的爱之后，我知道天上有一种不起眼的药剂，

就是那种上帝常常赐予我的，

它能帮助我摆脱你。

爱神：

如果有俘虏想摆脱死神，

就让她伸手取到水和面包。

上帝赐予你的药剂，

只不过让你拖延时日罢了。

但是当你的复活日出现，

那时你的身体遭了致命一击，

我会在场，环绕你，打动你，

然后我会偷走你的遗体，

把它交与"爱"。

梅希蒂尔德的魂灵：

啊，爱神，

我已经根据你的口谕写下了这封信。

现在把你的大印章给我，我要盖上它。

爱神：

上帝为自己抓获的那个她，

知道印章要盖在哪里。

它就应该在你我之间。

梅希蒂尔德的魂灵：

住口，爱神，别再给我提建议了；我以及所有的

尘世造物都臣服于你。

啊，我最最亲爱的女神，

告诉我的朋友他的床榻已经做好，

我深深地思念着他。

如果这封信显得太长的话，我会从其中的草甸里

摘下几朵小花。

这就是它那甜蜜的忧伤：

殉情之人终会葬于上帝之心。（第一卷，第三节）

2. 魂灵来到天宫

魂灵的天宫之旅，上帝现身：

　　当楚楚可怜的魂灵到了宫廷时，她谨言慎行、彬彬有礼。她高兴地凝视着上帝。啊，在这里她受到了多么温馨的接待啊！她沉默不语，但却是多么渴望得到他的赞美啊！然后，他怀着极大的热情向她袒露了自己的圣心——就像熊熊炭火之中灼烧得红彤彤的金块。上帝把她放于自己那颗滚烫的心上，这样至高无上的圣主便与这卑微的奴婢拥抱在一起，如水酒之交融。而后，她湮灭了，感觉尽失，什么也做不了，但他还是一如既往地苦恋着她，因为他不增不减。她说："圣主，您是我的慰藉，我的欲念，我的溪流，我的红日，而我则是你的明镜！"这就是为爱痴狂、离开上帝无以为生的魂灵在天宫中的短暂之旅。（第一卷，第四节）

上帝是这样来到魂灵面前的：

　　　　就像露珠滴在花朵上一样，

　　　　我来到了爱人的身边。（第一卷，第十三节）

魂灵是这样迎接、赞美上帝的：

　　啊，多么令人赏心悦目啊！啊，多么温情款款的问候啊！啊，多么暖人心窝的拥抱啊！圣主，对您的思念已经让我遍体鳞伤！您的恩惠让我心如止水！啊，您是那巍峨的磐石，您那崇高的裂隙；除了

您的白鸽和夜莺,还有什么能偎依在您的身旁?(第一卷,第十四节)

上帝是这样接待魂灵的:

　　欢迎你,亲爱的白鸽! 你满怀热情地飞越地上的国度,你的有力的翅膀带你飞到天国。(第一卷,第十五节)

上帝把魂灵比喻成四样东西:

　　你尝起来像那甜甜的葡萄,你闻起来像那馥郁的凤仙,你看起来像那灿烂的阳光,你为我那崇高的爱锦上添花。(第一卷,第十六节)

魂灵借用五种东西赞美上帝:

　　啊,上帝,你携着重礼纵身投入;

　　啊,上帝,你流入你之所爱;

　　啊,上帝,你在你的欲念中燃烧;

　　啊,上帝,你在与你之所爱的结合中融化;

　　啊,上帝,你就躺在我的胸前,我不能没有你!(第一卷,第十七节)

上帝把魂灵比作五种东西:

　　啊,你就是那荆棘中鲜艳的玫瑰!

　　啊,你就是那蜜汁中振翅的蜜蜂!

　　啊,你是那洁白无瑕的鸽儿!

　　啊,你是那光芒万丈的骄阳!

　　啊,你是那高高悬起的圆月!

　　我对你欢喜无限。(第一卷,第十八节)

上帝爱抚魂灵时把她比作六样东西：

你是我的枕垫、我的爱床、我安歇的密境、我至深的渴念、我至上的荣光。你愉悦了我的神力，抚慰了我的男性气概，你是我燥热时的溪水。（第一卷，第十九节）

魂灵也用了六样东西来答复上帝：

您是我的明镜——至善之巅——我的视觉盛宴，您是我的迷失，您是我心灵的风暴，您是我力量的瓦解，您是我的安全所系！（第一卷，第二十节）

3. 圣母马利亚与魂灵的圣婚

致圣母马利亚的讯息；林林总总的圣德彼此相随；魂灵缘何称得上是三位一体中的"喜悦的欢呼"（jubilus）：

在天选的圣母之花中，无始的三位一体之甘露，从永生上帝中升腾而起，花的果实是不朽之神、一个肉身凡胎以及永恒之爱的不死慰藉。

我们的救赎主成了新郎！新娘一看到他那张尊贵的面容便沉醉不已。身子最硬朗时，她却感觉尽失；目盲之时，她却看得最清；神志最清醒时，她却似死犹活。死得越久，她活得越快乐；活得越快乐，她便走得越远。对爱的体验越多，她行走便越频繁。家资愈巨，她便变得愈穷。住得愈稳，她便行得愈远。给予自己的越多，她的伤口越深。她越暴戾，上帝对她的爱就越深情。飘得越高，她便离上帝越近，而他眼中的她越动人。劳作愈累，她便睡得愈安谧。抓取得越多，她便飘落得越悄然。哭号得越大声，她便能用他的神力与自己的力量创造出更伟大的奇迹。她的欲念越炽，喜筵越宏大，而她的爱床越封闭。拥抱得越紧，他们的唇吻越香甜。越多情地看着对方，他们便越难分别。他给予她的越多，她便挥霍得越多，拥有的也越多。越谦逊地告别，她便回来得越早。用情越热切，她便更能容光焕发。燃烧得越炽烈，她便能闪耀得更灿烂。上帝对她的赞美越全面，她对他的思念便会越热切。

以上便是我们的亲切的新郎如何在三位一体的"喜悦的欢呼"中走过的。由于上帝不再想孤单地过活，他便创造了魂灵，并把自己伟大的爱赐给了她。

那么，魂灵啊，到底是你身上的什么东西，让你竟高高凌驾于其他生灵之上？到底是你身上的什么东西，使得与"神圣的三位一体"交融的你依然故我呢？

魂灵：你说到了我的出身，现在我就告诉你真相——我同样起于"爱之邦国"（state of Minne），故而除了爱神之外没有东西能够抚慰或源于我的高贵心灵。（第一卷，第二十二节）

新郎之俏；新娘是这样跟随他的：

看啊，我的新娘！我的眼睛是多么美丽，我的话语是多么公正，我的内心是多么炽烈，我的双手是多么温柔，我的脚步是多么迅捷——快跟上我吧！

你会与我一起殉道，你会因遭人嫉恨而被人出卖，你会被跟踪并遭人伏击，你会因怨恨而被擒拿，因传闻而遭绑缚；你的双眼会被蒙住，这样你就会无法看清事实了；你会面对世人的愤恨，你会因招供而受审判，你会遭到棒击，你受众人嘲笑，被带到希律王（Herod）面前，你会被剥夺财产、遭到放逐，你会穷困潦倒，你会受到这样那样的诱惑，你会遭人谩骂唾弃。你将在对罪恶的憎恨中背负着自己的十字架,你将在依从自己的意愿否认一切中被钉死在十字架上,钉死在包含着圣德的十字架上,你会为爱所伤,你会在神圣的坚毅中死于十字架上,你的内心满盈着永存的"合一";当你真正战胜你的敌人,被从十字架上放下,被草草埋葬,你从死亡升腾到了神圣的终点,靠着上帝口手出的一口气息被带上天堂。(第一卷,第二十九节)

你将是痛楚中的羔羊、斑鸠和新娘:

> 你将是我的一只痛楚中的羔羊——

> 你将是我的一只呻吟中的斑鸠——

> 你将在等待中成为我的新娘。(第一卷,第二十四节)

上帝问魂灵她带来了什么:

> 你急切地追寻着你的爱。

> 告诉我——你给我带了些什么,我的王后?(第一卷,第三十九节)

魂灵回答说它带来了绝好的四样东西:

> 圣主,我给你带来了我的宝贝:

> 它比山岳雄伟,

> 比世界广袤,

> 比海深,比天高,

> 比太阳灿烂,比星星繁多,

> 比整个大地上的王国还要重。(第一卷,第四十节)

通往爱的七条道路,新娘的三套裙服以及舞蹈:

> 上帝:啊,充满爱的魂灵,你想知道你的路在何方吗?

> 魂灵:是的,尊敬的圣灵,教给我吧。

上帝：你必须克服痛悔之伤、忏悔之痛、后悔之劳、尘世之爱、恶魔之惑、肉欲之欢，你还得泯灭让多少人万劫不复、永难得享真爱的自身意志。而后，当你将多数敌人击倒时，你会累得放声大哭，"漂亮的年轻人哪，我对你朝思暮想啊——你在哪里啊？"年轻的男人会说：

> 我听到一个声音
>
> 说到了爱。
>
> 我追寻她很久了，
>
> 但她的声音还从未传到我的耳畔。
>
> 如今我感到了，
>
> 我得去到她的身边。
>
> 她一边承受着痛，一边坚守着爱。
>
> 在清晨的朝露中，隐隐的
>
> 狂情率先侵入了魂灵深处。

她的侍女"五官感觉"：女士，你可要打扮得花枝招展啊。

魂灵：亲爱的，我要去哪里呢？

> 五官感觉：
>
> 我们听说
>
> 圣主踏着露水，伴着鸟儿动听的歌声，
>
> 向你走来。
>
> 女士啊，切莫耽搁！

于是，魂灵穿了件优雅却朴素的长衬裙，朴素得简直无以为配；外披一件洁白无瑕的长袍——她无法容忍任何想法、言辞、情感污了它的纯洁。最后，她又罩了一件声誉神圣的斗篷——她用尽了所有的圣德装饰它。

走进了树林——这福佑者的伙伴。在那里，最甜美的夜莺不舍昼夜地与上帝和着音,她分明听到了那些神知天觉的鸟儿的甜美歌唱。但那个年轻人还没到来。他给她派来了信使,因为她很想跳舞。他给她送来了亚伯拉罕之信念、先知之渴望、圣母马利亚的谦逊与贞洁、耶稣基督的所有圣德以及被选者的一切美德。

优美的颂舞即将开始。现在年轻人来到她的身边,说:

"漂亮姑娘,你的舞蹈如此华美,那么现在,我选定的配偶,你来领舞吧!"但她却说:

圣主啊,除非您来引导我,否则我是不会跳的。

如果您想让我欢舞,

请您先舞动、吟唱。

然后我会跳入爱境,

由爱及知,

由知及乐,

由乐往上,远超一切人类的感知。

我会在那儿停留,以圈为形,翩然起舞。(第一卷,第四十四节)

4. 天国酒窖

爱神说:

如果你跟我一起去到酒窖,

你将花销良多。

纵使你有千金把酒沽,

千金散尽只须臾。

如果你想径直地饮下不曾兑水的美酒,那你的花销将让你入不敷出,酒家给你斟的酒也总会缺斤少两。你终将一贫如洗、衣不蔽

体,还会受到那些宁在污水塘里追欢取乐而不愿在高档酒窖里掷金
分厘的庸人们的讥笑。

> 当与你结伴同去酒窖的人嫉妒你时,
> 你也不得不承受。
> 他们还会如此蔑视你,
> 因为他们可不敢冒花销巨大的险,
> 情愿啜饮兑水之酒!
> 亲爱的新人,我会到那酒肆去,
> 急切地花掉我的所有,
> 哪怕我会在爱的炭火中滚爬,
> 哪怕我会被爱的诋毁者鞭打,
> 我还是那神圣酒窖的常客。

梅希蒂尔德的魂灵答道:

我急不可耐地想去那里,因为我离不开爱神。尽管他百般折磨、
羞辱我——那个把酒家的酒水斟与我的他——但,他自己也在啜饮。

> 我已醉如烂泥,
> 我为万物役使。
> 看起来,
> 在我含垢忍辱、
> 在我忘形纵情之时,
> 从未有人这般恶待过我——
> 对待我这样一个不幸的女子,
> 他简直可以为所欲为。

但是，我是不会因自己遭受的苦痛而向仇敌们报复的，即使我深知他们那样做有违上帝旨意。

爱神开始安慰魂灵：

亲爱的游侣，即使有时酒窖大门紧闭了，你不得不流落街头、饥寒交迫、衣不蔽体，还受到路人的讥笑，基督盛宴上什么也没有给你留下，但你的信仰仍在，你依然还有爱神作伴，因为它从未被污损。

新人啊，我如此渴念天父，

令我忘却了一切的烦忧。

我如此渴念圣子，

于是一切俗世的欲念都离我远去。

我极度渴念他们，超出了我能得到的，

以致我无法领会圣父的智慧。

但，对于降临到我身上的

圣子的所有天职、

圣灵的所有慰藉，

我都能承受。

凡受此苦折磨者必须时时——尽管他配不上——坚信上帝之圣洁。

拿撒勒的比阿特里斯（选自《爱的七式》）

爱的七式可谓是从最高处而来，最后又返回到最高处。

魂灵的第一欲念

　　第一欲念始自于爱，它会先在内心之中存在一段较长的时间，然后便驱除其他邪念，最终凭借其力量与我们对它的领会，在我们心中稳定地成长起来。这一式确是由爱而生的欲念，而良善的魂灵会真心地为爱奉献，追随真爱。（选自"爱之第一式"）

魂灵就像不求回报、尽心奉献的年轻女子

　　有时候，魂灵有另一种爱的方式，她完全是以爱的名义自愿、尽心奉献的，她不会找寻什么理由，也不需要什么恩惠或荣耀。魂灵就像一个正当芳龄的女子，她之所以为圣主竭诚奉献，只是因为她太爱他了，而绝不是为了报酬。她甘心情愿地侍奉他，而对他能让她尽心服侍，她深感满足。魂灵渴望"为爱奉献"——它无可估量，超越人类的感性和理性——为完成这一奉献矢志不渝。

　　当魂灵来到这儿时，她欲念炽烈，她随时甘愿奉献，她劳作时无忧无虑，面对悲伤时不失审慎，在纷扰面前快快乐乐。她是多么渴望着去爱他、侍奉他，于是，奉献她的所有，为了爱之荣光、爱之奉献，她行动着、承受着，那就足够了。（选自"爱之第二式"）

魂灵遭遇重重磨难

　　爱之另一式充满了许许多多的艰难险阻。此时的魂灵正渴望着完成爱的心愿，她为此百依百顺、毕恭毕敬、尽心尽力。有时，这种渴望让魂灵难以安定，于是她会竭尽全力，宁愿尝试一切，追求每一种美德，忍受一切苦痛，完成爱所要求的所有工作，毫无隐瞒，不遗余力。这种情况之下，她甘愿尽心尽力，渴望着辛劳与苦痛。

　　但是，对于自己的所作所为，她还是不甚满意，未得满足。最让

她感到悲痛的,是她未能实现她的爱的欲念,她担心会与爱失之交臂。(选自"爱之第三式")

第一次狂喜中的魂灵就像满盈之器

然后,她感觉自己的所有感觉都因爱而圣洁,她的意念变成了爱;她感觉自己深深地陷落,被爱的深渊吞噬,她自己变作了爱。爱的美好围住了她,爱的威力吞食了她,爱的甜蜜让她沉浸,爱的伟大把她咽下,爱的高尚将她举起,爱的纯洁把她撑住,爱的崇高把她高高擎起,令她满心欢喜,于是她别无所能,只有变作爱,任爱将自己把玩。

魂灵感觉到自己的内心满是欣喜与充盈,她的精神沉没于爱中,她的身体在下沉,她的心在融化,她的力量在消减。爱已完全征服了她,她已几乎站不起身了,她的四肢无力,感觉尽失。此刻的她就像水已满到边沿的器皿,一触即溢;所以,当魂灵已被充盈时,她便会不由自主地溢出。(选自"爱之第四式")

爱的强力令她癫狂患疾

有时,魂灵中的爱变得如此猛烈和充盈,在她的心中燃起烈焰,于是魂灵感觉自己的内心受了各种各样的伤害,而伤势一天比一天重;它们带来的剧烈惨痛反复肆虐。于是她猜想可能是自己的血管破裂了,血液涌流,骨髓萎缩了,骨骼断裂了,乳房灼伤了,喉咙干痒了,她的脸庞和身体的每一处都能感受到内部的灼热,这灼热正是那爱之癫狂。

她感觉她的身体在大部分时间都被击穿了,刺到了心脏、喉咙甚至更远,乃至穿到了大脑;仿佛她都要神经错乱了。又仿似一场肆虐的大火陷万物于其中,毁灭它能毁灭的一切。然后,魂灵感觉到爱要把她推向癫狂，感觉到爱在自己的灵魂里毫不留情、肆无忌惮，陷万物于其中，将一切统统吞没。

这是一场魂灵的疾病，它让她病得不轻，她变得衰弱了。（选自"爱之第五式"）

魂灵的宁和之乐

当我们圣主的新娘走得越远、爬得越高时，她感觉到了爱之另一式，它存在得更近、认知得更深。她感觉爱已征服了她内心中的一切仇敌，弥补了她的过错，完善了她的本性。她现在重又驾驭了自己的感觉，提升了自身，毫不费力地强大起来，而确凿无疑的是，她又能自由自在地尽享宁和之乐了。

此时此境，她感觉到一切要做的事都尽显轻松、洁净、纯粹。一切的一切，做或是不做，都非常容易——因为为了与爱的伟大价值相称的事情而忙碌，是多么美好的事啊。于是她在自己身上找到了爱之崇高。她在自己身上感觉到了爱之伟力、清澈的纯净、朦胧的甜美、美妙的自由、博学的智慧、与上帝的亲密和相称。

此时，她就像一个治家有方、持家有道、理家有序的家庭主妇。她处事有智、逡巡有度、从职有明。她或拿来，或取出，或为之，或不为，一切尽在一念之间。魂灵事实上就是如此，这就是爱，爱在她内心是一股胜利的、无所不能的力量。劳与歇，抓与放，里里外外，她都追随着爱的意志。

像一条在大洪水中畅游的鱼儿，她在深处静歇；像一只在浩瀚碧空翱翔的鸟儿——魂灵同样感觉到她的心灵在爱的纵横间上下自如。

爱之威力捕获了魂灵，引导着她；爱在她的四周盘旋，保护着她，给予她智慧与才智、甜美以及爱的力量。但是，爱一直对魂灵隐瞒着自己的威力，直到她已攀升到更高的地方，从自身完全地超脱出来，直到爱已经能够强有力地支配她。

然后，爱让魂灵变得敏锐而自由——不管她是抓是放，是劳是歇——所以，她既不惧怕凡人，亦不惧怕恶魔，既不惧怕天使，亦不惧怕圣人，甚至不再惧怕上帝！她强烈地感觉到爱已苏醒，在她里面发生作用。她深知，爱是不会附于那些人身上的，这些人令它感到的是辛劳和烦恼。

然而，凡是想来到爱的面前的人必须敬畏地寻求它、诚心地追随它、心怀渴念地利用它，他们绝不能逃避艰难困苦、奚落嘲弄。他们还要把小事当作大事来做，直到最后爱开始在他们之中占据了强有力的统治地位——然后爱便会在他们中行善工，减轻一切的苦差，纾解一切的痛楚，抵销一切的债务。

此处有着信仰的自由、内心的甘饴、感觉的敏锐、心灵的高尚、精神的升腾以及永生的发端。

尘世间本已有了天使般的生活，其后便就是永生了。愿万善的上帝把它赐予我们每一个人！（选自"爱之第六式"）

她完全沉浸在爱里之中

神佑的魂灵还有爱的另一式，这给她也带来了不小的内心烦乱。她被吸引到了爱里，这爱超越了俗众，超出了人的感知与观念，超出了心灵的苦痛。永生之爱把她诱到了不可理解的智慧之中，引诱到了无法触及的上帝之苍穹深处——上帝无处不在，不可触及，在其所有的存在中不增不减——无所不能、包罗万象、无所不用。

她已经深情地浸润在爱里，被渴念牢牢掌握，她的内心狂躁难安。魂灵与爱共融共流，她的精神已经狂乱，欲念不可遏止，所有的感觉把她拽起，直至纵情于爱里。这正是她渴求于上帝的；她热切地向上帝求取；她万分希冀着。爱不会让她总是悠闲度日或得享安宁、祥和。爱将她举起摔下，甜言蜜语地抚慰她，然后泼灭她的热情，然后让她又跃动起来，然后治愈她的疾病，接着伤害她，把她变成疯子，然后让她神志清醒。就这样，爱把她高高擎起。就这样，她偕同自己的精神向上超越时间，进入永生之爱；在她渴望超绝的欲念里，她被高高举起，越过爱的俗世之式，越过她的本性。

这就是她的存在、她的意志、她的欲念、她的爱。一切的存在都是确信无疑的、纯粹清澈的、尊贵崇高的、尽善尽美的——而且身边还有簇拥着天上的精灵，爱在他们身上流溢，他们有着真知灼见，纵情于爱里。

她渴望着能与那些天上的精灵，尤其是那炽烈的六翼天使在一起。她渴望居于伟大的神格——至高的三位一体——里，得享静谧与安乐。

她追寻着自己挚爱的主上，她跟随着他，全心全意地看着他。她懂得他，她爱着他，她如此深切地渴念他，以致她都不曾注意到那些圣徒、天使、凡人及其他生灵，除非她对他们也怀着对他的爱。她在爱里只选中了他——在万事万物中只选中了他。她满怀欲念、一心一意，只愿看着他，拥有他，为他沉醉。

所以说，尘世是严酷的放逐、荒凉的地牢、无情的摧残。于是，她不屑于尘世，它让她疲惫不堪，那儿没有任何让她迷恋的东西。

（因此之故，魂灵渴望着与上帝一起返回家中）

在那里，魂灵将与她的新郎合一，并与他在永不分离的誓言中，在永生之爱中变为同一的圣神。在恩宠的时刻，她会给他带来荣耀；在永恒的荣光中，不再有嬉玩，只会有赞美与真爱，她将从他那里获得快乐。愿上帝把我们都带到那里。阿门！（选自"爱之第七式"）

克莉丝汀·德·皮桑（Christine de Pizan）

（约 1365—1430）

导读

　　看起来似乎有些奇怪，有如克莉丝汀·德·皮桑这样一位多产且多才的权威女作家，其大部分作品竟然几个世纪以来遭人忽视，在文学史和文选中亦难觅其踪影。她的有些作品或者尚未被译出，或者十五世纪以来就未曾被翻版成现代版。有些学者，尤其是沙里提·坎农·威拉德（Charity Cannon Willard），竭力保持克莉丝汀的声誉。如今女性运动已经引发了人们对早期女性作家的关注，有了一些重大发现；从每年的文献书目可以看出，有关克莉丝汀生平和著作的新版、译本和新的研究不断出现。对克莉丝汀的忽视，恰恰标志着对于有才干的女性的漠然不顾，克莉丝汀本人在她一生中都对此加以谴责。

孩提时，克莉丝汀便从她的故土威尼斯来到了巴黎。她的父亲是托马索·迪·本韦努托（Tommaso di Benvenuto），父亲的家族来自皮萨诺（Pizzano）；他曾在博洛尼亚（Bologna）附近研究医学和占星学。应邀来法国后，他开始担任查理五世（Charles Ⅴ）宫廷里的占星家和医师，这可是受人尊敬的职位。尽管克莉丝汀感觉自己因为性别的缘故而与正规教育无缘，在王室这样的环境里，她却可以接触到这位开明国王积聚的浩瀚藏书。事实上，她在神话学、哲学和历史领域的广泛涉猎，造就了她那百科全书式的文学作品。随着克莉丝汀的功成名就，她接到了英格兰的亨利四世和米兰公爵吉安·加莱亚佐·维斯康蒂（Gian Galeazzo Visconti）的就职邀请。慎重考虑后，她选择了留在法国，法国王室有她强大的保护者，另外，拜里公爵（Duke de Berry）让（Jean）是她的热心的保护人，她的保护人还有勃艮第的其他公爵。

克莉丝汀十五岁时便嫁与了皮卡德（Picard）贵族艾蒂安·杜·卡斯特尔（Etienne du Castel），国王的公证员和秘书，与她挚爱的丈夫享受了一段的幸福时光。他们育有三个孩子，其中两个活了下来。不过到了 1390 年，艾蒂安在陪同国王旅行时死于传染病，留下了二十五岁孀居的克莉丝汀独力抚养她的孩子，赡养她年迈的母亲，还要养育一个侄女。

三年前，法国国王去世，克莉丝汀的父亲便丢了他在宫廷的职位和财源。他死时几乎一贫如洗。克莉丝汀面对命运之轮的突然转向

（克莉丝汀最喜欢的一个主题）不知所措，同时还要扛起财务的重负。在她人生的这段黑暗时期，克莉丝汀致力于写作并将之作为一种慰藉手段和收入来源。她创作出的抒情诗，作为其早期作品的一部分，是她本人恋情的自传式记录。借重一种富于艺术性的可控结构（controlled structure），诗歌通篇传达出的是一种悲痛之情，譬如下面作为第七部分译出的"我如此孤独"（Seulete sui）这首抒情诗，便采用了一种强制性的首语重复法——在连续诗行的开头重复一个短语以达到增强情感的作用。在其他爱情抒情诗中，为了取悦其王室的和贵族的赞助人，克莉丝汀尝试了各种虚构的情境。其中有她的欢快的爱情抒情诗"交换游戏"（jeux a vendre），在此也译出了这首诗中的几行诗句。

1393 年至 1402 年之间，克莉丝汀创作了大约二十首维勒莱（virelais）①、七十首回旋诗（rondeaux）、三百首叙事诗（ballades），她还不断地试验抒情诗体裁。这些由早期舞曲演化而来的诗歌形式，以不同的方式使用原本归属于合唱曲的叠句。第十一章中有关女性行吟诗人的诗歌，便是这些舞曲的例子。

自行吟诗人以来，宫廷爱情的文学资料不断丰富，作为它的一位受惠者，克莉丝汀利用她优雅的歌词和情感丰富的对话，探察了相恋和失恋的男男女女可能的方方面面：接近和退却、恳求和拒绝、赞美、喜悦、痛苦、反责、分别、重聚和伤心欲绝的失败。恋情的死灭是她的令人心酸的专长。她的孀居时代的诗歌带有深深的个体性，她赋予这些诗歌以"远方之爱"（amour lointain）——在诸如若弗热·鲁德尔

---

① 维勒莱类似于回旋诗。每一诗节有两个韵律，尾韵作为下一诗节的首韵重现。整体音乐结构几乎总是"ABBAA"，开头和结尾部分有着相同的歌词；这种诗歌形式与意大利的巴拉塔（ballata）相同。

(Jaufre Rudel)这样的行吟诗人的抒情诗中为大众所喜爱的遥远的或不可企及的爱情——的语言。早期的另一类诗歌是"遭虐待的妇人"（malk-mariée）——悲惨的已婚妻子——之歌，以下面的第八首和第九首诗歌为例，其中描写了一些有趣的喋喋抱怨。

有些抒情诗，譬如描述向往骑士的牧羊女的《牧羊女传奇》（*Dit de la Pastoure*）以及《真爱公爵书》（*Livre de duc des vrais amants*），其中出现了婚外恋。将诗歌和散文结合在一起的后一部著作，包含许多信函，它以王后和公爵之间的苦情恋爱为中心，主要从男性的视角进行讲述。在对处于各种形式束缚的压力之下的情感生活的关切中，插入信函的《真爱公爵》预示了沉迷于女性行为的小说，譬如拉斐特（Lafayette）的《克莱芙王妃》（*La Princesse de Cleves*），以及十八世纪的书信体小说，自拉克洛（Laclo）的《危险关系》（*Les Liaisons Dangereuses*）至理查森（Richardson）的《帕梅拉和克拉丽莎》（*Pamela and Clarissa*）。下文中给出了西比尔·德·拉图尔（Sybille de la Tour）女士发出的一封书信的一部分，她在信中对王后的行为提出了一些忠告。作为一位名流，西比尔女士超出了传统的提供忠告的文体的表述，而且，在她的没有根据的聒絮中，她成了一个丰满的小说形象。

为了以社会舆论的方式就人道主义和女性主义问题发表演说，提供建议和安慰，克莉丝汀也使用书信体形式。例如她的《致王后的信》（*Epistle to the Queen*）、《论人生之牢笼的通信》（*Epistle on the Prison of Human Life*）以及《致爱神的通信》（*Epistle to the God of Love*）。这封最后提到的、尽管是她早期的书信让她卷入了《玫瑰传奇》（*Romance of the Rose*）的争论中。因为惦记着妇女易受流言中伤的特点，并在《玫瑰传奇》这一流行的冗长诗歌中发现了贬低女性形象的问题，克莉丝汀将她的书信变作了抗议贬低女性形象的武库。

　　这一传奇是十三世纪的爱情寓言。纪尧姆·德·洛里斯（Guillaume de Lorris）创作了较短的第一部分，其中一位异想天开的年轻人发现了一个玫瑰花园，他在里面昂首阔步地行走，被爱神之箭射中。他试图采摘的玫瑰代表心上人。传奇的续作者让·德·默恩（Jean de Meung），写了一部百科全书式的著作，不知疲倦地对女性进行恶言谩骂，认为女性的适当角色就是通过物种繁衍行为为造物主服务。在这首极度冗长的诗歌的结尾，那位爱人摘下了那朵玫瑰。

　　有关《玫瑰传奇》的争论牵涉到克莉丝汀时代许多有学识的人。认·格尔森（Jean Gerson），巴黎大学的校长，是赞同克莉丝汀观点的人之一，他于1402年以其长篇演说推动了这次争论。

　　在她给儿子让·杜·卡斯特尔（Jean du Castel）以忠告的道德诗中，克莉丝汀力劝他绝不要去读奥维德的《爱的艺术》或者那本《玫瑰传奇》。作为第十和十一部分译出的她的两首抒情诗，谈到了这场可能是由克莉丝汀《致爱神的通信》（*L'Epistre au dieu d'amour*）引发的1399年的著名争论。此信的部分内容附在这两首抒情诗之后。其中，克莉丝汀认为男子，尤其是神职人员，应该为其轻视态度负责。

　　克莉丝汀为女子的辩护无处不在。《妇女城》（*The Book of the City of Ladies*）通过搜集历史上的和克莉丝汀时代的女英雄，以抵制恶言，恢复妇女的美名。在这本书中，克莉丝汀将雷森（Raison）、贾斯蒂斯（Justice）和德罗伊图雷（Droiture）作为三个妇女形象提出来。她们为了修建一座以杰出女子的生命建成的、旨在庇护其他人的城市，寻求她的帮助。这座城市可能就是普瓦西（Poissy）的一座有象征意义的女修道院（下文将论及），克莉丝汀的女儿在那里当修女。

　　克莉丝汀的许多女英雄都是那些受到早期女性作家赞誉的人物。像四世纪的优多西娅一样，她讲述了西普里安和贾丝廷娜的故事，但却根本不将这位邪恶的巫师奉作神圣。就像赫罗兹维萨一样，她挑选出了基督教的殉道者阿格珮、基约尼雅和依蕾娜。有几处地方，颇孚众望的义妓，抹大拉的马利亚受到关注。克莉丝汀赞颂的英雄有犹滴和斗士卡米拉（Camilla）、塞米勒米斯（Semiramis）、彭忒西勒亚（Penthesilea）。她尤其关注她自己的守护神，提尔（Tyre）的克里斯蒂娜（Christina）。历史上著名的女性当中，克莉丝汀赞颂的是劝人皈依的圣克洛蒂尔达（St. Clothilda）——普瓦捷的拉德贡德的婆婆——的功绩。这些传记体中使用的例子尽管简洁，却常常可以增加克莉丝汀在紧要问题上直言相告的力量。通过援引卢克丽霞（Lucretia）受辱和因此判处强奸犯死刑（她赞成这一判决）的例子，克莉丝汀宣称她对那些男子感到愤怒，他们断言许多女性想要被强奸，或者女性根本不会因为被强奸而苦恼——即便在她们大声反对之时。

如果说许多传记都只是扼要的概述，是用来加固妇女之城的砖块，那克莉丝汀则表明了自己的这一能力：只要请求她，她便能创作出一篇生动的第一手传记。1404 年，她接到勃艮第的君王腓力二世（Philip the Bold）的委托，撰写死去的君主查理五世的生平，克莉丝汀的父亲过去便在此人手下效力。她对于这位骑士（vray cheval-ereux）的智慧、高贵和大度赞誉有加，尽管也将他的一系列古怪的个人习性和言谈组合在了一起。关于他的王后珍妮·德·波旁（Jeanne de Bourbon），她也说了些体恤雅致的话。

在其他领域，克莉丝汀具有一种百科全书编纂者的才能，她梳理早期的权威著作并纂集成书。《骑士精神与武功书》（*The Book of deeds of Arms and of Chivalry*）便是就一个极受欢迎的主题纂集而成的那样一部著作。就她胆敢撰写那样一部论著，克莉丝汀辩解说，她的目的是帮助那些投身行伍的贵族。她论述了领导者和优秀的士兵的品质。她详细谈论了一位领导者应该如何安营以及部队应该如何驻扎以备战斗。这导致她要提供如下信息：寝具、食物和酒（夏季饮用的醋），以及用于攻防的武器，包括火药、石头、枪炮、木材和绳索——如果供应不足可使用女性的头发。克莉丝汀也论述了平民和士兵战时如何举止才合宜的问题。战俘不应被杀害或服劳役；劳动者和牧羊人不应成为俘虏，因为他们从不希望战争，不应该为了战争受苦。

书中有个论述纹章学的章节，讨论了交战中盾徽的佩带以及横幅与信号旗上纹章的绘制。谁有携带武器的权利以及这些习俗是如何形成的。最后，克莉丝汀列举了骑士团使用的六种颜色：金色最高贵；红或紫象征火焰，只能由王子佩带；蓝色是空气的颜色；另外还有白色、黑色和绿色三种颜色。这部著作引起了都铎王朝首任国王亨利七世的关注，他要求卡克斯顿（Caxton）以《骑士功业录》（*The Book of Fayties of Armes and of Chyvalrye*）为书名，将之于 1488 年出版发行。

克莉丝汀于《三德书》（*The Book of the Three Virtues*）——亦称《妇女的珍宝》（*The Treasury of Ladies*）——中向妇女进言，制定她们的义务。此书因其所谈到的克莉丝汀时期法国的日常家庭生活的内容而引人入胜。人们指望一个女人，她写道，在丈夫不在的时候取代他，"因为骑士们、绅士们和各位男士外出作战，妻子所应当做的，只有明断和管理得当，以及清楚地知道她们所做的一切，因为她们通常会独自留居家中，丈夫们则在宫廷之上或其他各个地方"。

她还认为，女士必须精通土地所有权和封地法的所有细节，以防她丈夫的权利受到侵害；她必须知悉一切有关财产管理的事情，以便监察管家的工作，她必须通晓自己作为家庭主妇的这一行当。一名贵夫人的预算，克莉丝汀建议道，应该分为五个部分，其中一部分用

于施舍，一部分用于家庭开销，一部分用于男女佣人的报酬，一部分
用于赠品，还应留出一部分用于购买珠宝、衣饰和必要的杂项开支。

如她所言，女性事实上取代了外出交战的男子。克莉丝汀生活
于内外交困的灾难深重之秋。因为英国蛮横地坚持主张他们所认为
的其在法国的权利导致的反对英国的斗争——英法百年战争——旷
日持久。除国外战争之外，巴黎还有争夺王位的敌对派系，引发了暴
动和屠杀。阿马尼亚克人（Armagnacs）和勃艮第人（站在英国一边）
彼此意见相左。克莉丝汀对法国的情势的忧虑，激发她创作了几部
历史的、爱国主义的和道德寓言的作品。

她的政治作品包括《和平之书》（*Livre de la Paix*）和《人生牢笼
的通信》（*Epistre de la prison de la Vie Humaine*），它们为法国的女
性带去了慰藉。在她的部分自传体性质的《献给漫漫学路的书》（*Li-
vre de chemin de longue estude*）一书中，克莉丝汀遵从库迈的女先知
（Cumaean Sybil）的指导。一位作家听从一位文学的陪护者的习俗
贯穿于中世纪文学当中：哲学女士（Lady Philosophy）引导波爱修，维
吉尔引导但丁，夸夸其谈的伊格尔（the windy Eagle）引导乔叟。克
莉丝汀之旅程的目的在于为法国和欧洲赢取智慧。

当1418年的巴黎变得危机四伏时，克莉丝汀和她的儿子吉安
（Jehan）离开了这座城市。吉安是一名王室秘书，最后在流放中死
去。克莉丝汀藏身于普瓦西的圣路易女修道院（the abbey of Saint-
Louis）中避难，她的女儿于1396年在那儿受了圣职。普瓦西有座王
家的多明我会女修道院。法国太子的妹妹玛丽是那里的修女，女修
道院院长是克莉丝汀的另一名亲戚，这些情况可能意味着普瓦西的
修女洞悉墙外发生的事情。

多年以前，即1400年，克莉丝汀在《普瓦西之书》（*Livre de dit
de Poissy*）中说到了她去那儿探望她的女儿。在"快乐的四月，那个

宜人的时节"，她们一群人乘马从巴黎出发，沿着塞纳河两岸一路骑行，岸边的牧人在照管着他们的羊群；她们横贯圣日耳曼－昂莱 (Saint-Germain-en-Laye)的密林，笑着，说着，唱着，设计游戏以打发时光。绿草清新，空气甜净，夜莺四处盘旋，鸣禽们很在行地继续找它们的乐子。树林的最繁盛外，橡树生长得如此密集且高度如此惊人，以致太阳都不能突破这层昏暗。最后克莉丝汀和她的同伴骑行了从巴黎至普瓦西之间的六里格（相当于 28.8 公里）的路程。

　　我们发现普瓦西为我们准备好了一切。下马后，我们看到所有人都身着她们所能穿上的最好的衣服。我们一起穿过有金属搭扣的坚固的大门进入女修道院。

　　我们上前与会客室里的女士们会见。我们发现那儿都是些品格高尚的人。没有虚情假意或心怀恶意者，尽是些最值得尊敬的人。她们戴着简单的头巾，身着朴素的长袍，但绝非宗教服装。她们端庄俭朴，一心侍奉上帝。我们的朋友热情地欢迎我们，她们欢悦的表情让我们感觉是在度假。然后我珍视的她来到我身边，她非常谦卑地跪倒在我的脚下。我亲吻着她甜美柔嫩的脸颊。我们手牵着手，毫不迟延地去教堂，举行礼敬上帝的宗教仪式。我们还望了弥撒。之后我们认为是时候动身离开了。但是女士们极热忱地邀请我们坐下来喝上一杯。她们立时将我们领到一个明亮凉爽、悦目怡情的地方用膳，因为此时还未到正餐时间。不过我们已经没有时间流连或迟延了。因为那位十分可敬可佩的高贵修女，此处的女修道院院长和法国国王的姑母，那位天性宽厚的玛丽·德·波旁女士，以她仁慈的恩典唤我们去到她的身边。我们深感喜悦，因为我们实在不愿没见上她的面便离开这座女修道院。于是有人拉着我们的手，领我们去见这位受人爱戴的女士。我们爬上几级石阶,来到一个精美庄严的房间,我们发现房间布置得十分精妙,我们跨进房间,跪在她面前。这时这位极谦和的女士命我们再靠近些。

克莉丝汀一行还见到了查理六世的女儿,八岁的玛丽公主。她还阐释了女修道院的教规:女士们和衣睡在简朴的床垫之上,隔着铁格栅与访客会谈。那顿膳食十分精美,美酒与食物都装在金银器皿之中。女士们住在漂亮的房间里,房间往外通到的回廊里栽种着高耸的松树。果树给女修道院的地面上带去了荫凉,此地还有鹿与兔奔跑于其中的公园。克莉丝汀的女儿依旧拉住她的手,恳求她不要离去,于是一行人便打算住上一夜。她们在有格子架支撑的花园里用了晚餐,谈论着圣事。她们用过苹果、梨和果馅饼的甜点后,开始品尝女修道院院长装在镀金的容器里送来的美酒。

晚餐后她们步至塞纳河边,观看渔夫打鱼,倾听夜莺歌唱。第二天早上,在大教堂望过弥撒之后,她们翻身上马再次前往那片树林。归途中,这些旅者进行全面的关于爱的辩论以彼此取乐。这首迷人的有 2075 行的诗,令人联想起其他讲述故事的旅行及朝圣,譬如薄伽丘的《十日谈》,塞尔卡比的短篇故事(Sercambi's Novelle),以及乔叟的《坎特伯雷故事集》。顺便提一下,值得注意的是,克莉丝汀在其优雅的笔触下流露出的对于贵族气派的女修道院生活的顶礼膜拜,与乔叟对于他笔下的典型人物——贤淑高贵的女修道院院长——的模棱两可的观点形成对照。

对克莉丝汀而言,参观普瓦西是在早先的幸福时光中发生的事。如今的情况大不相同。法国在与英国的战争中遭受了蒙羞的挫败。即使英国的国王亨利五世在三十五岁的英年,即 1422 年早逝,英国的贵族依然决心继续向法国索要他们的份额。1428 年,他们围攻奥尔良。他们用射石炮投掷石块猛击城墙——巨大的前装式铜铸大炮放置在木槽里。他们切断给养，围攻持续了几个月。

而后传来一则奇怪消息，一个女孩去见法国国王，说天上的王派她帮助国王收复他的王国。第二年的五月八日，太子最终同意圣女贞德统率法国大军。他们向堵住奥尔良入口的一支英国守卫部队发起猛攻。他们突破了封锁线，击溃了英军，逼迫他们撤除了围攻。喜气洋洋的法国人进了城。最后他们受到神灵启示，于1429年7月17日在兰斯大教堂（Rheims Cathedral）为太子查理七世加冕。这一场景给了克莉丝汀重新执笔的新鲜冲动，她为那位仍然健在的圣战士——圣女贞德（Joan of Arc）——写下了热情洋溢的颂词：

> 1429年，
>
> 阳光再次普照。
>
> 它带回了一个愉快的新季节，
>
> 一个我们太长时间未曾看到的季节。
>
> 许多人因此生活在悲伤中，
>
> 我便是其中的一个。
>
> 但我不再为了任何事情而悲伤，
>
> 因为我如今看到了我所渴望的！

克莉丝汀指出，圣女贞德成就了须眉成就不了的事情：收复一个失去的王国。就像少数在十字军东征时期穿上盔甲陪伴她们的郎君去圣地的妇女一样，圣女贞德穿上了男子的装束。就像其他的军事领袖一样，贞德向圣德尼（St. Denis）的祭坛献上了她的盔甲，正如图卢兹的威廉，多达的岳父，在与撒拉逊人交战后，将他的战争装备敬献给了布里尤德的圣于连（St. Julien de Brioude）。这一不断发展的习俗意味着：十五世纪前，剑和剑架、盔甲外套、长矛、旗帜及其他军事配备装饰了教堂的内室。在费埃博伊斯(Fierbois)的圣凯瑟琳教堂(church of Saint Ctherine)的圣坛后面,贞德发现了她本人用以战斗的锈迹斑斑的长剑。

克莉丝汀以一种圣徒传作者的风格,极度兴奋地将这位十六世纪的女子比作犹滴、以斯帖(Esther)、底波拉(Deborah)等《圣经》中的女英雄和子民的救世主。克莉丝汀称贞德也会带领法国人与撒拉逊人交战。克莉斯汀十分钦仰的尤斯塔彻·迪夏普斯(Eustache De-shamps),整理了一份有九位女性杰出人物的清单,他试图加上贞德作为第十位成员,尽管并未取得太大成功。贞德被卖给英国人并殉难时,克莉丝汀可能已不在人世了。推测起来,克莉丝汀逝于普瓦西女修道院的庇护所。1429 年的《圣女贞德之歌》(Ditié de Jehanne d'Arc)看似她的最后一部作品。

1. 我售君以蜀葵(交换游戏)

她:　我有一株蜀葵售给你。

他:　可爱的人儿呀,我不敢告诉你,
　　　是多么深切的爱让我不由自主地靠近你。
　　　不用我开口,你也能一览无遗!
　　　我要将一片颤动的叶瓣售给你。

她:　许多假情人讲门面,
　　　让他们的弥天大谎看去像真的一样。
　　　人们不应该轻信他们所说的一切。
　　　我要将这念珠售与你。

他:　我是你的,你心知肚明;
　　　我从未倾心于其他任何人,

你不要拒绝我，

我心爱的美丽姑娘，你不要迟疑，

立即给我你的爱！

我要将一只鹦鹉售给你。

她：　你优雅、善良、英勇，

先生，你各方面都受了良好的教养。

但我还未曾学会去爱。

而且，我还不想去学

如何坠入爱河或接受别人的殷勤！

他：　我要将一只斑鸠售给你。

她：　离开吧，让她独自一人——

被一个逃避的男子引入歧途——

那便是我未来的生活。

我再也不会感受到任何的欢乐，

不管我拥有了什么。

他：　我要将一双羊毛手套售给你。

她：　我太过可恨，

如果我拒绝了你的爱；

因为我的爱会自动地——如果我敢这么做的话——

跑向你；

我愿被你爱恋，

因为你配得上拥有

海伦那样的天姿。

我要把爱之梦售给你

它会为那些梦想它的人

带去欢乐或忧愁。

他： 我的女士,我夜里梦见的美境

　　就要成真,

　　如果我能赢得你的爱。

　　我要将翱翔的云雀售给你。

她： 你迷人的话语

　　还有你温文尔雅的举止,

　　高贵的朋友,让我的内心满是欢喜,

　　因此我难以抗拒——

　　我将是你的,无可争议!

2. 婚姻是件甜蜜的事（其他歌谣）

婚姻是件甜蜜的事,

我本人的经历就是证据;

对于有着一位明智、善良的丈夫的女子,

像上帝为我找寻到的这位一样,

事实确然如此。

让那一直悉心保护着我的他

受到赞美,因为我感觉到

他的行为的伟大价值。

无疑我的甜心深爱着我。

我们结婚的第一晚

我立即感受到了

他的高尚品德,因为他从不

放肆地待我,

或者做任何让我不快的事。
起床时间一到，
他便上百次地亲吻我，让我快乐，
不向我提任何无礼的要求。
无疑我的甜心深爱着我。

他的话语充满柔情，
"上帝让我来到你身旁，
亲爱的朋友，为的是服务于你
我想他会让我成功。"
他以此结束他
整夜的梦想，这表明他举止
坚定，从不改变心意。
无疑我的甜心深爱着我。

君王哟，爱令我失去理性，
当他告诉我他整个地属于我时；
我的心中充满甜蜜——
无疑我的甜心深爱着我。

3. 我的五月天，一切都欢快（情歌百首）

在这万物欣欣以向荣的五月，
除却我这个可怜的、悲惨的人儿！
在我看来，我不再拥有我曾经拥有的那个人。
为此我抑止住嗓音轻声叹息。

他是我的真爱，我的情人，
如今却离我那么遥远。
哦，赶快回转吧，我亲爱的朋友！

在这万物葱茏的甜美五月，
让我们在嫩草边逐乐。
我们将在那儿听到夜莺和众多云雀
快乐的歌唱。
你知道那个地方！我用低微而清晰的嗓音
恳求你说：
"哦，赶快回转吧，我亲爱的朋友！"

因为在这样的月份，爱神常会捕获
他的猎物，我想每位情人都有义务，
与他的爱人，他的甜蜜的小宝贝，共享欢乐。
他不应留下她孤零零的一人，
在我看来，即使是一天半天也不行。
哦，赶快回转吧，我亲爱的朋友！

对你的爱，让我的心裂成两半；
哦，赶快回转吧，我亲爱的朋友！

4. 你为何如此待我（回旋诗）

你为何如此待我，
英俊的人儿——你必须回答。

你知道我正承受的苦痛，

而我从未伤害过你。

你却真的离我远去，

不曾屈尊向我道别；

你为何如此待我？

关于你的不当之举，

我向爱神道出了我的抱怨："耶和华神，

你让我选择了我亲爱的朋友，

他却那么残忍地报答我。

你为何如此待我？"

5. 泪泉苦河（回旋诗）

一汪泪泉，一条苦河，

一股忧伤的洪流，一片苦楚的海洋：

它们吞噬了我，将我可怜的心湮没于巨大的

苦痛之中——

我那倍感失落的心。

它们浸透我，狂暴地将我投入，

因为在我的周遭旋流着

比塞纳河更加强劲的

一汪泪泉，一条苦河。

它们的大潮狂流般

向我袭来，
恰似命运之神的风将它们
推送到我身上，将我冲撞得那么低
以致我几乎再难站起，它们那么粗暴地
阻止我——
一汪泪泉，一条苦河。

6.每当我看到这些恋人（其他歌谣）

每当我看到这些恋人
彼此间柔情缱绻，
满脸甜蜜，
交换着温柔的目光，
快乐地欢笑，一起慢慢
离开，远离众人，去玩他们亲密的
把戏，
我的心都快要化了！

因为此刻，由于他们，我忆起了
我永远不愿与之分离的那个人，
我的心渴望
他回到我身边。
但是我的甜心，我的良友，
身在远方。我为他深切忧伤，
我的心都快要化了！

我的心凋萎

在深沉的悲哀里。

它充盈着酸辛的悲叹，

直到他回到我身边——

爱神让我对他心醉神迷。

反复侵袭我的伤痛哟，

我的心都快要化了。

王子呀，我无法缄默，

当我看到恋人成双成对

彼此慰藉——

我的心都快要化了。

7. 我形单影只，情愿孤身一人（歌谣百首）

我形单影只，情愿孤身一人，

孤身一人，我的甜心弃我而去；

我形单影只，没有朋友，没有夫君。

我形单影只，心中苦恼哀伤；

我形单影只，没精打采，局促不安；

我形单影只，比任何人都更漂泊无依；

我形单影只，失却了我的爱。

我形单影只，在门口，在窗旁；

我形单影只，藏身于角落里；

我形单影只，靠着眼泪滋养；

我形单影只，无论悲伤与平静。
我形单影只，人生了无生趣。
我形单影只，被牢牢锁在我的心扉；
我形单影只，失却了我的爱。

我形单影只，每个地方，每一处所；
我形单影只，无论坐卧行走；
我形单影只，超过世间万物。
我形单影只，遭所有人委弃。
我形单影只，背上了巨大的痛楚，
我形单影只，眼中时时噙泪。
我形单影只，失却了我的爱。

王子呀，如今我又禁不住悲伤：
我形单影只，我的哀痛令我丧胆。
我形单影只，形容较催债人还要黯淡。
我形单影只，失却了我的爱。

8. 面对这样一个醋坛子，我们该如何是好（歌谣百首）

面对这样一个醋坛子，我们该如何是好？
我祈求上帝，将他活活扒了皮！
他四处行走，密切监视我们，
让我们不得彼此靠近。
我们可用牢固的套索将他吊起，
这个污秽、丑陋的吝啬鬼——痛风病缠身的人——

他给了我们那么大的麻烦,那么多的痛苦!

让他那残忍的躯体窒息而亡。
这躯体对他无用——它不过是个累赘。
这个咳个不停的老头儿,有什么好处,
除了斥责、瞪眼和吐痰?
恶魔才会喜欢和爱惜他。
我恨之入骨,这个恶毒的老驼子,
他给了我们那么大的麻烦,那么多的痛苦!

嗨,他活该被我们戴绿帽,
这个除了搜遍他的住所什么都不干的乡下佬。
嗨,怎么办? 稍稍给他几下,
就可让他直不起腰。
或者让他——不是走下——
而是快快地滚下楼,这个多疑的
守财奴,
他给了我们那么大的麻烦,那么多的痛苦!

9.上帝! 我们过于自怨自艾了(其他歌谣)

上帝! 所有人都激烈抱怨
这些丈夫。我听了太多对他们的
诽谤,以及他们平常是如何
猜疑、凶狠、怒气腾腾。
但我却永远说不出那样的话,

因为我有个恰好中了我意的丈夫——
规矩善良;他从不违背我。
我想要的任何东西,他都完全顺我的意!

他想要的只有乐事,
一旦我哀声叹气,可免不了受他责骂。
他很高兴——如果不是他撒谎的话——
我借着情人自娱,
如果我碰巧选择了除他之外的某人的话!
我做的任何事情都不会令他悲伤。
所有事情只会令他快乐;他从不违背我。
我想要的任何东西,他都完全顺我的意!

所以我一定要快乐地生活,
因为这样一位丈夫让我心满意足。
他——对我所有的行为——
从不对我吹毛求疵。
当我受着情人的吸引,
温柔地接待他,
我的丈夫对此一笑置之——我文雅的夫君——
我想要的任何东西,他都完全顺我的意!

愿上帝助我! 别让这位夫君
变坏。他无可匹敌,
因为无论我想唱歌、跳舞还是欢笑,
我想要的任何东西,他都完全顺我的意!

10.昔日在雅典城(其他歌谣)

很久以前,在雅典城
住着渴求至高学识的精英。
但是,尽管某些伟大情操
起自他们的伟大哲学,但一个极可怕的错误却
误导了他们,以至于他们希望拥有
几个不同的神祇。为了他们好,
有人应该告诫他们那些他们本该知道的事情:
只存在一位上帝,但他却不曾受到他们虔诚信奉。
人们常常因为说了真话遭人痛斥!

那位极有智慧的亚里士多德,精通
秘传的学问,便是充斥着这种错误的那座
城市的逃亡者;他因此受了不少的苦。
苏格拉底,这位理性的泉源,
也被赶出那个地方。
其他许多人被那些猜忌者杀害,
只是因为说了真话;任何人一眼就能看出,
普天之下
人们常常因为说了真话遭人痛斥!

所以说,世俗的智慧就是如此。
因此之故,我要说许多人对我怒火填膺。
因为不管老老少少,

我都敢批评他们空洞的字句、

他们的丑事和暧昧的恶名,

我还批评《玫瑰传奇》——尽管讨人喜欢又离奇有趣——

一本应该被焚毁的书!

然而因为这个主张,许多人恨不得挖出我的眼珠。

人们常常因为说了真话遭人痛斥!

11. 敬爱的主呀,做我的支持者(回旋诗)

敬爱的主呀,做我的支持者!

他们公然向我发起全面的战争,

这些《玫瑰传奇》的同盟者,

只因我没有加入他们的行列。

他们向我发起了那么残酷的斗争,

以致他们一心以为已将我围困;

敬爱的主呀,做我的支持者!

尽管他们猛攻不止,我却绝不从

我的立场退缩。这是一个普遍的事实,

人们总会进攻那敢于捍卫

真理的人。

如果我的理解能力过于低下,

我敬爱的主呀,请依然做我的支持者!

12. 致爱神的信

有人说女人狡诈、卑劣、虚伪且一无是处。还有人说多数女人都是骗子——善变、妄动和轻佻。另有几位谴责她们有着令人不堪的恶习。他们的责怪走了极端，他们不能容忍她们的任何过失。这便是那些神职人员夜以继日做的事情。他们首先用法语诗歌大发感慨，而后又用拉丁语诗歌言之凿凿。我不管他们的立论基于何种书籍，这些书籍也不过比醉汉更加谎话连篇罢了。

奥维德写过一本名为《爱的补救》（*The Remedy of Love*）的书，其中他历数了女人的诸多毛病，但是我认为他说错了。他坚持认为她们有着许多劣根——道德败坏、乖戾暴躁、庸俗不堪。我否认女人具有这些恶习。我要为女人辩护，向所有应战的人开战。不过我说的是可敬的女士。那些不正经的女人可不在我的讨论之列。

神职人员自童年时起在小册子和文法学校的入门书里学到的、而后传授给他人的一切，其用意都在防止他们爱上女人。不过这些人都是些傻瓜，是在白费工夫。设法防止是无用的。有我和造物主女士在，只要这个世界还会继续，不管谁想污蔑女人，我们都不会允许她们不被珍惜、不受宠爱。别让那些极尽诋毁女人之能事的人捕获女人的心、让女人着迷、携女人逃走。

我们无须任何的欺骗和强逼，便能让男人只受我们的影响，不再被那些狡猾的神职人员及他们的一切卑鄙意见所左右。那些书中所说的污蔑那些本不应遭此污蔑的人的话，其实无关紧要。如果有人说，我们必须相信那些书中的话，它们都是那些声名显赫者和智力卓著者（力图证实女性的恶习不惜撒谎的人）所写，我对他们（在他们的书中写下那些话的人）的答复是：他们不过是在欺骗女人的努力中度过他们的生命……

说到欺骗，我难以设想或理解一个女子如何能够欺骗一个男子。并不是她找寻和挑选了他，也不是她向他低声下气和自降身份，更不是她对他哀求不止。她不会想起他，甚至不记得他。就欺骗而论，是男子想要诱惑和欺骗她。她如何能够诱惑他？唯有认识到这一点，他才易于忍受和承担起他的责任。

［克莉丝汀列举了古代被男子背叛的女子，诸如美狄亚（Medea）、狄多（Dido）和佩内洛普（Penelope）。］

被众人诽谤和在言语及文字上受到不当责备的女子们亦是如此。不论事情是否真实，责备始终都是一样。

但是，不论诽谤者们说了或写了什么，我却从未在谈到耶稣的生与死（尽管他被诽谤者们追捕）的书中或文中发现这样的论述。《使徒行传》中，为了信仰遭受到无情殴打的使徒，并未见证女人的恶行，福音传道者也未作出见证。相反，人们公然声称女人在侍奉上帝方面展示出了伟大的审慎、智慧和坚定、完美的爱、强大的心灵力量。耶稣，不管是生是死，都未曾被女人抛弃——仁慈的耶稣，在他被刺穿、伤重垂死之际，除了女人外，所有人都离弃了他。

既然在一名女子身上可以发现所有的忠诚，继续诽谤女人就是件荒唐事了。因为为了纪念这位光荣女王的仁慈，一直以来，人们的心中只有敬畏之情，她善良高贵，品德高尚到可以生育圣子的程度。圣父给予了她无上的荣耀，因为他希望女人成为他的配偶和母亲，神的殿堂因此被联结成了三位一体。女人实在应该感到欢喜，应该认识到他们拥有的是与她同样的身体。上帝从未创造过任何像她那般正直善良的事物——除了耶稣，所以无缘无故地责备女人十足是件蠢事。由于有位女人坐在她儿子旁边、圣父右侧高高的王座上，对于一位当母亲的女子，这是一件巨大的荣耀。我们从来不曾发现仁慈的耶稣谴责女人。他反而热爱和敬重她们。

事实上,上帝按照他自己的可敬的样子创造了女人。他给她以知识和智慧,为了她的救赎,他授予她理解力。他给予她极为高贵的外表。她根本不是用大地的泥土创造——而是用万物之灵和世上的最高贵者——男人的肋骨造成……根据这些合理而可靠的理由,我断定一切明理的男子都该欣赏、珍惜和爱护女性。他们不应怀有毁谤的心肠,因为她们生育了所有的男子。因为她们所行的善事,女人不应受到苛刻的对待。在这世上,男子最爱的造物就该是女子,不管是根据正义的事业还是符合法则的自然。责难那最该受到爱怜的人、那最大限度地给男子以欢悦的人,是邪恶可耻的行径。

就其本性而言,没有女子的男子感受不到喜悦。她是他的母亲、他的姊妹、他的亲爱的朋友。她很少是他的敌人。

13.《妇女城》中两位圣人的传记

贾丝廷娜

贾丝廷娜出生于安条克,是位圣女。她十分年轻美丽,并战胜了魔王撒旦。有位巫师召唤魔王出来。魔王吹嘘说,他能促令贾丝廷娜顺从一位男子的心意,此人因为对贾丝廷娜的爱而心神俱醉,不愿离开她的身旁。那名男子相信魔王将会协助他,因为他的恳求和许诺都无济于事。但是任何东西都不起作用。美丽的贾丝廷娜依然赶走了魔王,即使他变幻了种种形象诱引她,她照样击败并打倒了他。而后她向那位垂涎她的蠢人布道,令他皈依。那位名唤西普里安的男巫师也皈依了。他曾过着一种十恶不赦的生活,她将他改造成一个善良的人。还有其他许多人,因为耶稣基督令得贾丝廷娜身上发出的预示而皈依。她最后作为一名殉道者离世。

克洛蒂尔达

既然我们讨论的是女人在精神方面带来的巨大益处，那么，难道勃艮第国王的女儿、伟大的法国国王克洛维的妻子克洛蒂尔达，不是首位劝说法国的国王和王子信奉耶稣基督的人吗？还有谁能够取得比她更大的成就？在她本人有次领受了信仰的启示之后，她就像贞洁的基督徒和圣女一样，从未停止说服和恳求她的丈夫接受神圣的信仰和浸礼。

但是他却不想听从。于是这位女士一直不停地以悲泣、斋戒和祈祷的方式恳求上帝敞开这位国王的心扉。她的恳求如此坚定，以致耶稣基督也怜悯她的苦恼。他给了克洛维国王以启示，所以当克洛维国王同德国国王作战并发现战争的结局于他不利时，他仰望上天，虔诚地许下这样的誓言（如上帝所意愿的）："万能的上帝，我的妻子和王后信奉和崇拜的你呀，在这场战争中助我一臂之力吧。我承诺我将接受你的神圣律法。"他一说完，战场的局势发生了扭转，他赢得了完全的胜利。他因此感谢上帝。他一回来即刻受了洗，这让他和王后深感欣喜和慰藉，所有贵族及全民都受了洗。自此以后，多亏了这位善良神圣的王后克洛蒂尔达的祈祷，上帝赐予法国如此深厚的恩泽，以致这里的信仰从未断绝。感谢上帝，我们的国王中从未出现过一位异教徒。其他国王和许多的君王可并非如此。这是法国诸王大受称赞的原因之一，也解释了他们为什么被称为"最正统的基督教教徒"（most Christian）。

14. 西比尔·德·拉图尔女士致《真爱公爵》中敬爱的女士的信

我极尊敬的女士：

在此谨向你致以我谦恭的敬仰之意。你仁慈友善的来信已然收到,烦请知悉。为此我要向你表达我衷心的感谢。你还记得我从前对你的那些微不足道的帮助,这令我受宠若惊——那些帮助根本配不上你这样优秀高尚的人。我要向你致以我一生中至高的感激之情。

亲爱的女士,有关眼下拜访你一事,我恭顺地请求你的原谅。我的女儿病体实在沉重,以致我无论怎样都不能离开她的身旁。天知道我对她的这次怪病有多么担心。

我极尊敬的女士,因为我不能如愿立即与你交谈,我不得不把你当作由我自幼年照管至今的人提出我的忠告——尽管我没有这种资格——在我看来,在一个我知道如果我不向你提及便可能会给你带去伤害的问题上保持缄默,那便是我的错误了。所以,亲爱的女士,我要就下面的事情写上几笔。我谦恭地恳求你,不要因此心生怨意,对我生出意见。因为你要相信,是极大的爱和对增进你崇高声名和美誉的渴望,促使我这样做。

我的女士,我听到了一些有关你的行为举止的消息,为此我满心痛楚,唯恐你的美名受损,因为在我看来这些消息关涉你的声名。所有的王族女性成员及出生高贵的女士——因为她的名誉和等级比所有其他人都更尊贵——应该在善行、智慧、道德观念、主张和礼仪上胜过她们,这是恰当和合理的。为了替其他女士,甚至替所有女人树立典范,以便她们效法她的行为,她应该在这些方面超越她们。

因此忠诚于上帝对她而言是合适的。她的神情应该显得自信、镇静、持重。在享乐方面她应该节制,不走极端。她的笑声应该轻柔而有意义。对待所有人,她都应带着威严的仪态、端庄的外表、高贵的表情、文雅的辩驳、亲切的言辞。她的着装应该精美,却不能过分考究。她对待陌生人应该遵循礼节、泰然自若,但不要太过亲昵。

做决断时她应深思熟虑,不要心浮气躁,被人服侍时绝不要显得严峻、凶狠，或恶毒，或趾高气扬，对待她的侍女和仆人要仁慈和善，在赏赐礼物方面，她不应过于傲慢，而要合理地慷慨。她应该知道如何辨认谁是最善良最审慎的人，谁是她最好的仆人。她应该亲近这些人，包括女仆和男仆，并按照他们应得的赏赐奖赏她们。

她不应该相信或信任阿谀奉承者，不论他们是男是女，但是如果她辨认出了他们，她应该将他们从她的身边赶走。让她不要轻易相信传闻，不要养成与陌生人或密友低语的习惯，不管是在私底下或者远离众人时，甚至是对她的其中一位仆从和侍女亦是如此，为的是他们中无人会认为他们比其他人更多地知晓她的秘密。在不是所有人都认识的那些人面前，她绝不应该笑着向任何人说任何事，为的是那些听到这话的人，不会猜想他们之间有着任何愚蠢的秘密。

她不应把自己锁在室内或太过与世隔绝，也不应太过频繁地被人看到，而应有时离群，其他时候则在交际场合出现。

尽管过去你符合这些条件，你也能遵守出生高贵的王族女性成员要遵守的其他行为准则，不过据说你如今已经变了。你变得更加喜欢寻欢作乐，与人交谈时更加活泼热情，甚至比以前更加可爱有趣。外在行为改变时，人们往往认为内心也发生了改变。如今你想要独自待着，远离众人，只要你的一两个侍女以及你的几个仆从陪伴，甚至有其他人在场时，你与他们还是有说有笑；而且你还会与人秘密地交谈，仿佛你们彼此非常了解。唯有他们的陪伴才能讨你的欢喜。其他任何人的服侍都难称你的心意。这些行为和怪癖激起了你的其他仆从的嫉妒之心，他们认为你迷上了谁或其他诸如此类的事。

哈！我的极高贵的女士——看在上帝的分上，请为你的身份负责，请为上帝把你提升到的高位负责。不要为了任何微不足道的欢愉，忘却了你的心灵和你的美名，不要沉溺于一些年轻女子的愚蠢的想法，她们相信，热恋并没有什么过错，只要不发生粗俗的性关系就行——我确信，你宁愿去死也不愿做这事！——她们相信热恋可以使得生活变得更加愉快，它可以让男子变得英勇和声名永驻。哈！我亲爱的女士，事实完全不同，看在上帝分上，在这件事情上别再自欺了。

以你知道的这个时代的一些伟大女士为例，她们仅仅是因为被怀疑有哪些恋情而已——即便此事的真相永远不为人所知——她们的声誉和生命都丢失了。但是，我确信，我敢发誓，她们未曾做下任何罪孽或一般性的不当行为。然而她们的孩子看到的只是她们受到指责和诽谤。在所有女子身上，无论她是贫是富，这种愚蠢的恋情都同样不光彩，对于王族女性成员和地位高的女士而言它就更加不得体和有害了——她的出身越高贵，这种恋情越有害。

我们有充足的理由说出下面的话。王族女性成员的声名会传遍世界的各个角落；所以如果她的美名有了丝毫污点，相比于普通人家的女子而言，她的污名在国外会更加广为人知；当然，其中也有她们的孩子的原因，这些孩子将会统治国家，成为其他人的国君。当人们萌生出这些孩子可能不是合法继承人的疑虑时，便有大患加身了，由此大患又会引出新的大患。因为即使不曾发生任何肉体上的不当行为，一旦人们听闻了这样的话，"这位女士坠入了爱河"，也就无人相信未曾发生不当行为。某人可能因为年轻时投下的没有任何不妥意图的微不足道的一瞥，飞短流长者便会做出断言，还会添油加醋地说上一些此人从未做过或想过的事。因此，口口相传的流言蜚语绝不会止歇，反而会愈演愈烈。

第
十
八
章

英
格
兰
女
隐
士

诺里奇的朱利安（Julian of Norwich）

（1343—1416/19 年）

导读

1373 年 5 月 13 日，一个星期五的早晨，一名三十岁的女子，人称诺里奇的朱利安，已经病倒三天了。这次疾病她可是祈盼了许久，此刻，她开始接连不断地经历十六次"异象"（visions），或曰"显相"（shewings）；这些异象从凌晨四点开始，直至下午四点才告结束，历时十二个小时，当时在场的人有她的母亲和一些密友。她的神父已经把十字架放在了她的眼前,因为人们想着她是必死无疑的了。近二十年后,她于 1393 年的 2 月份接受了内心修行,正如她写下的,内心修行让她更加充分地理解了这些异象。她为我们留下了两个版本的启示录:一个是以单篇原稿形式流传的"短本",它记录了原初的体验;另一个是许久之后定稿的以一个印版和五个手抄本的形式存世的"长本",它不仅再现了异象体验,还包含了作者在祈祷、冥想之后对这些异象进行的阐发和拓展。

朱利安大约出生于 1343 年,而这一年差不多也是乔叟的出生年,所以,可以说,这两位可是生活在不同世界里的同时代的人——尽管乔叟的作品在女修道院里并不鲜见。朱利安的出生地很可能就在位于贝弗利城(Beverley)与大海间的约克郡的东瑞丁(East Riding)。身为隐修士的她与一个侍女住在一起,住所在诺里奇的考尼斯福德(Conisford),与圣朱利安大教堂紧挨着——其实,她的名字便取自于圣人。她在什么样的年岁归隐,并不为人所知,不过她很可能在其一生的大部分时光中都是一名修女,直到写完长本后她才开始归隐。有资料证实,1413 年时,她依然健在;而有关于她在 1413 年还依然在世的证据则是几份指明把钱留给这位圣朱利安大教堂的女隐士的遗嘱,如一位神父在遗嘱中把一先令遗赠给"诺里奇圣朱利安(大教堂)的隐士朱利安"。

从十一至十五世纪,归隐修道之风在英格兰地区相当盛行,男男女女都颇为青睐这种极端的苦行主义,王室、教会和俗人亦是颇为赞成与拥护。归隐地通常是紧挨教堂、修道院的狭小房子;获准归隐需要一套复杂的申请程序,一旦归隐,隐士便被隔离,再不得在俗世现身。苦修,冥想,读书,有时写写字,这些便是隐者的全部生活。隐修之习于十一至十二世纪在英格兰的乡下兴起,受到了盎格鲁—撒克逊贵族的庇护;后来,这一习俗开始蔓延,并得到了皇亲贵族乃至一般大众的支持。既是诗人又是神秘主义者的理查德·罗尔(Richard Rolle),把他的隐遁所定在了约翰爵士和道尔顿夫人(Sir John and Lady Dalton)的庄园上,他还专门为神秘主义者玛格丽特·德·柯克比(Margaret de Kirkeby)写了一本书。

这种隐修的生活方式吸引了大量的妇女,其中三位有着贵族背景的年轻女人为后人所铭记——不是因为她们的名字,而是因为她们家的教士朋友在 1200 年左右为她们写的《修女戒律》(The Ancrena Riwle)。《修女戒律》是中世纪英语文学中一颗明珠,为我们留下了一幅关于女隐士日常生活状况的有趣画面——她被告诫不要趴在窗户上往下看易逝的景象;她不得与男人说话,不得从事商贸活动;除了可养一只猫,不得饲养其他任何动物;她可以随时看书、洗澡,但是必须牢牢记住"女隐士可不是家庭主妇"。

隐修者必须在物质上得到资助方能使队伍壮大,他们也确实得到了资助。比如,亨利五世(Henry V)就给曾在巴廷修道院(Barking abbey)当修女、后来在西恩修道院(Syon monastery)任院长的马蒂尔达·纽顿(Matilda Newton)捐赠了 20 马克的年金;他的儿子,即那位因极端虔诚(有时他会精神崩溃)而著称的亨利六世(Henry VI)继续了王室对隐修者的支持。商人、法律界人士会把遗产留赠给那些穷人——因犯、麻风病人以及隐修士。渐渐地,隐遁修道趋于有序化,并进入城市的中心。到十五世纪时,作为一场乡村运动兴起的隐修习俗终于在城镇之中生根。

十四世纪时,诺里奇在英格兰地区还算是一个庞大的重要城市,那里的宗教、精神生活十分繁盛,修道院四处林立,同时还有一家非常不错的图书馆。小巷对过、面朝朱利安的归隐所的,是一批奥古斯丁修会会士的住处。可以说,在这里,学习的机会相当多。其实,如果曾经当过修女的话,朱利安可能在女修道院里便已受了教育,而后,她师从一位导师或一个修女团(如卡罗的本笃会小修道院)(the Benedictine priory of Carrow)继续深造。1377 年时的卡罗本笃会修道院里有十一位修女,而朱利安的隐遁所受的便是它的赞助。她在长本里声称自己是一介"不学无术、头脑简单之辈"的免责声明,显然与她的成就不符;这种谦虚写法反而在一定程度上映衬出了其高深的文学造诣,使她与文笔华丽的大家(如乔叟)齐相争辉。或者说,这种写法只是为了把耶稣塑造为终极导师的策略罢了。无论是哪种情况,我们绝不能只看到其表层意思。

朱利安的语言清新明快。虽然说她的感人的虔诚表露在简单的意象和朴实的事例中,但她也是一位神学家,在得了异象后,她能够将自己对异象的诠释加以完善,二十载而不辍。她熟读《圣经》,尤擅《诗篇》、福音书以及保罗和约翰的使徒书信。她熟稔圣蒂埃里的威廉(William of St. Thierry)及《不知之云》(*The Cloud of Unknowing*)、《灵程进阶》(*The Scale of Perfection*)、《修女戒律》等作品。她还很可能读过乔叟的《博伊斯》(Boece),这是乔叟对波爱修《哲学的慰藉》的译作,成书于 1380 年。

朱利安的《爱的启示》(*Revelation*)兼具可视感与质感,影响了她那一时代的艺术。正如她所写的那样,"耶稣受难之画像"令她熟悉了耶稣受难的情形。

在其有生之年,朱利安便以圣洁、智慧闻名遐迩,成为众人景仰的对象。朱利安 71 岁时,一位年轻的英格兰神秘主义者玛格丽·肯普(Margery Kempe)登门拜访,她想征询些建议,因为她害怕支配自己灵魂的不是上帝而是魔鬼。

虽然说,与同一时期的神秘主义作家(如理查德·罗尔、沃尔特·希尔顿)的作品手稿相比,朱利安的《爱的启示》的存世手稿可谓少之又少——而且,她的作品在十七世纪前实在是几乎被人遗忘了——但是，今天，人们对她的作品的三个方面——宗教、女权、文学——却饶感兴致。她以妇女的大力支持者的形象出现，尤其是基于对耶稣（三位一体中的第二个位格）的母性角色的观察，她提出了被广泛认可的上帝的母性意象。另外，同一时代的神学家还会向她求教，因为她能够在灵性方面现身说法。譬如，汇编集《朱利安：当今的女人》（*Julian, Woman of Our Day*）便印证了人们对她的关注。

作为英国第一位有作品问世的女性，朱利安既是一位擅长修辞的作家，又是一位备受关注的文坛精英。英国小说家艾瑞斯·梅铎（Iris Murdoch）在其作品《修女与士兵》（*Nuns and Soldiers*）中塑造了一个现代朱利安，耶稣基督对她的探察仿照了这位中世纪神秘主义作家的异象。T. S. 艾略特（T. S. Eliot）的《四个四重奏》（*Four Quartets*）由一连串宗教的、哲学的冥想构成，结尾诗"小吉丁"（"Little Gidding"，这是一个圣公会会团的名字）体现出了诗人对朱利安《爱的启示》一书的倚重：

> 罪是不可避免的，但是
> 一切终将安然无恙，而且
> 万事万物终将安然无恙。
> 又——
> 一切终将安然无恙，而且
> 各色存有终将安然无恙。
> 借由动机的净化
> 依凭我们的哀求。

下文从朱利安的作品中摘选出来的第一组段落讲述了她对患病的祈盼——患病常被视为有软化、涤罪的作用，能让灵魂变得像蜡一般，体验到上帝之爱，开始冥想的生活。她渴望体验基督曾体验过的,企盼能与耶稣受难时在场的人们一起受苦。接下来的部分着重于朱利安对于受难耶稣的肉体的惊人的冥想,"变色、枯干、皱缩、死一般的、令人心生怜惜"。她所写的这些篇章,提供了一个对耶稣鲜血迸流的身体的唯爱默观(affective devotion)①的动人范例。这一异象带有一种幻化的真实感:肉身迅速死去,当她一旁看着时,它开始变质。

第三组选段中,朱利安以副歌"一切终将安然无恙"表达了她直面罪恶的乐观情绪。朱利安写道,罪恶并无实质内容,但却有其目的。我们不免会想起波爱修为命运的恶行进行的辩护:它们会教导、磨炼、纠正受苦之人。值得注意的是,朱利安将罪恶的目的说成是自觉;"自觉"这一主题也出现在朱利安著作的其他地方。对圣母马利亚的品行,甚至对死亡的冥想,都是"我们获得自觉"的方式。

接下来便是朱利安关于上帝之母性及将灵魂织入上帝存在之结(the knot of God's being)的神学主张。正如第四组选段所表明的,朱利安的上帝之母性的观念并非独创,新近的学术研究已经充分证明了这一点。然而,朱利安所主张的上帝之母性显然要比其前人或同代人全面、精致得多。朱利安所主张的母性功能"从生命诞生之前一直到其死后"形成了"一个完整而贯通的生命之圈"。耶稣基督之母性包括了"在子宫内的附着与成长,分娩时的痛苦经历,替幼婴哺乳,给幼儿喂食,年龄稍大时照料和教育孩子,为孩子树立榜样,对孩子进行管教,孩子成长过程中为他沐浴、治病以及宽宥、抚慰他(她),对孩子的无止歇的关爱、轻抚、引导,直至孩子的死期来临"。死后,母性之上帝会让他(她)重回神圣之子宫、重获新生。

在朱利安看来,母性指的不仅是关爱和抚育,也意味着创造与救

---

①　默想耶稣基督受苦,目的是进入他的爱里。

赎。母亲的生理角色，如她的子宫内膜提供了胎儿成形的材料（按照中世纪的医学理论）、母亲的血液变作了乳汁，显然是朱利安的观念的基础，即如果上帝也有性别的话、事关探讨'道成肉身'时，上帝是母亲而非父亲。

第五组选段展现了朱利安在魔鬼侵扰之时所受到的种种试探。侵扰发生之时，她因病痛、无聊、谵妄而情绪低落。尽管魔鬼最后再次回来，但他已无能为力了，因为在上帝的导引下，朱利安不禁明白：自己是绝不会被征服的。

下文的第六组选段，描述朱利安将灵魂当作城池的意象，上帝在城中称王。尽管上帝表明自己是天上地下的王，但其唯一真正的寓所乃是人类灵魂的"虔诚之城"。当上帝看到这座城池因罪孽滋生而不宜居留时，他会欣然席地而坐，耐心等待，直到最后灵魂变得适合他居留为止。这座城池散射出色彩斑斓的光线。上帝从不会离弃它；其实，以三个位格形式存在的"三位一体"本身，永远留居于人的心灵之城。朱利安最喜欢使用的概念是"根基"（ground）和"打根基"（grounding），暗指建筑物的地基；而上帝"打根基"于圣母子宫之中则是另一建筑化的意象。这座城与母性上帝之子宫是一交互的图像：人居于上帝之子宫内，而上帝则居于人的心灵之城。

最后的几段选文出自朱利安《爱的启示》中的最后一章，揭示了异象之真谛，即爱的简明而有力的讯息。

抄写员序

因了上帝的仁慈，一位虔信的女士得了下面的异象，她名唤朱利安，一位诺里奇的隐士，在1413年依然健在。这个异象中有不少的安慰词，对于所有渴望成为上帝的心爱者的人，它们将是十分激励人

心的。（选自短本第一章）

1.朱利安谈及她对上帝恩赏的希冀

我渴望上帝赐我三项恩典。第一项是让我铭记基督的受难；第二项是肉体之病患；第三项是蒙上帝之恩，获得三处创伤。现在，第一项恩典因了我的虔敬之心已经进驻于我的脑海；对于耶稣之受难我有着强烈的感受，但是我还想经由上帝之恩典更进一步。我深知，那时的我很想能与抹大拉的马利亚以及其他耶稣所爱之人在一起，那样我便能亲身看到我们的主为我所遭受的磨难，我还能像其他爱他之人一样与他一起承受磨难。诚然，我真诚地相信——在人类理解能力范围内——圣教会所讲授、展现出的基督罹受的一切苦难，以及那蒙上帝恩典、遵照圣教会教义、照着基督受难情形而造的耶稣受难像中的基督罹受的一切苦难。然而，尽管我深信不疑，我还是渴望着一种身体的感知（a bodily sight），如此我便能更深地体察上帝——我们的救世主——所遭受的肉体的痛楚、我们的圣母的悲悯以及那些当时、之后皆相信基督所受的痛楚的蒙上帝之爱的人所承受的苦痛。我想加入他们的行列，与他们一同受苦。（选自短本第一章）

朱利安蒙受的第一项恩典：身染疾患

在我度过三十又半个寒冬之际，上帝赐我身染疾患，让我躺了三天三夜；第四天的夜里，我受了圣教会的所有仪式，相信自己活不到天亮了。此后，我又苦捱了两天两夜，在第三天时我感觉自己活不到天明了。可是，之后，我又捱了两天两夜，第三天时，我时时以为自己就要离世，当时在场的人也这样认为。

但是，此时此境，我竟感到十分遗憾，死亡是件多么令人厌恶的

事。我之所以感觉活着是美好的，绝不是因为任何尘世俗事，亦非因
为我惧惮什么，而是因为我笃信上帝，是因为我想在活着时更好、更
久地去爱上帝，是因为我想在蒙恩存活之时更好地认识和赞美天福
之中的上帝。因为我想，就无边的福泽而言，我在斯世的光阴是那么
的微不足道、那么的短暂。我还这样想：主啊，是不是我的存活已经
不能给你以荣耀？头脑清醒之时，我的痛苦之感告诉我：我必须死；
然后，我便诚心诚意地顺服了上帝的旨意。

　　就这样，我又坚持到了天明，此时，我的下半身已是全无知觉。
而后，我禁不住让人扶我起身，斜靠着，脑后垫上衣服，以便在我一息
尚存之时，我的心灵能更加自如地服从上帝的意旨，心念着他。后
来，在我行将离世之际，我身边的人请来教区神父；一个孩子跟着他，
他还带来了一个十字架。那时，我眼神直了，口不能言。神父把十字
架放在我的面前，说道："孩子，我把你的救世主的像带来了。怀着对
为你我而死的救世主的敬意，看着它，让它抚慰你的心灵。"

　　我那时感到自己好受了，因为我的双眼向上凝视着天宇，我相信
自己马上就会去往那里。不过，如果我能做到的话，我还是情愿盯着
耶稣受难像，以便死前撑得久些。因为我认为如果是向前而不是向
上注视的话，我是能撑得久些的。此后我的双眼开始不能视物，我的
周遭一片漆黑，如同已是黑夜一般，除了那十字架的像上还保有平常
的亮光。我弄不清楚这是怎么回事。除了十字架之外的一切东西在
我眼里都显得那么丑陋，仿佛它们都被恶魔占据。

　　之后，我分明感觉我的上半身开始渐渐死去了。我的双手垂落
两旁；另外，由于我的虚弱无力，我的头也耷拉在一边；气短身虚让我
极其痛苦。那时我真的以为自己就要死了。

　　突然间，所有的疼痛离我而去，我完全复原了，尤其是我的上半
身竟和病前（或以后）感觉一模一样了。对此变化，我深感惊奇，我想

这定是上帝悄悄显灵,却绝非自然之效。但是,正因这种安适之感,我深信自己不会再活下去了;对我来讲,这种感觉也并非真正的安适,我反倒想着离此尘世以求解脱,因为这是吾心所愿。(选自短本第二章)

朱利安的第一次异象体验

猛然间,我看到滚烫、新鲜、丰沛的鲜血从花冠下喷涌而出;在我看来,那时花冠的尖刺似乎向他那有福的头部扎了进去。就这样,集上帝、凡人于一身的他,为我承受了苦难。我真切而强烈地领会到,一定是他本人向我显现此事,不借任何媒介,于是我满怀敬意大声说道,"感谢我主"! 我对这奇迹感到万分的惊骇:他竟如此谦卑地对待一个有着卑贱躯壳的罪恶生灵。(选自短本第三章)

朱利安对上帝之慈爱的认识

在让我有了身体的感知(bodily sight)的同时,我们的主还向我展示了心灵之景(spiritual sight)——他那亲切的爱。我看到,他就是帮助我们的美善万物。他是我们的服饰,因为他用爱缠绕、裹包着我们,拥抱着我们、教会我们一切,守护在我们的周围——尽显体贴之爱——他永不离弃我们。此景此情,我确实感觉到他就是美善万物,正如我所领会的。

因此,他把一个榛子大小的东西放在了我的掌心让我观看;我个人感觉,它像球一样圆。我看了看,思忖道:"这是什么呢?"我得到的答案总的说来是这样的:它就是被创造出来的东西。我好奇它怎么就存在了下来,因为我感觉这么小的东西本该化为乌有的。得到的答复以我的理解来看是这样的:它存在着,而且会一直存在下去,因为上帝爱它;其实,万事万物皆沐浴着上帝之爱而存在。(选自短本第四章)

2.朱利安看到了临死的耶稣基督

此后，基督向我展现了他临死时受难的部分光景。我看见那张曾经甜美的面容，如今却干枯、血色全无、死灰般苍白、了无生气；然后，它变成濒死的青灰，之后随着肉体的渐趋僵死，它竟变作了灰褐色。在他的可颂面容，尤其是他那变换了四种颜色的嘴唇上，他的受难之痛完整地呈现在我的眼前。起初他那嘴唇看起来是那么的鲜活、红润、生动，看上去那么让人舒服，如今竟发生了如此令人不快的变化。我看见他濒死的样子，他的鼻孔都快缩在一处了，看起来干巴巴的；他的可爱的肉身变化着，渐渐褪去了生命之色，换作了这濒死的干枯，一切都变了。

在我们神圣的救世主在十字架上死去的时候，一阵干冽的寒风直逼我的双眼。这期间，曾经宝血喷涌、如今依然血流不止的圣体，竟还和我曾看到的那样，有着几分的湿洇。然而，圣体内的流血、疼痛，体外的风吹与寒气，在耶稣基督的圣体上交会；随着时间的流逝，这四种力量干枯了基督的肉身。在我的眼里，这剧烈的痛楚，却持续了很长的时间。（选自长本第十六章）

耶稣基督说："我渴了"

在耶稣死亡的整个过程中，我的脑海里始终萦绕着他的话："我渴了。"在我看来，耶稣基督的渴是双重的：一为肉身之渴，一为心灵之渴。我会在后面谈到这种心灵之渴。①

我将他的"肉身之渴"理解为身体缺少水分，因为他那神圣的肉

---

① 朱利安在长本第三十一章里解释道，基督的心灵之渴，即他对我们的爱的渴望，只有在审判日之后方可化解。

与骨已经流干了血液,失尽了水分。随着钉子的拧转,因了圣体的重量,他的肉身已经"干涸"很久了。我知道,那些钉子惨酷如斯,而他的手、足却是那么的柔软,于是伤口裂开了大大的口子。肉身之所以松弛下垂,一则因为其本身的重量,二则因为肉身悬在那儿的时间太长,三则因为他的头部被刺破、刮伤,绑在他头上的花冠上的血都干结了,他可爱的头发里、枯干的肉体上扎着尖刺,尖刺嵌在肉里,枯干了肉身。

起初,肌肉还正鲜活、宝血尚在流淌时,尖刺持续的撕扯把伤口撑大了。此外,我还看到他那光滑的肌肤、柔嫩的肌肉以及肉身被尖刺刮破而松弛,毛发也松松散散的。他身上的皮肉都被扯成了碎条,就那样挂着,尽管保持着自然的湿润,看起来却像是要掉似的。具体是怎么弄成这样的,我不得而知,但是我知道正因那些荆刺,那种残暴、严酷的佩戴花冠的方法——惨无人道、冷漠无情——将肌肤扯离了骨头。在皮肉被扯成布片一样的碎条的地方,肉身便显出下垂的样子。看起来,它很可能是因为自身的重量和肌肉松弛的缘故而下垂的。这既让我痛苦万分,又让我胆战心惊,因为我此生都不想看到它掉下去的。

过了一会儿,变化出现了,对于它怎会变成这样,我十分惊异。我看清了它的样子。它开始干枯了,部分碎肉条挂在花冠周围。一个肉环套着一个肉环,花冠的刺被血染红了,其他的肉环与头部成了一色,那种瘀血干结时的颜色。我看到的他的脸部和身体的皮肉都已皱缩,成了枯黄色,就像年深日久的干木板;相比于身躯部分,脸部色泽相对偏褐色。

基督受难的情景使我的内心充满了痛苦;我深知,他只有一次受难,但是他似乎愿意将受难的情形呈现在我的眼前,如我所愿地充满我的心。基督在场的这段时间,我感受到的只有他的痛楚。然后,我突然发现自己并不了解我曾经渴求的痛楚到底是什么；于是，像卑劣小人一样，我开始后悔了，我想如果自己知道这种痛楚为何物的话，我便不愿自讨苦吃了。因为我想这种痛楚远超于肉体死亡之上。我开始想："地狱之中会有这样的痛苦吗？"然后我自身的理性回答道："地狱之痛本就是另一种痛，因为那里只有绝望。"但是，在所有能使自己得到救赎的痛苦之中，有一种是最剧烈的，那就是眼睁睁地看着自己的心爱之人受苦。（选自长本第十七章）

3. 罪恶得到了审视："一切终将安然无恙"

此后，我们的主让我重又想起了我曾经的对他的热望；我知道，除了罪恶，没有什么可以阻止我。我审视着我们身上普遍存在的罪恶，心中暗想："要不是罪恶，我们就会像主一样纯洁，就像我们才被造出时那样。"于是我就像我此前经常的那样，愚笨地想要知道：凭着上帝预知一切的智慧，为什么他不阻止罪恶降临于世上。那样一来，我想，一切都会是妥妥帖帖的。

我早就应该抛弃这种思路，然而，我却无理由地或者说无判断力地哀怨、悲伤着。耶稣在此次异象中把我所需要的一切显现于我，并这样说道："罪是必要的，不过一切终将安然无恙，万物终将安然无恙。"

仅是这样一个简简单单的"罪"字，我们的主便让我想起了一般而言的不好的事物，想起了他于斯世为了我们所承受的那些可耻的奚落与巨大的磨难，以及他的死难和他所遭受的苦痛，还有他的造物在心灵和肉体上经历的困苦。像我们的圣主耶稣一样，我们都将经历磨难，直到我们净化了我们必死的肉身，以及我们的心灵的疾患。

对这样的痛苦有所领悟的同时，想到过去我们经历的苦难，或者我们将来还要经受的苦难,我明白了耶稣基督所受的苦难是一种何等的苦难。但是,所有这些都将一闪即逝,终会杳然无存,最后被安适所取代。我们的主不想让灵魂惧怕这种怪诞之象。我看到的不是罪,因为我相信它没有实质内容,不具有任何存在,除了它造成的痛苦,我们无由认识它。在我看来,这种痛苦只是暂时存在,它能够涤除我们的罪恶,使我们认识自身并获得宽恕。主的受难以及他的圣意是战胜这些痛苦的安慰剂;经由我们的良善的主对所有终将获救的人的温情的爱,他亲切地、欣然地送来慰藉:"确实,罪恶是种种痛苦的根源,但是一切终将安然无恙,万物亦将安然无恙。"

圣主温和地将这些道理惠赐予我,不管是对我还是那些终将安然无恙的人,他都没有半点指责的意味。所以,如果我因了自身的罪恶而指摘或质疑上帝,那将是我的大不敬,因为他并未因此而责怪过我。(选自长本第二十七章)

4.上帝之母性

于是,我发觉,上帝很乐意作我们的父亲,作我们的母亲,作我们的真正的配偶,我们的灵魂是他心爱的妻。基督乐意作我们的兄弟,耶稣乐意作我们的救世主。(选自长本第五十二章)

我们的灵魂被仔细地编织进上帝的花结里

我看得出,他想让我们知道,他重视亚当的堕落,就像重视任何终将获得拯救的生灵一样。众所周知,每当亚当陷入困境,终将得到爱护与保全,而且他现在重回天堂,享受着无尽的欢乐。我们的耶稣基督是那么良善、那么仁慈、那么谦恭,他绝不对那永远祝福、赞美他的人吹毛求疵。

我说过，经由耶稣基督充满爱意的仁慈启示，我的愿望部分地得到了实现，我莫大的恐惧在一定程度上得到了缓解；通过这启示，我确信每个待拯救的灵魂中都存在着一种从不容忍罪恶亦不会容忍罪恶的虔诚之志，这种志向如此良善，它绝不希求罪恶。在上帝的眼前，它只是一刻不停地渴求良善，实现良善。因此，我们的主希望我们经由信念、教义知晓此理；他格外真切地想让我们知道，我们全都完整无损地保有主耶稣基督的这一神圣意志。

所以，所有将要进天堂的人必得借由上帝之公义最终与他编织成一体，这样他们才得一种绝不会，亦不应与他分离的本质。正是经由他的善良意志和他的永恒的、预见一切的意旨，他们才得如此善果。

尽管有着这种公义的编织以及无止境的"合一"（oneing），人类还是亟须得获救赎。这正说明了圣教会教导我们以虔信的缘由。

他还想让我们知道，在他的造物中，人类是最高贵的，而最弥满的实质、至高的美德是基督的神圣灵魂。另外，他还想让我们知道，在被创生之际，这种弥足珍贵的灵魂便被他仔细地编织在了一个精巧、牢固的花结之中，与上帝成为一体。就在这种"合一"中，它具有无尽的神圣性。他还想让我们知道，所有将在天堂中得救的灵魂，都被编织进这一花结中，并在这种"合一"中被"统一"，在这一神圣中变得神圣，以迄永远。（选自长本第五十三章）

上帝居于我们之中，我们居于上帝之中

我们应当因上帝居于我们的灵魂之中而欣喜，我们更应因我们的灵魂居于上帝之中而欣喜。我们的灵魂就是为了成为上帝的居所而被创生出来的，我们的灵魂的居所便是自存之上帝。从内心深处

领悟并知晓造物主上帝居于我们的灵魂深处，这是一种高贵的信念，而能从内心深处领会到我们这被造的灵魂本质上就居于上帝之中，更是一种难能可贵的领悟。就灵魂的这一本质而言，通过上帝，我们才成为我们之所是。（选自长本第五十四章）

我们与上帝为一体

上帝在造就我们的过程中将我们编织、统一于他自身，通过这种"合一"，我们便如我们被造时那样洁净、高贵。因为每次珍贵的"合一"，我们爱戴我们的创造者，喜欢他，赞美他，感激他，因他而有无尽的喜乐。在每个终将获救的生灵之中，这是从没停止过作用的运作方式，这也正是我们稍早时所谈及的圣意。

所以说，在造就我们的过程中，万能的上帝是我们的慈父，全智的上帝是我们的慈母，我们还保有与上帝、我们的主合一的圣灵的关爱和良善。在与他自身编织、"合一"的过程中，他就是我们真正的配偶，我们是他所爱怜的妻，是他的窈窕淑女；他从不会对爱妻不满，因为他说过："我爱你，你爱我，我们的爱永不两分。"（选自长本第五十八章）

上帝之慈母般的分娩、哺育、照管

我们的生身的、慈爱的母亲，我们的和蔼的母亲——因他希望在任何情况下都是我们的母亲——至为谦卑地把他的根基轻轻地放在处女子宫内。一开始，当他将那温顺的处女带到我的理性之眼前时，他就表明了这一点——妊娠时，她的身材平平常常。也即是说，为了履行在万物中的母性之职，我们至高的上帝——万物中的最高智慧，竟屈身于如此谦卑之位，还甘愿藏身于我们的臭皮囊内。

母亲之职最是切近、最是情愿、最为可靠；说其最切近是因为它最自然；说其最情愿因为它最充满爱心；说其最可靠是因为它最诚挚。除了他没有谁能够完完全全地胜任此职。我们知道，我们每个人的母亲都只是把我们引向痛苦与死亡。啊，那有何用呢？而我们真正的母亲耶稣只凭一己之力便能把我们都带向快乐与永生——愿他蒙福！在他的爱与操劳中，我们得以在他之中，最后，他承受尖刺之苦，承受曾经的或必需的最剧烈的痛楚，直到死去。当他完成使命，把我们带到至福之境之后，上述一切都不足以表达他非凡的爱。

他以如下高贵、非凡的爱的话语表明了他的心志："若能承受更多的痛苦，我会乐意承受更多。"他固然不能再死一次，但是他绝不吝惜受苦。

因此，他必要找到我们，因为宝贵的母性之爱令他成了我们的债务人。一个母亲也许会把母乳留给她的孩子喝，但我们伟大的母亲耶稣牺牲自己喂养我们，用现实生活中宝贵的食物——圣餐——殷勤体贴之至地喂养我们。他用这些美味的圣餐至为仁慈宽厚地让我们存活，这正是他说出的这些神圣话语的含意："我就是圣教会向尔等布道、讲授的一切。也就是说：圣餐提供的生命滋养，我的话语的益处恩典，圣教会规定尔等所行的一切善举——这些东西就是我。"

一个母亲可能会把自己的孩子温柔地抱在胸前，我们的慈爱的母亲耶稣则会像迎接我们归家似的，亲切地将我们揽入他那神圣的怀里，做我们的无尽福祉的精神保证人，让我们感受他的部分神性和天堂的极乐。（选自长本第六十章）

"母亲"一词

这个可爱、可亲的字眼"母亲"本身如此动人、自然、美好，所以，它只能用来说他或对他说，而不能够用来说其他任何人，或者对其他任何人说，因为他是生命及万物的真正母亲。母性包含着自然、爱、智慧与认识——而这些指的正是上帝。与我们的"精神生育"相比，我们的肉体生育只是一件低下、简单的小事；然而，就是这样一件小事，造物也是借由他才做成。善良、慈爱的母亲清楚她的孩子需要什么，她本于其母亲的本性和当时的情境，尽量满足孩子的需要。通常情况下，随着孩子在年龄、个头上的增长，她会相应地改变照料孩子的方式，但她的爱却不会改变。孩子长大后，她会责骂孩子，以期消除其恶习，为的是孩子能够获得恩宠与圣德。母亲的善行中的一切公正与良善，都要借由我们的主才得在那些孩子身上实现。在下他广施恩宠，在上他满怀爱心，就其本质而言，他是我们的母亲。他希望我们认识到这一点，因为他希望我们将所有的爱都系于他一身。

我在此中领会到，我们因为上帝的父母之心而对上帝欠下的债务，唯有对上帝的虔诚的爱——基督植入我们心中的神圣的爱——才能清偿。在他的一切话语当中，也即在他的许多重要的话语当中，都表明了这一点。他说："我便是你之所爱。"（选自长本第六十章）

有时，我们是可以跌倒的

有的时候，一个母亲会容忍自己的孩子跌倒，然后他还会受到这样那样的伤害，因为这全是为了他好。但是，出于对孩子的爱，她是不会让任何的危险降临到他的身上的。虽然说我们尘世的母亲会看着自己的孩子死去，但我们天堂的母亲耶稣是不会让他的孩子死去的，因为他全能、全智、大爱，只有他才能这样，愿他得福！

经常的情况是，当我们看到自己的失败与悲惨，我们常会感到异常烦恼、极度羞耻，于是我们甚至不知道躲藏在哪里才好。但是，我们谦恭的母亲却不希望我们躲避起来，因为对他来说，没有什么比这更可憎的了。他希望我们假设一下一个孩子的情境：当一个孩子受了伤，心中惧怕之时，他会马上跑到母亲的身边；如果他做不了什么，他肯定会竭尽全力向母亲哭喊，请求帮助。他就希望我们像一个温顺的孩子所做的那样："亲爱的母亲，我慈爱的母亲，我敬爱的母亲，可怜可怜我吧。我犯了错，与您不同了，我却没有办法、没有能力加以补救，唯有请求你的帮助与恩典。"（选自长本第六十一章）

他是我们的乳母

我们的母亲可爱、慈善的双手甘愿为了我们而操劳，在操劳中，我们的母亲担起了一位宽容的乳母的职责，一心念着拯救她的孩子。（选自长本第六十一章）

5. 魔鬼袭扰朱利安

睡梦伊始，我感觉到魔鬼掐住了我的脖颈，还在我面前露出了一张宛若年轻人的长长的、瘦削的脸。我从没见过这样的脸，其色赭红，看起来像极了刚刚烧出的瓦片，其上有着雀斑似的黑点，比瓦片还更肮脏。他的头发赤如铁锈，额头上的头发没有剪掉，鬓角两边垂下两绺发丝。他狡黠地冲我咧了咧嘴，露出白森森的牙齿，在我看来愈显狰狞。他的身子、双手长得一点也不齐整。他用爪子掐住了我的脖颈，本应让我窒息而死，但他好像没有这个本事。

这次丑恶的异象是在我熟睡时发生的，我再没见过这样的异象。一直以来我都坚信我会蒙上帝恩典而获救并受到保护。我们谦恭的主赐我恩典，让我苏醒了过来，那时我身上已几无生命迹象了。

我身边的人看着我，浸湿我的太阳穴，我内心渐渐平和下来。不久之后，门里冒出一缕薄薄的烟，带来一股热气和恶臭。然后，我说："这儿有什么着了火吗？"当时我想这火是实实在在的，它会把我们统统烧死。我问身旁的人是否闻到了恶臭，他们说没有闻到，他们什么都没感觉到。于是我说："愿主永得赞美！"那时我明白了：是恶魔前来，为的只是试探我；我记起那天我主让我看到的一切以及圣教会的所有信条。我领会到，所有的一切其实只是一样东西，于是我便求助于上帝的异象和圣教会的信条，以求获得安慰；立刻，一切竟消失得无影无踪了，而我内心则感到无比的安宁、祥和，肉身之病痛与内心的恐惧都消去了。（选自长本第六十七章）

魔鬼的再次造访

魔鬼又一次裹挟着热气与恶臭到来，这让我心神不宁。他身上的恶臭如此令人恶心烦厌，而其浑身散发的可怕的热气更是令人难以忍受。同时，我听到一个声音，听起来仿佛是从两个身体里发出的；我想，这两种声音是同时发出的，仿似两个身体在召开一个事务繁杂的会议，低语商量着一切。我不晓得它们在说些什么，这一切简直让我绝望。我是这样想的：看起来，它们对于一边数着念珠、一边口中祈祷的做法嗤之以鼻，全没有我们祈祷时对上帝怀有的那种虔诚之意、勤勉之心。

我主上帝赐予我恩典，让我全意信奉他，还亲身用话语抚慰我的心灵；对同遭此难之人，我亦当如此。依我看，此事不同于其他任何肉身之事。（选自长本第六十九章）

"我以肉眼盯着同一个十字架"

我以肉眼盯着我曾亲见的那个抚慰我心灵的十字架。我曾谈及耶稣的受难，重复过圣教会的教义。我用尽所有的信心和力量，把心紧紧贴近上帝，我想以下便是十字架的明示："你一直致力于信奉上帝，你的敌人无法打败你。如果从今往后你能全心远离罪恶，那将是一件美好而崇高的事情。"我诚心诚意地想：如果我能完全摆脱罪恶，我必能摆脱地狱中的所有恶魔以及我内心中的仇敌。

就这样，恶魔折磨了我一整夜，第二天上午，突然间所有的恶魔都消失了；他们别的没留下什么，最后到留下一股恶臭，持续了一会才消失。于是，我藐视他。就这样，借由耶稣基督的受难我终于摆脱了他，而正如我主耶稣基督曾说过的，魔鬼就得这样降服。（选自长本第七十章）

6.灵魂之城

上帝使人之灵魂成为他的城市、他的居所，人的灵魂是最令他称心如意的成果。（选自长本第五十一章）

朱利安感知她的灵魂之城

然后，我们良善的主开启了我的心灵之眼，向我展示了我内心的灵魂。我看那灵魂十分宽广，像是宏大的堡垒，又像是天佑之国。城市的中央坐着我们的圣主耶稣，一个真正的上帝，一个真正的人，一个身材颀长的美男子，最高的主教，最威严的君王，最值得崇拜的主。

我看他穿得庄重而尊贵。他公正平和地坐在灵魂中央，他管治、守护着天地之间的一切。他的人性与神性静静地坐着；神性的他不依靠任何手段，毫不费力地管治、守护着。灵魂完全地被全能、全智、全善之神性占据着。

在我看来，耶稣基督永远不会离开他在我们灵魂之中的居所。我们的心中有他最像家的家。有他永恒的家。（选自长本第六十八章）

城之光

在我看来，那座城市的最崇高、最闪亮的光芒就是主的荣耀之爱。（选自长本第六十八章）

"此光即是博爱"

此光即是博爱(Charity),是上帝之智好意为我们量身定制。此光不是那么充裕,我们只在至福之日才能清晰地看见它;此光亦不会与我们阻隔开来。此光之中,我们可以度日,可以收获重大回报;此光之中,我们可以尽心尽力,从而不辜负上帝之诚挚的谢意。

这是在第六个启示中出现的,他对我说:"我对你的竭诚奉献表示感谢。"博爱使得我们信奉上帝、充满希望,在博爱之中,信念与希望指引着我们,到最后,一切终将成为博爱。

我以为博爱之光具有三个层面的含义:第一个层面是自存之博爱,第二个层面是被造之博爱,第三个是获赐之博爱。自存之博爱就是上帝,被造之博爱就是上帝心中我们的灵魂,获赐之博爱就是圣德。这就是我们心中起作用的恩惠之礼,于是,我们爱上帝本身,我们爱上帝心中的我们自身,我们爱上帝所爱的一切。(选自长本第八十四章)

7."爱就是他的真义"

承蒙上帝之恩典,本书才得以展开,但是,在我看来,它依然没有画上句号。让我们一起向上帝祈祷以获得博爱——侍奉、感谢、信仰、喜爱他——这就是我主希望我们向他祈祷的方式。而这也是在他欢欣地说出"我乃尔等祈求的理由"之悦耳的话语时,我对其真义的个人见解。

当主明示其真义时,我真正地从中看到、领悟到了,而他想让它得到更充分的认识。在我们认识其真义的过程中,他会向我们施以恩典,让我们去爱他、忠诚于他。他怀着伟大的爱注视着我们——他的在地上的天堂瑰宝，他将在天堂之乐中给予我们更多的光与慰藉。他引领着我们的心远远离开我们陷入的苦海与黑暗。

其实，从这第一次展示给我的时候，我便渴望知晓我主的真义。十五年甚至更久之后，我在神性的领悟中得到了如下的答案：

"此事之中，你清楚主的真义是什么吗？非常清楚，爱就是他的真义。谁展示给你的？爱。他都给你展示了什么？爱。他为什么要展示给你呢？为了爱。坚持下去，你对同样的东西会有更多的了解，但是除了爱，你永远不会了解到其他东西。"

于是乎，我领悟到爱才是我主的真义。我确切地明白，在此事以及其他所有事情中，即使在创造出我们以前，上帝便爱我们。这种爱从未消减过，也绝不会消减。在爱之中，他已经为我们完成了他的所有善行；在爱之中，他使得万物皆有利于我们；在爱之中，我们的生命永恒。上帝创造了我们，我们是有起点的；但是，在创造我们时他心中怀有的爱却没有起点。我们在爱中有着自己的起点；但，我们将在上帝身上看到这种爱是没有终点的。

感谢上帝。

至此，诺里奇女隐士朱利安的启示之书完结。愿主怜悯她的灵魂。（选自长本第八十六章）

A

Abd ar-Rahman	阿卜杜勒·拉赫曼
Abgar Epistles	阿布加书信
Adelheid	阿德尔海德
Adrian IV	艾德里安四世
Aeda	艾达
Aelfric	埃尔弗里克
Agnes	阿格尼斯
Alais	阿莱斯
Alcuin	阿尔昆
Almuc de Castelnou	阿尔穆克·德·卡斯泰尔努

Bokenham	玻肯汉姆
Boniface	卜尼法斯
Breton Lais	布列塔尼的籁歌
Brunhild	布伦希尔德
Bryennius，Nicephorus	尼基弗鲁斯·布里恩尼乌斯
Burkart von Hohenvels	伯卡特·冯·科堡霍恩费尔斯

C

Caesaria	恺撒利娅
Caesarius	恺撒略
Carenza	卡伦扎
Cassiodorus	卡西奥多勒斯
Cavafy，Constantine	君士坦丁·卡瓦菲
Caxton，William	卡克斯顿
Charlemagne	查理曼大帝
Charles	查理
Chaucer	乔叟
Christine de Pizan	克莉丝汀·德·皮桑
Claudian Claudianus	克劳狄安·克劳狄亚努斯
Clothar	克洛塔尔
Clothilda	克洛蒂尔达
Clovis	克洛维
Comnena，Anna	安娜·科穆宁
Comnenus，Alexius	阿历克塞·科穆宁
Comtessa de Dia	迪亚伯爵夫人
Conrad Ⅲ	康拉德三世

Eleanor of Aquitaine	阿基坦的埃莉诺
Eliot，T. S.	T. S. 艾略特
Elisabeth of Schönau	舍瑙的伊丽莎白
Ennodius	伊诺丢斯
Ermanaric	厄门阿瑞克
Ethelwold of Winchester	温彻斯特的埃塞沃尔德
Ethiopian	埃塞俄比亚人
Etienne du Castel	艾蒂安·杜·卡斯特尔
Eucheria	优谢里娅
Eudocia	优多西娅
Eugenius Ⅲ	尤金三世
Eulogius	欧洛吉乌斯
Euphemia of Chalcedon	卡尔西顿的尤菲米娅
Euphronius	优弗罗尼乌斯
Eusebius	优西比乌斯
Eustochium	欧多钦
Eutharic	尤塔里克
Eve	伊芙

F

Felicity	费利西蒂
Figueira，Guillems	吉杨斯·菲盖拉
Flamenca	弗拉曼卡
Fortunatus，Venantius	万南修·福蒂纳图斯
Frederick	腓特烈

G

Gelasius	格拉修斯
Geoffrey of Monmouth	蒙茅斯的杰弗里
Gerberga	热尔贝格
Gerlach	盖拉赫
Germanus	格曼努斯
Gertrude of Helfta	海尔弗塔的格特鲁德
Gertrude of Nivelles	尼韦尔的格特鲁德
Gilbert	吉尔伯特
Gormonda	戈尔蒙达
Gottfried von Strassburg	斯特拉斯堡的戈特弗里德
Gregory	格列高利
Gudeliva	古德利瓦
Guibert of Gembloux	让布卢的吉伯特
Gunhilda	冈西尔达

H

Hadewijch of Brabant	布拉班特的哈德维希
Helena	海伦娜
Helfta	海尔弗塔
Henry	亨利
Herod	希律王
Hildegard of Bingen	宾根的希尔德加德
Hilton，Walter	沃尔特·希尔顿
Homer	荷马

Hrotswitha of Gandersheim　　　　　　　甘德斯海姆的赫罗兹维萨

I

Ida	艾达
Iselda	伊塞尔达
Iseut de Capio	伊瑟·德·卡皮欧
Isolt	伊索尔德

J

Jacob de Voragine	弗拉津的雅各
Jacques de Vitry	雅克·德·维特里
Jean	让
Jerome	哲罗姆
Joan of Arc	圣女贞德
John Chrysostom	约翰·克里索斯托
John of Gorze	戈尔泽的约翰
Judith	犹滴
Julian of Norwich	诺里奇的朱利安
Justin	查士丁尼
Justina	贾丝廷娜
Jutta of Sponheim	斯庞海姆的优塔

L

Lafayette	拉斐特
Brut of Layamon	莱亚蒙的《布鲁图》
Leoba	莉娅巴

R

S

T

Tacitus	塔西佗
Tertullian	德尔图良
Tetta, abbess of Wimbourne	温伯恩女修道院院长泰塔
Thecla	特克拉
Theodahad	狄奥达哈德
Theodora	西奥多拉
Theodoric	狄奥多里克
Theodosius	狄奥多西
Tibors	蒂伯斯
Tommaso di Benvenuto	托马索·第·本韦努托
Tristan	崔斯坦
Trobairitz	女行吟诗人

U

Umayyad dynasty	倭马亚王朝
Ursula, St.	圣厄休拉
Usuard of Paris	巴黎的乌苏阿德

V

Valerius of Vierzo	维尔左的瓦列利乌斯
Verena, St.	圣维雷娜
Virgil	维吉尔

Visigothic Codes	西哥特法典
Visions	异象
Vitigis	维蒂西斯
Volmar	弗玛
Volsungassaga	《沃尔松英雄传》

W

Walther von der Vogelweide	沃尔特·冯·德尔·弗格尔瓦伊德
Wife's Lament	《妻子的哀恸》
William of Malmesbury	马姆斯伯里的威廉
William of St. Thierry	圣蒂埃里的威廉
Wilton Monastery	威尔顿修道院
Wolfram von Eschenbach	埃申巴赫的沃尔夫勒姆
Wulf and Eadwacer	《乌尔夫与伊瓦舍》

Z

Zonaras	佐纳拉斯

图书在版编目(CIP)数据

圣堂新妇：中世纪女性文学精选/吴欲波编译.—
杭州：浙江大学出版社，2016.2
ISBN 978-7-308-15415-4

Ⅰ.①圣… Ⅱ.①吴… Ⅲ.①世界文学－中世纪文学
－妇女文学－作品综合集 Ⅳ.①I11

中国版本图书馆 CIP 数据核字（2015）第 301938 号

圣堂新妇：中世纪女性文学精选
吴欲波 编译

责任编辑	谢 焕
责任校对	杨利军　余月秋
封面设计	周 灵
出版发行	浙江大学出版社
	（杭州市天目山路 148 号　邮政编码 310007）
	（网址：http://www.zjupress.com）
排　版	浙江时代出版服务有限公司
印　刷	浙江印刷集团有限公司
开　本	880mm×1230mm　1/32
印　张	14.375
字　数	347 千
版 印 次	2016 年 2 月第 1 版　2016 年 2 月第 1 次印刷
书　号	ISBN 978-7-308-15415-4
定　价	48.00 元